EX-COMUNHÃO

PETER CLINES

EX-COMUNHÃO

Ex-heróis #3

São Paulo, 2014

Ex-communication
Copyright © 2010 by Peter Clines
Copyright © 2014 by Novo Século Editora Ltda.
All rights reserved.
This translation published by arrangement with Broadway Books, an imprint of the Crown Publishing Group, a division of Random House, Inc.

COORDENAÇÃO EDITORIAL	Mateus Duque Erthal
ASSISTENTE EDITORIAL	Vitor Donofrio
TRADUÇÃO	Caco Ishak
PREPARAÇÃO	Jonathan Busato
REVISÃO	Tággidi Mar Ribeiro
DIAGRAMAÇÃO	Project Nine
DESIGN DE CAPA	Christopher Brand
ILUSTRAÇÃO DE CAPA	Jonathan Barlett
MONTAGEM DE CAPA	Monalisa Morato

TEXTO DE ACORDO COM AS NORMAS DO NOVO ACORDO ORTOGRÁFICO DA LÍNGUA PORTUGUESA (DECRETO LEGISLATIVO Nº 54, DE 1995)

DADOS INTERNACIONAIS DE CATALOGAÇÃO NA PUBLICAÇÃO (CIP)
(Câmara Brasileira do Livro, SP, Brasil)

Clines, Peter
Ex-comunhão / Peter Clines ; [tradução Caco Ishak]. -- Barueri, SP : Novo Século Editora, 2014.

Título original: Ex-communication
1. Ficção norte-americana I. Título.

14-05720   CDD-813

Índice para catálogo sistemático:
1. Ficção : Literatura norte-americana 813

2014
IMPRESSO NO BRASIL
PRINTED IN BRAZIL
DIREITOS CEDIDOS PARA ESTA EDIÇÃO À
NOVO SÉCULO EDITORA LTDA.
CEA – Centro Empresarial Araguaia II
Alameda Araguaia 2190 – 11º Andar
Bloco A – Conjunto 1111
CEP 06455-000 – Alphaville Industrial, Barueri – SP
Tel. (11) 3699-7107
www.novoseculo.com.br
atendimento@novoseculo.com.br

PRÓLOGO

AGORA

– Aqui é a Torre Noroeste – um homem gritou no walkie-talkie. O estrondo de um disparo reverberou no canal aberto. – Vinte... alguma coisa. Estamos sendo atacados! Duzentos, talvez trezentos deles. A gente precisa de ajuda! – Outro disparo irrompeu na transmissão.

O capitão John Carter Freedom, dos Indestrutíveis 456, supostamente em licença temporária do seu posto no Projeto Krypton, estava a apenas alguns quarteirões da Torre Noroeste da Grande Muralha. Escutou outros dois fortes estampidos ecoando entre os prédios. Som de rifles, sim, mas estranho aos seus ouvidos. Armamento civil. Seguidos pela agitação da voz nas ondas do rádio. Freedom estava certo de que era o guarda que atendia pelo nome de Makana.

Olhou para as crianças a sua frente. Dois meninos e uma menina, mal tinham chegado à pré-adolescência. Todos os três sentados na calçada com as mãos amarradas atrás das costas. Estavam tentando roubar um carro para dar uma voltinha quando ele os encontrou. Intimidados por sua aparência, renderam-se sem resistir muito.

A maioria das pessoas ficava intimidada pelo aspecto de Freedom. Ele fazia o tipão careca e gigante com mais de dois metros de altura e uns cento e trinta quilos de puro músculo. O sobretudo de couro entreaberto sobre seu largo peitoral tinha uma estrela prateada de xerife presa na lapela. Por baixo do sobretudo, vestia uma camiseta e calças xadrez com camuflagem digital. Amarrado à coxa, um coldre do tamanho de uma baguete. Ele raramente tinha de sacar a pistola que levava.

Um quarto disparo ressoou no ar, logo sucedido pelo quinto. As cabeças das crianças viraram em direção ao barulho e de volta ao rosto de Freedom. Um dos meninos arregalou os olhos, aterrorizado. Sabiam bem o que os tiros queriam dizer. Tinham consciência do quanto estavam vulneráveis ali, amarrados no chão.

– Vão ficar bem – Freedom disse. – Um delegado está a caminho pra se encarregar de vocês.

Mais três tiros. E, entre os disparos, Freedom pôde escutar um ruído crescente. O clique-clique-clique que tornava a vida perto da Grande Muralha tão difícil para alguns. O som de dentes.

A menina abriu a boca para dizer algo, mas suas palavras foram abafadas pelo estalido do sobretudo de couro quando Freedom deu meia-volta e saiu correndo em direção à Torre Noroeste. Se o capitão já era veloz para seu tamanho mesmo antes de ingressar no projeto Super-soldado do Exército, agora conseguia percorrer dois quilômetros em três minutos sem suar a camisa e mais uns oito antes que começasse a perder o fôlego.

Já era praticamente um tiroteio quando ele chegou à Torre Noroeste. Os disparos faziam com que Los Angeles soasse como o Iraque. Pôde ver meia dúzia de guardas no alto da muralha. Quatro deles atiravam em direção à área interna da barreira. Os outros dois tratavam de repelir os vultos que tentavam escalar a plataforma superior.

Sem perder o ritmo, Freedom tomou impulso e se atirou seis metros ao alto. O sobretudo esvoaçou à sua volta e ele se colocou em posição de combate.

O topo da Grande Muralha era formado por uma plataforma contínua feita de velhos estrados de madeira e compensado. Duas cordas esticadas serviam de corrimão. Era uma solução temporária até que uma fortaleza permanente pudesse ser construída. Freedom atingiu a superfície de madeira logo ao sul de onde a Torre Noroeste se encontrava e deu-se conta da situação assim que se recompôs.

Aquele canto da Grande Muralha ficava no cruzamento da Sunset com a Vine, no centro de Hollywood, bem no meio da rua. Uma livraria da rede Borders e uma agência do Chase Bank toda vandalizada se encontravam logo depois da barreira.

Quase mil ex's também estavam do outro lado da muralha. Trinta meses haviam se passado desde que o mundo tinha chegado ao fim, e as pessoas ainda os chamavam de ex's em vez de zumbis. De alguma forma, o termo "ex-humanos" tornava a situação mais fácil de lidar, simples assim. Até os militares tinham adotado a nomenclatura.

"No tempo em que ainda havia militares na ativa", o capitão pensou consigo mesmo.

Os antigos cidadãos de Los Angeles abarrotavam o cruzamento do outro lado da muralha, preenchendo o ambiente com o ruído interminável de dentes em convulsão. Mesmo quando não havia nada em suas bocas, suas mandíbulas rangiam escancaradas e cerravam feito máquinas. Algumas até estavam cheias de dentes, ainda que podres. Outras, por sua vez, ostentavam um caos de tocos irregulares que se despedaçavam ainda mais enquanto se chocavam. A maioria estava coberta por sangue coagulado. A tonalidade dos ex's era a de um quadro negro com giz apagado, pincelado por hematomas escuros onde o sangue tinha empoçado por baixo da pele. Os olhos eram cinzentos e sem brilho, não tão raro órbitas vazias escavadas nos rostos. Muitos tinham cortes profundos ou perfurações que nunca iam sarar, mas nem por isso conseguiam detê-los. Outros não tinham alguns dedos, mãos ou pernas inteiras.

Havia, porém, algo diferente naquela horda, e Freedom não sabia dizer o quê.

Os guardas disparavam contra a multidão com sua variada coleção de armas. Rifles catados de coleções pessoais ou arsenais de produções cinematográficas. Um sujeito com dreadlocks, a quem ele reconheceu como Makana, tentava manter um mínimo de organização, mas havia um certo ar de desespero pairando sobre os guardas. Um deles jogou seu rifle para trás como se fosse um bastão de beisebol e arremessou uma figura esquelética para fora da plataforma. Então virou-se e girou sua arma outra vez. Foi uma pancada e tanto, que acabou acertando seu alvo seguinte na cabeça e derrubando-o da muralha.

O guarda estava visivelmente com medo. Mas, agora que Freedom estava no topo da muralha, pôde perceber que *todos* os guardas estavam com medo. Não sabia bem o que os assustava tanto. Sacou sua imponente arma, uma espingarda AA-12 modificada para fazer as vezes de uma pistola em suas mãos enormes. O armeiro lhe deu o apelido de Lady Liberty. Seus olhos se voltaram novamente à horda.

Alguns dos ex's se movimentavam mais rápido do que os outros. Eles se lançavam contra a Grande Muralha e investiam com tudo para o alto. Agarravam qualquer saliência pelo caminho e esperneavam sem parar, arrastando-se barreira acima. Um punhado deles desviou sua atenção para Freedom assim que ele pousou. Por trás das centenas de olhares sem vida, Legião encarava com sangue nos olhos o oficial gigantesco.

Ao longo dos anos, o povo de Los Angeles tinha desenvolvido métodos e ações para lidar com os mortos-vivos. Aqueles ex's desmiolados ainda eram uma ameaça, mas uma ameaça contida. Com a qual todos tinham prática de sobra.

Legião tinha mudado tudo. Os ex's não passavam de peões controlados por ele. Podia incorporar cada um, passando de zumbi a zumbi como se todos fossem seus fantoches. Eram capazes de ser seus olhos e ouvidos. Ou suas mãos e dentes. Ele os tornou inteligentes. Imprevisíveis.

Freedom levou sua bota para trás e chutou a cabeça de um ex assim que ela despontou no topo da muralha. O morto-vivo saiu voando de volta à multidão. Levou um tempo para que Freedom se desse conta do que tinha acabado de testemunhar, mas logo entendeu o motivo de tanto pânico.

A maioria dos ex's que atacava impetuosamente a Grande Muralha estava usando capacetes.

Vários deles tinham capacetes de motoqueiros. Alguns pareciam da SWAT ou da Guarda Nacional. Freedom vislumbrou ainda uns poucos capacetes de futebol americano e outros de segurança, daqueles usados em obras. Até mesmo um ou outro capacete fosforescente de ciclismo, por mais inúteis que estes fossem.

Matar os ex's sempre tinha sido uma questão de matemática. Mas Legião tinha rearranjado os números a seu favor e desestabilizado os guardas no processo. Os métodos e ações desenvolvidos e postos em prática ao longo dos anos simplesmente desmoronavam. Os guardas estavam hesitantes e atiravam ao léu.

Coube a Freedom restabelecer o moral do grupo e fazer com que seu poderio de fogo focasse o alvo de novo antes que as coisas desandassem de vez. A Grande Muralha estava prestes a sucumbir. O ataque já tinha se espalhado por uma faixa de quase doze metros e, pelo que dava para ver, por mais uns seis ou nove dobrando a esquina. Legião tinha pelo menos quatrocentos ex's sob seu comando. E apenas seis civis para defender uma área de vinte metros contra centenas de adversários.

Sem grandes chances.

Um morto-vivo usando um capacete de construção conseguiu escalar a plataforma. Suas unhas tiravam lascas da madeira. Freedom pisou em uma das mãos e decapitou o ex num chute com o outro pé.

Makana e um outro guarda viram tudo e seus ombros relaxaram na hora, o que Freedom prontamente percebeu. A estrela de xerife e seu uniforme do Exército ainda exerciam esse poder sobre as pessoas.

– Sem pressa! – Freedom ordenou. Seu berro reverberou em seu peito largo mais alto do que o ruído dos dentes e a contrapartida dos fuzis. Apontou um dedo grosso em direção à horda. – Alvo na mira.

Para enfatizar suas palavras, Lady Liberty cuspiu fogo e derrubou da muralha mais duas daquelas coisas mortas. À queima-roupa, um cartucho calibre 12 era capaz de estilhaçar um capacete de Kevlar e o crânio dentro dele.

O tiroteio desorientado foi aos poucos entrando nos eixos. Um ex-ciclista cambaleou e caiu. Um morto-vivo da Guarda Nacional tropeçou ao levar um tiro no pé e se jogou da muralha. Um grandalhão com um capacete de futebol americano desmoronou com uma bala em cheio no olho.

Os ex's tombavam um atrás do outro, só que cada vez mais deles alcançavam o topo da muralha. Uma mulher atingiu a plataforma, mas um guarda a arremessou de volta com um taco de beisebol. Outra mão atrofiada surgiu estapeando a plataforma. O capitão Freedom a agarrou pelo punho e repeliu seu dono. O ex, um homem morto numa camisa Oxford, caiu de volta na horda e foi esmagado por dezenas de pés. Freedom se virou e bateu a boca de Lady Liberty em cheio no maxilar de um adolescente com um capacete de rebatedor e uma camiseta ensanguentada onde se lia "Pornstar". A coisa morta cambaleou com o baque e sumiu de vista.

Freedom bradou algumas ordens breves e os guardas se distanciaram para cobrir uma área maior.

– Todas as unidades – ele chamou pelo rádio –, aqui é o Seis. Temos uma grande invasão na Torre Noroeste da Grande Muralha. Reforço imediato.

Pelo menos duas pessoas responderam, mas suas palavras foram abafadas por outra rajada de Lady Liberty. Uma das balas espatifou um capacete de ciclismo e reduziu à polpa o crânio por baixo dele. O ex tombou e desapareceu entre a maré de coisas mortas no chão. Dois dos que ele acertou se contorceram em volta de seus pés.

A guarda mais próxima a ele, uma mulher esquálida de cabelos grisalhos, fez uma pausa para recarregar seu rifle. Era um velho M1, e a destreza com que ela carregou o pente sem maiores esforços deixou Freedom impressionado. Reergueu seu rifle bem a tempo de atirar no meio de um rosto empalidecido. A bala arrancou um pedaço do capacete do ex e o lançou para longe da Grande Muralha.

A poucos metros dali, outro cadáver se lançou à plataforma, debatendo-se até conseguir ficar de pé. Freedom deu quatro passos ligeiros e o varreu com uma braçada. O ex saiu rodopiando para fora da muralha.

Outro guarda mais próximo à quina das cordas parou para recarregar sua arma, mas uma ex cravou suas garras na beira da plataforma tão logo o sujeito puxou a cartucheira. Ele desferiu uma coronhada no rosto da zumbi, logo abaixo da aba do capacete de segurança amarelo e, em seguida, partiu a cara da morta-viva ao meio quando ela se agarrou ao seu joelho. A ex tremeu toda e se espatifou no compensado como um saco de batatas.

O guarda com o taco de beisebol, um homem magro, embora rijo, com feições asiáticas, girou seu bastão e lançou um dos pupilos de Legião pelos ares. Mas a força aplicada no movimento tinha sido tamanha que o sujeito acabou tropeçando no embalo. Caiu sobre as cordas, que, com o peso de seu corpo, bambearam. Derrubou o bastão ao se debater entre os cabos e de quebra conseguiu piorar ainda mais sua situação. Um ex agarrou uma das mãos em alvoroço e se jogou da muralha, arrastando o homem com ele.

Freedom deu um salto para ajudar o sujeito, pairando uns oito metros ao longo do topo da muralha, mas era tarde demais. Os ex's mais próximos à barreira passavam o guarda de mão em mão por cima de suas cabeças, carregando-o para fora do alcance e de qualquer chance de segurança. Ainda teve tempo de olhar para trás e ver seus amigos antes que as coisas mortas o derrubassem no chão e caíssem sobre ele. Então começou a gritar.

O capitão cerrou os dentes. Disparou mais três vezes contra o enxame de ex's antes que sua pistola ficasse sem balas. Metade deles tombou e o guarda parou de gritar. Freedom quase teve esperanças de ainda poder livrar o homem de seu destino miserável.

Chutou outro ex da plataforma, colocou um novo tambor em Lady Liberty e avaliou a situação. A linha de frente era das mais frágeis. Limitava-se a ele e outros cinco guardas. Estavam sob ataque não havia cinco minutos, mas dava pra ver onde aquilo tudo acabaria caso alguma coisa não mudasse.

Percebeu a movimentação pelo rabo do olho e sua pistola cuspiu três rajadas no morto-vivo. Já reposicionado, viu que outro ex tinha alcançado o topo da muralha, um vulto esquelético com o peito nu e um capacete preto da SWAT. O ex cruzou a plataforma rastejando e rolou pela beirada abaixo.

Legião tinha entrado.

Freedom ficou tenso por um breve momento ao vislumbrar a coisa morta ficando de pé aos trancos. Um só ex comprometendo a segurança do Monte e tudo poderia cair por terra. Mas ele estava longe demais para conseguir acertar um tiro fatal, e não podia correr o risco de abandonar a muralha.

Então notou algo ao lado de onde o ex tinha caído. Dedos enormes e blindados envolveram o capacete do zumbi e o suspenderam. Legião estapeava os dedos de aço e xingava em espanhol. Sua voz era grossa e seca, mal se propagando entre os sons de tiros e dentes.

A titã azul e prateada tinha um pouco menos de três metros de altura e dois de largura. Seus ombros eram decorados com emblemas e cada um de seus braços de metal terminava num punho de três dedos um pouco maior do que uma bola de futebol. O traje de combate girou um braço e arremessou a criatura de volta por cima da muralha. O morto-vivo saiu voando pelos ares até colidir contra o asfalto.

– Qual é a situação? – Danielle Morris vociferou por dentro da armadura. Seus alto-falantes estavam ajustados no modo público, e sua voz ecoou por todo o cruzamento.

Freedom atirou mais três vezes contra a horda. O Sistema de Armadura de Batalha Cerberus não teria sido sua primeira escolha de reforço. Era dos mais poderosos, claro, mas já não tinha suas armas de longo alcance. Também era muito grande e pesado para a plataforma no topo da Grande Muralha.

– Fique na retaguarda – ele disse. – Se algum deles passar por nós, é todo seu.

Legião aproveitou o descuido para lançar outro ex às carreiras por cima da muralha. Cerberus deu dois passos, pegou o adolescente morto-vivo e o atirou de volta.

– Entendido.

O enorme oficial deu meia-volta e se viu frente a frente com uma morta-viva num capacete de futebol. A ex o atacou, mas as mandíbulas frenéticas foram bloqueadas por sua máscara. Freedom golpeou a criatura bem no meio da garganta e ela voou de volta para a horda em grande agitação. Voltou, então, para sua posição inicial, explodindo ex's pelo caminho sempre que tinha uma chance. O grupo já tinha derrubado uns cem deles desde que o capitão estava lá, mas os mortos continuavam chegando.

Mais dois guardas, um homem e uma mulher, saíram de suas posições e foram correndo pela Grande Muralha, unir seu poderio de fogo e ajudar os outros a deter tudo o que tentasse ultrapassar o canto da barreira. O que significava dizer que, em algum outro lugar, a defesa tinha ficado mais fraca. Freedom achou melhor acreditar que aguentariam o tranco.

Ouviu Cerberus se movendo atrás dele, as pegadas abafadas das botas metálicas e o chiado dos servomotores, e logo outro ex surgiu voando de volta por cima da muralha. Nem tinha visto aquele passar por eles. Não era um bom sinal.

A mulher magra de mechas grisalhas recarregou de novo sua M1. Ela lhe lançou um olhar angustiado, que ele bem conhecia de outros tiroteios. Era sua última munição. Ele disparou duas rajadas de balas para dar cobertura a ela e Lady Liberty ficou descarregada outra vez.

A guarda escutou o tambor vazio e ergueu os olhos. Na mesma hora, um ex usando um capacete dourado da Polícia Rodoviária da Califórnia agarrou seu tornozelo e a puxou. Ela soltou um grito e escorregou pela borda enquanto o morto-vivo se suspendia à plataforma. Chutou-o na cabeça com sua perna livre. O ex rosnou de volta.

Freedom deu dois passos e bateu sua bota no queixo do ex. A cabeça girou para trás e o pescoço quebrou com um forte estalo. O zumbi tombou da plataforma, derrubando mais outro da muralha no caminho.

A mulher se precipitou de volta e agarrou seu rifle. Freedom pegou outro tambor de seu cinto. Só havia mais um depois desse.

Voltou sua atenção à horda e viu algo pelo canto do olho. Sua arma veio à tona. Então ele se deu conta de que poderiam ter uma chance.

Uma mulher estava poucos metros à sua esquerda, vestida de preto da cabeça aos pés, malha colada ao corpo e entrecruzada por correias e cintas cor de carvão. Seus coldres estavam afivelados pelo meio das coxas, como os de um soldado das forças especiais ou um pistoleiro antigo. Um largo capuz escondia seu rosto nas sombras, e sua capa a envolvia como um paraquedas.

– Demorou bastante, hein – Cerberus vociferou de algum canto por trás de Freedom.

As pistolas Glock 18C de Stealth já estavam engatilhadas e cuspindo fogo. O intervalo entre os disparos era tão curto que Freedom chegou a pensar que as armas estavam no automático. Mas logo percebeu a mira e notou que ela estava atirando de modo sistemático, cada bala encontrando um novo alvo.

Mais de dez marionetes de Legião caíram por terra com seus cordéis partidos. Stealth avançou e sua capa tremulou com a brisa noturna. As pistolas não davam trégua. Cada cartucho abria um buraco num capacete.

Em trinta segundos, tinha derrubado o mesmo número de ex's. Talvez mais. Deu um giro e chutou mais um assim que a cabeça do morto-vivo despontou na plataforma. O capacete rachou com o impacto da bota.

As pistolas giraram em suas mãos, aproximaram-se de sua cintura e seus dedos rodopiaram. As Glocks voltaram com pentes frescos e continuaram a disparar. Freedom conhecia atiradores de elite e franco-atiradores que teriam ficado boquiabertos com a precisão daquela mulher.

Foi a vez dele, então, disparar e admirar a queda de um ex com capacete militar e rosto irreconhecível, um completo caos. Mais um zumbi escorregou por cima da muralha, quase no canto da plataforma, e voou de volta logo depois. Um segundo vulto o seguiu e se estatelou no chão. Até que uma figura humana despontou no horizonte, planando do outro lado do cruzamento.

St. George, o herói uma vez conhecido como Mighty Dragon, era uma rocha de dois metros de altura. Seus músculos, de tão rijos, eram visíveis mesmo por baixo da jaqueta toda costurada. Seus cabelos castanho-claros reluziam sob os holofotes da Grande Muralha, roçavam seus ombros e combinavam com o couro da jaqueta.

Freedom sentiu seus ombros relaxarem um pouco.

XXX

St. George pairava sobre a multidão de ex's. Mesmo num breve sobrevoo sobre a horda, era capaz de distinguir características únicas em cada um deles. Já tinham sido pessoas, no fim das contas. Antes de morrerem.

Uma menina com o rosto carcomido, top verde fosforescente e mãos carbonizadas. Um judeu ortodoxo cuja barba estava coberta de sangue. Uma negra com quatro buracos de bala no peito. Um garotinho sem a mandíbula. Um sujeito esquálido num casaco três quartos de couro. Quase metade usava algum tipo de capacete. Um ex grandalhão e careca encarou St. George por trás de uma máscara de hóquei antes de mostrar-lhe o dedo do meio com ambas as mãos.

O herói encheu os pulmões de ar, sentiu a combustão dos reagentes químicos fazendo cócegas no fundo de sua garganta e cuspiu uma labareda sobre o enxame de ex's. Todo o cruzamento ficou iluminado. Ele inundou a retaguarda da horda com suas chamas ao girar o pescoço.

Metade dos ex's encarava o herói; mesmo com cabelos e roupas ardendo em fogo, seus dentes ainda batiam. Já os outros, os que usavam capacetes, retraíram-se. Movimentando-se em perfeita sincronia, todos viraram a cabeça à direita enquanto levantavam os braços esquerdos para protegerem seus rostos. Alguns chegaram a fitá-lo.

St. George mergulhou na multidão, agarrou alguns ex's pelo pescoço e os arremessou para longe da muralha. Atravessou a horda como se capinasse um jardim, arrancando ervas daninhas uma atrás da outra. Mais de dez colidiram contra os prédios e o asfalto antes que todos desviassem a atenção para ele. A turba tomou fôlego e falou a uma só voz.

– Até a próxima, *pinche* – rosnaram.

Uma súbita mudança correu pela multidão de ex's tão logo o controle de Legião terminou. As expressões se tornaram abatidas novamente, e os dentes voltaram a bater. Os mais próximos a St. George mancavam em sua direção com pernas bambas.

Ele tomou impulso para longe das mãos afoitas e de volta à plataforma. Mais alguns disparos reverberaram, embora já desse para notar a horda se apaziguando. Ainda havia uns dez ex's estapeando a muralha, mas, sem o controle de Legião, aquilo não passava de um esforço sem o menor sentido e que nunca os tiraria do chão. Escalar era algo complexo demais para eles.

– Eu acho que ele foi embora – St. George bradou. Saíam filetes de fumaça de suas narinas e boca, como um motor em marcha lenta, quando se escutou o baque de suas botas contra a plataforma ao pousar em frente a Stealth. – Está todo mundo bem?

Makana negou com a cabeça:

– Perdemos Daniel.

Outro guarda ergueu sua mão trêmula. Havia sangue em seus dedos:

– Eu... eu acho que fui mordido.

– Você acha? – a mulher magra disse, fitando o sujeito, e suspendendo seu rifle alguns centímetros.

– Foi tudo tão rápido – ele retrucou, com os olhos fixos na boca do rifle. – Talvez eu tenha só me cortado em alguma coisa, acho que foi isso mesmo.

– Vá já pro hospital – St. George disse. – Faça um check-up. Cerberus, você pode ir com ele?

O traje de combate inclinou a cabeça e se concentrou no sujeito, que desceu a escada de madeira e seguiu rua abaixo. Cerberus foi logo atrás, a alguns passos de distância.

– Valeu pela ajuda, chefe – Makana disse a St. George e, em seguida, lançou um aceno de cabeça a Freedom, o que fez seus dreadlocks balançarem. – Chefes. Eu não imaginava que ele pudesse ter tantos corpos assim, capazes de se mover tão rápido.

Capitão Freedom fitou os ex's:

– Capacetes – ele disse. – Isso sim é novidade.

Stealth se virou para os guardas, e então para Freedom:

– Quanto gastamos de munição nesse ataque?

– Quase tudo – Makana respondeu, e olhou para os outros guardas, que retrucaram dando de ombros e acenando com a cabeça. – Só me sobrou uma cartucheira.

– Tô quase sem balas – a mulher magra disse.

– Acho que ainda tenho uns três cartuchos – outro sujeito disse – e mais dois pentes depois do tiroteio.

Duas serpentinas de fumaça se encaracolavam nas narinas de St. George.

– Pelo visto, chegamos na hora certa. Vamos tratar de reabastecer a munição e conseguir mais alguns guardas. Capitão, você pode ficar com eles até que tudo chegue aqui?

– É claro, senhor.

– E alguém trate de descobrir se Daniel tem... se ele tinha uma família.

– Eu acho que ele tinha um namorado – Makana disse.

St. George assentiu:

– Vamos dar a notícia pra ele, então.

– É pouco provável que Legião tente outra investida ainda esta noite – Stealth disse. Guardou suas armas e mirou a multidão de ex's abaixo deles. – A impaciência demonstrada por ele e toda aquela variedade de capacetes quer dizer que usaram a maior parte dos apetrechos que cataram por aí, provavelmente tudo que encontraram pela frente.

St. George ergueu uma sobrancelha, um tanto cético:

– Tem certeza?

– Ele nunca voltou em menos de cinco horas depois de ter recuado. Ele poderia atacar outra parte da muralha, mas eu diria que as probabilidades disso acontecer são bem baixas.

– Quer dizer, então, que é assim que as coisas vão ser daqui pra frente? – a mulher magricela perguntou. – Porque foi uma merda tudo isso.

O semblante de Stealth ficou encoberto pelo tecido inexpressivo de sua máscara. Já sua linguagem corporal era diferente. St. George a conhecia o suficiente para perceber os mais sutis sinais.

– Beleza – ele disse. – Se você tem tudo sob controle, capitão, vamos deixar essa com vocês, pessoal, e voltar pra nossa ronda.

Freedom bateu continência. St. George estendeu a mão e Stealth a segurou sem dizer uma palavra sequer. Ele concentrou suas forças num ponto entre as costas e saiu voando, carregando a mulher. Seu manto esvoaçava por trás deles.

St. George foi subindo até o topo de um prédio inacabado numa das quinas da Grande Muralha. Se o mundo não tivesse acabado, àquela altura já estaria funcionando como um edifício comercial ou residencial.

Em vez disso, não passava de uma estrutura formada por vigas enferrujadas e gesso laminado, mas que lhes dava uma boa visão das alas norte e oeste da Muralha.

Stealth apoiou os pés numa das vigas. Continuou segurando a mão de St. George até estar perfeitamente equilibrada. Apertava com força. Ele pairava logo acima com seus dedos entrecruzados aos dela.

– Você já estava esperando alguma coisa desse tipo, né?

– Estava. Era apenas uma questão de tempo até que Legião se desse conta de que poderia se valer dos recursos da cidade pra equipar os ex's. Isso vai complicar as coisas por um tempo. Nossas fábricas de munição estão sobrecarregadas.

– Mas você já estava preparada pra isso, certo?

– Sim.

– Mas então o que está te incomodando?

– Antes do ataque, o capitão Freedom tinha detido três adolescentes que tentavam roubar um carro.

– E daí?

– Os pequenos delitos subiram quase dez por cento nos últimos meses, desde que a Grande Muralha foi concluída. É uma distração da qual não precisamos agora que Legião descobriu esses novos recursos.

– Sim, mas é um bom sinal, de uma certa maneira – St. George disse. – Se estamos crescendo o suficiente pra começar a ter problemas de criminalidade, significa que temos uma população bastante considerável. As coisas estão ficando melhores de um modo geral.

Ao redor de toda a Grande Muralha e tão longe quanto conseguiam ver, vultos se enroscavam e tropeçavam pelas ruas. Os dentes crispavam e estalavam na escuridão feito uma centena de fogueiras distantes. Mesmo à noite, St. George podia enxergar milhares deles, e sabia bem que havia milhares mais que não via. Stealth tinha dito que existiam pouco mais de cinco milhões de ex's em Los Angeles. Em três anos, nada do que ele tinha visto foi capaz de convencê-lo do contrário.

Na melhor das hipóteses, cada um era uma máquina irracional sem outro propósito senão matar e comer. Um bando formado por dez ex's seria capaz de destroçar uma pessoa em menos de meia hora. Na pior das hipóteses, os mortos-vivos abrigavam Legião.

Stealth sacudiu a cabeça por dentro do capuz:

– Pra variar, sempre um otimista.

– Ah, como é mesmo que se diz? – St. George deu de ombros. – Mais vale o mau conhecido...

LOCALIZAÇÃO É TUDO

ANTES

A seta do meu GPS estava começando a virar, mas a estrada parecia dobrar com ela. A gente já estava na estrada fazia uma hora àquela altura. Nenhum dos dois abria muito a boca. Não falávamos a mesma língua, então nem era pra menos.

Meu motorista, Nikita (em homenagem a Khrushchev, como seu gerente tinha me dito), era uns três centímetros mais alto que eu, talvez duas vezes mais largo e permanentemente carrancudo, barba por fazer. Lembre todo e qualquer sujeito russo estereotipado que você já viu por aí. A razão de ser um estereótipo é justamente porque muitos deles batem com a ideia que a gente tem. Nikita é um desses. O cheiro de cravo estava impregnado nele feito colônia, mas pelo menos ele tinha a decência de não acender um dos seus cigarros de Bali quando ficávamos juntos no carro.

Pra ser honesto, a gente até tentou conversar algumas vezes. Acho que é da natureza humana, mesmo. Tem alguém perto e nos sentimos obrigados a dizer alguma coisa. De vez em quando, perguntava sobre o nosso progresso ou um trecho da paisagem, ou oferecia meu GPS pra que ele se orientasse. Certa vez, tentei perguntar sobre o tempo.

– Aqui é bem mais quente do que eu estava esperando. É sempre quente assim no verão ou tem alguma coisa a ver com o aquecimento global?

Na metade do tempo, ele me ignorava. Na outra metade, virava e respondia umas poucas palavras. Ou talvez uma frase inteira com algumas palavras bem longas. Não consigo pronunciar uma palavra em russo, então fica meio difícil de dizer. Uma vez, ele fez um longo e apaixonado discurso sobre... alguma coisa. Talvez uma árvore pela qual passamos que tinha crescido com ele ou coisa assim. Não faço ideia.

Teria sido moleza começar uma conversinha em russo, claro. Tem uma tatuagem no meu pomo de Adão justo pra esse tipo de coisa, e mais outras duas, uma atrás de cada orelha. Só que a gente estava transportando um monte de coisas muito sensíveis, e não dava pra correr o risco de que ficassem contaminadas por outros tipos de energia.

De todo modo, quando contratei um guia, não pensei em pedir alguém que falasse meu idioma. Já tinha sido duro o bastante explicar aonde eu queria ir pro cara da agência.

– Aqui – eu disse, apontando pro mapa. – É pra cá que eu quero ir.

O gerente responsável pelos passeios turísticos era um sujeito esguio que fedia a cigarros. Seus dedos eram amarelos. A sensação que dava era que os cigarros tinham sido uma parte considerável da sua dieta durante anos. Ele olhou pro mapa esticado sobre o balcão:

– Cherepanovo?

Sacudi minha cabeça e bati com o dedo no mapa de novo.

– Iskitim? – foi a vez dele de sacudir a cabeça. – Lugar ruim para turista.

– Não, – retruquei, sacudindo a cabeça outra vez. Verifiquei minhas anotações duas vezes, como se eu não tivesse a localização exata na memória, catei um lápis e fiz um pequeno X no mapa. – Bem aqui. É pra cá que eu quero ir.

Franziu a testa ao ver a região marcada e examinou o local:

– Sessenta quilômetros daqui – ele disse. – Não tem nada lá, só algumas *poselok*, aldeias pequenas.

– Eu só preciso estar lá em duas horas e meia. Eu e meu equipamento – disse, apontando pras sacolas e tirando algumas notas da minha carteira. Aquela viagem estava me custando três meses de salário, mas, quando acabasse, ia valer a pena.

Claro que, se eu estragasse tudo, acabaria mortinho da silva. Eu e mais todo mundo num raio de uns sessenta quilômetros, mais ou menos.

O gerente deu de ombros, pegou o dinheiro e alcançou o telefone. Depois de uma conversa breve em russo, disse que o meu motorista chegaria em vinte minutos. E me explicou o nome de Nikita enquanto matávamos o tempo.

Esperava conseguir duas ou três pessoas e um caminhão. Em vez disso, acabei com Nikita. O cara era um touro. Jogou uma sacola nas costas e carregou outras duas, uma embaixo de cada braço. Depois, bateu um papo rápido com o gerente e seguiu até um sedan maltratado da BMW. Acomodou as três sacolas no porta-malas (não tem como não pensar na máfia russa quando se vê um porta-malas grande daqueles) e me apontou o lado do passageiro.

Durante quase uma hora, dirigimos por uma estrada asfaltada que poderia ser no Kansas ou em Oklahoma, ou algum estado com terrenos mais planos. Você escuta *Sibéria* e imagina um pesadelo num deserto ártico, mas até que acha bonito lá, se estiver no ânimo certo.

A seta do GPS começou a virar de novo, mas dessa vez a estrada não dobrou junto. Mirei o horizonte, mas não vi nenhum desvio. Nikita continuou dirigindo a uma velocidade constante de oitenta quilômetros por hora. A seta apontou pro volante, então pra ele e, depois, em direção ao banco de trás.

– Pare, pare – eu disse. – Passamos.

Ele resmungou, sacudiu a cabeça e apontou pra estrada logo em frente.

– Bem – retruquei, também sacudindo a cabeça. – É pra voltar lá. – Levantei o GPS.

Nikita desacelerou pra enxergar a setinha digital e olhou de relance pra trás. Suspirou e, numa manobra aberta, fez o retorno.

Tivemos que voltar um quilômetro até que a seta ficasse perpendicular à estrada. Ficou observando comigo e freou o carro devagar até parar. Antes disso, saltei fora.

Parecia que estávamos na fronteira da fazenda de alguém. O pasto estava abandonado, o capim crescendo solto já há uma ou duas entressafras. Só pasto e mais nada por quilômetros e mais quilômetros, com uma árvore aqui e outra acolá. Alguma coisa me dizia que devia ser um parque florestal ou coisa assim. Talvez uma chapada.

Estávamos a uns seiscentos metros de distância um do outro. Encarei Nikita. Ele tinha saído do carro e me encarava de volta por cima do capô.

– Vamos lá – eu disse, apontando pro porta-malas. – Traz as sacolas.

Ele jogou as mãos pro alto e olhou em volta com cara de quem estava meio confuso. Cuspiu algumas palavras e fez um gesto em direção à estrada outra vez.

Apontei pro pasto com o GPS e bati no meu relógio com a ponta do dedo.

– As sacolas – eu disse de novo.

Ele deu um suspiro, bateu a porta do carro e foi até o porta-malas.

Avancei para o campo. O capim estava tão grosso e alto que eu nem conseguia enxergar o chão, era esquisito. O jeito foi ir devagar. Seria uma merda chegar tão perto, depois de todo esse tempo, e acabar quebrando meu tornozelo a algumas centenas de metros do lugar.

Nikita soltou um pigarro atrás de mim.

– Nós dirigimos até aqui para ver capim?

Eu parei e me virei pra ele.

– Você sabe falar inglês?

Ele bufou.

– Claro que sei falar inglês. Pensa que aqui é os Estados Unidos, onde pessoas falam só uma língua? Russos muito mais inteligentes.

– Ficamos uma hora no carro.

– Você muito chato. Fala de árvores e clima. Conversa de mulher – ele disse, sacudindo a cabeça.

Com a ajuda do GPS, cruzamos o primeiro aglomerado de árvores, atravessando um lamaçal que até poderia ser um córrego em outra época do ano, e então um pequeno trecho rochoso. Onze minutos depois que saímos do carro, ele apitou três vezes. Um iconezinho começou a piscar na tela. Andei em círculos, checando todas as direções. O GPS apitou de novo. O ícone continuava piscando.

Era lá.

Acenei pra que Nikita largasse as sacolas e continuei circulando pra assentar o capim ao redor. Precisava de espaço pra trabalhar. Quarenta e seis minutos pro espetáculo começar. Um pouco em cima da hora pro que eu estava esperando, mas ainda assim tempo mais que suficiente pro que eu precisava.

Abri a primeira sacola. Havia três tripés, cada um envolto numa coberta acolchoada pra garantir a proteção. Chequei o GPS uma última vez e comecei a arrumar as coisas.

Peguei o primeiro tripé e afastei suas pernas. Eram de ferro. Mais fraco e mais pesado do que aço, mas não era um bom condutor. Pelo menos não pro que eu estava lidando. Botei o GPS no chão e o arrastei com o pé por alguns centímetros pra esquerda. Depois, centralizei os braços do tripé sobre ele. Quando senti que estavam seguros, desembrulhei a segunda coberta e repeti o processo.

Nikita estava parado ao lado das sacolas e soltou outro pigarro.

– Isso é... como se diz... – ele vasculhava a cabeça atrás das palavras. – Isso é equipamento de ciência?

Travei a última perna no lugar.

– Bem, não deixa de ser um tipo de ciência.

– Você não podia fazer isso em Novosibirsk?

– Pra dizer a verdade, não. Não se trata só do curso da lua. É também sobre com o que ela cruza no caminho. Você já ouviu falar das linhas ley?

– Linhas gay? – Nikita ecoou. – É como... linhas de telefone? Telessexo, sim – ele balançou a cabeça.

Esbocei uma risada e sacudi a cabeça.

– Não, não. São tipos diferentes de linhas. As interpretações populares são tudo conversa fiada, é claro. Não passam de uma desculpa pra "bruxas" e "druidas" dançarem por aí com as tetas de fora. Mas existe alguma verdade por trás do conceito.

Ajustei as pernas e firmei o tripé no lugar, em frente ao primeiro.

— A Terra é um grande ímã e há linhas do campo eletromagnético que circundam todo o planeta feito uma teia de aranha. É mais fácil trabalhar com as linhas ao seu favor do que contra elas. Pontos onde duas linhas se cruzam são muito potentes, e dá pra aproveitar um pouco dessa energia.

Nikita pareceu concordar e deu um tapinha de leve no maço do seu cigarro de Bali. Dava pra ver que ele já tinha perdido completamente o interesse em mim e estava só fingindo me dar atenção. Apalpou o bolso atrás do seu isqueiro. Continuei falando. Não que achasse que ele fosse acreditar em mim, mesmo entendendo tudo o que eu estava dizendo.

— Agora, se você for capaz de encontrar um desses pontos de cruzamento, e vem a calhar o fato de ele ser o local de outro grande evento cosmológico, dá pra desencadear uma parada bem legal. Especialmente se estiver bem informado sobre esse tipo de coisa. Meu caso.

Ele fez outro sinal de cabeça e soltou uma nuvem de fumaça.

— Certo — ele disse. — Evento cósmico. — E olhou pro relógio.

Peguei o terceiro tripé.

— Pra ser honesto, eu meio que esperava encontrar mais uns dez caras se estapeando aqui, pelo ponto. Isso realmente é o tipo de coisa que só acontece uma vez na vida. Muito embora alguns desses caras já estejam na sua segunda ou terceira vida a esta altura.

Nikita deu outro trago no cigarro. Nem se dava mais ao trabalho de fingir interesse.

Na segunda sacola, havia algumas ferramentas e os suportes *century stands*. Uns troços enormes de aço que se usa nos sets de filmagem. Pareciam tripés anabolizados, com pés e altura reguláveis e um braço com apoio giratório (a cabeça) na extremidade. Chamam de *century stands* (*c-stands*) porque eles ficam numa centena de posições. Eu os coloquei a uns dez metros de distância dos tripés.

Por fim, na terceira sacola, estava a lente convexa. Trinta e nove polegadas de diâmetro. O troço pesava mais de cinquenta quilos. Estava coberta com espuma, uma manta acolchoada e mais duas lonas. Dois pinos em cada extremidade da sua moldura de bronze ficavam presos às juntas dos *c-stands*. Nikita teve que me ajudar a ajeitar a lente. Nós a travamos no lugar e ajustamos os *c-stands* até que ela ficasse sobre os suportes. Eu tinha um nível topográfico a laser que fazia as medições. Levei mais quinze minutos pra garantir que a lente estivesse nivelada e centralizada sobre os braços travados dos suportes.

Faltavam dezoito minutos. Peguei um pé-de-cabra no segundo saco e o joguei pra Nikita.

– Preciso que você faça uma linha no chão em volta disso, com um raio de um metro e meio. Deixe também com uns seis centímetros de profundidade.

Ele olhou pro pé-de-cabra.

– Para quê?

– Isolamento. Isso vai ajudar a manter as coisas estáveis.

Ele soltou uma baforada de fumaça.

– Eu sou pago apenas para dirigir.

– Cinquenta dólares – retruquei. – Só tem que ser feito nos próximos dez minutos.

Ele sorriu e se curvou pra começar a revirar o chão com o gancho do pé-de-cabra.

Tirei um par de luvas de borracha do bolso e minha carteira de viagem de dentro do casaco, que ficava pendurada em volta do meu pescoço. Havia dois pequenos embrulhos nela. Abri o menor, envolto numa camada tripla de couro macio.

Era uma lente de duas polegadas que passei meses esculpindo. A Obsidian é frágil, e existe um truque pra trabalhá-la com ferramentas de osso. Custaram-me três ensaios e seis tentativas frustradas até conseguir construir a maldita coisa. Soprei um pouco de poeira de cima. Qualquer imperfeição, ainda que fosse só um pouco de óleo ou uma gota de suor dos meus dedos, arruinaria todo o trabalho. Fixei a lente no anel superior entre os três tripés. Mais alguns minutos pra reajustar o nível e me certificar de que estava tudo certo.

Então tirei o segundo embrulho. O medalhão. Coloquei-o no anel inferior e passei mais cinco minutos checando pra ver se estava tudo nivelado. Tive que resistir à tentação de brincar um pouco com o equipamento. A coisa em si era muito simples. A lente grande nos *c-stands* tem foco na lente pequena nos tripés, que, por sua vez, enfoca o ponto central do medalhão.

Nikita resmungou. Mal tinha terminado de fazer o círculo e logo pegou outro cigarro. Peguei dois pacotes de sal na primeira sacola.

– Preencha o círculo com isso. Todo ele. Não pode haver falha nenhuma. Quando estiver pronto, você pode passar por cima, mas não pisar.

Ele suspirou e botou o cigarro de volta no maço. Abriu o primeiro pacote e começou a derramar o sal.

– Isso é o quê? – ele perguntou, enquanto se arrastava pela trincheira em miniatura. Seus olhos voltaram-se para o medalhão. – Mais equipamento?

– Pode-se dizer que sim. – Vi seus olhos brilharem e sacudi a cabeça. – Não vale tanto quanto aparenta, pode acreditar. Mas se eu tiver feito tudo certo, daqui a dez minutos não vai ter preço.

Ele sorriu meio maroto, já completando metade do círculo. Percorri a linha de sal com os olhos. Ele estava fazendo um bom trabalho. Nem uma única falha em qualquer canto. Rasgou o segundo saco de sal.

– Mas é claro que eu não vou me fiar só num medalhão – continuei. – Mesmo que saia tudo perfeito, ainda vou precisar configurar um ou dois sistemas de segurança antes de começar a usar.

Ele terminou o círculo. Faltavam seis minutos. No alto do céu, o brilho do sol passou a sumir por trás da lua.

– Talvez prefira voltar pro carro. É bem provável que seja um pouco transtornante se você não estiver pronto pra coisa. Pra ser honesto, eu venho trabalhando nisso faz quase três anos e ainda não tenho certeza se estou pronto.

Ele olhou de relance pro eclipse se formando e sacudiu a cabeça.

– Nada de mais. – Colocou seus óculos escuros, puxou outro cigarro e apalpou de novo o bolso atrás do isqueiro. – Sou homem grande. Não tenho medo do escuro.

– Tá certo – respondi, acenando com a cabeça. – Isso é o que todo mundo diz na primeira vez.

DOIS

AGORA

St. George observava atentamente Jennifer esmagar um último prego contra o telhado antes de lançar uma saudação aos céus com seu martelo.

– Pronto – ela disse. – Acabou. – Deu uma espiada numa das telhas e outra pancada no prego. – Agora sim, acabou.

Alguns aplausos dispersos vieram da multidão. Não muitos.

O posto de segurança não era lá grande coisa. O andar construído não passava de um barraco. Mas tinham usado madeira suficiente para erguer paredes sólidas. Havia duas janelas e uma claraboia. Um rolo de papel de piche e um conjunto de telhas tinham lhe garantido (teoricamente) um telhado impermeável. Foi construído no canto entre o portão oeste da Grande Muralha e a escada de madeira que levava à passarela no topo da barreira.

A Grande Muralha tinha, em média, cinco metros de altura, e, em alguns lugares, quase quatro metros de espessura. Para construí-la, carros tinham sido arrastados, enfileirados e, por fim, empilhados uns em cima dos outros. Foi um trabalho longo e tedioso, com dezenas de homens e mulheres detendo os ex's enquanto outras dezenas empurravam carro atrás de carro. A maioria estava com os pneus furados, e era como se estivessem atolados num lamaçal profundo na hora de movê-los. Mesmo com a ajuda dos heróis e, depois, dos supersoldados do Projeto Krypton, demorou quase um ano para ser construída. Quando enfim terminaram, um dos meninos que mais trabalhou nas obras informou a St. George que exatos 6.781 carros compunham a Grande Muralha. Stealth fez questão de corrigir o garoto, dizendo que tinha errado por dois.

Não havia nada próximo à muralha que os guardas pudessem usar como abrigo, porém. Bastou uma noite de chuva no fim de novembro para que se dessem conta disso. A guarita no cruzamento da Melrose com a Vine era útil apenas para quem estava de guarda no portão oeste. Ainda faltavam mais três, uma em cada portão.

St. George abriu um sorriso, admirando a guarita, enquanto Jennifer descia a escada. Olhou de relance para a multidão.

– Ah, pera lá – ele apontou para o barraco. – Vocês por acaso sabem o que é isso? Essa é a primeira construção de Los Angeles em três anos.

Por um breve momento, todos fitaram a pequena cabana em silêncio.

Jarvis soltou um pigarro. Ele era esguio e tinha uma barba escura com mechas prematuramente grisalhas.

– Graças a Deus – ele disse. – O mercado imobiliário finalmente se recuperou.

Todos sorriram. Estourou uma gargalhada no meio da multidão.

– É hora de começar a investir – Makana gritou. As gargalhadas acabaram em aplausos. Todos aplaudiam dessa vez. Algumas pessoas se abraçavam.

Era bom ver tanta gente sorrindo, St. George pensou. Aquilo não acontecia com a devida frequência. Passou a bater palmas também.

Os aplausos continuaram por um tempo e, aos poucos, cessaram. Algumas poucas pessoas seguiram aplaudindo sozinhas. St. George aproveitou a deixa para atravessar a multidão rumo ao portão.

O portão leste era formado por dois grandes canos verticais de aço a poucos centímetros de distância um do outro. Era forte o suficiente para parar um carro em alta velocidade. A meta era, em algum momento, cobrir ambos os lados com arame farpado para impedir que os mortos--vivos passassem. Um par de barras apoiadas nos painéis para mantê-los no lugar, uma na altura do peito e a outra a meio metro do chão.

Do lado de fora, uns doze ou treze ex's espancavam juntos o portão. Todos tinham a mesma expressão, olhos esbugalhados e um sorriso que mais parecia de escárnio. Ao se aproximar, St. George pôde ver as feridas abertas que marcavam seus corpos. Faltava um dos olhos a um deles. O que estava a seu lado batia a mão contra o toco carcomido que tinha sobrado do outro pulso. Havia uma mulher com feições deslumbrantes e apenas alguns arranhões e hematomas, e outra que não passava de ossos embrulhados em pele de papel. Todos eram bem pálidos e tinham olhos turvos. Continuavam a estapear o portão.

– A coisa parece estar boa aí dentro, *esse* – disse a St. George um deles, o morto-vivo com a mão decepada. O ex batia o coto contra a palma. – Parece muito boa mesmo.

As narinas de St. George soltaram dois rastros de fumaça.

– Tá precisando de alguma coisa, Rodney?

Os aplausos cessaram.

– Eu já disse – o morto-vivo falou, antes que os outros ex's se unissem a ele numa só voz. – PARE DE DIZER RODNEY. MEU NOME AGORA É LEGIÃO, DROGA!

– Tanto faz.

Metade dos ex's se afastou do portão e saiu perambulando como o resto dos mortos-vivos. Suas mandíbulas abriam e fechavam sem parar, batendo os dentes. Os que sobraram encaravam St. George. O maneta deu um soco num dos canos de aço e os outros ex's seguiram seu exemplo ao longo do portão.

– Um dia desses, dragão, eu vou entrar aí. Você sabe que está chegando. Quero ver se você vai bancar o espertinho nessa hora.

– Um dia não quer dizer que seja hoje – St. George rebateu. E cuspiu uma labareda pela grade.

Os ex's recuaram, mas logo enterraram os pés de volta ao chão. A rajada de fogo tinha sido fraca e não fez mais do que chamuscá-los, mas o maneta acabou perdendo as sobrancelhas. Todos encararam o herói e arreganharam os dentes. Logo depois, seus queixos e olhos caíram e seus dentes passaram a bater de novo. Enfiaram os braços por entre as grades, tentando alcançar St. George com investidas lentas e desajeitadas.

Algumas pessoas reagiram com sorrisos amarelos e aplausos acanhados, mas o clima já tinha esfriado. A multidão se dispersou. Os guardas voltaram a observar as ruas do lado de fora da Grande Muralha enquanto outros subiam a escada de madeira para se juntar a eles.

St. George se afastou do portão e viu que duas pessoas tinham ficado para falar com ele. A primeira era Billie Carter, a chefe titular dos batedores, o pessoal que saía uma ou duas vezes por semana para vasculhar a cidade em busca de qualquer suprimento que pudesse encontrar. De longe, a sargento da Marinha às vezes era confundida com um adolescente, por causa do cabelo com corte escovinha. De perto, não restavam dúvidas de que era uma mulher com quem seria melhor não mexer.

O segundo era Hiram Jarvis. Ninguém sabia direito onde Jarvis se encaixava no esquema geral. Ele costumava sair com os batedores, mas não raro era visto andando pela muralha. Emendava um turno atrás do outro e, quando sobrava um tempinho, ainda capinava o jardim. Sua disposição para executar o que fosse preciso acabava fazendo com que todos gostassem dele, então todos se predispunham a lhe dar ouvidos quando falava. St. George tinha encontrado o cara certo para ser uma fonte inesgotável de animação e bom senso, sem nunca ultrapassar o limite que faz as pessoas muito animadas serem tão irritantes.

– E aí? – o herói disse. – Tudo certo pra amanhã?

Billie fez que sim:

– Se o Legião não detonou demais as estradas, devemos levar uma hora até Sherman Oaks. Tem muita lojinha pelo caminho, acho que vale a pena dar uma conferida. Se pudermos continuar até Sepúlveda, então, tem uns mil conjuntos habitacionais.

– Provavelmente vai ser coisa demais pra um dia só – Jarvis disse. – Mas podemos ter uma noção de como as coisas estão por aquelas bandas.

– É bom que tenha mesmo alguma coisa – Billie retrucou. – Isso tá quase não valendo mais a pena.

St. George se virou a ela:

– Como assim?

Ela deu de ombros:

– Pura logística. Se gastar dez galões de gasolina pra trazer dez de volta, na prática não saímos do lugar. Ainda tem um monte de posto de gasolina lá fora, mas estamos chegando num ponto em que vai custar mais sair procurando por aí do que temos a ganhar. Especialmente com Legião obrigando a lutar a cada quilômetro.

– Mas é sempre bom dar uma saidinha – Jarvis disse.

– Estou falando sério – Billie o interrompeu. – Sempre que pomos os pés pra fora, continuamos amarrados ao Monte, e a corda já está ficando curta. – Ela cruzou os braços. – Acho que precisamos pensar sobre a criação de uma base fora daqui ou até duas mais pra longe. Lá pras bandas do vale ou talvez em Burbank. Talvez umas dez ou vinte pessoas num canto seguro. Algum lugar onde possamos vasculhar sem ter que trazer de volta numa camionete tudo o que a gente encontrar.

St. George segurou um sorriso.

– Stealth sugeriu coisa parecida faz algumas semanas. Eu só não sabia bem como a ideia soaria.

– Você podia ter perguntado – Billie retrucou.

– Ela disse que, se eu esperasse um pouco, vocês provavelmente acabariam pensando em algo. Especificamente você, Billie.

– Mas é claro – Jarvis deu um sorriso maroto.

– E se tentássemos pra valer? Eu podia dar umas voltinhas por aí até Van Nuys ou talvez na direção de Glendale. Talvez tenha algum estúdio pequeno por lá que possamos usar, ou uma escola.

– Tem todo um arsenal da Guarda Nacional em Van Nuys – Billie garantiu. – Você já foi lá uma vez pra averiguar isso, disse até que ainda parecia seguro. Com certeza vamos poder usar qualquer tipo de munição que esteja lá.

O herói concordou:

– Precisaríamos checar de novo. Tinha só uma cerca lá, né?

Ela confirmou.

– Tem também o centro da cidade – Jarvis disse. – A gente evitou ir pra lá até agora, mas talvez seja hora de pensar em chegar mais pra ver qual é.

O herói negou com a cabeça:

– O centro ainda é uma armadilha fatal. Stealth estima que existam pelo menos seiscentos ou setecentos mil ex's por ali. Além disso, os paredões de carros empilhados estão por todos os lados, junto com milhares de barricadas deixadas pra trás pela Guarda Nacional. Não íamos conseguir andar nem cinco quarteirões sem ser trucidados, mesmo que Cerberus e todos os soldados do Freedom estivessem conosco.

– Você bem que podia ir na frente pra dar uma patrulhada antes e abrir caminho – Billie sugeriu. – Você já fez isso faz três anos, quando saímos para caçar brinquedos na época do Natal.

Ele confirmou com a cabeça.

– É por isso que sei que o centro é uma má ideia. É um inferno pra encher alguns sacos de lixo com Barbies e imitações baratas dos Transformers, e isso porque sou eu.

– Tem um outro ponto aí – Jarvis disse. – Se é que vocês me permitem tocar no assunto.

– Depende – St. George disse. Ele apontou para a rua e os três passaram a caminhar pela Grande Muralha em direção ao norte.

– E as eleições? – o cara barbudo perguntou. – Vamos ter duas semanas pra votar a partir de amanhã, mesmo?

– Pelo que eu andei sabendo, sim – o herói respondeu. – Por quê?

Jarvis ergueu os ombros:

– Ainda dá tempo de alguém aí se candidatar a prefeito...

St. George negou com a cabeça:

– Já disse, estou fora.

– Pois não deveria – Billie retrucou. – Você seria a escolha natural.

Jarvis concordou:

– Todo mundo te conhece. Praticamente todo mundo gosta de você. Só mesmo quem não quer não enxerga que você já salvou a gente pra caramba. Você é um líder nato, meu patrão.

– O mesmo vale pra você e pra Billie – o herói pontuou.

Ela bufou.

– É sério – ele prosseguiu. – Jarvis, você daria um ótimo prefeito. Por que não se candidata?

– Pra dizer a verdade, eu não daria conta de aguentar o corte no salário. Tenho um estilo de vida dos mais extravagantes pra manter, sabe. – Ele empinou o queixo e ajeitou a lapela de seu casaco puído. – Mas isso nem vem ao caso, realmente. Se ninguém se ligar, vai acabar ficando entre a Christian e o Richard. E o Richard simplesmente não tem manha pra política aqui na cidade grande.

– Onde você quer chegar com isso?

– Eu só estou dizendo que, se nada mudar nessa disputa, existe uma boa chance das coisas por aqui serem completamente diferentes daqui a duas semanas. É melhor não deixar pra depois o que se pode fazer agora, sabe?

St. George balançou a cabeça:

– Não podemos começar com isso da gente aqui e eles lá. Demorou mais de um ano para que os Seventeens se socializassem. A última coisa de que precisamos é sair dividindo todo mundo em partidos políticos dessa maneira.

– As pessoas já estão divididas, chefe – Jarvis retrucou. – É do instinto animal. Algumas pessoas querem seguir adiante, outras querem que tudo volte a ser como antes. Ainda tem toda aquela maluquice religiosa, também.

– Epa – St. George o repreendeu. – Mais tolerância aí.

– Desculpe, patrão. Mas sério, você já escutou esse papo furado da D.M.?

– Tudo não passa do bom e velho Apocalipse – Billie disse, apontando a Grande Muralha com a cabeça. – E nem está tão diferente assim, levando tudo em consideração. Do jeito que tudo está, fica fácil pensar que estamos mesmo vivendo o fim dos tempos.

– Eu não sabia que você era religiosa – St. George comentou.

– Eu sou fuzileira naval e passei um ano e meio no Afeganistão – ela disse. – Então dá pra ser religioso na medida, eu só não fico enchendo o saco de ninguém. Você sabe que eles todos apoiam Christian, né?

– O pessoal da D.M.? – o herói perguntou. – Não me surpreende nada. Ela está com eles desde sempre, não?

Billie confirmou:

– Alguém me disse que ela perdeu uma sobrinha quando tudo virou um inferno.

– Acho que já escutei isso por aí.

– Ainda assim – Jarvis disse –, todos vocês entenderam o que eu quis dizer. Ainda tem muita coisa a ser feita, e não estamos nem perto de ser a frente única de dois anos atrás.

– Pois é – St. George disse –, eu estava comentando sobre isso, uma noite dessas. Será que é bom ou é ruim o fato de termos crescido o suficiente pra que as pessoas comecem a se dividir?

– O que você acha?

– Isso a gente vai ter que esperar pra ver. – Ele deu de ombros. – Mais alguma coisa?

Billie negou com a cabeça:

– Eu ia fazer o levantamento das armas hoje à noite, checar se está tudo certo pra missão de amanhã.

– Já fiz isso ontem com o Taylor – Jarvis disse. – Verifiquei tudo duas vezes.

Billie levantou os ombros:

– Então vou verificar pela terceira vez. Não tem mais nada pra fazer, mesmo.

– Talvez devêssemos simplesmente relaxar um pouco – St. George disse, enfiando as mãos nos bolsos de seu casaco.

– Desculpe – Billie retrucou. – Não conheço essa palavra.

– É sério – St. George insistiu. Apontou para a Grande Muralha e foi escorregando a mão até o portão – Não está fácil, eu sei, mas chegamos num ponto em que não tem mais jeito, precisamos viver um pouco. Todos nós. Não podemos ficar nos preocupando só em sobreviver a cada minuto, todo santo dia.

– Mas o Legião ainda está lá fora – Billie disse.

– Lá fora – St. George repetiu. – Não aqui dentro.

Jarvis deu de ombros:

– Beleza.

Billie o encarou, depois levou os olhos a St. George.

– É isso, então? Vamos ficar aqui fazendo... nada?

– Nada, não. Só tente tirar uma noite de folga. Tomar uma cerveja com os amigos, jogar baralho, ver um filme, ficar com alguém. Vai... sei lá, fazer o que você costumava fazer nas suas noites de folga.

Ela quase fez uma careta, mas logo se deu conta e voltou ao normal.

– E se ficasse trabalhando em algumas ideias pra futura base? Suprimentos e requisitos básicos, essas coisas.

St. George suspirou:

– Se é o que você quer ficar fazendo, tudo bem, mas não precisa. Dá pra você simplesmente tirar uma noite de folga. Não vai ser o fim do mundo.

– Não mesmo – Jarvis concordou. – O fim do mundo rolou já faz uns anos.

TRÊS

AGORA

Dava pouco mais de um quarteirão do Portão Oeste até a igreja, talvez dois de onde St. George tinha deixado Billie e Jarvis. Ele tinha noção de que voar até lá era meio idiota, mas ver um dos heróis durante o dia sempre fazia bem às pessoas.

Além do que voar era um barato. Cuspir fogo e sair entortando barras de aço por aí era sensacional e tudo mais, mas se lançar do chão e ficar pairando ao léu era simplesmente fantástico. Ele nunca se sentia tão livre fazendo qualquer outra coisa.

Subiu uns dez metros acima das árvores e rodopiou no ar. Mais ao norte, nas colinas, o letreiro de Hollywood permanecia o mesmo. Um tanto empoeirado após anos de negligência, é claro. Passou por sua cabeça a ideia de ir até lá com uns galões d'água e dar um banho nele. Seria uma motivação e tanto, para todo mundo, ver aquela coisa limpinha e brilhando de novo lá no alto.

A dois quarteirões dali, a oeste, estavam as muralhas do Monte, a fortaleza original. De lá dava para ver o enorme globo terrestre se equilibrando na ponta da fachada do estúdio. Logo, passando o globo e os sets de filmagem, enxergava-se o último andar do Hart Building. St. George sabia que tinha de ir logo para lá, mas queria fazer uma parada antes.

A igreja ficava mais ao sul, quase no centro da Grande Muralha. Não era o único templo nas imediações da barreira. Havia pelo menos uma dezena deles, de diferentes tamanhos, denominações e línguas, mas nenhuma sinagoga ou mesquita, o que chegou a causar certa insatisfação. Sempre que St. George pensava numa igreja, porém, era a da esquina da Rossmore com a Arden que lhe vinha à cabeça. Uma senhora construção em estilo gótico com janelas de roseta na fachada e nos fundos e uma cruz no alto do último andar, acima das portas. Ele não era exatamente uma pessoa religiosa, mas compreendia bem a necessidade de símbolos.

Pousou nas escadarias. As grandes portas quadradas estavam abertas para arejar um pouco o ambiente. Entrou.

A luz do sol entrava pelas janelas e, junto com as velas, iluminava a igreja. Umas dez pessoas estavam espalhadas pelos bancos. Dois homens sentados nos fundos, à direita da porta, conversavam em voz baixa. Um deles olhou para St. George e acenou com a cabeça em sinal de reverência.

Andy Shepard, batedor aposentado, agora era o padre Shepard, embora fosse mais conhecido como padre Andy. Ele até tinha tentado contra-argumentar que não era ordenado nem nada, mas não demorou a cair a ficha de que seria a única salvação para a prática do catolicismo em Los Angeles. Arrumaram até um colarinho clerical para ele.

Fora que o número de fiéis praticantes tinha aumentado desde o Zumbocalipse. Claro que ainda havia orações e práticas espirituais das mais diversas no Monte, mas, para algumas pessoas, fazia toda a diferença pisar numa igreja depois que a Grande Muralha foi concluída. Especialmente se fosse a igreja que costumavam frequentar antes do fim do mundo. St. George já tinha reparado na quantidade de pessoas que ia aos variados templos, todas as manhãs de domingo. Nenhuma surpresa, levando tudo em consideração.

Padre Andy trocou suas últimas palavras com outro sujeito e apertaram as mãos. Então foi até St. George e estendeu a mão outra vez.

– Meio estranho te ver aqui. Tudo certo?

— Só dando uma passadinha. Eu estava voando por aí e me dei conta de que não falava contigo fazia um tempo. Como vão as coisas?

Andy encolheu os ombros:

— Nada mau. O confessionário anda cheio. Tem um monte de gente com peso na consciência pelo que fez, várias coisas que querem botar pra fora.

— Algo que eu deva saber?

Andy negou com a cabeça:

— É mais culpa cristã de quem lutou pra sobreviver do que outra coisa. Por isso todas as igrejas são tão populares. Meu último sermão foi sobre o inferno e só tinha lugar em pé. Nem lembro qual foi a última vez que vi isso numa igreja.

— E você tem autorização pra dizer "inferno", agora que é padre?

— Eu sou obrigado a dizer "inferno". Faz parte do trabalho. Ainda que, tecnicamente, como eu sou o único padre do mundo, isso me faça ser o papa, eu acho.

— Papa Andy Primeiro até que soa bem — St. George disse.

O padre sacudiu a cabeça:

— Pra ser honesto, depois de tudo que vi, fiquei tentado a mudar de nome pra Tomás.

St. George deu um sorriso.

— Nada mais em que eu possa ajudar?

O herói levantou os olhos para a grande cruz sobre o altar.

— O que pode me dizer sobre o pessoal da D.M.?

Andy deixou escapar um ruído que ficou entre uma risada e um grunhido. Logo depois, deu de ombros:

— Bem, eles seguem o cristianismo, de um modo geral, em sua maior parte. Está mais pra um círculo de orações meio desproporcional, ou um grupo de estudos bíblicos, do que pra uma seita religiosa de fato. Quer dizer, no grande esquema do universo, eles são iguais a todos nós. Só estão tentando entender o plano de Deus e estabelecer um conjunto de...

— Não é bem isso — St. George o interrompeu. — Não quero uma comparação religiosa chapa branca. Quero saber o que você acha deles.

O padre encheu os pulmões devagar, apoiou os braços na traseira de um banco e disse em voz baixa:

— Olha só, eu sei que toda religião pensa que as todas as outras entenderam tudo errado, então qualquer coisa que diga provavelmente vai poder ser usado contra mim, mas ainda assim... esse povo está obstinado.

— Como assim?

— Você conhece bem a Bíblia?

St. George negou com a cabeça:

— Nadinha, pra dizer a verdade. Quer dizer, eu sei algumas histórias, mas...

— Relaxe — Andy cruzou os braços. — Esse pessoal da Depois da Morte sai vasculhando a Bíblia atrás de passagens e catando as que se encaixam no que eles querem acreditar. Tessalonicenses, uma boa parte do Apocalipse, um deles veio até com umas passagens de Ezequiel pra cima de mim uma vez. Pegam as coisas de qualquer lugar, sem levar o contexto em consideração. Alguma vez você já ouviu a frase "Quando não houver mais espaço no inferno, os mortos caminharão sobre a Terra", ou uma variação qualquer disso?

— Algumas vezes, sim. — E então chutou: — É dos Apocalipses, né?

— Apocalipse, no singular. E não, não é. É só o slogan de um filme antigo de zumbi.

— Mas não é nem inspirado numa passagem, então?

Andy negou com a cabeça:

— Só que eles insistem em tratar como se fosse a palavra de Deus. Simplesmente se agarram em qualquer coisa que os permita lidar com o que aconteceu no mundo. Sendo mais específico, tentam fazer com que tudo gire em torno deles, não importa o que o contexto ou a interpretação clássica prega. Nos últimos tempos, tenho sido flexível pra cacete na interpretação da palavra de Deus, mas ainda não consegui vislumbrar nenhuma maneira de justificar as crenças deles com base no que o livro diz de fato.

— Você também pode dizer "cacete", então?

— Pode crer que sim. Sério, todo mundo tem que achar uma maneira de lidar com a situação, tudo bem, mas a mentalidade deles é um pouco diligente demais pro meu gosto. E estou dizendo isso como um padre católico.

— Certo...

Padre Andy descruzou os braços e os descansou no encosto do banco à frente. Era uma pose das mais desleixadas.

— Pensei que Stealth tivesse tudo isso já arquivado em algum lugar. Com referências muito mais precisas.

– Ela provavelmente tem – o herói retrucou, dando de ombros. – Eu só estava passando, mesmo, e vi a igreja, e depois a igreja deles descendo a rua. Aí, pensei em parar para conversarmos um pouco sobre isso.

– E é tudo?

– Acho que sim, por quê?

Padre Andy o encarou por mais alguns instantes e, em seguida, assentiu.

– Tudo bem. Mas já sabe, se quiser conversar sobre qualquer coisa...

– Eu sei onde te achar. – Eles apertaram as mãos outra vez. – Você não sente falta de sair por aí em missão com os batedores?

O padre deu um sorriso.

– Sair pra lutar com zumbis em troca de latas de feijão? Nem tanto assim.

※ ※ ※

St. George voou de volta pelos ares. Fez uma curva aberta e mergulhou beirando o canto sudoeste da Grande Muralha. A igreja Depois da Morte estava logo abaixo dele, uma construção nova que mais parecia um centro de convenções do que um espaço de culto.

Havia três pessoas no estacionamento, que ele não pôde reconhecer, cada uma com um livro debaixo do braço. Um deles o avistou com o rabo do olho e todos protegeram a vista para fitar o céu. Sorriram e acenaram. O primeiro lhe pareceu um tanto mais familiar quando deu o sorriso.

Na hora, ocorreu a St. George o pensamento, e não tinha sido a primeira vez, de que já havia um número considerável de pessoas vivendo em Los Angeles para que ele não conseguisse reconhecê-las todas de vista.

Os rapazes retomaram sua conversa. St. George fez uma curva aberta para pegar a rua Larchmont e dar a volta pela muralha da ala sul. Alguns sentinelas acenaram e o saudaram quando ele passou voando. Retribuiu os cumprimentos.

Passou por casas enfileiradas que antes custavam seis dígitos, às vezes até sete. A maioria estava disponível por ordem de chegada agora. Muitas tinham painéis de energia solar nos telhados, catados por toda Los Angeles. Só mesmo o fim do mundo para fazer a cidade abraçar a tecnologia verde.

St. George voou mais ao norte e passou pelo Portão Melrose. Ainda era estranho ver os portões abertos e as ruas quase vazias daquele jeito.

Cerberus estava do lado de fora, parada no acostamento de cascalho, bem onde a estrada retomava o asfalto castigado pelo sol. O traje blindado de combate o fitou com lentes do tamanho de uma bola de tênis. Ele a cumprimentou e a cabeça de metal retribuiu com um aceno sutil antes de se virar e descer a rua. Estava em frente à cruz do túmulo de Gorgon, um memorial ao herói que tinha morrido defendendo o Monte havia mais de um ano. Isso queria dizer que era mesmo Danielle no interior do traje.

Danielle Morris tinha criado o Sistema de Armadura de Batalha Cerberus por encomenda do Exército norte-americano pouco antes dos ex-humanos aparecerem. Como não houve tempo para treinar outra pessoa, ela acabou se tornando o piloto do traje e passara a maior parte dos últimos dois anos e meio no interior dele. Como a maioria dos heróis, simplesmente aceitou seu destino.

Mas então descobriram outro super-humano no Monte, um antigo Seventeen chamado Cesar Mendoza, que tinha tentado desesperadamente fazer com que as pessoas o chamassem de "O Motorista". Cesar era capaz de se projetar nas máquinas e possuí-las, o que significava dizer que poderia usar o traje Cerberus tão bem quanto Danielle. E, com a queda do Projeto Krypton no ano anterior, agora vivendo no Monte havia até um tenente que tinha passado meses em treinamento para usar o traje.

A questão era que Danielle ainda não confiava em nenhum dos dois.

St. George chegou a pensar em voar até a titã e conversar com ela, mas sabia que ambos tinham outras coisas a fazer. Deu meia volta e seus olhos cruzaram o estacionamento em direção ao Hart Building. Dava para vê-lo quase por inteiro de onde estava. Os guardas provavelmente estavam à sua espera.

Então rodopiou e saiu voando rumo ao outro lado do Monte.

Pousou em frente ao enorme armazém chamado Estúdio Quatro. Sentiu um comichão no ar e seus cabelos ficaram arrepiados. Três anos antes, quando o Monte ainda funcionava como um estúdio de cinema, o Quatro era usado nas gravações dos programas de televisão. Agora era o centro da nova rede de energia de Los Angeles.

O interior do Quatro cheirava a uma oficina de sondagem. No centro do amplo ambiente, três anéis entrelaçados, cada qual recoberto por fios de cobre, formavam uma esfera bruta. A estrutura toda parecia um giroscópio com mais de dois metros, mas todo mundo continuava usando o apelido inventado quando ainda estava em construção. Cadeira elétrica.

O contorno resplandecente de um homem, a imagem oposta de uma sombra, pairava no centro da esfera. Arcos crepitantes de energia eram disparados do vulto incandescente para os anéis envolvidos por cobre. St. George conhecia o outro herói há tempo suficiente para perceber que seu amigo estava de frente para uma mesa tomada por uma enorme TV de tela plana e uma pilha de DVDs.

Zzzap não percebeu quando St. George entrou. Estava ocupado demais discutindo com a televisão.

Porque eles são burros, só por isso, Zzzap disse. O zumbido de sua voz ecoava pelo espaço da sala. Ele ficou quieto por um instante e depois sacudiu a cabeça. *Olha só, a capacidade de correr implica um certo grau de coordenação motora, o que significa um nível específico de atividade cerebral e de consciência. Não dá pra ser irracional e ter atividade cerebral.* Esperou um pouco e, então, sacudiu a cabeça outra vez. *Bem, é só olhar em volta. Você por acaso já viu algum deles correndo na vida real?*

A televisão, St. George notou, não estava ligada.

Não, Legião não conta porque ele não é de todo burr... hein? O espectro girou no interior do círculo. *Ei,* disse a St. George. *Eu não ouvi você entrar.*

– Pois é, você parecia meio ocupado.

Hein? Como assim?

O herói encarou seu amigo por um instante e, em seguida, acenou com a cabeça em direção à TV.

– O que foi isso?

Isso o quê?

Ele apontou para a televisão desligada.

Ah. Nada de mais. Jejum de desenho animado, só isso.

– Jejum de desenho animado?

Eu sou viciado em Yu-Gi-Oh, beleza? Não é bacana, eu sei, mas é fato. Eu adoro o jeito que ele fala quando se transforma no Rei dos Jogos.

– Não, sério.

O vício é uma coisa séria, George. Não zombe da situação.

– Você está realmente determinado a não falar sobre o assunto, né?

Estou de boa. Qual foi?

O herói tamborilou os dedos na coxa:

– Tem certeza?

Claro. Por que não estaria?

Zzzap ergueu os ombros.

Mas então, qual foi?

O corpo do herói balançou para frente e para trás.

– Vou preparar um jantar hoje à noite. Quer passar lá em casa?

Você vai cozinhar?

– Isso.

Cozinhar comida?

– Isso é difícil pra você entender ou acreditar?

Um pouco dos dois. O espectro cintilante cruzou os braços e se recostou. *Isso não é mais uma dessas cafonices de super-herói, você não vai ficar jogando as salsichas pro alto e tentando cozinhá-las com seu bafo de dragão, né?*

– Se eu tivesse uma salsicha, não ia desperdiçar assim.

Bom.

– Eu cobrei uns favores aí. Tenho alguns pães quase franceses, um monte de tomate e cebola e um pouco daquela massa caseira que os Hales estão fazendo em Ren-Mar.

Aquela coisa que se parece com um fettuccine mais grosso?

– Eles melhoraram desde a primeira fornada. Acho que dá pra improvisar alguma coisa que passe por comida italiana. Então vê se tira essa noite de folga e passa lá.

Zzzap o encarou. *Qual é a ocasião?*

St. George deu de ombros.

– Só quero um programa legal com os meus amigos. O que há de tão errado nisso?

Quem mais vai?

– Você, eu, espero que Danielle.

Danielle vai também?

– Se eu conseguir tirar ela da armadura, sim.

O espectro jogou a cabeça para trás e mirou os anéis de cobre acima dele. *Sei não,* ele disse. *Você acha que Stealth concordaria? Comigo tirando essa noite de folga?*

– Eu já me entendi com ela.

Beleza, então tudo certo, acho.

– Eu nunca imaginei que um dia pudesse ter que te convencer a comer.

Não, não, eu tô dentro. Desculpe. Ando meio desligado.

– Deu pra notar. Tem certeza que está tudo bem?

A cabeça de Zzzap tremeu. *Sim, é claro. Pare de tentar jogar os seus problemas em mim.*

O herói franziu a testa.

– O que você quis dizer com isso?

Você acha que não sei o que todo esse cuidado e essa preocupação significam de verdade? Você está enrolando pra ir lá com ele, né?

– Talvez – ele suspirou.

Você não precisa ir, você sabe.

– Eu disse a ele que iria – St. George respondeu. – Droga, sou a única pessoa que ele ainda vê.

Só nós sabemos disso. Ou você quer que ele comece a conversar com mais alguém?

※ ※ ※

O nome real do cômodo, o que estava escrito embaixo de uma das inúmeras câmeras de segurança de Stealth, era Cela Nove.

O Monte tinha seis solitárias onde os presos ficavam, nenhuma delas com muita utilidade desde que a gangue dos South Seventeens tinha se desmantelado e seus membros incorporados pela sociedade. Havia também duas amplas celas onde eram jogados os bêbados e quem mais precisasse esfriar a cabeça um pouco. Todo mundo sabia bem onde ficavam.

E logo depois estava a Cela Nove.

A Cela Nove ficava no porão do Hart Building, um dos vários edifícios comerciais cujos escritórios tinham sido convertidos em pequenos apartamentos quando os sobreviventes se mudaram para o Monte. Pouco mais de um ano depois, Stealth ordenou que o Hart fosse evacuado. Os moradores foram todos transferidos para outros locais, não sem antes reclamar muito e até promover um "sentaço", manifestação em que todos ficaram sentados no chão em frente ao prédio.

Quanto ao Hart Building, uma equipe foi enviada para construir uma cela espaçosa na área de armazenamento do porão: dezesseis metros quadrados. A cela possuía barras de aço revestidas com alambrado em ambos os lados. Quando foi concluída, todas as janelas de todos os andares estavam vedadas com tábuas, por dentro e por fora. Todas as portas estavam trancadas com correntes, inclusive a saída de incêndio no telhado, e as fechaduras foram todas soldadas. A única entrada era pela porta da frente, na 3ª Rua, e quatro cadeados a mantinham fechada. Dois precisavam de chaves, dois tinham combinações. Dois guardas ficavam lá o tempo inteiro. Cada um com uma chave e uma combinação.

Boatos passavam de ouvido a ouvido entre os sobreviventes de Los Angeles sobre o que existia no porão do edifício. Oficialmente, era apenas um armazém de alta segurança, mas todo mundo sabia que não se colocam objetos numa cela, e sim coisas vivas. Foi assim que a Cela Nove passou a ser conhecida como Adega. E a Adega era onde mantinham a Coisa.

Uma das teorias mais populares afirmava que a Adega era uma prisão destinada aos cidadãos infectados ou um aterro sanitário onde jogavam as pessoas reanimadas pelo ex-vírus. Algumas pessoas pensavam que a Coisa era um super-herói reanimado cujos poderes o tornaram perigoso demais para que ficasse passeando por Los Angeles. Uns gatos pingados que tinham trabalhado na indústria cinematográfica na época em que o Monte era um estúdio contaram histórias sobre como o Hart Building vivia com o nome relacionado a incidentes sobrenaturais, já tendo sido inclusive considerado um dos lugares mais mal assombrados de Hollywood.

Nem mesmo os guardas tinham noção do que se passava na Adega. Tudo o que sabiam era que havia ordens estritas. Se a Coisa, ou o que quer que fosse, tentasse sair do prédio, eles não deveriam hesitar ou fazer maiores perguntas. Deveriam simplesmente atirar até que ficassem sem munição.

Em nada ajudaram os rumores de que apenas uma pessoa tinha permissão de entrar no Hart Building. Uma vez por mês, a tal pessoa desceria até o porão e, assim que passasse pela porta, os guardas deveriam trancá-la. Ela ficaria lá por uma ou duas horas e, em seguida, sairia com um semblante sombrio.

St. George pousou na 3ª Rua, em frente ao Hart Building. Naquele dia, Mike Meryl e Katie O'Hare eram os guardas de plantão. Mike era coxo por causa de uma lesão antiga, então um posto de guarda em que tivesse de ficar parado era perfeito para ele. Katie gostava de qualquer posição, desde que não tivesse de conversar com as pessoas.

Os dois o cumprimentaram e se curvaram sobre as fechaduras. Só havia uma razão para que ele fosse até lá e já o esperavam fazia um ou dois dias. Ajustaram as combinações dos cadeados e puxaram as correntes, que correram por quatro grandes olhais na moldura da porta.

O Hart Building não tinha um hall de entrada. A porta dava direto na escada. St. George entrou e Katie fechou a porta logo depois. Ele esperou até que as correntes estivessem de volta no lugar. Os cadeados se chocaram contra a porta e ele seguiu ao piso inferior.

Um pequeno corredor terminava em outra porta trancada. Essa era mais maciça e tinha vedações de borracha em torno da moldura para preservar o interior da umidade. Já tinham armazenado fitas de vídeo e arquivos ali, anos atrás. George tirou uma chave do bolso e destravou a fechadura. Dois filetes de fumaça se enroscaram logo acima de seu nariz, e ele abriu a porta.

A Cela Nove ficava no meio do cômodo. Um par de colchões empilhados no canto da cela compunha a decoração, junto com uma bagunça de lençóis e cobertores. Algumas dezenas de livros estavam amontoados no canto oposto. Eram todos brochuras surradas ou livros encadernados, cujas capas tinham sido arrancadas. Nada que fosse duro.

Não havia banheiro. Nem mesmo um balde. O ocupante nunca tinha precisado de um, o que fazia todo sentido. Afinal, não tinha comido nada em quase um ano.

O prisioneiro não ergueu a vista quando St. George entrou. Estava com um livro nas mãos. Virou afetadamente a página e leu outro parágrafo antes que seus olhos procurassem os do herói.

— Olá, George. Há quanto tempo... Achei que você tivesse finalmente desistido de mim.

QUATRO

AGORA

— Você acredita nele?

St. George encolheu os ombros e colocou outro tomate na tábua de corte.

— Pra dizer a verdade, não. Quer dizer, ele estava fazendo de novo quando eu entrei.

Stealth assentiu de leve com a cabeça:

— Por três vezes, na semana passada, eu o vi gesticulando como se conversasse sozinho. Não havia sinal algum de outro interlocutor.

— Você checou pra ver se ele não estava falando com alguém no rádio?

— Sim, sim, chequei. — Stealth carregou uma pilha de pratos e tigelas até a mesa. Equilibrava tudo numa das mãos e segurava os talheres de prata com a outra. — Passei a observá-lo há cinco meses, quando seus padrões de comportamento já não podiam mais ser ignorados.

— Hein? — A faca escorregou de sua mão e raspou seu dedo. A borda da lâmina ficou arruinada. Desviou os olhos da faca em direção a Stealth e, logo em seguida, de volta à faca. — Por que você não me disse nada?

– Eu sabia que você ficaria um tanto chateado com a resposta. E, no momento, não há nada que possamos fazer a respeito.

St. George puxou outra faca do cutileiro no balcão e retomou o último tomate.

– E a resposta seria...?

Stealth fez um movimento rápido com o braço esquerdo e um único prato deslizou sobre a mesa até parar em frente a uma cadeira.

– Ele não está conversando com ninguém, George. Eu monitorei todas as transmissões via rádio nas intermediações do Monte e pra muito além dele. Não houve conversa alguma que batesse com as que ele vem tendo. Verifiquei as ondas de rádio nos últimos dezesseis incidentes desde então. Ele não está se comunicando com ninguém.

St. George parou de picar o tomate.

– E o que isso quer dizer?

Os olhos dela não procuraram os dele.

– Isso quer dizer que ele está falando sozinho. Em circunstâncias normais, isso seria encarado como um sinal de várias possíveis perturbações de personalidade. Esquizofrenia. Demência. Ansiedade crônica.

Seus olhos caíram sobre a tábua de corte e ele ficou em silêncio por um instante. Então, St. George a encarou novamente.

– Em circunstâncias normais?

Outro prato deslizou sobre a mesa. Ela passou a arrumar os talheres.

– É interessante notar que quem conversa sozinho é o Zzzap – ela disse, levando uma colher à mesa. – E não o Barry.

– Tem certeza?

– Não dá pra dizer de maneira conclusiva. Na maior parte do tempo, ele está personificado na figura de Zzzap e, quando assume a forma humana, geralmente está dormindo. Ainda assim, em cinco meses de monitoramento, nunca peguei Barry conversando sozinho.

– Então, o que está acontecendo com ele tem alguma coisa a ver com se transformar em Zzzap.

– Talvez. Ou algo a que ele seja suscetível apenas em seu estado de energia.

St. George desviou o olhar para a porta. Levantou a tábua de corte e usou a faca para empurrar o tomate picado na panela.

– Mas... e então? O que devemos fazer?

Stealth colocou o último prato no lugar.

– Eu não sei. Nós temos muitos edifícios adaptados à energia solar, mas Zzzap ainda fornece metade da energia elétrica usada na Grande Muralha. Seria um contratempo e tanto se decidíssemos que ele já não é capaz de realizar sua função.

– Você acha que é tão grave assim? Não poderíamos nem mesmo mantê-lo na cadeira?

Stealth suspirou e o encarou:

– Embora Zzzap tenha sempre se referido a si mesmo como uma pequena estrela, a verdade é que a forma de sua energia está muito mais pra uma bomba nuclear congelada no instante seguinte à detonação. É sua consciência que impede a explosão de continuar.

St. George colocou uma cebola na tábua de corte e a cortou ao meio.

– Considere a possibilidade de que ele também esteja tendo alucinações, vendo coisas e não apenas as escutando – ela prosseguiu. – Se Zzzap disparar uma de suas descargas pelas ruas do Monte, na melhor das hipóteses mais de sessenta pessoas acabariam mortas ou feridas, número que poderia chegar a cento e cinquenta no caso de incêndios e outros danos.

– Isso se ele estiver louco de fato.

– Exato. Embora eu ainda não tenha visto nada que corrobore um diagnóstico conclusivo de qualquer natureza. Como disse, não há nada no momento que possamos fazer.

– Podemos ficar de olho nele. Fazê-lo sentir que pode contar com a gente. – St. George terminou de fatiar a cebola e jogou tudo na panela.

– Pensei que isso já acontecesse – Stealth disse, retornando à cozinha. Ele colocou um punhado de cogumelos na tábua.

– Às vezes eu não tenho muita certeza disso.

– Eu me preocupo com o bem-estar dele – ela retrucou. – Zzzap é um recurso dos mais valiosos ao Monte.

St. George sorriu.

– Era o que você costumava dizer sobre mim.

– Ainda é verdade. Qualquer sentimento pessoal que eu porventura possa ter não muda esse fato. – Ela apanhou os copos. – Não estou mais tão segura quanto a essa ser a melhor maneira de se levar as coisas.

— Não confrontar o Zzzap?
— O jantar.
— Vai dar tudo certo. Você vai ficar bem.
Ela caminhou de volta à mesa.
— Estou me sentindo muito exposta.
— É só um jantar. Não uma missão de reconhecimento.
— Nem Barry nem Danielle esperam me ver aqui, muito menos numa situação casual.
St. George terminou de fatiar os cogumelos e os jogou na panela.
— Olha só, eles vão ter que descobrir cedo ou tarde, não? Estou surpreso que ninguém tenha percebido ainda. Pode acabar sendo uma boa forma de fazer isso, no jantar.
— Não estou muito convencida disso.
— Você está ficando com medo?
Ela fechou a cara:
— Claro que não.
— Seria completamente natural se você ficasse um pouco nervosa com isso tudo.
Ela o encarou nos olhos.
— Eu não estou com medo nem nervosa. Pode parar com essa tentativa tosca de psicologia reversa, George.
— Eu pensei que estivesse sendo inteligente e sutil.
— Não foi.
— Fofo e adorável?
— Num nível infantilizado, talvez.
Alguém bateu na porta com os nós dos dedos. St. George lhe lançou um sorriso.
— Última chance de sumir na escuridão.
— Você vai atender a porta ou eu mesma devo abri-la?
Ele limpou as mãos num pano de prato.
— Eu abro. Não quero assustá-los logo de cara.
Stealth baixou a cabeça e arrumou os copos sobre a mesa.
Danielle e Barry esperavam no corredor. A cadeira de rodas de Barry estava a postos em frente à porta, pronta para entrar. Danielle, por sua vez, vinha logo atrás, segurando a alça da cadeira com uma das mãos.

– Olá – St. George disse. – Obrigado por terem vindo.

– Comida de graça, bons amigos, uma noite fora da cadeira elétrica – Barry retrucou. Inclinou sua cabeça careca e sorriu. – Você sabe bem que me amarro nisso.

Stealth tinha razão. Barry parecia tranquilo. Seu corpo esguio estava relaxado, livre dos tiques e tremores bizarros que a forma energética tinha desenvolvido ao longo dos últimos meses. Ele parecia... normal.

Danielle bufou. Seus cabelos ruivos estavam amarrados para trás num rabo de cavalo desgrenhado, longe de seu rosto sardento. Dava para ver a gola de lycra por baixo de sua camisa, o collant do traje Cerberus. Servia como sua manta de segurança fora da armadura.

Seus dedos apertavam a alça da cadeira de rodas com força. Ao levantar a outra mão, revelou uma garrafa.

– Eu trouxe um mimo.

Levou quase um minuto para que ele se desse conta do que ela estava segurando.

– Você arranjou uma garrafa de vinho? Vinho de verdade?

– Estava guardando – ela disse, dando de ombros. Foi um gesto firme, contido – Você disse que essa noite era especial, então... – Deu de ombros novamente.

Barry olhou os dois.

– Especial? O que vocês estão escondendo de mim?

– Boa pergunta... – ela empurrou a cadeira de rodas para dentro do apartamento, e seus ombros relaxaram um pouco depois que entraram. – É só a gente, mesmo?

– Não exatamente – St. George respondeu.

– Por favor, não me diga que o Freedom vem também – Barry disse. – Sinto muito, mas esse cara às vezes é irrit... opa.

Stealth estava em pé ao lado da mesa, braços caídos ao lado do corpo. St. George se adiantou e pegou sua mão. Os dedos dos dois se entrelaçaram.

– Pessoal... Barry, Danielle... essa é a Karen.

Danielle arregalou os olhos. Seus ombros ficaram tensos de novo. Barry estava boquiaberto.

Stealth mudou de posição sob a mira dos olhares embasbacados.

– Boa noite – ela disse. Um breve momento se passou e sua mão livre foi à cabeça para afastar do rosto uma mecha dos cabelos de ébano. Ao baixar a mão de volta, fez uma pausa para afrouxar a gola da blusa com os dedos.

O silêncio se estendeu por mais alguns instantes até que Danielle soltou um pigarro.

– Oi. Eu não estava esperando... Nós... nós não sabíamos que o George estava... saindo com alguém.

– Você – Barry disse – é muito bonita.

Stealth contraiu os lábios e baixou a cabeça em direção a ele.

– Obrigada.

Danielle colocou a garrafa de vinho na mesa. No mesmo instante, pegou-a de volta.

– George, tem um saca-rolhas aí?

– Acho que sim.

A ruiva fez um sinal com a cabeça, deu mais uma bela olhada na outra mulher e sumiu pela porta cruzando a sala. St. George afastou seus dedos dos dedos de Stealth e seguiu Danielle até a cozinha.

Ela se virou assim que o herói passou pela porta.

– É ela, né? – Danielle sussurrou. Não tinha sido uma pergunta.

– O quê?

– Não se faça de besta, George.

– Não estou.

Ela voltou para a sala com os olhos arregalados. Dava para escutar a conversa fiada de Barry lá. Ele interrogava a mulher de cabelos negros sobre seus filmes favoritos.

Danielle encarou St. George.

– Deixa eu contar um segredo. As mulheres se analisam o tempo todo. Somos muito mais competitivas do que os homens. É por isso que ninguém nunca fica sabendo quem eu sou fora da armadura.

– Aonde você quer chegar com isso?

– Eu conheço aqueles quadris e aquelas saboneteiras, só nunca tinha visto nada disso sem o collant preto e as correias de couro por cima. E registrei a imagem dela no meu sistema quando a gente se mudou pro Monte, lembra? Não deu pra ver o rosto, mas sei que ela é negra.

St. George suspirou um filete de fumaça.

– Não conte nada, ok?

– Não conte nada?! – Danielle sacudiu a garrafa em direção à porta. – O que diabos está acontecendo?

– Ela está tentando socializar, pode ser? Faz três anos que não lida com ninguém sem aquela máscara.

– E sabe o que isso está me parecendo? Que ela vai matar todo mundo, agora que vimos o rosto dela.

– Por favor – ele pediu. – Só tenta ser legal. Por mim. Ela precisa disso.

Ela o encarou nos olhos por alguns instantes e em seguida estendeu a mão.

– Saca-rolhas.

Ele abriu a gaveta, remexeu toda uma coleção de utensílios de cozinha e puxou um saca-rolhas.

– Obrigado – ele disse.

Ela o tomou da mão dele.

– Não me agradeça ainda. – Ela respirou fundo e deu meia-volta. Topou com Stealth no caminho da porta. Olhos nos olhos por um instante.

– Já colocaram o macarrão pra ferver? – Stealth perguntou.

Danielle engoliu em seco. St. George negou com a cabeça.

– Ainda não, estava quase lá.

– Deixe que eu cuido disso. – E assumiu o fogão.

Danielle sumiu de volta para a sala.

Barry acenou sacudindo os braços quando St. George reapareceu, e o herói se agachou ao lado da cadeira de rodas.

– Diz aí, onde? – Barry exigiu. – Onde em nome de Deus você encontrou uma mulher dessas?

– Hein?

– Ela. Karen. De onde ela surgiu?

As pálpebras de St. George pestanejaram e ele trocou um breve olhar com Danielle.

– Você está falando sério?

– É claro que estou.

– Você... você provavelmente nem tinha notado ela antes.

– A gente está no Monte – Barry chiou. – Não dá pra simplesmente esconder alguém assim por aqui. Ela era de Yuma?

St. George negou com a cabeça.

– Não, ela esteve entre a gente esse tempo todo.

– Seu mentiroso de uma figa. Mas bem que eu a conheço de algum lugar, mesmo...

– Opa, será que não é daqui?

– Seus truques de Jedi não vão funcionar comigo. Vou acabar descobrindo. – Batucou com os dedos no braço de sua cadeira de rodas.

Stealth voltou da cozinha.

– O jantar deve estar pronto em quinze minutos. Só o tempo do vinho respirar um pouco.

– Isso custava só uns dez contos a mais do que um Galliotão vagabundo antes do fim do mundo – Danielle disse. Abriu um sorriso forçado. – Não acho que respirar vai adiantar alguma coisa.

– Ainda assim – Barry retrucou –, vai ter um gosto melhor do que aquela gosma de cidra que o pessoal anda fermentando em Larchmont.

– Eu tenho uma garrafa disso aí, também – St. George disse. Apontou o queixo em direção a Danielle. – Você terminou de juntar todos aqueles capacetes?

Ela negou com a cabeça:

– Ainda não. Saí por aí com o Cesar de copiloto e pegamos uns dois terços deles. Talvez não sejamos o melhor dos casais – ela provocou, afundando o saca-rolhas na cortiça que vedava a garrafa de vinho. – Aliás, uma coisa estranha que eu queria contar. Tinha um monte de capacetes militares lá.

– Eram várias unidades da Marinha e da Guarda Nacional em Los Angeles antes da queda – Stealth disse.

Danielle fez que sim.

– Sim, estava esperando encontrar alguns, é claro, com todo aquele entulho que o Legião pegou por aí, também. Só que esse percentual me pareceu um tanto alto. Quero dizer, já não juntamos uma porção dessas coisas enquanto o Monte estava sendo construído?

– Tem mais alguém que acha que precisamos de um novo nome? – Barry perguntou, já começado o primeiro pedaço de pão. – Quero dizer, isso aqui é o Monte, beleza, mas vamos começar a chamar tudo dentro da Grande Muralha de Monte também ou o quê?

– Isso caberia ao governo civil decidir – Stealth disse –, não caberia?

– Está certo. Desculpe. Não devia estar te aborrecendo com assuntos do trabalho.

A rolha estourou. A salada foi servida. A massa, escorrida. Danielle estava sentada em frente a Barry. St. George e Stealth ao lado deles. Passaram a salada e o pão de mão em mão. St. George serviu o vinho.

Ergueram seus copos. O herói percebeu que estavam todos olhando para ele.

– Brinde do anfitrião! – Barry disse.

– Apoiado – Danielle disse. – Essa pode ser a última garrafa de vinho de verdade no mundo inteiro. Temos que fazer jus a ela.

– Existem dezenove garrafas da era pré-surto no Monte – Stealth disse. –Várias famílias as guardam pra ocasiões especiais. – St. George lhe lançou um olhar discreto e seus ombros caíram. – Pelo que escutei por aí.

St. George ergueu seu copo.

– Eu acho que... à esperança de trazer o mundo de volta ao que era antes.

– No bom sentido – Barry sorriu.

– No bom sentido – St. George concordou.

Seus copos se encontraram sobre a cesta de pão. Stealth encostou seus lábios na borda, mas mal deixou que uma mísera gota tocasse sua língua.

Barry passou a encher seu prato. Danielle, sentada em frente à mulher de cabelos negros, ainda tinha mais um gole de vinho em seu copo e parecia ter relaxado. Stealth arrancou um pequeno pedaço de pão e o colocou em seu prato. Enfiou o garfo na macarronada, enroscou uma porção e se serviu. Alcançou sua taça de vinho.

Danielle observava sua inquietação.

– Está tudo bem?

Stealth se endireitou na cadeira com o copo de vinho em mãos.

– Eu estou acostumada a comer sozinha. Sinto-me um tanto sem graça.

Barry enfiou outro naco de pão embebido no molho de tomate em sua boca.

– Relaxa – ele disse, com a boca cheia. – Todo mundo só consegue reparar nos meus modos horríveis à mesa, sempre. Especialmente agora que estou chamando a atenção pra eles.

Os lábios de Stealth se contorceram, formando algo próximo a um sorriso nervoso, e ela cravou o garfo de volta na macarronada. Passou um pedaço de pão pela borda do prato.

Danielle enfiou uma garfada na boca e deu mais um gole no vinho.

– Mas, e aí... Faz quanto tempo que vocês dois estão... juntos?

St. George e Stealth trocaram olhares.

– Nunca cheguei realmente a pensar nisso – ele disse. – Meio que foi acontecendo aos poucos, com o tempo, saca?

– Mas... semanas? Meses? – a ruiva baixou seu copo e pegou um pedaço de pão. – Quanto tempo faz que vocês vêm escondendo esse segredinho da gente?

– Não era bem um segredo – St. George respondeu. – Só não é o tipo da coisa que surge numa conversa casual.

– Pra maioria das pessoas, é sim – Danielle retrucou.

– A primeira vez que dormimos juntos foi cinco semanas depois que o comboio voltou de Yuma – Stealth retomou a palavra. – Era isso que você queria saber?

– Não exatamente, não.

– Espera aí – Barry deu um tapa no braço de sua cadeira de rodas e se virou para Stealth. – Eu sei quem é você.

Ela ficou tensa na cadeira.

– Você participou do *Jeopardy*. Coisa de um ano antes dos ex's aparecerem. Você foi campeã por coisa de uma semana e meia, não foi?

– Seis dias.

– E ganhou quase meio milhão de dólares. Bateu o recorde do programa e daí bateu seu próprio recorde, três dias depois. Foi incrível. As pessoas ficaram falando disso por meses. Estava todo mundo te considerando a próxima Larissa Kelly ou Ken Jennings. Você encarou duas rodadas em que os outros jogadores nem sequer apertaram os botões. Simplesmente zerou os dois painéis.

Stealth fez um sinal de cabeça meio hesitante e, em seguida, afastou uma mecha de cabelo caído sobre seu rosto.

– Foi só uma rodada em que nenhum outro jogador apertou o botão, mas em duas delas nenhum outro jogador acertou nada.

– Incrível. O que você fez com todo aquele dinheiro? Viajou por aí ou investiu?

– Eu investi uma parte e gastei o resto com trajes e equipamentos.

– Ahhh – Barry disse. – Você é uma dessas esportistas inveteradas.

– Algo nesse sentido, sim.

Todos lançaram olhares a St. George, que prontamente enfiou um pedaço de pão na boca.

Conversaram amenidades durante todo o jantar, e St. George surpreendeu a todos com alguns biscoitos de manteiga de amendoim da padaria. Por algumas horas, foram apenas bons amigos jantando juntos. Ao levá-los à porta, Barry bateu com a mão fechada na dele e Danielle lhe deu um abraço.

– Obrigada – ela disse. Até tentou abraçar Stealth, mas logo as duas pensaram melhor e desistiram da ideia.

St. George fechou a porta e se virou à mulher de cabelos negros.

– Bem... não foi tão ruim assim.

– Danielle soube na hora.

Ele suspirou.

– É, eu sei.

QUE NEM NO FILME DO GEORGE ROMERO

ANTES

28 de julho de 2009

Querido Diário,
Abri os olhos quando escutei o barulho do tiro e a bala acertou o chão bem na minha frente, a uns quinze centímetros de mim. Fez *puf* e tudo, com aquela poeirinha subindo, igual na TV.

Sei que parece meio teatral, mas foi assim de verdade. Os olhos abriram e *puf*. Quase me mijei nas calças. Nunca tinham atirado em mim antes. É assustador pra caramba.

Meu pai já tinha dito que esse tipo de coisa podia acabar acontecendo. Algumas pessoas não estavam muito boas da cabeça com esse lance de zumbis. Essa era um dos motivos por que estavam chamando eles de ex's. Era uma coisa mais psicológica. Ele me disse tudo certinho, as palavras corretas, mas eu não lembro.

De todo jeito, ele disse que algumas pessoas simplesmente enlouqueceram. Ficam dando tiro em qualquer um só de pensar que é zumbi, ou mesmo que se infectou com o vírus que transforma as pessoas em zumbis. Tem gente que atira nos outros só pra roubar comida e outras coisas mesmo, ou porque pensam que os outros vão lá pra roubar as coisas *delas*. E tem quem atire simplesmente em qualquer coisa que se mexa. Tudo muito idiota. Parece que o QI do povo caiu uns quarenta pontos só porque estão com medo.

Escrevendo assim parece até que eu estava super à vontade, como se fosse só um jogo ou sei lá. As balas zunindo de um lado pro outro e eu ali pensando em psicologia. A verdade é que outra bala passou raspando no meu cabelo, e aí eu dei um pulo. Rolei no chão umas duas ou três vezes e fui engatinhando até ficar de pé, e depois saí correndo o mais rápido que pude. Ser da equipe de atletismo enfim valeu a pena.

Acho que na hora cheguei a perceber que estava só com um sapato, mas tudo que conseguia pensar mesmo era em fugir dos tiros.

Devo ter corrido uns cem metros e aí vi uma zumbi ex-pessoa.

Meu pai costuma dizer que é melhor chamar de ex-pessoas, sempre. Eles não são zumbis, ele diz, porque os zumbis são invenções da ficção científica e ex's são reais.

Ai, de novo escrevendo como se eu tivesse ficado muito à vontade, toda tranquila, mas fiquei mesmo foi gritando e correndo feito louca. Isso já faz quatro horas e acho que encontrei um bom esconderijo. Sei que devia tentar ser mais organizada.

Mas beleza, aí eu estava fugindo dos tiros e acabei dando de cara com uma ex-pessoa. Era uma menina da minha idade, mas loira. Ela foi se afastando de mim, então acho que não me viu. Bem, a verdade é que eu sei que ela não me viu porque eu sumi e me escondi atrás de uns arbustos e rochas, e ela não me seguiu.

Fiquei escondida por talvez quase um minuto e então escutei alguma coisa, e percebi que tinha outra zum ex-pessoa vindo na outra direção, e esse estava olhando direto pra mim. Aí me levantei e saí correndo de novo. Fiquei nessa umas duas ou três horas, pelo menos. Eu corria, corria e parava, aí aparecia outro ex, então eu corria outra vez. Tenho sorte de estar em boa forma. Se já não fosse uma velocista, é bem capaz que eu tivesse ficado cansada e eles teriam me pegado. Eram tantos que eu nem sei.

Mas acho que encontrei um esconderijo seguro agora. Depois de correr por um tempo, encontrei algumas rochas mais altas. Tinha uns dois ex's em volta delas, mas nenhum lá em cima. Acho que os ex's não são bons escaladores. Saí correndo pelo meio de dois deles e subi. Dei uma olhada ao redor e arranjei um espacinho até legal entre uns pedregulhos. É tipo um canyon pequeno com uma entrada só. Dá pra encostar na parede e ficar de olho no buraco. Acho que dá também pra sair subindo até o topo se for preciso.

Só não dá pra dizer bem onde fica esse lugar, onde foi que eu acordei. Fiquei tanto tempo zanzando por aí, fugindo de zumbis, que eu nem sei por onde vim. Posso estar do lado de casa ou a quilômetros de distância. Uma vez, corri numa meia maratona logo depois do Ano Novo, e acho que ontem devo ter corrido pelo menos o mesmo tanto pra escapar dos ex's.

Subi até o topo das rochas e olhei em todas as direções, mas não consegui enxergar nenhuma luz acesa. Não consigo ver luz nenhuma em lugar nenhum fora as estrelas e a lua.

Eu não sei como vim parar aqui. Quer dizer, aqui nesse fim de mundo. Lembro de estar no carro com a minha mãe, a gente ia se encontrar com o papai num lugar seguro, daí acordei e alguém estava atirando em mim. Não me lembro de quando dormi, nem mesmo de estar com sono.

Minhas roupas estão horríveis! Totalmente imprestáveis. Até aquela calça jeans retrô de roqueiro que às vezes a Janine usa, toda rasgada, cobre mais do que a minha calça agora. A parte de trás já era e minha bunda está toda de fora. Não é pra menos que eu esteja com frio. Queria ter escutado a mamãe e não ter vestido fio dental.

Minha camisa e meu casaco não estão muito diferentes. Perdi um lado do tênis e o que sobrou está todo melequento, com um troço preto nele. Meu sutiã é tipo um top, então os peitos não estão à mostra. Não muito, pelo menos.

O casaco tem uns bolsos largos. O da esquerda rasgou. Era onde estavam meu batom, minhas chaves de casa e meu celular. Já era. No outro, meu diário e duas canetas. Que eu ainda tenho, é claro.

É como se alguém tivesse deixado um bando de cachorros brincarem com minhas roupas enquanto eu estava pelada no frio e então tivesse me vestido de novo com elas. Estou um trapo. E cheia de areia num monte de lugares que estão coçando de tanto que rolei no chão por aí, só que não estou nem um pouco a fim de tirar a roupa pra sacudir a sujeira, mesmo que não tenha ninguém por perto.

PQP, o Todd do sexto ano ia ficar besta de me ver assim!

Meu Deus, como eu queria que aquele idiota estivesse aqui de verdade. Ou qualquer um mesmo. Mil vezes alguém olhando pros meus peitos e pra minha bunda do que ficar aqui sozinha.

Não faço ideia de onde minha mãe está. Devíamos ficar juntos, isso é tudo de que me lembro. Meu pai queria que ficássemos em segurança e juntos.

Não sei onde estou. Não sei onde eles estão. Não tenho nada de comida e água. Mal tenho roupa.

Preciso dar um jeito de pensar no que vou fazer daqui pra frente.

28 de julho de 2009

Querido Diário,

Há luz suficiente da lua para escrever, então vou tentar organizar um pouco as coisas.

Acordei e não sabia onde estava.

Estava entre algumas rochas enormes no meio do nada. Todas as minhas roupas tão rasgadas que estava praticamente pelada. Perdi um dos sapatos.

Não sei como fui parar lá. Lembro que estava no carro com minha mãe, a gente devia se encontrar com o papai num lugar seguro, e aí acordei enfurnada no meio daquelas rochas. Nem me lembro de ter dormido.

Escrevendo assim, parece que estava tranquila, mas sério, eu surtei. Quer dizer, PQP, acordar num lugar estranho. Se tocar de que talvez alguém tivesse feito coisas com você. ~~Não parecia que eu tivesse sido~~

Saí engatinhando pelo meio das pedras e me arrastei pra dentro. Tinha dois ~~zumbis~~ ex's lá fora. Eles não me viram. Tentei me lembrar de algumas notícias que tinha visto, e acho que eles não giram muito o pescoço. Estava num lugar alto o suficiente pra que eles não me notassem, desde que eu não fizesse muito barulho.

Como é que eu vim parar aqui nessa merda de lugar, onde quer que esse inferno seja, com esse monte de zumbis???

Meu sutiã cobria mais do que um top, então eu peguei o que sobrou da minha blusa e usei pra cobrir minha bunda. Virou meu pelerine traseiro. Caiu a ficha de que ainda me restava o que tinha sobrado do casaco pra me proteger do sol.

Também tirei o tênis e amarrei os cadarços numa das presilhas do meu cinto. Eu posso muito bem guardá-lo, vai que encontro o outro. Por enquanto, as meias darão conta do recado na areia. Não quero ficar mancando se tiver que correr.

O bolsão esquerdo do meu casaco tinha rasgado em algum lugar. Perdi meu celular, além das minhas chaves e um pouco de gloss. Olhei em volta, mas não consegui encontrar nada em lugar nenhum. O outro bolso ainda está bom. Lá dentro, meu diário (onde estou escrevendo agora) e algumas canetas (estou usando uma delas).

Escalei até o topo da rocha e olhei ao redor. Não vi nada em qualquer direção. O sol estava tão forte que meus olhos doeram. Queria estar com meus óculos escuros aqui. Tive que apertar a vista e proteger meus olhos pra acabar não vendo nada. Até onde pude ver, não tem nenhum prédio, cidade ou coisa parecida aqui por perto. Só areia, barro e uns ~~zumbis~~ ex's zanzando aqui e ali.

Meu pai diz que é melhor chamar de ex-pessoas. Eles não são zumbis, ele diz, porque os zumbis são invenções do cinema e ex's são reais.

Tinha só uns dois ou três deles ao redor das rochas em que eu estava. Foi muito fácil calcular o tempo pra sair correndo quando eles estivessem do outro lado. Dei o fora e me mandei na direção do sol se pondo. Imaginei que pudesse chegar até uma estrada e, sei lá, acenar pra um carro ou coisa assim. Tinha certeza de que alguém ia acabar parando pra uma adolescente seminua no meio do deserto.

Acho que foi por volta do meio-dia que encontrei o carro. O sol estava bem no alto no céu. Primeiro vi as marcas dos pneus no chão e fui seguindo a trilha por um tempo. O carro era uma perua daquelas grandes. Tipo Land Rover. A placa era do Novo México. A porta do motorista estava aberta e tinha uma mulher no volante. Os ~~zumb~~ ex's tinham devorado um bocado dela. Só deu pra ver que era uma mulher por causa das roupas e dos cabelos. O rosto já tinha batido nos ossos ~~e eles tinham comido seus peitos e seu estômago e suas cox~~

Encontrei sua bolsa. Tinha uma carteira de motorista do Novo México com a foto de uma mulher com o cabelos da mesma cor que o cadáver. Seu nome era Sarah J. Bernard. Ela era nove anos mais velha do que eu.

Como é que eu vim parar no Novo México?!

Vasculhei os bancos de trás do carro. Não tinha sacolas ou malas. Ela não estava levando nada. Só carro.

Acho que a Sarah J. Bernard saiu da estrada principal pra evitar os ex's. Talvez tenha pensado que estaria segura no meio do nada. Dirigiu até sua perua ficar sem gasolina, e depois de um jeito ou de outro, os ex's a pegaram.

Mas isso não faz o menor sentido. As coisas não estão tão ruins assim, a Guarda Nacional e o Exército estão cuidando da situação. Caramba, todos os super-heróis estão lá fora lutando contra os ex's. Gorgon e Mighty Dragon e todos esses caras estão varrendo a costa oeste, e meu pai disse que tinham mandado até mesmo uma mulher numa superarmadura pra lá também.

Então por que essa tal de Sarah J. Bernard dirigiu até o meio do deserto pra ficar em segurança? Sem comida ou roupas??

E tem mais. O carro dela estava todo empoeirado. O capô estava só areia e já tinha passado até pros bancos da frente. Era como se ele estivesse lá por umas duas semanas.

Aí eu fiz a coisa mais nojenta de todas. Ainda me dá agonia só de pensar.

Quando eles ~~comeram~~ mataram ela, parece que puxaram sua blusa e arrancaram alguns botões. Então a blusa ainda estava boa, só um pouco suja e manchada. Dei umas cutucadas nela com um pedaço de pau pra ter certeza de que não era um ex. Aí, tirei o cinto de segurança e puxei ela pra fora do carro. Fazia tanto tempo que ela estava embaixo do sol que nem estava fedendo. Sua pele estava meio ressecada. Fiz de tudo pra tocar nela o mínimo possível.

A blusa ainda tinha dois botões, perto da gola. O resto tinha caído. Não é grande coisa, mas é melhor que nada. Melhor que a minha roupa. O que não queria dizer praticamente nada. Virei o cadáver de bruços e puxei a blusa dos braços, e aí esfreguei na areia um pouco pra tentar tirar a eca dela. Mas ainda ficou meio gosmenta.

A blusa é um pouco curta nos ombros. Não tive coragem de tirar a calça. Sei que precisava dela, mas a mulher tinha morrido com aquilo, estava cheirando a mijo velho e à merda, e eu não queria em mim. Dá pra viver com meu pelerine traseiro por enquanto.

Por que tudo está tão velho e cheio de poeira? Acho que talvez eu tenha viajado no tempo. Estou no futuro ou coisa assim.

Pensei em ficar no carro, mas ainda faltava muito pro dia acabar. E eu poderia aproveitar a luz do sol pra seguir os rastros da tal Sarah J. Bernard de volta pra alguma estrada.

Andei por mais umas sete ou oito horas. Tive que me esconder dos ex's algumas vezes, mas sempre os enxergava antes que me vissem. Não dá pra acreditar como tantas pessoas foram mordidas.

Acabei encontrando alguns arbustos com um espacinho entre eles onde posso me esconder. Vou passar a noite aqui. Dá pra ver uma linha no horizonte que pode ser uma rodovia, a uns três ou quatro quilômetros de distância daqui. Provavelmente daria conta de chegar até lá, nem estou tão cansada, mas não estou nada a fim de cruzar com um ~~zum~~ ex à noite, quanto menos acabar tropeçando nele.

Vou deixar pra partir só amanhã de manhã mesmo. Preciso descobrir pra onde minha mãe foi.

28 de julho de 2009

Querido Diário,
Hoje foi bizarro pra valer.
Ontem, minha mãe e eu estávamos indo encontrar o papai. Hoje, acordei entre uns arbustos no meio do nada. Não sei onde estou.

Não sei onde minha mãe está.

Acordei vestindo uma blusa que não era nem minha nem dela. Faltavam alguns botões e ela estava toda ensanguentada. Era muito sangue.

Minhas roupas estavam todas esfarrapadas. Meu casaco totalmente rasgado e minha calça um estrago só. A Janine tem aquela calça jeans retrô de roqueiro, toda rasgada, mas até ela ia me cobrir mais do que essa minha calça. Minha blusa estava amarrada em volta da minha cintura. Se não fosse por ela, minha bunda ia estar de fora pra todo mundo ver, tinha um buraco na parte de trás da calça. Minha mãe tinha razão. Eu não devia usar fio dental.

Um dos meus tênis estava amarrado no meu cinto. Tem uma gosma meio escura nele. Acho que também tem sangue. Não consegui encontrar o outro par em lugar nenhum. Estou só de meias. Elas estão sujas, como se eu estivesse andando com elas faz tempo.

Meu celular sumiu. O bolso em que ele estava rasgou. Então, claro, nem dá pra ligar pra alguém pedindo ajuda nem usar meu

GPS. Também perdi minhas chaves de casa e meu gloss. Meu diário (E aí?) estava no outro bolso junto com duas canetas.

Tinha dois ~~zum~~ ex's aqui por perto quando acordei, mas nenhum deles pareceu ter me notado. Vi algumas notícias dizendo que eles não olham muito pro lado. Se não estiver no campo de visão deles, você não existe. Acho que dá pra dizer que foi sorte não ter pegado nenhum deles com a cabeça virada o suficiente pra cá.

Mais pra longe daqui, a oeste, parecia que tinha uma estrada. Talvez uma rodovia. Era uma linha escura só um pouquinho acima do chão. Vi umas marcas de pneus perto dos arbustos que iam naquela direção. Tive que esperar alguns minutos, mas uma hora todos os ex's acabaram ficando de costas pra mim e eu dei o fora de lá. Me arranhei toda nos galhos dos arbustos, mas nada tão grave assim, nem deu pra sangrar.

Levei quatro horas pra chegar na rodovia. Dava pra ter ido mais rápido, mas tive que me agachar umas duas vezes pra me esconder de uns ex's. Não fazia ideia que tinha tanto deles por aí. Talvez seja só aqui nesse lugar, onde quer que eu esteja. Talvez esteja perto de uma dessas cidades que foram massacradas pelo vírus.

A rodovia tinha pista dupla. Toda pontilhada por linhas amarelas. Sem sinais de trânsito. Sem carros. Se não tivesse sido construída mais pro alto desse jeito, eu nunca nem teria enxergado. Decidi seguir pro norte. Tenho certeza de que agora estou mais pro sudoeste. Era nesse sentido que minha mãe e eu estávamos indo. Então, tem muito mais chão americano pro norte.

Andei umas cinco horas até encontrar o carro. Um Mini Cooper vermelho. Meu pai tinha dito que ia me dar um igualzinho se me formasse com uma média excelente.

A placa era do Arizona. As portas estavam abertas. Não tinha ninguém. Nenhum corpo. Morto ou não morto. Chequei embaixo dele e na vala ao lado da estrada. Sem sangue também. Alguém simplesmente parou seu carro no meio da estrada e saiu andando. Ou fugiu.

Tinha uma mochila cheia de roupas no banco de trás. Era tudo roupa masculina e um tantinho grande demais pra mim, mas bem melhor do que as que eu estava vestindo. Jeans, camiseta, camisa de flanela, meias. Tive que enrolar a barra da calça um pouco. Quem quer que fosse o dono daquele Mini também usava cuecas boxer, que davam uma sensação meio engraçada mas eram bem confortáveis, principalmente depois de ter ficado com minha bunda de fora o dia todo.

Eu me troquei ali mesmo do lado do carro. Não tinha ninguém num raio de quilômetros, nem mesmo os ex's, mas ainda assim parecia meio assustador e pervertido e sexy. Ao ar livre, em plena luz do dia, peladinha.

E ainda descalça. Eu tirei meu único tênis da calça estraçalhada e amarrei na nova.

Encontrei um kit de banho na mochila. Não ia usar a escova de dentes de outra pessoa, mas pensei que só a pasta de dentes já era melhor do que nada. Tinha uns colírios também, o que foi tudo de bom, porque meus olhos estavam me matando.

E uma caixa inteira só de comida. Um monte de enlatados, algumas barras de cereal e umas garrafas de água. Ainda não tinha me tocado do quanto estava com fome até ver aquilo tudo. Não tinha comido nada desde o almoço de ontem. Tinha uma lata de feijão com carne de porco que na hora me pareceu uma ótima. E dava pra comer frio também. Meus pais gostavam de fazer churrascos no verão e sempre tinha feijão pra acompanhar as salsichas e os hambúrgueres. E aí meu pai sempre começava a contar as mesmas histórias nojentas sobre todas as porcarias que enfiam numa salsicha.

Mas o feijão tinha começado a estragar e o sabor estava horrível. Tudo que deu pra comer foi a carne de porco. Que estava fria e com uma consistência estranha, mas ainda assim muito melhor que o feijão. Não faz muito sentido, isso do feijão apodrecer antes da carne, mas um monte de coisas não está fazendo sentido nenhum hoje em dia, então... devorei tudo que deu pra catar da lata e depois escovei os dentes com o dedo e um pouco de pasta.

Já estava quase na hora do pôr do sol, então decidi que ia passar a noite no carro mesmo. Dá pra baixar o banco do passageiro todinho e usar uma camiseta de travesseiro. Eu estou escrevendo isso ao luar, já que não sobrou energia na bateria nem sequer pra ligar a luz da cabine.

Onde é que eu estou? Onde é que está minha mãe?

~~28 de julho de 2009~~
01 de agosto de 2009

Querido Diário,

A coisa está ficando tensa. Sentei hoje pra escrever sobre todas as coisas bizarras que aconteceram. Quer dizer, acordei num carro estranho vestindo as roupas de outra pessoa, inclusive a CUECA, e isso porque ainda nem cheguei na parte tensa.

Normalmente, só viro a primeira página em branco do meu diário e começo a escrever, mas hoje à noite folheei as últimas páginas preenchidas e tem três anotações que dizem ser do dia 28 de julho, mas não me lembro de ter escrito nenhuma delas. Sem brincadeira, tenho certeza de que *hoje* é dia 28 de julho, porque *ontem* foi o dia em que minha mãe e eu fomos nos encontrar com meu pai, e era dia 27.

Acordei num Mini Cooper vermelho. Não me lembro de ter dormido nele, mas a última anotação do diário é sobre eu ter encontrado um Mini Cooper vermelho com roupas e comida dentro. Minha mãe não estava lá, mas todas as três anotações falam sobre seu sumiço. Tinha uma camisa ensanguentada no carro e uma anotação sobre eu ter encontrado uma mulher morta e pegado sua blusa (BLERGH), e outra sobre eu ter trocado essa coisa pelas roupas que estavam no Mini. Tinha meia lata de feijão com carne de porco na beira da estrada e uma anotação sobre eu ter comido feijão com carne de porco. Quer dizer, só carne de porco. A lata parecia mesmo estar com todos os grãos de feijão dentro quando eu cheguei. E fedia pra caramba.

Não me lembro de escrever nada disso. E está bem explicadinho em cada uma das anotações que eu não me lembrava da anterior. Então, se eu pensei que era dia 28 por três dias seguidos, hoje deve ser dia primeiro de agosto.

A não ser que eu tenha pulado alguns dias sem escrever no diário e não me lembre disso também. Mas todas as anotações parecem começar onde a última termina, mesmo que eu não me lembrasse de nada na hora.

Será que eu bati a cabeça? Meu pai disse que era muito comum ficar com esse tipo de amnésia curta quando a gente bate a cabeça. Mas acho que estou bem agora, e nem estou sentindo nenhum inchaço ou sangue. Talvez eu tenha caído do carro (Caminhão? Jipe? Disseram a marca, mas não lembro) e machucado a cabeça, depois saí andando por aí alguns dias.

Mas por que será que eles não voltaram pra me buscar? Se eu tivesse caído do carro, eles não teriam voltado por mim? A não ser que não pudessem, por algum motivo.

E como minha roupa ficou toda rasgada? Será que dá pra isso acontecer só de cair do carro? Talvez se eu tiver rolado pelo meio de uns arbustos? Ou me arrastado pra fora do carro depois de um acidente?

Tinha uma mochila no Mini. Peguei uma calça jeans e algumas roupas bem folgadas, e matei a fome com muita água e comida. Será que estava saqueando? Roubando? Quando é que passa a ficar normal isso de tomar as coisas das outras pessoas? Não tinha ninguém lá, sem sinal de vida. Quando eu vi a blusa ensanguentada pela primeira vez, pensei que fosse do dono do carro, mas meu diário diz que a encontrei numa perua a quilômetros de distância.

Passei o dia inteiro hoje andando em direção ao norte, pra longe daquele Mini.

Cruzei com alguns zumbis pelo caminho, mas percebi sua presença antes que eles percebessem a minha. É muito fácil se desviar deles. Acho que eles meio que precisam estar em bandos grandes pra serem perigosos.

Também passei por alguns carros. Todos eles tinham placas de lugares diferentes. Arizona. Novo México. Califórnia. Nevada. Mas nenhuma em número suficiente pra me dizer onde estou. Alguns dos carros tinham pessoas mortas dentro. Algumas dessas pessoas mortas estavam se mexendo, mas não conseguiam descobrir como faz pra abrir a porta. Parece que eu nem existo quando eles estão dentro dos carros. Logo me toquei disso.

Em alguns dos carros seguros, encontrei mais um pouco de comida e água. Algumas roupas do meu tamanho. Mas nada ainda de sapatos ou calcinhas. Eu só espero que esse sutiã aguente, porque está surrado.

Preciso encontrar um novo celular, ou talvez um relógio. Vai me ajudar a ter noção dos dias passando. E preciso encontrar minha mãe.

~~28 de julho de 2009~~
~~1º~~ 2 de agosto de 2009

Querido Diário,
Eu vou ter que ser brev

~~1º de ag~~
3??? de agosto de 2009

Querido Diário,
Droga, sei que foi ontem que descobri que era 1º de agosto. Eu me lembro disso. Mas tem outra anotação aqui. Parte dela. Eu parei de escrever e não sei por quê. Será que alguma coisa me interrompeu? Será que eu dormi?

Acho que eu tenho a doença daquele filme, *Amnésia*. Aquele tipo especial que o cara tinha. Não devia ter ficado me pegando com o Rick durante o filme todo. E olha que a gente até voltou o DVD pro começo, que foi pra ter mais tempo junto. O primeiro amasso parece tão importante...

Será que devo começar a escrever coisas nos meus braços como ele fazia? Eu me lembro dessa parte. Talvez devesse tentar dormir com o diário no meu colo pra sempre lembrar de ler quando eu acordar.

Acordei num duto por baixo da estrada. Estava bem seco. Acho que não chove aqui faz tempo. Estava usando a mochila de travesseiro e um daqueles cobertores espaciais de alumínio, nem me lembro de onde foi que peguei. Não tem nada no diário sobre isso, mas ele diz que eu encontrei uns carros com umas coisas dentro. Talvez tenha encontrado ele e acabei não anotando.

Hoje, finalmente encontrei um sinal rodoviário. Ficava bem em cima do duto. Fico me perguntando se eu não encontrei um monte deles pelo caminho e não anotei nada.

É uma placa verde com o número 95. A Interestadual 95 eu sei que fica na costa leste, mas não tenho certeza por onde passa a rodovia 95. Talvez tenha mais de uma? Eu devia estar no Arizona, mas todos os carros que vi eram de um estado do sudoeste, a não ser por um de Virgínia que eu vi hoje à tarde. Tinha uma família morta dentro dele, um homem, uma mulher e dois meninos. Estavam mortinhos da silva e apodrecendo, e fiquei feliz de verdade que eles tivessem fechado as janelas. O carro estava fora da estrada, mas virado em direção ao sul.

Ainda parece que foi ontem que eu estava no carro com minha mãe. Tipo quando você tem um dia cheio e pensa "Uau, isso tudo aconteceu só ontem?". A não ser que pra mim não era mais ontem e parecia que era.

Será que minha mãe conseguiu encontrar o papai? Será que eles estão me procurando? Preciso descobrir onde estou pra tentar encontrá-los. Mas pra isso tenho que usar a cabeça. Meu pai sempre diz pra pensar duas vezes antes de agir. Se continuar andando nessa mesma direção, vou acabar encontrando alguma coisa que dê pra ser localizada num mapa, e aí vai dar pra descobrir como chegar onde eu deveria estar.

Preciso encontrar um novo celular ou um relógio. Vai me ajudar a ter noção dos dias passando.

Eu preciso encontrar meus pais. Já faz quase uma semana. Eles provavelmente estão doentes de preocupação comigo.

15 de fevereiro de 2010

Querido Diário,

Que droga é essa?! Não faço a menor ideia de como isso é possível, mas estamos em fevereiro. Metade de fevereiro. Como é que passam sete meses assim sem que eu perceba? Ainda ontem era ~~primeiro~~ 3 de agosto! Sei que era! Acordei e me lembrei de checar no diário. Lembro de ter escrito essa página. Hoje era pra ser dia 4 de agosto. Sabia que era dia 4 porque ontem foi dia 3. Mas esse relógio é analógico-digital e as horas estão batendo nos dois. A data no visor digital diz 15/02/2010.

Eu perdi o Dia dos Namorados. Droga.

Será que eu só me lembro do dia 3 porque escrevi? Talvez tenha feito um monte de coisas ontem (ontem de verdade) e anteontem e antes ainda, mas não me lembro de nada porque não fiz nenhuma anotação?

Eu acordei na caçamba de uma 4x4. Lá tinha uns edredons azuis e duas lonas, então até que estava confortável. Os pneus eram gigantes (a Janine diz que são "pneus pra compensar"), então nada que passasse por lá conseguiria enxergar dentro da caçamba. Parece um lugar legal pra dormir. Só não me lembro de ter encontrado esse carro, nem tem nada no diário sobre isso.

Tinha dois ~~zumb~~ ex's zanzando do lado de fora. Abaixei rápido e nenhum deles me viu. Abri uma lata de ensopado de carne e tentei comer. As batatas e as cenouras estavam todas meio viscosas e com um gosto ruim, que nem o feijão da carne de porco. Aliás, tinha outra lata de feijão com carne de porco na caçamba, com todos os grãos deixados pra trás.

Eu lembro do meu pai dizendo que o ex-vírus fazia um lance com os ex's pra eles durarem mais tempo. Talvez seja a mesma coisa que está acontecendo com essas carnes? Mas, tipo, como o vírus foi parar dentro das latas? E será que isso quer dizer que eu tenho comido carne cheia de vírus?!

Os ex's finalmente se afastaram depois de mais ou menos uma hora, e eu dei o fora de lá. Andei em direção ao norte por duas horas antes de encontrar o relógio. Era de um cara mais velho, deitado na beira da estrada. Ele era grisalho, tinha barba e uma mecha de cabelo caída por cima dos óculos. A pele dele estava bem ressecada, fiquei toda arrepiada de tocar. Tem outra anotação aqui dizendo que eu peguei a blusa de uma mulher morta porque minhas roupas estavam rasgadas e eu estava praticamente pelada.

O relógio é um trambolho imenso de ouro. Deve ser de algum aposentado, acho, eles que gostam dessas coisas. Fica como uma pulseira no meu braço, mesmo quando aperto a correia. Parece caro.

Ainda não entra na minha cabeça que estamos em fevereiro. Meu pai me disse que o deserto fica congelante no inverno. Até que está friozinho, mas não dá pra me imaginar andado por aí seminua e sem comida por três dias. Apesar de que nem está tão frio assim, na verdade. Talvez a data no relógio não esteja certa? Será que os relógios digitais passam a andar mais rápido quando começam a ficar sem bateria? Isso não faz sentido nenhum. As coisas vão é mais devagar, né?

Meus pés estão doendo e machucados pra caramba. Acho que tenho andado muito. Faz bastante tempo. Mas eles não estão frios. Não era pra eles estarem frios se fosse mesmo fevereiro?

Não conseguia tirar um pensamento nefasto da minha cabeça. E se tivessem mesmo passado sete meses de algum jeito? Eu estava folheando meu diário e a última anotação dizia que eu estava indo em direção ao norte. Mas e se encontrei alguma coisa pelo caminho e voltei pro sul de novo? Ou leste ou oeste? Já que não tem anotação nenhuma, eu simplesmente sigo pro norte sempre que acordo. Será que só fiquei andando pra frente e pra trás por sete meses?

Meus pais já devem achar que morri! Eles não sabem que estou zanzando por aí com uma lesão na cabeça ou coisa assim!

Vou passar a noite hoje em cima de um Ford Explorer. As portas estão todas trancadas e tem um corpo no volante e outro no banco de trás. Esse do banco de trás está se contorcendo um pouco, mas ele não tem como sentir meu cheiro, então nem está reagindo comigo aqui.

Acho que tem uma cidade a alguns quilômetros daqui, indo pelo norte. E tem uma placa de sinalização bem grande a uns três quilômetros, descendo a estrada. Não dá pra ter certeza. De longe, as coisas parecem muito vagas, como se houvesse uma neblina fininha. Ou talvez o problema seja comigo. Meus olhos estão doendo tanto que parece até que entrou pelo de gato ou assim. Ficaram coçando a manhã inteira e ainda não melhoraram nada. O velho com os óculos e o relógio tinha também um vidrinho de colírio. Ajudou bastante, mas de longe as coisas ainda estão meio nebulosas.

Será que uma batida na cabeça pode te deixar míope?

23 de fevereiro de 2010

Querido Diário,
Isso é estranho.
Acordei e encontrei um relógio imenso de ouro no meu braço. Dizia que hoje era 23 de fevereiro, mas é claro que estava errado, porque eu sabia que ontem tinha sido dia 3 de agosto. Aí me sentei pra escrever agora de noite e a última anotação era do dia quinze. Mas então eu li tudo e me lembrei do caminhão e de ter encontrado o relógio e que isso tinha sido ontem mesmo. Tenho certeza de que foi ontem e só estou me confundindo toda com os dias.

Acho que esse relógio deve estar quebrado. Eu li a última anotação, mas simplesmente não dá pra acreditar que cinco dias passaram voando sem eu perceber. Preciso de outro relógio. Aí sim vai dar pra dizer se esse aqui está certo ou não. Um relógio de apoio, meu pai diria.

Até seria fácil encontrar um relógio se eu estivesse numa cidade, mas não estou vendo sinal nenhum da cidade que eu mencionei na última anotação. Até subi no capô do carro justamente pra procurar. Voltei pro meio do deserto de novo. Nenhum sinal de qualquer grande centro populacional. Nenhum sinal rodoviário.

Fico me perguntando se eu não devia começar a fazer uma lista de carros e picapes. Ou pelo menos só das placas. Daria pra usar tudo como ponto de referência pra depois saber se estou passando de novo por algum lugar que já tinha passado.

Será que eu cheguei a entrar na cidade, seja ela onde for, e não tive tempo pra escrever nada? A essa altura, elas devem estar todas transbordando de ex's. Talvez eu tenha ficado escapando dos mortos-vivos o tempo todo.

Será que não é melhor eu tentar encontrar uma arma? Sei lá, uma espingarda ou umas pistolas pra dar uma de Milla Jovovich pra cima de qualquer morto-vivo que me apareça pela frente. Nunca dei nem um tirinho só na minha vida toda. Quer dizer, joguei *GTA* e um pouco de *Call of Duty*, mas acho que isso não conta.

Queria mesmo era saber onde meus pais estão. Será que eles estão me procurando? Espero que esteja tudo bem com eles e que não estejam muito preocupados.

~~23 de fevereiro~~
~~21 de maio???~~
23 de mai QUE SE DANE!!!

Ai, meu Deus!! Ai, ai, ai, meu Deus, alguma coisa tem que estar errada!! ~~Eu não posso ser um deles.~~ Eles não são inteligentes! Eles não conseguem pensar ou sentir nada. Foi isso que meu pai me contou. Ele disse que eles não passavam de cadáveres. Só cadáveres zanzando por aí por causa de um vírus.

Encontrei um posto de gasolina e pensei que daria pra passar a noite aqui porque não tinha ex nenhum ~~a não ser.~~ Tem um espelho redondo imenso perto do caixa, daqueles pra ver quem está atrás da gente.

Posso me ver no espelho. Estou me olhando no espelho agorinha mesmo. Dá pra ver a pele do meu rosto e meus olhos. Eu pareço com eles.

Quero meus pais! Eles ainda vão me amar. Meu pai pode dar um jeito nisso. Ele é um dos caras mais inteligentes do mundo. É por isso que foi contratado. Ele pode dar um jeito nisso!

EU NÃO POSSO ESTAR MORTA!!!!

SEIS

AGORA

— Chefe — o berro de Ilya se sobressaiu ao tiroteio. — A coisa tá ficando feia!

Ele apontou para a frente, subindo a rua. Outros tantos ex's saíam cambaleando de uma lojinha que parecia ter sido uma das locadoras Blockbuster de um lado e uma pequena pizzaria na saída da esquina. Ex's usando capacetes... Alguns tinham até coletes táticos e partes variadas de trajes blindados.

Havia mais uns cem deles, pelo menos. Talvez até duzentos. Com os que já estavam aglomerados em volta do *Big Blue*, o número chegava perto de mil. O ruído dos dentes batendo quase abafava o ronco do motor.

Os batedores tinham dirigido vale adentro pela Cahuega Pass e seguido pela estrada até Sherman Oaks. St. George e Cerberus escoltavam o comboio. A incursão seguiu sem maiores problemas até que passaram por dois postos de gasolina bem ao lado do Van Nuys Boulevard. Havia quatro ou cinco carros empilhados no cruzamento logo adiante (nada se comparado a outros verdadeiros desastres automobilísticos espalhados por Los Angeles) e a titã tomou a dianteira para lidar com a situação.

Cerberus arremessou dois dos carros contra a calçada e o barulho atraiu um punhado de ex's. Dois saíram cambaleando de baixo de um alpendre e outros dois surgiram por trás de uma picape. Golpeou um deles com a BMW que segurava e jogou o carro em outro. Um chute veloz do traje de batalha fez uma moto sair derrapando e soltando faíscas pelo asfalto até derrubar o resto.

Não demorou para que mais deles saíssem mancando de uma loja da Second Spin pelo sul, enquanto outros se arrastavam pra fora de uma loja de quadrinhos pelo norte. Esses lugares nunca estiveram tão lotados. Os zumbis foram se amontoando do lado de fora de uma lojinha de presentes com o toldo esfarrapado, do Panda Express e de uma agência da Sprint. Centenas e mais centenas. Um número grande com capacetes militares protegendo suas cabeças.

A maioria dos batedores se encontrava na caçamba do caminhão. Billie, Jarvis e um ex-soldado do Projeto Krypton chamado Taylor estavam posicionados perto da porta traseira semiaberta. Taylor soltava um palavrão entre todo e qualquer tiro que dava. Começaram a gritar apelidos aos alvos antes de atirar, mas os nomes surgiam devagar na medida em que passaram a levar mais tempo para mirar. Alguns tantos eram chamados duas vezes quando as balas ricocheteavam nos capacetes ou perdiam a força do impacto na hora de penetrá-los.

Cerberus tinha tentado usar os canhões paralisantes acoplados a suas luvas, mas, com a pontaria falha dos batedores, os mortos a soterraram mais rápido do que ela foi capaz de derrubá-los. St. George saltou sobre o *Big Blue*, pousou perto da titã e os dois trucidaram os zumbis. Seguravam a onda como podiam.

E então Ilya viu todos os outros ex's se esparramando pela rua logo atrás deles.

Sem dúvida nenhuma, St. George pensou, Legião tinha se dado conta de como armar uma tocaia mais ou menos decente. Ele não estava supervisionando a ofensiva, nem precisava. Não era difícil imaginar o que aconteceria se um grupo de ex's cercasse dez ou doze humanos.

O herói disparou de volta por cima do caminhão e aterrissou a poucos metros da traseira. Uma bala acertou suas costas e ele jogou um olhar para trás.

– Perdão – Taylor berrou. – O senhor invadiu minha mira.

– Terno listrado – Ilya gritou da caçamba, mirando em seu alvo.

– Aborrecente – alguém vociferou.

– Blusa vermelha – Lady Bee prosseguiu de seu lugar no topo da cabine do caminhão.

– Passe de imprensa.

– Guarda de trânsito – Jarvis disse com uma certa satisfação.

St. George levou a quina da mão abaixo feito um machado e guilhotinou o pescoço de um ex. A cabeça bamboleou pelo ar e caiu no chão. Ele se virou bem na hora em que um adolescente num capacete camuflado agarrou sua outra mão e a abocanhou. Os dentes do morto-vivo se estraçalharam. O herói o pegou pelo ombro e o arremessou em meio à multidão se aglomerando em frente à Blockbuster.

Um trio de ex's mancava em sua direção, abrindo e fechando as mandíbulas. Dois disparos reverberaram e arrancaram os capacetes de Kevlar que usavam. Os mortos-vivos cambalearam com o impacto, mas logo avançaram de novo. St. George escutou Taylor xingando.

St. George nocauteou o ex mais próximo com um murro em cheio no meio da cara. Um dos trôpegos, uma mulher, agarrou seu braço. Dois dos dentes (implantes, provavelmente) estavam inteiros e brilhando de tão brancos em meio aos tocos podres e rachados. O herói enterrou sua mão espalmada no peito da ex e ela saiu voando pelos ares até derrubar outros três ou quatro corpos antes de se chocar contra o asfalto. Esmagou o crânio do terceiro com capacete e tudo.

Eram ex's demais ali. Só ele já tinha derrubado mais de vinte, e os batedores pelo menos outros quarenta, e nem um mísero vão se abriu entre a horda. Era bem mais difícil matar os ex's que usavam coletes. A situação não devia estar melhor em volta do caminhão, ele pensou.

Deu uma bofetada na cara de outro ex.

– Cerberus – ele gritou. – Suba de volta ao caminhão.

De onde estava, St. George só conseguia enxergar o crânio azul platinado e os ombros largos da titã, do outro lado do caminhão. Grudado em suas costas, dava para ver parte de um colete se contorcendo. Cerberus agarrou o ex pelas extremidades e o esmagou entre suas mãos, e só então elevou os olhos a St. George.

— Ainda tem muito mais lá pra frente — ela berrou.

Billie deu um pulo em direção à porta traseira e bateu duas vezes na lataria.

— Faça o retorno, Luke — ela gritou.

— A merda dum fã de quadrinhos — Taylor resmungou. Mandou bala num ex acima do peso vestindo uma camiseta do Super-Homem e rachou o capacete. O zumbi tombou de costas.

O motor roncou e o caminhão avançou. Um ex que tinha conseguido passar por Cerberus, um sujeito corpulento com óculos sujos de sangue sob o capacete, foi derrubado pelo para-choque, e os pneus enormes do *Big Blue* esmagaram suas pernas e um braço. Taylor e Jarvis deram alguns passos, aproximando-se da porta traseira enquanto apelidavam mais alvos.

St. George, com as duas mãos, agarrou um morto-vivo pelo pescoço e a cintura, suspendeu o ex feito um aríete e marchou em frente. Outros ex's tentaram passar pelo corpo e acabaram num emaranhado de braços contorcidos e mandíbulas batendo, que derrubou mais uns dez pelo caminho.

Um quarteto envolveu St. George num abraço coletivo. O herói os afastou com uma ombrada para trás e martelou os punhos com vontade nos capacetes. O impacto rachou três deles e esmagou os três crânios. Já no quarto, uma menina num uniforme de futebol, ele se limitou a dar uma pancadinha de leve. Ela se chocou contra outro ex e os dois se estatelaram num terceiro.

Big Blue estava no meio da manobra. Taylor tinha se atracado à porta traseira. Jarvis ainda andava a seu lado. O caminhão deu ré de novo e derrubou outro ex.

St. George sentiu algo vibrando no ar e ouviu o estalido da eletricidade se sobressaindo ao bater dos dentes. Cerberus lançara mão de seus canhões paralisantes outra vez. Arcos de energia se enroscaram nas luvas da titã e os ex's caíam com seu toque.

Um ex tentou alcançar St. George. O herói agarrou a mão esbranquiçada e girou o morto-vivo no ar feito um bastão. Girou primeiro à esquerda e de volta à direita, derrubando uns dez zumbis pelo caminho. O ex se partiu ao meio no terceiro giro, sua cartilagem despedaçando feito charque estragado.

Ele abriu os braços e passou a se afastar do caminhão. Logo arrastava três ex's contra seu corpo. Na altura de seu rosto, uma ex latina com olhos turvos e sem capacete tentou mordê-lo, e os dentes dela rasparam seu nariz. St. George jogou a cabeça para frente e rachou o crânio da mulher.

A ex caiu sobre o corpo do herói e lá ficou enquanto outro zumbi era atropelado. Com dois passos, St. George já empurrava seis ex's, número que aumentou para dez no quarto passo, e, quando ele enfim se livrou deles com uma ombrada para trás, quase vinte ex's foram jogados no chão.

Não demorou para que fechassem o cerco em torno dele outra vez. St. George deu um salto e dedos murchos tentaram agarrá-lo. Tomou impulso no ar, de volta ao caminhão, e meia dúzia de ex's caiu de ponta-cabeça quando se contorceu na tentativa de segui-lo. Um mais grandalhão conseguiu pegar sua bota e foi suspenso por alguns metros até cair.

– Filho da puta! – Jarvis gritou. Deu para sentir uma pontada de desespero em sua voz. O senhor de meia-idade deu um chute e girou o rifle para atirar em alguma coisa no chão. À queima-roupa, o capacete nada podia contra um balaço do fuzil. St. George ainda conseguiu dar uma espiada na coisa se contorcendo antes que a cabeça explodisse. Era o mesmo ex que *Big Blue* tinha atropelado, ainda com os mesmos óculos de tartaruga. Tinha usado o braço que lhe sobrou para rastejar por baixo do caminhão em manobra, até onde Jarvis estava.

O sujeito grisalho xingou de novo. Uma mancha vermelha brotou em sua panturrilha esquerda, logo acima da bota. Ele mancou e agarrou a borda da porta levadiça na traseira do caminhão tão logo Luke desengatou a ré.

Jarvis tinha sido mordido. E feio, aparentemente.

– Coloquem-no no caminhão – St. George gritou. – Agora!

Pousou no chão, agarrou outro ex já próximo a Jarvis e o arremessou longe.

Taylor tinha participado do mesmo programa de supersoldados responsável pelo físico aprimorado do capitão Freedom. Não que ele fosse tão poderoso quanto Freedom, longe disso, mas ainda era três ou quatro vezes mais forte do que a maioria das pessoas em Los Angeles. Taylor agarrou Jarvis pelo colarinho, suspendeu seu companheiro e o colocou na caçamba do caminhão. Bee saltou do topo da cabine e tirou um kit de primeiros socorros de sua bolsa a tiracolo.

O *Big Blue* deu uma leve inclinada para trás quando Cerberus subiu na porta levadiça. A suspensão do caminhão comprimiu num chiado agudo.

— Bora — Ilya gritou, batendo no topo da cabine.

St. George ainda esmurrava alguns últimos ex's quando o caminhão arrancou. Agarrou um deles pelo pescoço, uma negra com um corte na bochecha. O cadáver lhe jogou um sorriso maroto.

— Ainda se sentindo o tal, dragão? — E soltou uma gargalhada espalhafatosa.

O herói deu um gancho e arrebentou o queixo da mulher morta. A gargalhada ainda ecoou por uma dezena de ex's a sua volta. Numa nova investida, aniquilou mais quatro. Legião não parava um só segundo de gargalhar de seu esforço.

O *Big Blue* já estava a um quarteirão de distância e ganhava velocidade. St. George saiu voando atrás do caminhão e pousou na caçamba ao lado de Cerberus.

— A coisa tá muito feia aí?

— Foi só um arranhão — Jarvis disse, cerrando os dentes.

— Tá feio, sim — Bee retrucou. — Acho que pode ter atingido uma artéria. Ela estava agachada ao lado de Jarvis. Hector de la Vega estava em frente aos dois. Ele rasgou o jeans ensanguentado, expondo a mordida, e segurou a perna de Jarvis levantada.

O ex não chegou a arrancar um naco de carne, mas tinha afundado seus dentes com gosto. Bee lavou a ferida com água e metade do líquido escorreu pela perna, manchando de sangue o cavalo da calça. Por um instante, o desenho da mordida irregular ficou perfeitamente visível na panturrilha de Jarvis, e parte da carne convulsionava de um lado para outro feito um peixe agonizando. Logo em seguida, mais sangue escorreu, encharcando as tábuas de madeira que forravam a caçamba do caminhão. Bee tirou uma segunda garrafa de sua bolsa, dessa vez de água oxigenada, e a ferida borbulhou. Jarvis chiou entre os dentes cerrados e retorceu o rosto.

Bee rasgou ainda mais suas calças, foi subindo a mão por sua perna e apertou os dedos contra sua virilha. O sujeito grisalho soltou um grunhido e retorceu o queixo.

– Desculpe – ela disse. – Mas eu tenho que diminuir o fluxo da corrente sanguínea.

– Anima aí, cara – falou Hector. – Pelo menos, o povo parou de cortar as coisas fora.

– Ééé – Bee emendou. – Por enquanto, os primeiros socorros vão ficar só nesses amassos que vou te dar até a gente chegar em casa mesmo.

Jarvis forçou um sorriso, ainda que soturno.

– Tarde demais pra solicitar a amputação?

– Espera pra ver – ela retrucou. Espalmou um chumaço de gaze sobre a mordida com a outra mão e apertou com força. A gaze logo ficou ensanguentada onde os dedos comprimiam.

O caminhão passou pelo estacionamento de um supermercado. Uns poucos ex's entre os carros empoeirados viraram a cabeça para acompanhar o veículo. Ainda deram alguns passos cambaleantes para iniciar uma perseguição, mas *Big Blue* já tinha sumido de vista antes que mal fossem capazes de percorrer um metro.

Os olhos de St. George pularam da careta de Jarvis para a poça de sangue. Uma goteira sem fim. Já estava do tamanho de um prato e continuava aumentando.

Cerberus se elevava acima da intervenção feito uma estátua, mantendo-se firme no caminhão que sacudia com o auxílio de seus sensores giroscópios.

– Vai levar pelo menos uma hora até a gente chegar – ela disse a St. George.

– Eu sei.

– Você vai ter que ir voando com ele.

– Eu sei. – Ele colocou a mão no ombro de Lady Bee. – Amarra bem isso.

Ela assentiu com um sinal de cabeça e deixou a gaze de lado. No mesmo instante, tirou um cano de borracha de seu kit e o passou em volta da coxa do homem. Amarrou com força e deu um nó. As gazes ensanguentadas escorregaram e caíram na poça.

St. George se agachou e pegou o sujeito ferido em seus braços feito uma criança. Bee pressionou outros dois chumaços de gaze contra a mordida e os envolveu com uma atadura. Levou um pouco mais de tempo para que os chumaços ficassem avermelhados. Todos sabiam que isso tanto poderia ser bom quanto ruim.

– Deus do céu, isso é constrangedor – Jarvis disse, com voz de bêbado.

– Podia ser pior – St. George disse. – Você já andou de moto?

– Nunca mais desde que eu era um moleque idiota.

– Tente ficar de olhos fechados. Vai esfriar um pouco lá em cima, mas só leva uns minutos de nada. A gente vai estar a uma velocidade bem alta, então a pior parte é o vento, no fim das contas – ele lançou um olhar a Cerberus e de volta aos batedores. – Vocês vão ficar bem mesmo, né?

– A gente se vira, relaxa – Ilya respondeu.

St. George se lançou ao céu. Carregou Jarvis acima dos prédios até que estivessem planando sobre as colinas e fossem capazes de vislumbrar Hollywood do outro lado. Valeu-se dos pontos de referência para se localizar, avistou o Cinerama Dome e seguiu rua acima por mais um quarteirão até a esquina da Grande Muralha.

A mesma esquina em que ele tinha dado uma coça em Legião, algumas noites antes.

– Merda – Jarvis disse, tremendo de frio. – Esqueci de te dizer que tenho medo de altura.

– Opa... você devia ter mencionado isso antes. Aguenta aí.

Jarvis contraiu os ombros e o vale correu por baixo deles feito a correnteza de um rio. Nem se mexia de tão tenso, achatando sua barba grisalha contra o rosto do herói. O batedor estava pálido. St. George só não sabia dizer se por causa do voo ou da ferida.

Passou como o vento pelo prédio da NBC Universal, sobrevoou o Hollywood Bowl no sentido Highland e então mergulhou em direção à Muralha. Pescou os guardas com o rabo do olho e tomou a direção do Hospital Comunitário de Hollywood.

Igrejas e apartamentos não foram as únicas benesses conquistadas pelo povo do Monte quando a Grande Muralha foi erguida. Agora eles também tinham um hospital de verdade, um edifício branco de seis andares com instalações completas e consultórios. Outra construção simbólica, ainda que com a escassez de pessoal e mesmo de demanda.

Os guardas olharam para o alto quando escutaram a jaqueta de St. George farfalhando acima deles, e logo focaram em Jarvis nos braços do herói. Depois das muralhas, o hospital era o lugar mais bem guardado do Monte. Homens e mulheres armados estavam a postos para quando um paciente morresse. Era função deles meter uma bala no meio da testa de todo cadáver antes que fosse reanimado pelo ex-vírus.

– Homem ferido – St. George bradou. – Abram caminho.

Suas botas tocaram o chão e os guardas se afastaram, escancarando as portas no mesmo instante. Passou direto por eles.

O lobby estava tomado pelo enorme sinal de alerta transferido do antigo edifício Zukor, indicando potenciais focos de infecção. Mais um símbolo. St. George gritava por um médico enquanto seguia em direção às salas de emergência.

Jarvis ergueu os olhos a ele.

– Chefe, me promete uma coisa.

– Diz aí.

– Você sabe.

– Pare. Você vai ficar bem.

– Eu não posso voltar. Não deixe isso acontecer.

– Ninguém volta. Você sabe disso.

– Eu não quero meu corpo cambaleando por aí feito um bêbado, me fazendo passar vergonha. Machucando alguém. Eu quero que vocês se certifiquem de que isso não vai rolar.

– Isso só vai rolar se você encher a cara na semana que vem.

– Eu não estou brincando.

– Nem eu – St. George disse. – Ninguém volta.

SETE

AGORA

O sargento Eddie Franklin, também conhecido como Doc Ed apesar de todos os seus protestos, passou os olhos nos jeans rasgados e tirou as gazes da perna de Jarvis. A pele em torno da mordida estava pálida e viscosa.

– Faz quanto tempo?

– Uns dez minutos – St. George respondeu.

– Ele se atracou ao senhor – o médico perguntou a Jarvis – ou o senhor se livrou rapidamente dele?

A exemplo da maioria dos ex-soldados, Franklin ainda era formal com a maioria das pessoas. Tinha servido como médico de combate junto aos Indestrutíveis 456, o que bastava à maior parte da população do Monte para chamá-lo de doutor.

– Nem mesmo dois segundos – St. George se adiantou. – Ele foi logo chutando a coisa pra fora da perna.

– E aí dei um tiro nele – Jarvis acrescentou.

Franklin estava com dois dedos apertando a garganta do sujeito grisalho e a palma da outra mão em sua testa.

– Você está gelado.

– Estamos no inverno e eu estava a uns trezentos metros de altitude e a cento e sessenta quilômetros por hora. É claro que estou gelado.

Franklin fez um sinal com a cabeça e foi empurrando a maca pelo corredor até um quarto. St. George os acompanhou por um breve momento, mas sabia bem que seu parceiro já estava encaminhado. Seus olhos cruzaram com os de Jarvis. O homem de meia-idade deu um sorriso e ergueu o polegar. Então as portas se fecharam e ele sumiu.

¤ ¤ ¤

Já do lado de fora, um dos guardas bateu com os dedos em seu fone de ouvido.

– O Portão Leste está na linha querendo falar com você, chefe.

O herói reprimiu um suspiro e assentiu. Tirou seu fone de ouvido do bolso e o colocou na orelha.

– St. George na escuta.

– E aí, chefe – alguém disse. Levou um tempo para que ele reconhecesse a voz de Elena, uma das guardas regulares da muralha. – Escutei por aí que você já tinha voltado. Tem um minuto sobrando?

– Sim, sim – respondeu. – Do que você precisa?

Houve uma breve pausa.

– Acho que seria melhor se você viesse aqui pra ver. Portão Leste.

– Beleza. Chego em cinco minutos.

Puxou o fone de ouvido. Por um segundo, pensou seriamente em esmagá-lo. Depois, pensou em tocar fogo em todos os ex's do outro lado da Grande Muralha. E aí pensou em simplesmente procurar Stealth e ficar enroscado com ela na cama por uns dois dias.

Alguém soltou um pigarro.

– O Jarvis vai ficar bem? – perguntou um dos homens na frente do hospital.

St. George o encarou.

– Não dá pra dizer. Talvez. Ele foi mordido.

Os guardas suspiraram e sacudiram a cabeça.

– Droga – o sujeito disse –, mas que merda. Eu gostava muito do Jarvis.

– Todo mundo gosta do Jarvis – St. George retrucou. Pensou outra vez em esmagar o fone de ouvido. Em vez disso, concentrou-se e saiu em disparada pelos ares, bem acima dos edifícios.

※ ※ ※

Portão Leste era só jeito de chamar. Não passava de uma barreira firme formada por carros empilhados de norte a sul no cruzamento da Melrose com a Western. Onde o portão um dia estaria de fato, algumas listras pichadas com spray amarelo fosforescente. Como os batedores já tinham realizado a maior parte do trabalho na ala leste da cidade, o Portão Leste era o próximo e último lado da Grande Muralha agendado para entrar em reforma.

Elena, Derek e um sujeito careca que St. George não reconheceu esperavam por ele na plataforma de madeira no topo da escada. Havia um guarda-sol e algumas poltronas que pegaram numa loja de móveis nas redondezas. Todos os três olhavam fixamente para o cruzamento. Algumas centenas de ex's cambaleavam entre um banco e um armazém. Precisaram de tantos carros para construir a Grande Muralha que as ruas no entorno da barricada estavam desertas.

Os pés de St. George tocaram a plataforma e os guardas se viraram.

– E aí, patrão – Derek disse.

– O que foi?

– Uma parada meio estranha – Elena disse, apontando em direção a Melrose. – Você consegue enxergar um predinho branco no quarteirão de baixo, à direita? Logo depois do vermelho?

St. George fez que sim. Daquele ângulo, a construção dava a impressão de ser uma casa enorme ou talvez um pequeno condomínio residencial. Grades boleadas, que mais pareciam decorativas do que funcionais, vedavam as janelas.

– Beleza. Não tira os olhos dele. – Elena encheu os pulmões e fez uma concha com as mãos em volta da boca. – Ei! – ela gritou. – Você ainda está aí?

O berro ecoou rua abaixo e os ex's na base da muralha desviaram sua atenção a ela. Jogaram suas cabeças para trás e seus braços ao alto. Suas mandíbulas entraram num frenesi total. Outros vinte ou mais se deslocaram rumo à muralha e se juntaram à multidão, se debatendo pelos humanos na plataforma.

A um quarteirão, entre as barras de uma das janelas do segundo andar, um braço se esticou. Ficou acenando de um lado para o outro.

– Eu estou aqui – alguém berrou de volta. Parecia ser voz de mulher. – Eles ainda estão todos em volta da porta.

– Espera só mais um pouquinho! – Elena gritou. – Alguém já vai te salvar.

– Tudo bem.

St. George observou o braço escorregar de volta para o prédio.

– Por que vocês não mandaram uma equipe pra lá?

– A gente quase mandou – o careca disse. – Mas então o Derek notou os ex's.

O herói olhou para a multidão de mortos-vivos.

– Eles estão agindo estranho?

– Não exatamente – Derek respondeu. – Eles não estão fazendo nada.

St. George analisou a rua por uns instantes e então franziu a testa. Seus olhos pularam dos ex's se debatendo na base da plataforma para os que estavam rua abaixo. Havia pelo menos uns dez deles em frente ao prédio branco, andando em círculos.

– Não estão, né?

– No começo, pensei que pudesse ser por causa da acústica e tal, o jeito como a voz dela ecoava entre os prédios – Elena disse. – Talvez isso estivesse confundindo eles. Mas já tem duas horas de papo com essa menina e faz mais de uma que começamos a observar as reações dos ex's.

Derek concordou:

– A pessoa vai, bota os pulmões pra fora de tanto gritar, não para de balançar os braços e nem sequer um zumbi resolve ir atrás dela? Me parece muito estranho.

– Verdade – St. George reconheceu. – Foi bom não terem ido lá pra checar.

– Você acha que pode ser outra armadilha do Legião? – Elena perguntou.

– Não parece ser ele – o careca disse. – Ele sempre fala com sotaque.

– É melhor que não seja – o herói retrucou. – Se é que ele sabe o que é bom pra tosse.

Deu alguns passos e se lançou pelo ar, atravessando a rua. Alguns dos ex's esticaram os braços em tentativas débeis de agarrá-lo, ainda que ele estivesse totalmente fora do alcance.

St. George deu a volta no armazém para que pudesse entrar no prédio branco pelos fundos. Só havia as grades arredondadas no lado que dava para a rua, e não demorou até que ele encontrasse uma janela no segundo andar já quebrada em algum momento nos últimos anos. Rodopiou e escorregou para dentro do prédio, pés primeiro.

Tinha entrado num quarto. Esticado na cama, um corpo mirrado. Já estava lá fazia um bom tempo, tempo suficiente para que St. George não fosse capaz de dizer se tinha sido de um homem ou de uma mulher. Supôs que a pistola e a mancha escura na parede estivessem lá por tanto tempo quanto. Será que não conseguiu conviver com a perda de alguém, o herói se perguntou, ou simplesmente decidiu que não queria correr o risco de ser pego pelos ex's? Por quanto tempo viveu aqui após a ascensão dos mortos?

Passou por sua cabeça que, quem quer que fosse, aquela pessoa podia estar lá desde o tempo em que os heróis construíam o Monte. Alguém que, por um triz, não conseguiu escutar os sons de uma vida em segurança logo ali, ou teve medo de levantar a voz e pedir ajuda. Perguntou-se, e não pela primeira vez, quantos mais tinha deixado de salvar durante o surto.

A porta do quarto estava aberta e ele passou para o corredor. O carpete abafava o som de suas botas. Era um apartamento pequeno. Maior do que onde ele morava antes do zumbocalipse, a menos de um quilômetro dali, mas nem tanto assim. O corredor dava no que parecia ser um banheiro, e na frente estava a cozinha. Na entrada havia uma sala de estar, ou talvez outro quarto.

Uma escadaria que dava no térreo tinha sido bloqueada com uma mesa ao contrário e algumas cadeiras. Não estavam empoeiradas. Era uma barricada recente.

Escutou algo se movendo e sombras escorregaram pela parede da sala. Uns poucos passos o levaram ao fim do corredor. Deu uma espiada no quarto e entrou.

Do outro lado da sala, de frente a uma janela, havia uma mulher miúda. Supôs que fosse uma mulher, pelo menos, por causa dos quadris e todo o conjunto. Ela estava coberta por duas ou três camadas de trapos descombinados, e outra camada de puro barro e poeira. Algumas longas mechas de cabelos negros saindo do boné dos Red Sox virado para trás. Um tênis coberto de lantejoulas, pendurado em sua cintura, refletia os raios do sol poente que entravam pela janela.

Numa mesa de centro perto dela, havia uma mochila abarrotada de coisas. Estava tão suja quanto a menina. Uma das alças tinha sido remendada com uma toalha velha e coberta com fita adesiva. Ela tinha aberto um saco de dormir sobre o sofá.

– E aí – St. George disse.

A mulher deu um grito agudo e se virou. Um par de óculos escuros e desproporcionais a seu rosto, daqueles que os mais velhos usam por cima dos óculos de grau, escondiam seus olhos. Ela tentava disfarçar seu tamanho e sua idade com as camadas de roupas. St. George podia apostar que tinha vinte anos, no máximo. Provavelmente ainda nem tinha terminado o ensino médio. Se ainda existisse ensino médio.

Quando ela o viu parado a sua frente, tateou o cinto e puxou um revólver. Era enorme em suas mãos.

– Por onde foi que você entrou?

– Pela janela do quarto – ele disse, inclinando a cabeça em direção ao corredor.

A menina respirou fundo e tentou relaxar. Apontou a pistola para a cabeça de St. George.

– A gente está no segundo andar. Fiquei observando a rua esse tempo todo. Por onde foi que você veio? – Seus lábios se contraíram. – Você estava aqui esse tempo todo? Tipo, você tava me observando enquanto eu dormia?

– Estou dizendo, entrei pela janela – ele repetiu. – Você pediu ajuda, aí eu vim voando pra checar a situação.

Ela respirou fundo outra vez.

— Eu sei muito bem como usar uma dessas, hein – ela disse, apontando para a arma com o queixo. – Ela está carregada e eu atiro bem pra caramba.

— Eu estou falando sério – ele insistiu. – Costumavam me chamar de Mighty Dragon. Talvez já tenha ouvido falar de mim?

— Cai na real, cara – ela retrucou. – Você é magro demais pra ser o Dragon.

Ele sorriu.

— Pior que não.

Ela precisou dos dois polegares para engatilhar a pistola. Estalou alto.

— Última chance.

St. George respirou fundo. Sentiu sua garganta coçando e cuspiu uma labareda. As chamas escorreram de sua boca e voltearam sua cabeça.

As sobrancelhas da garota saltaram por cima dos óculos escuros e sua boca escancarou. A pistola escorregou de suas mãos e ela apertou o gatilho sem querer. A arma disparou.

Um estrondo ecoou pela saleta e a bala acertou o ombro de St. George. Ele soltou um gemido curto. A menina deu um grito estridente e pulou de volta para perto da janela. A bala achatada retiniu no chão.

— Ai, meu Deus! – ela disse. – Ai, meu Deus, me desculpe, eu sinto muito.

— Está tudo bem – ele a tranquilizou. Esfregou o ombro e deu um tapinha no buraco em sua jaqueta, ainda fumegando – Eu estou bem. Só pinica um pouco.

— Chefe – uma voz gritou no ouvido dele. – Você está bem? A gente escutou um tiro.

— Problema nenhum – ele respondeu. – Foi só um mal entendido. Está todo mundo bem.

— É você mesmo – ela disse. Seu braço caiu e a pistola escorregou de seus dedos, parando no tapete. – Você é o Mighty Dragon.

— Te disse...

— Ai, meu Deus – ela disse. Seus ombros caíram de tanto alívio. – Ai, meu Deus. Eu só... tipo, você não sabe como as coisas são lá fora.

— Eu faço uma boa ideia.

— Faz séculos que não vejo quase ninguém, e as poucas pessoas que eu vi ficavam tentando me tocar. Um cara roubou minha comida e o outro era meio manco e queria fazer umas coisas comigo, e algumas pessoas simplesmente atiraram em mim e eu... – ela fez uma pausa para respirar, abaixou a cabeça e o esboço de um sorriso tomou seu rosto. – Eu não consigo confiar em mais ninguém faz tempo.

– Pode confiar na gente. Tá tudo limpo dentro da muralha, lá é seguro. Tem comida, eletricidade e...

Os óculos da menina escorregaram do nariz quando ela baixou a cabeça. Seus olhares se cruzaram e ela se apressou em empurrar as lentes desproporcionais de volta.

– Por favor – ela disse –, me deixa ex...

St. George marchou adiante e arrancou os óculos do rosto da menina, despedaçando-os em sua mão. Ela tentou virar a cabeça e fechar os olhos, mas seus olhares se cruzaram outra vez. Não tinha erro. Eram cinzentos, meio esbranquiçados. As veias escuras contrastavam com as íris empalidecidas.

– Não me machuque – ela suplicou, recuando com um braço erguido na tentativa de esconder o rosto. – Por favor! Eu não sou um deles.

St. George foi marchando logo atrás, agarrou o ombro da menina morta e a jogou para o outro lado da sala. Ela bateu na parede e caiu no sofá.

– Rodney, eu juro por Deus, depois do que você fez...

– Por favor, não! – ela deu um grito estridente.

– ...a última coisa que você devia estar fazendo era desperdiçar meu tempo com outra idiotice des...

Ele parou.

A menina estava chorando. Uma única lágrima escorreu por sua bochecha, deixando um rastro de pele limpa e empalidecida. Seu peito chiava sempre que enchia os pulmões de ar, em meio ao choro e aos soluços. Seus olhos turvos estavam arregalados de medo.

– Por favor – ela suplicou. – Eu não sou um deles. Eu juro. Juro que não sou.

St. George ergueu suas mãos abertas e recuou.

– Eu... sinto muito – ele disse. – Está tudo bem. Eu pensei... eu pensei que você fosse outra pessoa. Me desculpe.

Ela deu um pulo do sofá e se afastou dele. Já não havia mais sinal algum de toda aquela confiança em seu rosto. Seus olhos procuraram a pistola no chão.

– Quem é você?

A menina morta baixou seu braço um pouco.

– Você não vai me machucar?

– Me desculpe – ele disse de novo, erguendo as mãos um pouco mais alto e abrindo bem os dedos. – Eu não vou te machucar. Eu prometo.

Uma nuvem de poeira tinha subido da parede, o que despertou a atenção dos dois. Ela botou a mandíbula no lugar e o encarou.

– Eu sinto muito de verdade – ele continuou. – Estamos tendo uns problemas com... bem, a gente meio que tem um supervilão de quinta categoria aqui em Los Angeles. Ele se autoproclama Legião, mas seu nome de verdade é Rodney.

Ela piscou.

– E você pensou que eu fosse ele?

– Ele controla todos os ex's da cidade – St. George explicou. – Ele pode falar através deles, ver através dos olhos deles, fazer com eles ajam feito uma pessoa. Ele já tentou enganar a gente antes, então pensei que você fosse ele. Porque você é... você sabe, né?

– Eu não sou que nem eles.

Ele acenou com a cabeça.

– Dá pra ver.

– Não sou!

– Então tá... você quer ir comigo? Eu acho que algumas pessoas iam gostar de te conhecer.

Ela se moveu devagar.

– Como é que eu vou saber se dá pra confiar neles? Ou em você?

Ele deu um sorriso.

– Eu sou o Mighty Dragon, lembra? Um dos mocinhos. – Ele estendeu a mão. – A maioria das pessoas tem me chamado de St. George nos últimos tempos.

Ela ficou olhando para a mão do herói por um tempo, então estendeu a sua e envolveu seus dedos gelados nos dele.

– Meu nome é Maddy – ela disse. – Madelyn Sorensen.

OITO

AGORA

– Capitão?

– Perdão, senhor – o capitão Freedom disse. Já fazia dois minutos que observava a garota. Ele se voltou a St. George. – É só que... bem, se você nunca viu a pessoa de verdade antes, dá pra dizer se está vendo o fantasma dela?

Madelyn estava numa das salas de observação do hospital. Tinham tirado tudo do quarto, a não ser por duas cadeiras e uma mesa pequena. Stealth tinha alocado dois guardas dentro do cômodo e outros dois fora.

Franklin e a doutora Connolly já tinham dado inúmeras voltas em torno de sua própria mesinha móvel, recolhendo amostras e verificando uma dezena de sinais vitais diferentes. A garota morta estremeceu quando outra agulha foi enfiada em seu braço, mas permaneceu sentada. Não por opção. Ela tinha concordado em ficar amarrada até que Stealth estivesse convencida de que a menina não era Legião.

Madelyn já tinha sido semidespida e vestia apenas um par de jeans surrados e uma camiseta folgada. Havia três relógios no braço do qual colhiam sangue, que ela se recusava a tirar. Uma corrente de prata corria entre dois deles.

St. George e Freedom permaneciam do lado de fora com Stealth, observando os testes. Freedom estava com as mãos atrás das costas, relaxado, o que deixava seu sobretudo aberto e seu largo peito exposto. A cabeça de Stealth se mexeu por baixo do capuz e seu olhar pousou sobre o enorme soldado.

– É Madelyn Sorensen mesmo? Não há dúvidas quanto a isso?

Freedom assentiu.

– Eu aposto minha pensão nisso, senhora – ele respondeu. Sua mente viajou no tempo, três anos antes, para o dia em que enviou uma equipe para levar a família do doutor Emil Sorensen até o Projeto Krypton. Não tinha terminado muito bem para nenhum deles. Ainda se lembrava da jovem sendo arrastada pela areia enquanto ele se esquivava dos ex's que cercavam a base. Tinha incluído o nome dela, os nomes de todos, em sua longa lista de pessoas que não foi capaz de proteger. Tratou de tirar esse tipo de pensamento da cabeça.

– Eu só a vi pessoalmente no dia em que ela morreu – ele continuou. – Mas o doutor Sorensen tinha uma dezena de fotos dela e da mãe no seu escritório. Eu devo tê-las visto milhares de vezes. Se aquilo não for ela... – ergueu os ombros. – Como eu já disse, eu aposto minha pensão nisso.

– Mas então... – St. George tomou a palavra. – Ela está morta e é um ex, mas ainda fala e pensa. Alguém faz ideia de como isso aconteceu?

– Mais precisamente – Stealth disse –, como ela veio parar em Los Angeles, a seiscentos e cinquenta quilômetros de onde morreu?

Madelyn pousou os olhos em St. George pela janela, que retribuiu com um aceno reconfortante de cabeça. Ela forçou um sorriso tímido de volta.

– Senhor, senhora... uma palavra, se me permitem?

St. George assentiu:

– Sim?

Freedom contraiu os lábios.

— O doutor Sorensen sempre insistiu que Madelyn ainda estava viva. De vez em quando ele tinha esses rompantes de clareza sobre sua esposa, uns lampejos em que dava pra ter certeza de que ele sabia bem o que tinha de fato acontecido com ela, mas não podia se deixar dizer em voz alta. Por outro lado, estava convencido de que Madelyn tinha sobrevivido ao ataque. Ele não dava o braço a torcer quanto a isso. — Seus olhos se voltaram à menina morta. — Ele disse que ela era especial.

— Especial? — Stealth retrucou, endireitando a postura.

O enorme oficial confirmou com a cabeça.

— Não sei dizer, senhora. Eu sempre acreditei que fosse mero instinto paternal sangrando ao ponto de uma instabilidade mental, como se a perda da filha fosse de alguma forma pior do que perder a esposa.

Na sala, Franklin puxou uma agulha do braço de Madelyn e comprimiu um pedaço de gaze contra a veia perfurada. Ela perguntou alguma coisa que eles não foram capazes de escutar por trás do vidro. Ele respondeu com poucas palavras e um aceno de cabeça. Depois acompanhou Connolly com a mesinha móvel e deixaram a menina sozinha com os guardas.

— Ela queria colírio? — Stealth perguntou a Franklin.

Franklin ergueu as sobrancelhas e fitou o vidro. Fitou o capitão Freedom por força do hábito e fez um sinal de cabeça à mulher encapuzada.

— Sim, senhora. Eu disse que daria um jeito de arrumar um pouco.

— Por que ela precisa de colírio?

— Suponho que seja porque seus olhos estejam doendo. Seus canais lacrimais provavelmente não estão funcionando bem.

St. George olhou para Connolly.

— E então?

A médica sacudiu a cabeça.

— Bem, ela definitivamente é uma ex. Sem pulso, sem respiração, temperatura corporal de vinte e um graus. Acho que estava ainda mais baixa, mas ela se aqueceu um pouco depois que entramos na sala.

— Mas ela está consciente — Freedom retrucou. — Ela sabe quem é. Ou era.

— Ela passa a impressão de saber.

St. George voltou os olhos ao vidro outra vez.

– É o Legião nela?

– Não parece ser – Stealth disse. – Legião mantém constância no sotaque e na linguagem corporal. Quem ou o que quer que isso seja, tem demonstrado inúmeros tiques e hábitos bem diferentes dos dele.

– O que quer que *ela* seja – Connolly retrucou –, está bem certa de que é uma garota de dezessete anos.

Freedom franziu a testa.

– Ela disse que tinha dezessete anos?

A médica confirmou.

– Não há uma discrepância em sua história? – Stealth perguntou.

– Eu tenho certeza de que ela tinha dezessete anos quando morreu – Freedom disse. – Lembro-me bem do doutor Sorensen falando sobre fazer seu aniversário de dezoito anos em Krypton.

– Bem, não é como se ela ainda estivesse envelhecendo, senhor – Franklin disse.

– Não – Freedom retrucou. – Mas se ela está consciente, por que não se imagina com vinte? Fisicamente pode continuar a mesma, mas quase três anos se passaram.

– Três anos? – Connolly ecoou.

– Dois anos e sete meses – Freedom confirmou. As imagens passaram por sua cabeça de novo – Eu perdi quatro bons soldados naquele dia, junto com a família do Sorensen.

Franklin retorceu o queixo e deu um breve aceno de cabeça.

St. George olhou para Connolly. Os lábios dela se contraíram.

– Algo mais está errado?

Ela observava o outro lado do vidro. A menina morta tamborilava os dedos no braço da cadeira e perscrutava a sala com os olhos.

– Eu nunca poderia ter imaginado que ela está morta esse tempo todo.

– O ex-vírus de fato desacelera significativamente a decomposição – Stealth disse.

– Desacelera, sim – Connolly concordou. – mas não a detém. E nem faz nada que impeça o *rigor mortis*, a evaporação ou qualquer outro desgaste natural. Eu teria dito que ela morreu há um mês, no máximo. E no melhor dos cenários.

– O que você está insinuando, doutora? – Stealth perguntou.

– Apenas que provavelmente vou querer realizar muito mais testes depois de analisar todo esse sangue. Se não for problema – fitou a garota morta pelo vidro – pra ninguém.

Stealth fez um breve sinal de cabeça.

Os médicos se foram, deixando os heróis sozinhos em frente ao vidro.

– Mas então – St. George disse. – O que fazemos agora?

– Vamos interrogá-la – a mulher encapuzada respondeu. – Capitão Freedom, você é o mais familiarizado com Madelyn Sorensen. Seria capaz de confirmar sua identidade?

O enorme oficial endireitou a postura e fechou a cara.

– Isso depende do tipo de interrogatório de que estamos falando, senhora. Não vou machucar uma menina.

– Por ora, um interrogatório verbal deve bastar. Se você ficar satisfeito com os resultados, não haverá necessidade de levar adiante.

¤ ¤ ¤

Um dos guardas na sala, Cook, encarou a menina morta. Ela lhe deu um sorriso.

– Oi – ela disse. – Meu nome é Maddy.

Ele a ignorou.

– Você acha que, se ela for um ex mesmo, eles nos deixam ficar com ela?

Seu parceiro também a encarou.

– Pra quê?

Cook deu de ombros.

– Ela não está tão escrota assim. Não dá pra tocar, beleza, mas dá pra se divertir um pouco só de olhar.

– Ei, seu nojento – Madelyn gritou e o encarou de volta. – Eu estou aqui, não tá vendo?

– Cala a boca, ô cadáver – Cook disse. Apontou a arma para ela. Os olhos da menina se arregalaram.

– Já chega – Freedom interrompeu. Passou pela porta e fez o quarto parecer pequeno. Caminhou até Madelyn e lançou um olhar ríspido a Cook.

– Vocês podem esperar lá fora, senhores.

Cook ainda abriu a boca para falar algo, mas logo desistiu. O outro guarda soltou um pigarro.

– A Stealth vai querer nossa cabeça se abandonarmos o posto.

– Sua dedicação é admirável – Stealth retrucou, parada na porta. – Esperem lá fora como o capitão instruiu.

Ela não fez movimento algum para abrir passagem. Os guardas ficaram de lado e se espremeram contra a moldura para sair da sala sem tocá-la. Assim que foram embora, ela entrou. St. George a acompanhou.

– Peço desculpas por isso, senhora – Freedom disse a Madelyn. – Nada justifica que eles falem assim com você.

Os olhos dela pularam de St. George a Stealth e de volta a Freedom.

– Relaxa – ela disse. – Já escutei coisa bem pior na aula de educação física.

– Ainda assim, sinto muito. – Ele se aproximou dela e soltou as amarras. Ela esticou os braços e flexionou os punhos.

Madelyn já estava limpa, embora ainda vestisse suas roupas esfarrapadas. Seu corpo esguio tinha começado a ganhar as curvas da maturidade, mas não devia pesar mais do que cinquenta quilos. Sua pele era de um cinza opaco, mórbido. Tinha os cabelos escuros e ondulados da mãe, na altura dos ombros. Freedom reconheceu o formato dos olhos do doutor Sorensen, ainda que turvos e pálidos.

Ela o encarou por um instante.

– Você é o capitão Freedom?

Ele sentiu uma pontada no peito e estancou sentado no ar, a meio caminho da cadeira.

– Sim, senhora. Como você sabia?

– Meu pai me falou de você. Eu sei que ele não devia e tudo, mas estava empolgado pra caramba e todo orgulhoso pelo resultado com os caras do projeto. Especialmente você – ela sorriu. Seus dentes brilhavam, sem falhas. – Gostei do sobretudo.

– Obrigado – Freedom abriu o sobretudo e se sentou. A cadeira rangeu com seu peso, mas aguentou o tranco. Ele voltou os olhos a Stealth e St. George. O herói estava perto da porta. A mulher encapuzada permaneceu atrás de Freedom, perto do vidro. – E o nome do seu pai é...?

– Emil Sorensen – Madelyn respondeu, erguendo suas sobrancelhas finas. – Ele é um dos médicos do Projeto Krypton. A base militar de vocês, não?

Freedom concordou outra vez com um sinal de cabeça.

– Como você sabe disso?

Ela ergueu uma sobrancelha. A luz refletiu ainda mais em seus olhos pálidos.

– Porque vocês foram pegar a gente e me colocaram num avião com minha mãe pra nos levar até ele?

– Quando foi isso?

– Faz alguns... – Ela fechou os olhos por um instante. – Era julho de 2009. Entramos no avião na noite do dia 26 e desembarcamos no Arizona um pouco antes do meio-dia, já no dia 27.

– Certo.

– Por que você está me perguntando isso?

– Precisamos ter certeza de que você é quem diz ser, senhora.

– Era disso que o St. George estava falando? Tipo, vocês acham que tem alguém falando através de mim?

– Mais ou menos – Freedom respondeu. Fez uma nova pausa e analisou o rosto da menina outra vez. A pontada no peito passou a um nó no estômago – Você se lembra do que aconteceu depois que o avião aterrissou?

Ela fez que sim com a cabeça.

– Alguns soldados do meu pai... dos soldados de vocês, eu acho.... buscaram a gente no aeroporto. Tinha um monte de ex's lá. Os soldados saíram atirando neles e aquela barulheira toda meio que deixou minha mãe surtada. Um dos guardas foi mordido, mas eu não fazia ideia do quanto aquilo podia ser ruim, e ninguém queria me dizer nada também. Depois, eles nos levaram pra um jipe blindado, algo assim, e a gente foi pra base.

– O modelo do jipe se chama Guardian – Freedom disse.

– Ah, legal. Mas então, estávamos indo pela estrada. Lembro que já dava pra ver a base mais pra frente. Minha mãe ficou aliviada e eu estava superempolgada pra ver meu pai e o laboratório novo dele. E aí...

– Sim?

– Aí o cara que estava dirigindo foi e desligou o ji... o Guardian. Ele girou a chave e disse que estava sem gasolina, apesar do ponteiro indicar que ainda tinha, tipo, metade do tanque. A mulher que estava no comando, a sargento Washington, também disse que estava vazio. Pensei que fosse algum tipo de brincadeira só pra ver se a gente começava a gritar ou sei lá. Depois, tiveram umas explosões e os ex's tentaram entrar no carro. Eles estavam batendo os dentes com força, fazia um barulho muito alto. E os soldados todos lá parados, só sabiam dizer que não tinha mais gasolina, e eles estavam falando *sério mesmo*. Pensavam de verdade que o tanque estava vazio. Daí começaram a pedir ajuda e eu e minha mãe surtamos, totalmente em pânico e pedindo pra eles ligarem o carro de novo, e aí um dos soldados começou a surtar também e...

Ela tirou os olhos de Freedom e encarou St. George. Cruzou as mãos e esfregou os dedos.

Freedom foi inundado pelas memórias. A equipe toda tinha sofrido uma lavagem cerebral por causa do agente Smith e seus poderes de controle mental. Eles tinham olhado para o ponteiro da gasolina, visto o tanque vazio e acreditado nisso. Um dos soldados, Adams, decidiu que seria melhor tentar correr através de centenas de ex's até o portão. Arrastou Madelyn com ele e os dois foram dilacerados bem na frente do doutor Sorensen. Toda a equipe acabou morrendo.

Ele nunca soube ao certo por que Smith tinha feito isso. Talvez para punir o médico ou mantê-lo na linha. Ou talvez simplesmente porque podia.

Freedom tratou de afastar os pensamentos. Respirou fundo para tentar disfarçar a pausa repentina.

– E depois? – ele a encorajou.

– Eu não lembro – ela disse. Não parava de esfregar os dedos. – Acho que foi quando morri.

– Você faz ideia de como isso possa ter acontecido com você? Por que você voltou com o intelecto intacto?

Ela negou com a cabeça.

– Não.

Freedom colocou as mãos sobre a mesa. Pareciam gigantes de fato, se comparadas às mãos da menina.

– Você sabe qual era o nome da sua mãe?

– Eva.

– Você sabe em que ano...

– Espere aí – Madelyn o interrompeu. Seus olhos se arregalaram. – Como assim, era?

A cadeira de Freedom rangeu de novo. O nó do estômago subiu à garganta e seu coração apertou. Seus olhos procuraram St. George e, em seguida, passearam pela mesa por um instante. Sua voz caiu alguns decibéis, mas ainda reverberou em seu peito:

– Lamento informar, senhora, mas sua mãe morreu com você no ataque ao Guardian.

A menina desatou os nós dos dedos e envolveu os braços em torno de si mesma.

– Tem certeza?

– Tenho, sim. Eu estava lá. Nós tentamos... eu tentei detê-los, salvar tanto você quanto os meus soldados. Eu... eu sinto muito pela sua perda.

Uma lágrima solitária escorreu por seu rosto. Seu peito arfava. De olhos fechados, ela quase parecia estar viva. Depois de um breve momento, enxugou o rosto com o braço e abriu os olhos esbranquiçados para encará-lo.

– Meu pai sabe disso?

Freedom fez uma nova pausa e, então, confirmou.

– Ele sabia, sim. Lamento dizer que ele também morreu, no verão passado, quando estávamos evacuando o Projeto Krypton.

Madelyn se encolheu um pouco mais na cadeira.

– Seu pai amava muito vocês duas – Freedom disse. – Em todos os anos de convivência, acho que não tivemos mais do que dez conversas sem que seu nome tenha aparecido. Perder vocês duas de uma vez foi um tremendo choque pra ele.

A menina ficou soluçando por alguns minutos, mas já sem lágrimas. A cadeira de Freedom rangeu outra vez quando ele se virou para encarar St. George e Stealth. A mulher encapuzada fez um sinal de cabeça.

— Eu sabia que com todas essas coisas acontecendo... – Madelyn pausou para assoar o nariz. – Eu sabia que eles provavelmente tinham morrido, ainda mais quando me toquei do tanto de tempo que tinha passado. Eu só... eu só ainda tinha esperança. – Ela fungou de novo e enxugou o rosto com as costas da mão.

Freedom esperou até que ela se recompusesse.

— Posso fazer mais algumas perguntas?

— Claro – ela disse. Assoou o nariz com força e sua voz voltou a ficar firme. – Eu não tenho mais pra onde ir, mesmo.

— Sinto muito. Só preciso me certificar.

— Tudo bem, eu entendo. Diz aí...

— Qual era o nome da sua irmã?

— Eu não tenho irmã. Nem irmão.

— Você se lembra do nome de algum outro soldado que buscou vocês no aeroporto?

— Não. Só gravei o da sargento Washington porque me lembrava o presidente e tal, aí ela disse que o nome dela era Britney.

Ele confirmou com a cabeça.

— E como você veio parar aqui? Por que não em Phoenix ou Las Vegas ou em algum lugar mais perto de onde você... mais perto de Krypton?

— Você pode dizer que eu morri, relaxa. Já me acostumei com a ideia.

— Certo, então. Mas por que aqui, senhora?

— E, por favor, para de me chamar de senhora. Parece que sou uma viúva decrépita de noventa anos.

— Eu posso me contentar só com Madelyn. Mas e então, por que aqui?

— Eu vi fogos de artifício.

— O quê?

Ela soltou um suspiro.

— Eu posso pegar minha mochila de volta?

Stealth fez um sinal a St. George. O herói saiu da sala e, segundos depois, apareceu de volta carregando uma mochila empoeirada. O zíper foi aberto e algumas roupas saltaram fora. Madelyn puxou um caderninho surrado de um dos bolsos laterais. Folheou as páginas e entregou o caderno aberto ao capitão Freedom.

1º de julho de
04 de julho de 2011

Querido Diário,
Hoje eu vi uns fogos de artifício explodindo no céu! Sei lá, meio pro sul, meio pro oeste. A coisa deve ter sido grande pra eu ter conseguido enxergar daqui.

– Isso foi quase sete meses atrás. Você levou sete meses pra chegar aqui?
– Mais ou menos – ela respondeu, batendo as pontas dos dedos na cabeça. – Eu não ando lá muito bem da cabeça desde que isso aconteceu comigo, fica difícil lembrar das coisas. Se eu não escrever tudo, é como se não tivesse acontecido. Posso até ter feito o caminho de volta sem nem saber.
– Mas sete meses?
– Talvez um monte de dias, sei lá – ela o encarou no fundo dos olhos. – Sei que faz quase três anos que isso aconteceu. Dá pra ler no meu diário. Mas parece que foi umas duas semanas atrás.
– Daí todos esses relógios? – St. George perguntou.
Ela fez que sim com a cabeça.
– Arram. Eu vivia esquecendo os dias, aí pensei que o relógio estava quebrado, então arrumei outro. Daí pensei que talvez os dois tivessem quebrado. Mas três marcando a mesma coisa já era demais, tinham que estar dando a data e a hora certa, mesmo. – Ela fechou o diário e o deixou no colo. – Tem certeza de que não existe chance nenhuma da minha mãe ou meu pai terem sobrevivido? Quer dizer, talvez eles sejam tipo eu.
Freedom colocou a mão em cima da outra.
– Acredito que não.
– Tem certeza?
– No caso do seu pai... certeza absoluta. Lamento dizer que não existe possibilidade alguma de que ele tenha sobrevivido – o enorme oficial fez uma breve pausa. – O corpo da sua mãe nunca foi encontrado. Supomos que ela tenha reanimado e ido embora, ou que tenha sido... sofrido danos de tal forma que seu corpo foi destruído.

Madelyn o encarou por quase um minuto. Nem piscava. Passou pela cabeça de Freedom a possibilidade de que talvez ela nem precisasse. Então ela baixou os olhos e suspirou. Ele lhe deu mais um tempo.

– Por que você tentou esconder sua... condição de nós?

Ela fitou as amarras no chão.

– Sem contar a parte da cadeira, vocês têm sido demais, mas nem todo mundo é tão cavalheiro com uma garota de dezessete anos sozinha no mundo. – Ela se recostou na cadeira e cruzou os braços. – Pra algumas pessoas, só porque pensavam que eu estava morta, não tinha problema fazer todo tipo de coisa comigo.

O capitão fechou a cara.

– Alguém chegou a... Você foi abusada de alguma maneira?

Madelyn negou com a cabeça, e então soergueu os ombros.

– Não desse jeito, não. Me apalparam algumas vezes, mas foi isso. Umas pessoas roubaram minhas coisas. Perdi meu tênis também. A maioria ficava era apavorada mesmo com isso de eu estar morta e ser inteligente ao mesmo tempo. Ficava tenso, mas eu escapava sem muito problema.

– E a pistola? Onde você a conseguiu?

– Encontrei num carro, embaixo do banco. Estava descarregada, mas tinha uma caixa de munição no porta-luvas.

– Seu pai lhe ensinou a atirar, não foi?

– Ah, até parece... Meus pais odeiam armas. – O rosto dela despencou. – Odiavam armas. Mas foi muito fácil de aprender. Não tinha pente nem nada, só o... você ainda está me testando?

– Estou, sim. E o nome correto é cartucheira, não pente. – Ele virou para trás e fez um novo sinal de cabeça à mulher de capuz.

Stealth se aproximou deles.

– Estamos dispostos a aceitar que você é quem diz ser – ela disse. – Você não é Legião.

– Massa – Madelyn retrucou.

A mulher encapuzada se voltou a St. George:

– No entanto, isso implica outra questão. Como pode ela não ser Legião?

– Talvez porque esteja consciente – St. George sugeriu. – Os poderes dele podem precisar da... do espaço numa cabeça vazia.

– Talvez ela não conte como um ex padrão – Freedom disse. – Uma mutação do vírus ou algo similar. Se o alcance das habilidades de possessão de Legião for muito restrito, pode ser o caso de que ela escape de seus parâmetros.

– De acordo com tudo o que sabemos – Stealth refutou –, o vírus nunca sofre mutações.

Madelyn tamborilava os dedos sobre a mesa. O ritmo parecia ser de uma canção, um hit bem popular antes do surto, mas Freedom não conseguiu adivinhar qual.

– E aí – ela disse –, o que vai ser daqui pra frente?

St. George soltou um pigarro.

– Se você topar, acho que os médicos querem fazer uns testes e tentar descobrir por que você é... bem, do jeito que é.

– O que isso quer dizer?

– Pra falar a verdade, não sei dizer. Não sou médico.

– Eu estou... eu estou presa ou coisa do tipo?

Freedom se endireitou na cadeira e lançou um olhar a Stealth:

– Acredito que não.

Madelyn se levantou e passou a zanzar pela sala. Era a menor de todos.

– Então quer dizer que eu posso sair e andar por aí? Faz tempo que eu simplesmente não ando por aí de boa, sem me preocupar em trombar com um ex.

St. George notou a mudança na linguagem corporal de Stealth.

– Talvez devêssemos ir com calma – ele disse. – A maioria das pessoas provavelmente não ia reagir muito bem vendo uma menina morta do lado de dentro das muralhas. Por enquanto, é melhor que você não saia pra lugar nenhum sem escolta.

– E até termos certeza dos motivos de você ser do jeito que é – Stealth acrescentou –, os testes devem continuar sendo nossa prioridade máxima.

O rosto de Madelyn caiu na tristeza.

– É, posso ver. – Ela olhou para St. George. – Onde é que vou ficar até lá?

– Vamos preparar um quarto pra você aqui – Stealth respondeu. – O capitão Freedom irá providenciar um agente pra cuidar de tudo o que você precisar.

A menina morta se voltou para Freedom e seus lábios estremeceram por um instante.

– Em outras palavras, um guarda pra me vigiar.

– Para protegê-la – Freedom retrucou.

Madelyn parecia estar prestes a falar algo quando o fone de ouvido de St. George gritou alto o suficiente para que todos pudessem ouvir. Ele se apressou em levar a mão à orelha para abafar o som, mas logo puxou o fone e o segurou a um centímetro do ouvido.

– Vai com calma, Barry – ele disse. – Tá, tá, tô indo praí.

O herói fitou Stealth e Freedom.

– Sério que não deu pra escutar?

Ela negou com a cabeça.

– O que ele quer?

– Disse que precisamos conversar pessoalmente. Urgente.

※ ※ ※

St. George encontrou Zzzap no Estúdio Quatro, zanzando pelo ar, fora da cadeira elétrica.

É verdade?

– Pois é – St. George disse. – Achamos uma ex inteligente, filha do doutor Sorensen. Mas não temos certeza de como ela...

O outro herói sacudiu a cabeça. *Não, não, ela não. O Jarvis foi mordido?*

A lembrança caiu com os dois pés no peito de St. George.

– Sim, ele foi. Desculpe. Achei que você já estivesse sabendo a essa altura.

Só uns rumores no rádio. Olhou para o rack e acenou de leve com a cabeça. Suas mãos se moviam na frente de seu peito, um movimento indecifrável contra o clarão do corpo. *Será que ele sai dessa?*

St. George sacudiu a cabeça.

– Ainda existe uma chance, mas provavelmente não. Sinto muito.

Zzzap acenou com a cabeça e continuou o movimento estranho com as mãos. St. George se deu conta de que o espectro estava batendo seus dedos uns contra os outros. Zzzap se voltou à televisão novamente:

Isso vai soar meio estranho, mas... precisamos dele.

– Precisamos pra quê?

Não, não "nós", você e eu. Quer dizer... Tá, cala a boca. Eu resolvo isso.

– Hein?

O corpo dele. Quando ele morrer, seu cérebro não pode ser destruído. Só o amarrem numa cama ou sei lá e deixem que ele se transforme.

St. George respirou fundo.

– Mas que droga é essa que você está falando?

A gente só... Eu preciso que você confie em mim, certo? Não deixe que eles destruam o cara.

O dragão encarou Zzzap e tentou inalar de volta o filete contrariado de fumaça em torno de suas narinas.

– Como você pode sequer pensar numa coisa dessas?

Porque... O espectro de luz levou os olhos à televisão. *Tá certo. Acho que é hora de contar pra ele.*

– Contar o quê? Pra quem?

Te disse. Não, não, me deixa fazer isso do meu jeito, tá?

– Beleza.

Zzzap abanou a mão em sua direção.

Não é com você, George. Desculpe. Eu já queria ter te contado faz tempo, mas combinamos que seria melhor manter segredo até o momento oportuno, por assim dizer.

St. George sentiu sua garganta apertar. Seus ombros caíram.

– Então você está escondendo alguma coisa de mim.

Pois é. Imaginei que você fosse notar. Ou a Stealth.

– Ela notou, sim.

Zzzap acenou de novo com a cabeça. *Eu não presto mesmo pra guardar segredo. Foi até bom que o mundo acabasse, senão eu teria acabado estragando essa coisa toda de identidade secreta em um ano.*

Fez-se um momento de silêncio.

– Mas então – St. George retomou o diálogo. – Você está conversando com... as pessoas no rádio de novo?

Não. Não, agora é só com você.

– Certeza?

Hein? Sim, claro.

– Então tá... Mas o que está rolando?

Zzzap parou de bater os dedos e passou a zanzar pelo ar outra vez. *Beleza, você sabe que eu não "enxergo" mais de fato, né? Não quando estou desse jeito, pelo menos. Não que nem você.*

– Sei.

Capto um monte de partículas do espectro total e minha mente meio que descobriu um jeito de processar tudo isso como informação visual. A luz natural, infravermelho, ultravioleta, rádio, televisão, micro-ondas, partículas gama... eu vejo tudo isso.

– Certo...

Beleza, então. Mas, às vezes, todas essas coisas que posso ver aparecem todas juntas de uma certa maneira; certos alinhamentos, por assim dizer, que me permitem ver ainda mais.

St. George cruzou os braços.

– Mais como?

Tipo, muito mais. Faz coisa de um ano, mais ou menos, que me dei conta de que era capaz de ver coisas que ninguém mais podia ver. Nem com qualquer equipamento ou lente especial que seja, porque nunca ninguém foi capaz de enxergar o mundo como eu.

– Barry, onde você quer chegar com isso?

O espectro zanzou pelo ar por mais um tempo. Soltou um zumbido feito um suspiro. Então virou-se para St. George.

Eu vejo gente morta.

VOCÊ ESTÁ VENDO O QUE EU ESTOU VENDO?

ANTES

Eu já estava na cadeira elétrica fazia umas oito horas quando Max surgiu do nada. Dessa vez nem gritei, nem mesmo com ele atravessando a parede e depois o rack onde meu aparelho de som estava ligado.

Não que eu tivesse gritado no primeiro encontro. Daquela vez ele simplesmente entrou pela porta e desatou a falar. Levei alguns minutos pra reconhecer o cara, e depois só pensei que ele tivesse sobrevivido de algum jeito e ninguém nunca tinha me contado. Quer dizer, é o que os super-heróis fazem o tempo todo, né? A gente morre com-toda-certeza--sem-chance-de-volta e aí, alguns meses depois, voltamos com algum causo miraculoso de como sobrevivemos. E já fazia uns quatro meses que George tinha dado cabo do demônio, entãããão... *timing* perfeito.

Acho que ficamos conversando por uns quinze minutos nessa primeira vez até que eu me tocasse de que ele não estava lá de verdade. E então levei mais uns dois minutos pra perceber que eu estava falando com um fantasma.

Aí sim eu gritei.

O povo me disse na época que eu acabei estourado uns dez walkie-talkies e cinco fones de ouvido. Stealth ficou puta da vida. Falei pra ela que eu estava assistindo O Orfanato e fiquei assustado com a velha sendo atropelada pelo ônibus. Uma grande vantagem da forma energética, por sinal: sou a única pessoa no Monte capaz de mentir para Stealth e se safar. Não ter um corpo significa também não ter uma linguagem corporal pra valer.

Mas sim, voltando ao Max.

Pra ser sincero, a gente se topou só umas duas ou três vezes quando ele ainda era Cairax, mas eu sempre achei que toda essa história de magia e demônios não passava de um truque. Quer dizer, teve aquele Nautilus lá pras bandas do Havaí e um outro cara no Iraque que virava um dragão, então se transformar num trambolhão roxo e escamoso nem seria tão difícil assim de acreditar. Imaginei que ele se valesse de algum tipo de energia psicocinética ou poder de hipnose em massa pra inventar esse papo de feiticeiro, e depois acabou virando só mais uma dessas pessoas que se recusam a abandonar a personagem, mesmo quando ficam de molho. Que nem o Malkovich em *A Sombra do Vampiro*.

Nem precisa dizer que o fato de ser um fantasma deu muito mais peso a essa história de bruxo do Max.

De todo jeito, passar os últimos três meses de papo com ele acabou matando toda a emoção de conversar com um fantasma. Hoje ele deu as caras e estava todo entediado e resmungão. Nada de novo no *front*. As pessoas podem me ver e me escutar, mas eu fico sempre preso na cadeira elétrica o dia todo. Já ele pode zanzar por aí à vontade, mas ninguém consegue ver, ouvir ou sentir o cara.

Ele olhou pras prateleiras de DVD.

— Tem alguma novidade aí?

O George trouxe umas paradas dia desses.

— Bem, põe pra rodar, então.

Só tem um problema. A terceira temporada de Smallville *ainda está dentro do aparelho. Ninguém colocou ainda os novos DVDs pra mim. E já que nenhum de nós é capaz de tocar em nada...*

— Mas que droga...

Max coçou a cabeça. Era sempre meio angustiante quando ele fazia isso, já que ele não tinha uma cabeça e muito menos mãos pra coçar o que seja. Imaginei que fosse tipo eu sendo capaz de ver as mensagens de rádio.

Você pode tentar ver TV em outro lugar, sugeri.

— Não. É estranho demais ficar lá sentado com as pessoas. Fora que elas nunca riem das minhas piadas.

Suas piadas não são tão engraçadas assim.

— Nada de filme, então. — Ele revirou os dedos no ar. — Você quer praticar os símbolos de novo?

Eu sei que a gente deveria e tudo, mas nem estou a fim.

— Sabe, eu já te disse, você não precisa ficar fazendo esse zumbido todo comigo. É muito fácil adivinhar o que passa pela sua cabeça quando você está assim.

Pois é, e nem tem nada de estranho nisso, né...

— Falou o cara que recebe mensagens de rádio direto no cérebro.

Isso é completamente diferente.

— Nem tanto. Quer dizer, é praticamente a mesma coisa que a gente está fazendo agora.

Bem, eu ainda estou me acostumando com isso.

— Mas já faz uns bons meses, hein...

Você tem que admitir que isso não é exatamente o tipo de coisa que acontece todo dia. E olha que quem tá dizendo isso é um cara que, de um jeito ou de outro, se transforma numa pequena estrela.

— Justamente por isso que eu pensei que, talvez, você fosse se acostumar com a ideia bem mais fácil do que alguém como o Geor... aah, falando no diabo. — Max tirou os olhos de mim e soltou uma risada. Eu me virei. George estava em pé no meio do caminho entre a porta e a cadeira elétrica. Parecia que estava usando uma peruca do Príncipe Valente. Daí me toquei que era só o cabelo dele, mesmo. Lembrei que hoje era dia de tosar a juba geral no Monte.

Uau. Eles capricharam de verdade aí, hein.

— Vou começar a chamar ele de Christophe Robin daqui pra frente — Max disse.

— Com quem você estava falando? — St. George perguntou.

Com ninguém.

– Nada suspeito... – Max bufou.

Dei de ombros e balancei o braço. *Pessoas. No rádio.*

George acenou com a cabeça e passou a mão pelos cabelos.

– E aí, estou bonito?

Sabe qual é a última moda depois do Zumbocalipse? Chapéu.

– Fala sério.

– Parece mais que você foi atacado por um cabeleireiro que tem sérios problemas com a mãe – Max comentou.

Olhei de esguelha pro Max e segurei a risada.

Lembra quando você era menino e sua mãe sempre te obrigava a usar aquele corte cuia?

Os olhos de George pestanejaram.

– Como é que você sabe disso?

É o que toda mãe faz.

– Tá assim, então?

– Tá muito pior – Max retrucou.

Pode crer, tá um pouco pior, mesmo, concordei. *Tá tipo se um ceguinho tivesse tentado fazer o corte cuia com uma tesoura de jardim.*

Max caiu na gargalhada. George soltou um suspiro.

– Maravilha...

Estiquei os braços, tentando ser o mais casual possível, e recarreguei um pouco a cadeira elétrica. *Vocês ainda vão sair?*

– Vamos sim. E você, ainda nervoso?

Dei de ombros e Max cruzou meu olhar de novo. Ele estava andando em volta do George, analisando o visual de Príncipe Valente por todos os ângulos.

– Fazer uma coisa dessas com o próprio cabelo pode ser considerado tão ridículo quanto sair por aí distribuindo rifa, não?

A coisa é séria.

Max gargalhou.

Daí encarei George. *A gente já foi até o vale algumas vezes, você e eu, tudo bem, mas ninguém de fato pisa lá faz quase dois anos. Acho que a última pessoa que passou por lá foi a Danielle quando veio pra cá com os fuzileiros navais dela.*

– Eu não acho que é bom você chamar os caras de "fuzileiros dela".
Tanto faz.
– Vamos ter que parar lá uma hora ou outra – George disse. – Já pegamos tudo o que tinha pra ser encontrado desse lado das colinas. Agora é a vez da praia ou do vale, e o vale tem muito mais recursos.
– E muito mais ex's também – Max sussurrou.
Eu sei, eu disse, sem saber muito bem pra qual dos dois estava respondendo. *Mas você tem que admitir que é meio estranho. Já me acostumei com a ideia do vale ser "em outro lugar", saca?*
George fez que sim.
– Parece que isso está acontecendo sempre. Estamos ficando... insulares, acho. É essa a palavra?
Max fez que sim e eu o imitei. *É.*
– Além disso, acabei de ter uma conversa com a Billie sobre os Seventeens. Temos que entrosar mais os caras, e o quanto antes. Ela vai falar com um deles pra sair com a gente.
Verdade?
– Sério isso? – Max fechou uma carranca. – Por que não estaciona logo o caminhão e abre a porta traseira pros ex's entrarem de uma vez?
Eu lembro de ter me concentrado muito pra que o Max calasse a boca. Ele estava se sentindo tão só, coitado, e tão animado por ter alguém com quem conversar que era difícil pra ele parar de falar às vezes. E às vezes isso tornava muito mais difícil pra mim esconder o fato de que tinha outra pessoa na sala. Aí me concentrei nesse pensamento com tanta vontade que é bem capaz de uma ou duas pessoas por ali terem escutado "Para de falar" nos seus walkie-talkies.
Max captou a mensagem.
– Desculpe – ele disse, até porque a gente já tinha conversado sobre isso antes. Ele se virou e foi analisar a coleção de CDs que já tinha memorizado fazia um mês.
Tentei lembrar a última coisa que George tinha dito. Alguma coisa sobre os Seventeens. Me saí sendo o mais vago possível. *Tem certeza de que não quer que eu saia com vocês?*
George negou com a cabeça.

— A gente vai ficar bem. E, do jeito que está, você pode continuar carregando Danielle aqui e, se acontecer algo, dá tempo de correr pra lá.

Isso, se vocês tiverem tempo de lançar um sinalizador.

— Se não tivermos tempo nem pra lançar um sinalizador, não vai fazer muita diferença você chegar lá ou não, de todo jeito. — Ele ergueu a mão e levantou três dedos, um de cada vez. — Não esquece: vermelho é problema, azul quer dizer que a gente precisa de você, mas nada urgente, e branco significa que vamos pernoitar lá mesmo.

Fiquei arrepiado só de pensar em dormir no meio dos ex's. Pra eu pegar no sono, tenho que estar apagado. E quando eu sou só um humano, não dá pra sentir nada das coxas pra baixo. Um ex poderia ficar mastigando minhas pernas por uma hora e eu nem aí, continuaria dormindo numa boa. É um tipo de vulnerabilidade que muita gente simplesmente não entende. Foi um pesadelo recorrente por um tempo, logo depois que começamos a lutar contra os ex's, mas um pouco antes de tudo ir pro buraco.

Melhor vocês do que euzinho aqui, falei pro George.

Ele fez um sinal de cabeça.

— É minha última opção também.

George sabia dos meus pesadelos. Contei faz uns meses, durante uma maratona de Freddy Krueger. Ele me disse que, de vez em quando, também tinha um, onde crianças zumbis se amontoavam em cima dele.

Esse é o tipo de cara que o George é. Ele confia em você. Você confia nele.

Você tem um minuto sobrando?

— Claro.

Tem uma coisa que eu estou querendo te dizer faz tempo.

Max se agitou.

Eu já tinha visto bastante filme pra saber de cor o que tanta gente ainda parece ignorar. O cara tem uma coisa importante pra dizer e se sai do jeito mais idiota possível. Eu é que não queria ser um desses caras.

Beleza, faz uns meses que eu vi uma coisa estranha...

De repente, Max pulou pro meio da gente.

— Por favor, não faz isso.

Confia em mim, retruquei.

St. George fez que sim.

— Uma coisa estranha. Saquei.

— Ele ainda não está pronto pra saber, Barry. E você não tem como provar nada.

Eu abri minha boca pra falar, mas logo entrou um mosquito. Por assim dizer. Acho que deu pra escutar um chiado.

— Você não tem nenhuma evidência física de que eu estou aqui. Nenhuma. E sabe bem que a Stealth vai exigir uma prova quando o St. George contar pra ela. Então, na melhor das hipóteses, eles vão pensar que você está inventando tudo e desperdiçando o tempo deles.

Eu sabia que ele tinha razão. A gente já tinha tido essa conversa várias vezes. Aquela era a segunda vez na frente do George. Outra vez, foi na frente da Danielle. Pô, eu tinha acabado de ter uma agorinha mesmo na minha própria cabeça.

— Na pior das hipóteses, eles vão achar que você tá pirando — Max continuou. — E, quando começarem a achar isso, nunca vamos conseguir convencer ninguém na hora que estiver tudo pronto pra fazer o resto.

É, eu disse sem pensar.

— A gente tem que esperar até ser capaz de provar.

George ainda estava esperando.

Quer saber, falei pra ele, *você tem muita coisa pra fazer.*

— Entãããão... você não viu alguma coisa estranha?

Era só... só um filme. Eu queria te contar sobre ele. Dá pra esperar.

Max suspirou, aliviado.

George deu de ombros.

— Tranquilo. Talvez, se encontrarmos pipoca de micro-ondas por lá, possamos passar uma noite vendo filme ou coisa assim nesse fim de semana. Faz tempo que não saímos.

Dei um sorriso, mesmo que dissipado na forma energética. *Pois é, estarei disponível*, eu disse, apontando pra cadeira elétrica.

Ele sorriu com graça.

— Vou indo. Tenho que aparecer na Stealth antes de sair. Vamos experimentar as cotas de malha hoje.

Excelente. Se der certo, pode dizer pra todo mundo que eu vou querer fazer uma adaptação de O Senhor dos Anéis. *Com todas as coisas que o Peter Jackson deixou pra trás.*

George gargalhou e saiu. Eu podia vê-lo através das paredes. A sua aura flamejou, e ele navegou pelo céu. Sempre quis dizer ao George que ele faz isso.

Então me lembrei da outra coisa importante. *Merda*, murmurei.

– O que foi?

Esqueci de dizer pra ele colocar os novos DVDs.

Max deu uma gargalhada.

– Obrigado por não dizer nada. Eu sei que não é fácil mentir pra ele.

Seria mais fácil se você parasse de tentar se intrometer em toda conversa.

– Desculpe.

Dei de ombros. *Bem, não temos nenhum filme novo, mesmo. Vamos tratar de pensar num jeito de provar que você é real.*

– Por mim, tudo bem.

Com dois caras inteligentes como a gente, nem vai demorar tanto assim, né?

DEZ

AGORA

Ótimo, Zzzap disse, *acho que consegui agora*.

Outro estouro de estática no estéreo. St. George e Danielle suspiraram. Stealth não moveu um músculo sequer, mas sua impaciência irradiava de seu corpo feito calor.

– Barry, chega – St. George disse. – Isso já foi longe demais.

Espere aí, retrucou. *Se isso fosse fácil, qualquer um faria*. E se concentrou nos estéreos de novo.

Os alto-falantes pularam e disseram:

– E agora, funcionou?

Pronto, Zzzap respondeu.

– Ai, meu Deus – o estéreo suspirou. – Já estava começando a pensar que nunca ia escutar minha voz outra vez. – Pipocaram alguns estalos e chiados curtos de estática. – Vocês podem me ouvir bem? Conseguem me entender?

St. George fitou Zzzap.

– É isso?

A imagem incandescente confirmou.

– Estamos ouvindo um fantasma no seu aparelho de som?

– Na verdade, vocês estão mesmo é conversando com um fantasma no aparelho de som dele – os alto-falantes disseram. – Posso ouvir vocês também.

– Se isso era pra ser uma piada – Stealth interveio –, não estou vendo a menor graça.

– Me pergunte qualquer coisa – o aparelho de som desafiou. – Vou provar que sou eu.

– Você, no caso, o Cairax – St. George disse, encarando Zzzap.

– Bem... eu, no caso, Max Trent, mas essa provavelmente é a ideia que você tem de mim, então, sim – os alto-falantes chiaram duas vezes. – George, nos conhecemos em Venice Beach por volta do Natal. Tinha uns riquinhos espancando um mendigo só por diversão. Fiz dois deles se mijarem nas calças. Você estava passando por lá, numa ronda qualquer, e pensou que eu estivesse atacando os moleques.

– Eu já te contei essa história – St. George rebateu ao espectro de luz. – Isso não prova nada que é um fantasma falando.

Eu só sou o cara responsável pela tradução, Zzzap retrucou. *Esse papo é todo dele.*

– Claro que é, como não – Danielle entrou na conversa e se voltou a Stealth. – Olha só, a manutenção da armadura tá bem atrasada e eu não gosto muito de deixar isso nas mãos do Cesar e do Gibbs. Acho melhor ir logo lá.

– Barry – St. George começou a falar.

– Cerberus, a gente nunca se conheceu – o aparelho de som interrompeu. – Mas você acabou me substituindo numa das forças-tarefa no outono de 2009. Você ficou em L. A. por volta de um mês e...

– Depois de três anos – Stealth disse a Zzzap –, existem pouquíssimas histórias do passado que você seria capaz de contar sem que todos nós já soubéssemos. Se quer mesmo nos convencer de que está falando por um fantasma, vai precisar nos dizer algo que você nunca poderia saber.

Mas não sou eu falando. Eu estou só traduzindo o que ele está dizendo em ondas de rádio pra que todos vocês possam escut... O QUÊ?!? Zzzap fitou St. George e, depois, Stealth e, por fim, o canto da sala.

– O que foi? – St. George perguntou.

O espectro encarou seu amigo de novo, e então seu olhar pousou em Stealth. *Seu nome é Karen. Você é a mulher do jantar.*

Danielle soltou outro suspiro e Stealth cruzou os braços.

– Nada que você não pudesse ter deduzido por conta própria – a mulher de capuz rebateu. Encarou St. George por um instante, antes que desse alguns passos em direção aos anéis da cadeira elétrica. – Seria melhor se você voltasse à forma humana por um tempo – ela continuou. – Temos que discutir certos assuntos que seriam melhor resolvidos antes que você retomasse...

O Max disse que você estava por cima ontem à noite.

Stealth congelou. E St. George. Os olhos de Danielle se arregalaram e seu rosto variava entre pura diversão e terror.

Desculpe.

Stealth mudou de posição. Seus braços ficaram pendurados ao lado do corpo.

– Essa afirmação diz respeito a qual de nós?

Os alto-falantes voltaram a pular.

– A você mesmo, Stealth – o aparelho de som disse. – Estava dando uma volta por aí, pensei em dar uma checadinha em vocês e acabei pegando os dois... no flagra. No apartamento do St. George. Posso dar mais detalhes, se vocês quiserem.

– Isso não será necessário – a mulher encapuzada retrucou. St. George percebeu seu semblante se transformar sob a máscara. Se fosse qualquer outro, ele teria pensado que ela pudesse estar confusa. O mais perto que Stealth chegava de estar confusa, porém, era se valer de uma reavaliação repentina.

O silêncio predominou por alguns instantes.

– Espere – Danielle disse. – Isso é pra valer? Puta merda, Max, é você de verdade?

– Em carne e osso. Só que sem a carne nem o osso.

Stealth cruzou os braços.

– Por ora, estou disposta a aceitar a premissa de que você é um ser independente do Zzzap. Mas ainda não acredito que seja uma entidade sobrenatural.

– Como é que você sobreviveu? – St. George perguntou. – Quer dizer, eu esmaguei seu cabeça. Ou sua cabeça de zumbi.

– Eu não sobrevivi.

– Então você pulou de corpo, como o Legião?

– Não, George, eu não sobrevivi. Eu morri. É daí que vem esse papo todo de "ser um fantasma".

Stealth descruzou os braços.

– Então o que você está dizendo é que tem sido um espírito desencarnado no Monte desde que morreu?

– Bem, não exatamente – o aparelho de som disse. – É aí que a coisa complica um pouco.

– Prossiga.

Os alto-falantes estalaram por um instante.

– Todos vocês sabem do meu medalhão de Sativus, que me transformava em Cairax. Ele é um demônio do Abismo e eu sequestrava o corpo dele toda vez que colocava o medalhão. Tipo de coisa que pode acabar trazendo alguns problemas a longo prazo, então eu tinha algumas cartas na manga.

– Que cartas? – Danielle perguntou.

– Filtros de segurança. O que um monte das minhas tatuagens era de verdade. Sentinelas pra me certificar de que Cairax não seria capaz de botar as mãos em mim depois que eu morresse. Morrer era meu porto seguro, em outras palavras. – Os alto-falantes estalaram feito um saco de batata chips. – Os demônios não podem afetar os mortos, a não ser que uma pessoa morta caia na sua esfera de influência, ou seja, se for pro inferno. Caso contrário, eles não podem te tocar.

– Então seu plano era ir pro céu?

– Não, isso já era apostar demais pra um cara como eu, sempre lançando mão da magia. Eu só queria ter certeza de que o meu espírito ficasse conectado à Terra pra que tivesse tempo de consertar umas coisas e ganhar uns pontinhos extras no meu karma. Eu só não estava contando com o ex-vírus. Com a ideia de que o meu corpo morresse e ainda pudesse ficar zanzando por conta própria. Todos os meus preparativos meio que foram pro ralo e eu fiquei preso lá por mais ou menos um ano até que o George destruiu meu corpo físico.

– Sinto muito por isso – St. George disse.

– Não sinta. Foi aí que tudo começou a dar certo de novo.

– Detesto ter que concordar com a Stealth – Danielle interrompeu. – Mas ainda não sei se dá pra comprar esse papo todo de "magia".

O aparelho de som deu uma risada.

– Você sabe que está dizendo isso pra um fantasma, né?

– Um fantasma de acordo com você. Nunca comprei sua conversa de "magia".

– Tudo bem – o aparelho de som retrucou. – Vamos encarar de um outro jeito. Se você levantar sua mão, torcer o pulso e bater o pé no chão, isso vai te transportar por todo o país?

Só se você estiver usando sapatilhas de rubi, Zzzap entrou na conversa.

– Não interrompa. É importante que todos eles acreditem nisso.

– Não, é claro que não – Danielle respondeu.

– Mas se você estiver num carro, funciona, né?

– Bem... sim. Mas isso é diferente.

– Na verdade, não. É a mesma coisa. Estamos concordando que, se você fizer os movimentos certos no lugar certo, vai chegar a um resultado que não seria capaz de obter se fizesse a mesma coisa em outros lugares ou em condições diferentes. E, quando o carro estiver em movimento, você pode mudar o lugar em que esses movimentos atuam pra que possa fazer tudo de novo.

– E você está dizendo que a magia funciona assim – mais do que uma pergunta, foi um desafio de Stealth.

– Explicando de um jeito muito simples, sim. Quer dizer, tem muito mais coisa por trás do funcionamento de um carro do que simplesmente pisar no acelerador. A mesma coisa vale pra magia, mas tudo se resume a conhecer os movimentos, os lugares e as condições adequadas.

– Mas então, e agora? – St. George perguntou. – Temos que fazer algum ritual ou exorcismo pra você seguir em frente?

— Não exatamente — o estéreo respondeu. — Estou procurando um corpo novo. Posso pular pra dentro de um que não esteja tão surrado assim e tomar o controle, esse nem é o problema. Depois de algumas horas, meu próprio animus seria absorvido pelas células e eu estaria vivo outra vez. O problema tem sido em que corpo eu faria isso.

— Desenvolva — disse Stealth.

— Bem, não adiantaria nada ressuscitar lá fora, né? No instante em que o corpo voltasse à vida, eu seria atacado por uma dezena de ex's.

— E não existe nenhum corpo dentro do Monte porque a gente estoura os miolos da pessoa na mesma hora em que ela morre — St. George disse, balançando a cabeça.

— Pois é — o aparelho de som concordou. — Mas tentei do lado de fora mesmo assim. Pensei em sinalizar pra quem estivesse no portão, depois, pra acabar entrando, mas todos os corpos que encontrei do lado de fora já estão, digamos, bem carcomidos pelo tempo. Tudo duro feito pedra e com as cordas vocais esfoladas, completamente inúteis. Toda vez que chegava perto dos portões, levava um tiro ou era pego pelos ex's antes que pudesse fazer alguma coisa. Já tentei até pular dentro dum desses atores mortos uma vez, um cara que eu encontrei vagando lá pelas bandas do Raleigh Studios. O que fez aquele filme dos vermes zumbis extraterrestres, ironia das ironias. Imaginei que o *status* de celebridade pudesse me comprar uns minutos extras. Só que foi bem na época em que o pessoal do Krypton começou a aparecer, e talvez o pessoal estivesse preocupado de sair atirando por aí. Todo mundo aqui sabe como isso terminou.

St. George assentiu. E encarou Zzzap.

— É por isso que você quer que deixemos que Hiram Jarvis reanime caso morra — Stealth disse. — Você pretende utilizar o corpo dele pra ressuscitar.

Os alto-falantes ficaram em silêncio por um instante.

— É, é basicamente isso, sim.

— Acho que talvez devêssemos consultar o padre Andy sobre isso — St. George sugeriu. — Essa discussão toda está entrando numa âmbito meio estranho.

– Fique à vontade – o estéreo disse. – Nada contra o Barry, mas ando com uma vontade danada de conversar.

– E depois? – Stealth perguntou.

– Depois o quê?

– Por que voltar à vida só pra ser mortal de novo e encarar a morte outra vez? O que você ganha com isso?

– Bem, pra começar, eu não estou morto.

– Ainda não. Mas um dia a vida de todos chega ao fim. Você vai tentar enganar a morte de novo quando for a hora?

– Vai por mim, Stealth. No fim das contas, todo mundo tenta enganar a morte. Eu só estava mais bem preparado pra fazer isso do que a maioria das pessoas.

ONZE

AGORA

Como todas as instalações médicas do Monte tinham sido transferidas ao Hospital Comunitário de Hollywood, havia espaço de sobra para que a doutora Connolly tivesse um consultório de verdade. No entanto, mesmo com Eddie Franklin e poucos mais, sua equipe médica ainda não era suficiente para que ela ficasse tão longe assim dos pacientes. Fora que a ideia de ficar sozinha num prédio praticamente vazio lhe deixava toda arrepiada. Em vez disso, ela montava uma base móvel na enfermaria de qualquer andar que tivesse o maior número de pessoas. Foi onde St. George a encontrou.

— Bom dia, doutora.

— Bom dia. A que devo a honra?

— Eu vim visitar alguns dos seus pacientes.

— Eddie está terminando alguns testes com a garota, Madelyn. Você terá todos os resultados muito em breve.

— E o que já dá pra dizer?

— Sobre ela? — Connolly sacudiu a cabeça e logo afastou do rosto uma mecha de seus cabelos ruivos mesclados de prata. — Bem, dá pra dizer que talvez eu tenha me enganado. Não acho que ela seja uma ex.

— Hein?

— Eu não acho que ela seja uma ex. Ela só está... morta.

— Mas não pode, ela tem que ser — St. George rebateu. — Está andando por aí é ela...

A médica negou com a cabeça outra vez.

— Já realizei todos os exames de sangue, duas vezes. Não consegui encontrar o ex-vírus nela. Nada, nem um rastro sequer, em nenhum lugar. Nenhum rastro de nada, por sinal. Sem infecções secundárias, sem cicatrizes antigas, nada. Minha primeira avaliação diz que ela tem uma saúde incrível.

— Fora o fato de estar morta.

— Sim, fora isso. É só que ela se parece muito com uma menina normal de dezessete anos, e de tantos modos diferentes... Você sabia que ela dorme?

— Hein?

A médica confirmou com um aceno de cabeça.

— Duas vezes já. Ela estava muito cansada na noite em que você a trouxe e caiu no sono. Mais tarde, quando acordou, eu tive que explicar onde ela estava e quem eu era. Ontem à noite, ela ficou deitada na cama com os braços em volta do travesseiro e chorou por alguns minutos, até morrer de sono e apagar. Sem trocadilhos. Então, quando acordou, algumas horas atrás, ela já não sabia quem eu era de novo. Ou onde ela estava — Connolly fez uma pausa. — Ou que seus pais estavam mortos.

St. George suspirou.

— Ela disse mesmo que tinha uns problemas de memória.

— Isso pra dizer o mínimo — a médica retrucou. — O capitão Freedom se sentou com ela e esclareceu a coisa toda de novo. Acho que deve ter sido mais difícil pra ele do que pra ela, propriamente, vê-la passar por tudo isso outra vez.

— Mas que droga...

— Nada muito surpreendente, pra ser honesta — Connolly apontou para um gráfico sobre o balcão. — Iniciei um eletroencefalograma na primeira noite, antes de ela dormir. Até os ex's emitem sinais básicos. Ainda existe atividade elétrica nos cérebros deles, são apenas muito, muito baixos. Abaixo dos níveis de coma.

– E Madelyn?

– Seus sinais não são tão diferentes dos de um ex-humano padrão. Tenho certeza de que um especialista seria capaz de detectar algumas pequenas nuances, mas nada que tenha ficado muito claro pra mim. Stealth pode querer dar uma olhada.

– Ótimo.

A médica ergueu um dedo.

– Então, ela dormiu. E o eletroencefalograma caiu pra linha reta.

– E linha reta significa...?

– Significa um cadáver. Não obtive resposta alguma dela. Absolutamente nada. Uma batata demonstraria mais reações. Era mais como se ela tivesse morrido, morrido de fato, do que adormecido.

– É isso que tira a memória dela?

– Talvez – ela ergueu os ombros. – Eu não sei nem como ela ainda consegue pensar, quem dirá ter memória. Seu cérebro desliga totalmente quando ela dorme. O sangue não está circulando. Os resultados preliminares das amostras de tecido indicam que seus músculos não estão produzindo ácido láctico. Todo e qualquer teste que sou capaz de realizar aponta que ela está simplesmente... morta. Eu não faço ideia de como ela ainda está pensando ou falando ou se locomovendo – soergueu os ombros outra vez. – Mas até aí, eu também não faço a menor ideia de como você consegue voar. Já me acostumei com essas coisas inexplicáveis.

– Maravilha.

– Mais uma coisa – Connolly disse. – Ela tem sentido uma leve dor por causa da lividez. Quase todo o seu sangue está concentrado nos pés e pernas. Pretendo fazer uma incisão nas artérias dos tornozelos pra drenar o sangue. Isso deve amenizar os sintomas da dor e me fornecer material pra mais testes.

St. George arregalou os olhos.

– Você vai drenar o sangue dela?

– É a solução mais prática em que consigo pensar.

– Isso não vai... – ele se interrompeu.

Connolly sorriu.

– Ela já está morta. Não deve fazer efeito algum, fora amenizar a dor.

Ele franziu a testa.

– E se você estiver errada?

– Eu tenho certeza de que ela está morta, George. Ensinaram isso na faculdade de medicina.

Ele tamborilou os dedos no balcão.

– E Jarvis, como anda?

A troca de pacientes a deixou perdida por um instante, e então seu rosto fechou.

– Nada bem. Ele está sob a administração de vários antibióticos no momento, mas há pelo menos três sintomas que não respondem a nenhum deles. Eu ainda estou à espera dos exames de sangue pra descobrir quantas infecções são, para que possamos combatê-las mais especificamente.

– E quanto tempo isso vai levar?

Ela suspirou.

– Mais do que resta a ele – ela sacudiu a cabeça. – Sinto muito. Você sabe como essas coisas funcionam. Não há mais nada que eu possa fazer.

– Quanto tempo ele ainda tem?

– Um dia, no máximo. Estou surpresa que ele tenha aguentado tanto. – Ela olhou para o relógio. – Já se passaram quase quarenta e duas horas desde que ele foi mordido. Isso é praticamente um recorde.

– Ele está acordado?

Connolly confirmou.

※ ※ ※

Jarvis parecia estar morto. Uma teia de fios e tubos percorriam, feito uma hera mecânica, seu peito e braços até as máquinas em volta. Seu rosto estava tão seco e pálido que em alguns lugares sua pele se confundia com o grisalho de sua barba e seu couro cabeludo. Seus cabelos pareciam estar finos. Seus braços e pescoço, onde ainda não tinha empalidecido por completo, apresentavam erupções cutâneas, manchas rosadas com pontos avermelhados. Havia uma gosma amarela nos cantos de seus olhos. St. George notou a gosma também na boca do homem de meia-idade, mesmo através da máscara de oxigênio. O interior da máscara estava salpicado de sangue.

St. George respirou.

– E aí, Jarvis?

Seus olhos se abriram com dificuldade e ele ergueu o polegar.

– Tudo belo, patrão – ele tossiu. Um ronco carregado de catarro, que reverberou em seu peito e pela garganta. – E eu que pensava que o fim do mundo não tinha como ficar melhor. Aí vocês me arrumam essa caminha das mais confortáveis. E uma enfermeira gata.

– Existe alguma coisa que eu possa fazer por você? Quer que eu traga alguma coisa da sua casa?

A cabeça de Jarvis foi de um lado para o outro no travesseiro. St. George baixou os olhos e encarou seu parceiro na cama.

– Sinto muito.

– Não foi sua culpa, chefe. Não esquente com isso.

– Eu podia estar lá pra te ajudar.

– Você estava lá – ele arquejou. – Só que tinha muita coisa rolando. Acontece. Ele estendeu o braço e agarrou a mão do herói.

– Mas não deveria.

– Mas acontece. O cara passa a vida toda na merda e aí morre.

O herói respirou fundo.

– Olha só. A Dra. Connolly... ela fez tudo o que podia.

Jarvis fechou os olhos.

– Eu sei. – Ele soltou uma tosse rouca e prolongada, que deixou ainda mais manchas no interior da máscara de oxigênio. – Percebi. Já vi mordida demais pra pensar que a minha seria especial. Quanto tempo me resta?

St. George apertou a mão do sujeito de maneira suave. Enfiou a mão livre no bolso. As serpentinas de fumaça se enroscaram acima de seu nariz.

Jarvis soltou um suspiro exausto.

– Eu já imaginava.

Um instante se passou. As máquinas ligadas a Jarvis apitaram e piscaram de uma forma que St. George considerou animada demais.

– Eu tenho uma coisa pra pedir. Um favor.

Jarvis sorriu e tossiu de novo.

– Eu não sei se dá pra fazer muita coisa daqui, chefe.

– Eu sei. É algo que você pode fazer depois.

O sorriso do sujeito grisalho se perdeu em seu rosto.

– O que isso quer dizer?

St. George tamborilou os dedos contra a coxa.

– A gente precisa de um corpo. Um que esteja fresco ainda.

Jarvis apontou para sua perna.

– Esse aqui já não está tão fresco assim. E vai estar andando por aí logo, logo.

– Sim. É meio do que a gente precisa também.

Jarvis tossiu e sua vista embaçou por trás da máscara de oxigênio.

– Mas tínhamos combinado que ninguém volta – ele arquejou.

– Sei. É por isso que estamos conversando sobre isso. Se você disser que não, vamos nos certificar de que não volte a andar.

– Por que vocês precisam de mim? Do meu corpo?

O herói pensou em como explicar da melhor maneira possível.

– Se pudermos usar seu corpo, talvez seja possível salvar alguém.

– Alguém – Jarvis retrucou – que não eu.

St. George abriu a boca para falar algo, mas logo desistiu. Outro filete de fumaça saiu de seu nariz.

– Não... não você.

O senhor de meia-idade teve outro ataque de tosse. Dessa vez o interior da máscara de oxigênio ficou todo coberto de sangue e alguns pedaços coagulados. Ele agarrou os braços da cama para se firmar e as máquinas o repreenderam com um coro de apitos. St. George puxou alguns pedaços de gaze de uma caixa perto da cama e limpou o interior da máscara. Tentou não olhar para as coisas grudadas na gaze depois que colocou a máscara de volta no lugar.

Jarvis passou a respirar bem devagar. Seus olhos marejados fitaram St. George.

– Você acha que os ex's lembram das coisas?

– Stealth tem certeza que eles...

— Eu não estou nem aí pro que ela pensa. Quero saber o que você pensa. Você acredita mesmo nessa maluquice toda, que ainda existem pessoas dentro dos ex's?

St. George pensou na conversa com o aparelho de som no Estúdio Quatro.

— Não. Eu acho que as pessoas seguem em frente. Eu não sei pra onde elas vão, se é que vão mesmo pra algum lugar, mas não ficam dentro do corpo – apertou a mão de Jarvis de novo. – Elas se vão.

Por um breve momento, nenhum dos dois falou nada.

— Antes disso tudo, eu tinha um gato. Velho pra burro. Tava comigo desde sempre. Era praticamente meu único amigo. Aí ele ficou doente, mais ou menos um ano antes de começar essa história de zumbi. Ele parou de comer, passou a definhar de fome. Não tive coragem de botar o bichano pra dormir. Fiquei vendo ele lá se estrebuchando todo e tendo convulsão até morrer no meu colo.

— Que merda.

— Pois é. Foi uma merda, mesmo. Depois, eu chorei que nem uma menininha por umas três horas seguidas. Mas de um jeito meio torto, eu até que estava contente. Eu não precisei tomar a decisão de botar ele pra dormir. Eu sabia que era medroso demais pra fazer isso. E se ele melhorasse? E se eu estivesse traindo ele de algum jeito? Eu não era corajoso o bastante para aquela missão.

— Você sempre foi corajoso quando precisou.

— Não. Eu realmente não sou, não.

— Me enganou direitinho.

— Pode fazer – ele disse, sufocando outra tosse. – Se for pra salvar alguém, vocês podem fazer o que quiserem com meu corpo. Eu dou permissão ou sei lá.

— Tem certeza?

— Chefe, se você tá dizendo que é a coisa certa a fazer, eu acredito.

— St. George – uma voz ecoou em seu fone de ouvido –, Legião está na Muralha Sul, talvez a duas quadras do canto sudeste. Cerca de trezentos ex's. Com escadas.

Ele suspirou.

– Entendido – disse no microfone. Olhou para Jarvis. – Tenho que ir. Problemas.

Jarvis apertou a mão do herói.

– Foi uma honra, St. George. Obrigado por tudo.

– Eu ainda volto. Quero voltar antes de...

– Só vai logo de uma vez, chefe. Tentem me deixar fingir que sou corajoso pela última vez.

– Falou, Jarvis.

– Falou, chefe. Vá salvar o dia.

⚔ ⚔ ⚔

A Muralha Sul fez St. George se lembrar dos filmes de guerra medievais. Trios e quartetos de ex's avançavam correndo com escadas de alumínio, firmavam a base no chão e, antes que o topo da escada tocasse a Grande Muralha, um dos mortos já estava a meio caminho. Alguns dos ex's tinham até bastões de beisebol e cassetetes para combinar com seus capacetes. Os guardas tentavam empurrar as escadas de volta ou disparar à queima-roupa nos rostos dos mortos assim que eles apareciam na beira da muralha.

Legião estava cada vez melhor em controlar vários ex's ao mesmo tempo.

Capitão Freedom já se encontrava na plataforma. Uma escada saiu voando com o empurrão de sua bota. Quando St. George despontou no céu, o oficial sacou Lady Liberty e transformou alguns ex's numa pilha de pernas e braços frouxos.

St. George pousou fora da Muralha. Um grupo de ex's avançou com uma escada de abrir e ele a deteve com uma única mão, derrubando todos. Então, girou a escada e esparramou uns dez ex's pelo chão. Na volta, soltou a escada e ela saiu rodopiando. Outro punhado de ex's tombou com suas cabeças destroçadas pelo metal.

Os guardas na muralha passaram a se valer dos tiros de supressão. Com a chegada do herói, tiveram tempo de tomar o fôlego que precisavam para virar o jogo. Os ex's saíam correndo rumo à muralha e suas cabeças explodiam ou eram empurradas de volta. Um deles continuou mancando em frente depois que a bala acertou seu capacete, e St. George o derrubou com um murro em cheio que esmigalhou sua testa.

Os ex's se retraíram e diminuíram o passo. Três deles foram cambaleando até parar e sua escada despencou no chão. Outra derrubou o taco de golfe que estava empunhando. O taco de ferro enroscou em suas pernas e a mulher morta tropeçou de cara no asfalto.

St. George saiu flutuando e agarrou um ex já quase no alto de uma escada de mão. O zumbi, um homem todo enrugado com uma careca de monge, se atracou ao braço do herói. St. George seguiu até o topo da muralha.

– Bom trabalho – ele disse a Freedom. – Parece que vocês nem precisavam de mim.

– Toda ajuda é bem-vinda, senhor – o capitão retrucou. – Você provavelmente só nos salvou meia hora antes que Legião acabasse se frustrando e desistindo de novo.

– Ei – um dos guardas gritou. Apontou para o ex se contorcendo no braço de St. George. – Esse aí não é o Picard?

Uma mulher magricela negou com a cabeça:

– Estou achando ele baixinho demais.

– Merda. Seriam uns pontinhos consideráveis, derrubar o capitão Picard.

Freedom lançou um de seus olhares habituais ao sujeito e o guarda voltou a atenção à muralha, batendo continência, dos mais tensos.

– Foi um tanto mal planejado – o oficial retomou a conversa com St. George. – Num cerco clássico, as escadas nunca seriam mais altas do que o necessário. Isso o retardou de um modo tal que ele acabou perdendo a vantagem que tinha.

St. George sacudiu o morto em seu braço na beira da muralha, mas nada do ex se desgrudar dele.

– Eu imagino que você já deve ter participado de vários cercos, não?

– Fiz especialização em história, senhor, em West Point.

O fone de ouvido de St. George chiou novamente e seus olhos perscrutaram ambos os lados, muralha abaixo.

– St. George na escuta.

– Desculpa te incomodar, chefe – uma voz feminina disse. – Estamos com um probleminha aqui.

– O que foi?

A voz fez uma pausa.

– Jarvis morreu faz dez minutos. Estávamos indo... você sabe, cuidar dele, mas o Zzzap disse que tínhamos que esperar até falar com você.

– Mas como pode? Eu estava com o Jarvis faz meia hora. Ele estava bem.

As ondas do rádio ficaram em silêncio por um momento dos mais desconfortáveis. O semblante de Freedom foi tomado por um ar solene. St. George foi atingido pelo pensamento de quantas pessoas provavelmente estariam escutando a transmissão. Outros guardas. Stealth. Zzzap, observando os sinais passarem de um lado para outro no ar.

– A doutora Connolly disse que, hum... ele tirou a máscara de oxigênio – a mulher continuou. Era Lynne Vines, ele enfim reconheceu sua voz. Ela estava fazendo turno dobrado no hospital entre as missões com os batedores. Assim como Jarvis fazia. Como ele costumava fazer.

– Ela acha que ele fez isso logo depois que você saiu – Lynne prosseguiu. – Ele estava tão fraco que desmaiou e... bem... quando as máquinas apitaram já era tarde demais.

St. George encarou o ex agarrado a seu braço, e então arremessou o morto-vivo com toda sua força por cima das casas, tão longe quanto foi capaz. Ele voou pelos ares, ricocheteou num telhado vermelho que provavelmente tinha custado uma fortuna, anos antes, e se chocou contra um edifício residencial bem alto. Deixou para trás uma mancha escura na parede antes de despencar e sumir de vista.

– St. George?

– Opa... Entendido. Zzzap tem razão. Não o sacrifiquem. Peguem o que puderem pra amarrar os braços, pernas, pescoço, tudo bem amarrado na cama. Quando ele estiver bem preso, deixem-no em paz.

A ESCRITA NA PAREDE

ANTES

– Você é o Weiss?

Era o terceiro café onde eu ia em busca do cara, e já estava começando a ficar meio ansioso. Por um lado, eu não estava com nem um pouco de pressa, nem prazo nenhum. Por outro, a coisa era ainda mais urgente do que chegar ao ponto certo pro eclipse.

O cara que eu pensei ser o Weiss me encarou de baixo. Tinha cabelos longos, grisalhos e uma barbicha que virava uma trancinha embaixo do queixo. Chutando, acho que ele devia estar uns trinta quilos acima do peso.

– Quem quer saber?

– Um amigo meu nos Estados Unidos me recomendou você. Falou que era o melhor tatuador de Paris.

Weiss deu de ombros.

– Eu só tiro proveito desse comércio novo dos expatriados – ele falou.

Aí deu outra mordida no sanduíche, uma coisinha toda bonitinha feita com um croissant. Deu pra ver a carne branca e a alface verde saindo pelas beiradas. Parecia minúsculo naquelas mãos gordas dele. – Mas hoje é meu dia de folga. Desculpe. Tem uns caras mais lá pra baixo, no 18º *arrondissement*, que são bons. O que você quiser, eles garantem fazer.

Sentei numa cadeira na frente dele.

– Não pelo que eu andei escutando.

Fechou a cara pro meu lado.

– Tu tá a fim do quê? Uma no antebraço? Uma pin-up pra tua namorada?

Sacudi minha cabeça.

– Não exatamente.

– Veja. Procure a Laura no 20º. Ela é fantástica. Foi ela quem fez uma das tatuagens da Angelina Jolie. Tem foto e tudo. Diz pra ela que eu te mandei lá que ela te dá dez por cento de desconto. A gente se indica cliente o tempo todo.

Ele voltou sua atenção pro sanduíche bonitinho. Esperei ele dar mais duas mordidas antes de botar minhas mãos na mesa e cruzar os dedos. Ele soltou um suspiro e pôs o seu *brunch* de lado outra vez.

– Acho que eu não fui muito claro. Hoje é meu dia de folga. Vai te foder.

– Talvez eu não tenha sido muito claro – ecoei. – Preciso de uma *tatuagem*.

Estiquei os braços e deixei que um dos desenhos no lado esquerdo escorregasse pra fora da manga. Os dedos dele pararam a um centímetro do sanduíche. Ficou olhando pra ele por um tempo, aí se encostou na cadeira. Ficou analisando o meu rosto.

– Quem é esse teu amigo nos Estados Unidos?

– Ernie Redd. Talvez, você conheça o cara como O Leva-e-Traz.

Sorriu afetadamente por um tempo.

– Eu conheço ele como Ernie, mesmo. Esse puto ainda está vivo?

Fiz que sim.

– Ele provavelmente nunca mais vai sair de casa de novo, mas está vivo. A maior parte dele, pelo menos. Perdeu o braço esquerdo e seis dedos dos pés.

– Cara de sorte – Weiss disse. – Podia ter sido a cabeça.

Fiz que sim de novo.

– Ou coisa pior.

Weiss também concordou.

– Ou coisa pior – aí apontou pro meu braço. – Quem fez essa *arma dei*? Está um pouco áspera nas bordas. O contorno também não está lá essas coisas.

– Sei – retruquei. – Eu mesmo fiz isso faz cinco anos.

Weiss franziu a testa.

– Tu entende da coisa o bastante pra me procurar, mas tentou fazer um troço desses sozinho?

– Eu estava com pressa. Não tive tempo pra consultar um especialista.

Analisou o meu rosto de novo.

– Qual é o seu nome?

– Maxwell Trent.

Balançou a cabeça devagar.

– Trent – ele repetiu. – Já ouvi falar. Dizem por aí que tu é um filho da puta convencido.

Abri um sorriso.

– Só dá pra me achar convencido se não puder fazer o que digo que faço.

– Tipo construir um Sativus que funciona de verdade?

– Tipo isso.

Ficou me encarando por mais um tempo e arregalou os olhos.

– Sem brincadeira?

– Sem brincadeira.

– Posso ver?

– Não.

– Tu quer que eu acredite só na tua palavra?

Suspirei e puxei a minha carteira de viagem.

– Melhor não tentar nada. Ele está ligado a mim. Acorrentado num raio de quinze metros. Nós dois morreríamos antes que você chegasse no fim do quarteirão.

Weiss apontou pra barriga grande.

– Eu tenho cara de ser um grande velocista?

– As aparências enganam.

– Tá certo. Sem truques. Mostra aí.

Puxei o medalhão pela corrente, tomando cuidado pra não tocar nele. Mal tinha passado uma semana e as runas ainda estavam quentes.

O ar crepitou com os encantamentos frescos. Pelo menos pra quem sabe como escutar.

Weiss mordeu o dedo.

– Isso é sensacional.

– Obrigado.

Inclinou a cabeça pra esquerda, e depois pra direita.

– Sensacional – ele disse de novo. – É óbvio que estou aqui pensando por que um filho da puta convencido capaz de fazer um troço desses que nem tu precisa de mim.

Botei o medalhão de volta na carteira de nylon, selei o velcro e enfiei tudo por baixo da minha camisa de novo. Meu peito esquentou.

– Por segurança. Mais dia, menos dia, isso tudo pode acabar degringolando, e eu não quero ficar na mão por falta de salvaguardas.

– Por quê? – Weiss se deu conta da outra metade e pegou seu sanduíche de volta. – Depois de ficar amarrado nisso, qualquer coisa é fichinha e vergonhosa demais pra te causar qualquer problema mais grave. Provavelmente só te cuspiriam um feitiço de nada, e colocariam o rabinho entre as pernas.

– Sim. Se fosse de nada, pra começo de conversa.

Levou o sanduíche à boca.

– Tu invocou algum tipo de íncubo ou algo assim?

– Não – respondi, enquanto ele enchia a boca de comida. – É o Cairax Murrain.

Weiss cuspiu fora todo o croissant por cima da mesa.

– *Quê?* – gritou. – Tu *pirou*?

O café ficou em silêncio. Todo mundo se virou pra gente. Principalmente pra ele, mas uns tantos olhares voaram pra cima de mim.

– Senta aí – falei num tom bem baixo. – Para de fazer cena.

Ele me encarou e depois olhou pra todo mundo. À moda tipicamente francesa, todos educadamente desviaram o olhar e começaram a sussurrar sobre nós.

Ele se sentou.

– Isso aqui é Paris – Weiss chiou. – Tem mais de dois milhões de pessoas nessa cidade e tu traz essa coisa logo pro centro?

— Está seguro.

— É o Cairax Murrain — ele disse entre dentes cerrados. — Tu tá com o Lorde do Caos amarrado com teia de aranha e algemas chinesas e me diz que é seguro?

— Os poderes dele estão selados — retruquei. — É um Sativus perfeito.

— Tu que pensa.

— Mas é. Você viu. Se ele não estivesse amarrado, você acha que alguma coisa ainda estaria aqui agora? — fiz um gesto apontando em volta.

Weiss sacudiu a cabeça.

— Mas e aí, qual é? Tu tá querendo o quê?

— Eu preciso de um Marley.

Ele bufou.

— Tu precisa é examinar tua cabeça.

— Você garante fazer? Isso requer especialização.

Ele suspirou.

— Eu me garanto. Talvez só três pessoas no planeta Terra garantam fazer uma dessas pra ti hoje em dia, e eu sou uma delas — suspirou de novo e me encarou. — O que tu tem nas costas agora?

— Tem um feitiço em cada ombro pra fechar o corpo e uma amarração do Crowley entre eles.

— Que tipo de feitiço?

— Um cóptico, outro germânico.

— Algum encosto te rondando?

Apontei pra carteira no meu peito.

— Além do óbvio?

— Sim, sim.

— Não que eu saiba.

Coçou o queixo e a trancinha na barbicha balançou.

— A amarração do Crowley não vai servir de nada se tu botar um *arma dei* aí — ponderou. — Acho que dá pra mudar os dois feitiços de lugar, botar no teu peito ou nos braços, se não tiver nada.

Confirmei que não tinha nada, com a cabeça.

— Tenho três sinais Ka no braço esquerdo, mas só.

– Tem uma doida que conheço que trabalha numa clínica, e ela me deve uns favores. Fazem *lift* e tudo mais lá, e tem um laser Yag também. Vai doer pra cacete, mas vai dar pra limpar tuas costas em uma semana e já começar a trampar nelas uma semana depois. Eu já posso ir preparando as tintas, enquanto tuas costas não saram. Aí vai levar mais três dias pra fazer a tatuagem.

– Tranquilo.

– Tu sabe que, depois que tu risca um Marley, não dá pra voltar atrás, né? Já era, é pra vida toda, tu nunca vai te livrar dele. Tu vai ficar preso aqui pra sempre se não conseguir ressuscitar depois.

– Eu meio que estou contando com isso.

Sacudiu a cabeça.

– Tu é doido pra caralho.

– Será que ele vai passar comigo? O Marley?

Weiss sacudiu a cabeça outra vez.

– É por isso que tu tem que fazer nas costas, que aí não dá pra enxergar. Se isso passasse contigo pra próxima vida, podia acabar fodendo tua alma.

Dei um sorriso.

– Pois é, justamente isso é que estou tentando evitar.

TREZE

AGORA

– Se vocês me permitem interromper – Padre Andy disse. Ele ergueu a mão e coçou o pescoço, logo acima do colarinho clerical. – Existem questões mais importantes aqui, não acham?

St. George ainda ficou parado por um tempo, nem piscava, antes de encarar Andy.

– Como o quê?

Andy apontou para o vulto estendido sobre a cama, o centro das atenções. O corpo de Jarvis estava algemado às grades. Amarras cruzavam suas pernas e seu peito. Uma colar cervical de espuma, vermelho vivo, dos mesmos utilizados em lesões no pescoço, mantinha sua cabeça firme no lugar. O cadáver tinha começado a se mexer três horas após a morte de Jarvis. E não parou quieto nas cinco ou seis desde então.

Andy olhou o ex nos olhos.

– Você disse que há um monte de espíritos por lá?

O ex fez que sim com a cabeça.

– Algumas dúzias, pelo menos – disse ele. Aquela era a voz de Jarvis, mas não havia nela mais qualquer tipo de inflexão ou mudança de tom. Era como se alguém tivesse feito um excelente trabalho em criar um robô que o imitasse. O ex puxou um pouco de ar pelos lábios. – É difícil ter certeza.

– Mas por que tantos? – perguntou Danielle. Ela estava parada perto da porta, do outro lado da sala, longe de Stealth. Seus olhos estavam em todos os lugares, menos no corpo. – É porque tanta gente morreu de forma violenta?

O ex sacudiu a cabeça.

– Os fantasmas não são tão raros assim – ele falou com voz estridente. – As pessoas acabam ficando presas aqui na Terra por todo tipo de motivo, sabe. O verdadeiro truque mora em fazer isso deliberadamente.

– Então quer dizer que existe um monte de fantasmas por aqui?

O corpo de Jarvis tentou soerguer os ombros, amarrado daquele jeito, e franziu a testa por um instante.

– Como disse, não dá pra ter certeza.

– Por quê?

– Isso não é como nos filmes, George. Não ficamos batendo perna por aí pra tomar umas na confraternização do clube fantasma ou coisa assim. É um tipo de purgatório. Sim, você pode ver seus amigos, a família, atravessar paredes, entrar de penetra no cinema, essa coisa toda. Mas não dá pra interagir com nada. Não dá nem pra ver outros fantasmas. Pode ter uns quinhentos espíritos aqui no quarto com a gente agora. E eu não vejo nenhum deles.

– Mas você já tinha dito que havia dezenas e mais dezenas deles aqui no Monte? – Stealth cutucou.

O ex assentiu outra vez.

– Eu posso sentir a presença deles praticamente do mesmo jeito que vocês sentem. Pontos mais frios numa sala. Ecos que surgem do nada. Só tenho mais experiência pra distingui-los.

– Mas quem são eles? – St. George perguntou. – Ou quem eram?

O sujeito morto deu de ombros novamente.

– Sei lá. Só consigo distingui-los, então posso dizer que tem uns trinta ou quarenta cachorros e gatos fantasmas zanzando por aí atrás de uma bola ou algo parecido.

– Existem cães e gatos fantasmas? – Andy perguntou.

– É claro que sim. Você acha que as pessoas inventaram o céu canino? St. George olhou pela janela.

– E você? – ele perguntou a Zzzap. – Sabe dizer quem eles eram?

O espectro incandescente estava suspenso do lado de fora, propagando seu calor excessivo ao ar livre. Negou com a cabeça.

Eu consigo vislumbrar bem rápido alguns feixes minúsculos de luz, como se eu tivesse pescado alguma coisa com o rabo do olho, mas Max foi o único que eu já vi pra valer.

O ex contraiu os músculos por baixo das amarras. Seus dedos esticaram ao máximo e, logo depois, relaxaram de volta.

– Droga – ele disse, retraindo-se de novo. – Isso pinica.

Tá pior do que você imaginava?

– Nem tanto.

– Qual é o problema, então?

– Problema nenhum – o ex respondeu a Stealth. Ele se contraiu outra vez e cerrou os dentes. – Como eu disse, esse corpo está voltando à vida. Os nervos estão começando a pegar no tranco de novo. Dói um pouco.

– Todos eles podem voltar como você? – Andy perguntou – Os fantasmas?

– Provavelmente não. – O ex afundou o queixo o quanto pôde. O colar cervical fez parecer um espasmo – Eu, que sou um feiticeiro experimentado, precisei de uns seis meses de preparação... e uma boa dose de sorte.

Andy assentiu com um sinal de cabeça e ponderou:

– Mas eles poderiam voltar, hipoteticamente falando? Você seria capaz de trazê-los de volta?

– Não é bem assim que funciona. A mecânica é diferente, fazendo em outra pessoa, mas o princípio é o mesmo.

– Qualquer pessoa? – Stealth perguntou.

– Se seu espírito ainda estiver vagando por aí, sim.

– Mas, só um minuto, por favor – Andy disse. – Isso nos levaria à seguinte questão: deveríamos trazer alguém de volta?

– E por que não? – St. George retrucou.

– Porque isso viola o plano divino. Ou a ordem natural das coisas, se preferir.

Eu não sei se já deu pra notar, mas a ordem natural das coisas já foi violada de todo jeito que dá pra imaginar.

– Ele tem razão – St. George disse. – Com todas essas coisas andando por aí, fica difícil abrir uma exceção pros planos de Deus.

– Pois é exatamente quando precisamos respeitar o plano divino – Andy retrucou, voltando-se a Stealth. – Se você é ateu, basta encarar a situação a partir de um ponto de vista moral. Se todos concordarmos que essas coisas lá fora são abominações, que aquilo está *errado*, então como podemos fazer o mesmo aqui?

– Ah, não é bem a mesma coisa – o cadáver de Jarvis disse. Seus dedos se esticaram quando um novo espasmo percorreu seu corpo, mas logo relaxaram. – Lá fora, você até pode argumentar que alguns milhões de cadáveres estão sendo profanados por um vírus. Mas isso aqui é mais como ressuscitar alguém. Este corpo está se restaurando. Ele vai voltar à vida. Vida de verdade, com pulsação, respiração e tudo mais.

– A não ser pelo fato de que você morreu – Andy arguiu. – E esse não é o seu corpo. Você já teve seu tempo e agora está tentando ganhar mais.

O morto-vivo contraiu sua cabeça outra vez.

– Então quer dizer que estava nos planos divinos que eu fosse mordido por um zumbi e minha alma ficasse presa no corpo de um demônio andarilho por quatorze meses? Isso não significaria dizer que as abominações também são parte desse mesmo plano?

– Não estamos aqui pra debater ética ou teologia – Stealth interrompeu.

– Então por que vocês me chamaram? – Andy perguntou. – Eu deveria ser um conselheiro espiritual e moral, não?

– Nada pessoal, padre – o ex disse. – Mas eu não sou mais um espírito e não estou precisando de conselho.

St. George se percebeu sorrindo. Zzzap soltou um chiado de estática, que passou como uma risada.

– Eu não estou querendo ser um pé no saco – Andy retrucou. – Só quero que todos vocês parem e pensem no que isso vai significar pras pessoas. Tem quase mil membros da seita Depois da Morte acreditando que os ex's ainda têm almas enterradas em algum canto dentro deles próprios. E já há essa garota que vocês encontraram fazendo-os pensar.

O que vai acontecer quando eles descobrirem que é possível trazer as pessoas de volta dos mortos?

— Nós vamos explicar que foram circunstâncias especiais e não há como repetir o procedimento — Stealth retorquiu.

— Mas como? — o padre a encarou. — Como é que você vai explicar pra alguém que "circunstâncias especiais" permitiram que um de vocês voltasse, mas não o marido ou a esposa ou o filho de um deles?

— Um de vocês? — Danielle repetiu.

— Desculpe — Andy disse. — Mas é como as pessoas vão entender. Super-humanos conseguindo algo que as pessoas normais não têm. Isso pra não falar na repercussão dessa história de que todo e qualquer ex que já sacrificamos poderia estar carregando a alma de alguém dentro dele.

— Eu não tinha pensado nisso — St. George ponderou.

— Eu já — Stealth rebateu. — E acredito que os resultados serão pífios.

— Bem, e que tal isso? Outra coisa na qual venho ponderando — Andy prosseguiu, apontando para o ex amarrado à cama. — Como vocês sabem que é ele mesmo?

— Nós já confirmamos não se tratar de um truque — Stealth respondeu. — Ele demonstrou conhecer certos fatos que ninguém mais no Monte poderia saber.

— Mas isso faz dele o Max, ou qualquer outro espírito seria capaz de saber?

O semblante de Stealth mudou sob sua máscara.

— Se formos mesmo comprar a história dele — o sacerdote continuou —, de que é um espírito errante e já foi amarrado a um demônio, então voltamos pro meu território. E a igreja tem muito a dizer sobre espíritos assumindo o controle dos corpos. Esse aí pode ser qualquer pessoa, ou qualquer coisa, se passando pelo Max. É um caso clássico de exorcismo.

— Você está dizendo que quer me exorcizar? — o homem morto perguntou.

Andy negou com a cabeça.

— Eu só estou querendo saber como é que vamos saber que é você mesmo.

O corpo de Jarvis estremeceu de novo e o ex cerrou seus dentes. As mãos algemadas se agitaram sobre seu peito.

– Eu posso rezar o Pai Nosso pra você, se isso te faz sentir melhor. Se puder recitar até o fim, isso pelo menos prova que não sou um demônio.

Andy forçou um sorriso amarelo.

– Eu aprecio seu gesto, mas como vamos saber que isso seria um teste de verdade?

– Mas é de verdade – o ex resmungou. – É... é uma das únicas coisas que os filmes... acertaram.

O morto-vivo teve uma convulsão, seus braços e pernas se debateram tanto quanto podiam, acorrentados. Sua cabeça lutava contra o colarinho de espuma. O ex caiu mole sobre a cama e, logo depois, mais espasmos castigaram seu corpo.

St. George se adiantou para segurar o corpo de Jarvis, mas um sinal de Stealth o deteve.

– O que está acontecendo? – a mulher encapuzada perguntou.

– Está quase lá – o ex grunhiu. – Meu coração está tentando pegar outra vez.

– Isso dói? – Danielle quis saber.

– Você por acaso acha que um infarto dói menos quando está acontecendo no sentido inverso?

St. George se voltou ao corredor.

– Não é melhor chamar um dos médicos?

– Deus do céu, não – o ex retrucou, logo olhando para Andy. – Sem ofensas, padre. Eles vão tentar salvar minha vida e vão acabar me matando. Isso tem que rolar no seu próoOOAAAIIIIIIII!

O cadáver teve outra convulsão e seu rosto se contorceu de dor. Suas costas arquearam, empurrando seus quadris suspensos no ar, e então ele caiu de volta na cama. Respirou fundo, chiando o peito.

St. George não tirava os olhos do corpo.

– Tem certeza de que isso está funcionando mesmo?

– Na verdade, não – o ex respondeu. – Nunca fiz isso antes.

Seus olhos esbranquiçados se voltaram à janela.

– Barry – ele gritou. – Eu acho que está na hora.

Tem certeza?

– Tá na hora do quê? – St. George perguntou.

— Você já vai ver – o ex retrucou, enchendo os pulmões de ar. – Todos os quatro pontos cardeais, logo depois da Grande Muralha e as muradas do Monte. Certifique-se de que... – as algemas tilintaram contra as grades por três vezes quando o cadáver tentou alcançar seu peito. – Certifique-se de que eles estão apontados na direção certa.

Pode deixar.

— Zzzap, do que vocês... – mas o espectro de luz já tinha partido antes que Stealth pudesse terminar a frase.

Outro espasmo sacudiu o ex.

— Agora sim... – ele disse. – É isso aí...

O fone de ouvido de St. George chiou.

— Chefe, aqui é o Ilya falando. Tô aqui no alto do Portão Norte. O Barry acabou de passar voando e incendiou um pedaço da Bronson lá fora.

Ele pressionou o microfone.

— Como assim, incendiou?

— Parece que ele desenhou com as mãos um monte de listras no chão. O asfalto derreteu e tudo. Tem muita fumaça ainda, não dá pra ver o que é.

— St. George – uma nova voz interrompeu. – Makana no Portão Oeste. O que deu na cabeça do Zzzap? Ele acabou de queimar uma coisa aqui na rua.

— Dave do Portão Sul pra St. George...

— Katie do Portão North Gower falando...

— Portão Lemon Grove para St. George...

— ...a gente se cagou de medo...

— ...tipo um círculo imenso com uns rabiscos dentro.

— ...que droga é essa que o Zzzap está fazendo?

St. George se aproximou e apertou sua mão contra o peito do ex, prendendo-o na cama.

— O que está acontecendo lá fora?

— Espere só um segundo – o homem morto disse entre dentes cerrados. – Está na hora de fazer o lance de Jesus – ele apertou os olhos e algumas lágrimas escorreram.

Uma das pistolas de Stealth surgiu em sua mão e foi apontada para a cabeça do ex.

– O que está acontecendo?

O cadáver rugiu de dor. Tentou se debater, mas a mão de St. George o manteve preso ao colchão. As algemas retiniam enquanto ele não cansava de tentar alcançar o peito. Os músculos do corpo se contraíram todos, uma rocha maciça, e então relaxaram de volta.

Um clarão inundou o quarto. *E aí, consegui?* Zzzap gritou da janela.

– O que diabos você estava fazendo? – St. George explodiu.

Faz parte do processo, o espectro disse. Faz meses que ele me obriga a praticar todos os símbolos.

St. George fitou o cadáver e seus olhos se arregalaram.

– Puta merda – Danielle soltou.

O padre Andy se benzeu e sussurrou alguma coisa.

A pele antes empalidecida retomava as cores suaves da vida. As veias antes saltadas sumiram por trás das novas tonalidades. O ex, agora o homem, deixou escapar um lento suspiro. Sua testa brilhava de suor.

– Deus do céu, eu não fazia ideia do quanto doía.

A mão de St. George se desgrudou do peito do homem por um instante. Logo tratou de recolocá-la, abrindo os dedos.

– O coração está batendo. Estou sentindo o pulso.

– É... e eu estou sentindo essa barba coçar, bastante. Como é que o Jarvis conseguia viver com isso?

Tanto St. George quanto Andy franziram a testa.

O sujeito abriu os olhos e encarou os dois, um de cada vez. Suas cores apareciam devagar, como em uma velha foto Polaroid.

– Desculpe. Foi de mau gosto. Depois de anos sem um corpo, acho que estou um pouco empolgado demais no momento.

Bem-vindo de volta, Max, Zzzap disse.

– Obrigado, Barry. Suponho que você tenha feito todos os símbolos, ou nem estaríamos aqui agora.

Stealth pressionou sua Glock contra o olho do sujeito amarrado.

– O que você quer dizer com isso?

– Ei – Max disse. – Calma.

– Você nunca tinha mencionado esses símbolos antes como parte dessa sua ressurreição. Agora você fala em um desastre caso eles não tivessem sido dispostos ao redor do Monte. Pra que eles servem de fato?

– Eu já ia te dizer.

– Você vai nos dizer agora.

Ele suspirou.

– Eu posso te mostrar, se você preferir. Pode ser mais fácil.

※ ※ ※

O Portão Norte ficava a poucas quadras do hospital. Como acontecia em todas as outras entradas da Grande Muralha, havia algumas centenas de ex's do lado de fora, e o chocalho dos dentes ecoava pelo vento. Metade deles se apertava contra o portão. O resto cambaleava pela rua.

Bem no meio da Bronson, uma série de rastros fumegantes formava uma cicatriz no asfalto, que se estendia de um lado ao outro da pista. A matéria superaquecida tinha se transformado numa vala fresquinha de piche. Três ex's tinham sido partidos ao meio pelo toque incendiário de Zzzap, lentos demais para sair do caminho e inconscientes demais para se dar conta do perigo. Ainda saía fumaça dos corpos decepados. Os respingos de um jato de sangue coagulado pincelavam o local onde um deles ardeu até explodir.

Duas linhas paralelas levavam a uma esfera com uns 15 metros de diâmetro. Dentro do círculo duplo, havia o que pareciam ser dois triângulos, ou talvez uma ampulheta, rodeados por rabiscos.

– Bom trabalho, Barry – o sujeito ressuscitado disse. Suas algemas tilintaram quando ele apontou para os símbolos. Ele estava um tanto exaltado, e St. George firmou sua mão no ombro do homem.

Obrigado.

– Mas e então, o que é isso? – St. George perguntou.

– É o Hexagrama da Água – Max explicou. – Modificado com seis dos nomes de Deus e um círculo taumatúrgico.

– Um o quê?

– Magia – Stealth respondeu. – Ele está afirmando que foi um tipo de feitiço.

– Exato – Max confirmou. – Cada portão tem seu símbolo pra nos proteger, fora outros mais poderosos ao redor do próprio Monte – ele sinalizou ao leste e ao sul. Foi um gesto meio desajeitado por causa das algemas.

Proteção?, disse Zzzap. O espectro de luz se voltou ao sujeito grisalho, tentando ignorar Stealth. *Você disse que fazia parte do feitiço para ressurreição.*

– É, desculpe – Max retrucou. – Foi mais fácil dizer isso.

– Certo – St. George interrompeu. – Mas do que você está protegendo a gente?

– Calma – Max respondeu. Seus olhos se perderam na multidão de ex's. – Espere pra ver.

Um ex a poucos metros de distância ficou parado no ar assim que seus pés tocaram a borda da esfera esfumaçada. Era uma mulher miúda com uma cabeleira ruiva e selvagem, vestindo um henley verde e apertado, toda coberta de sangue e sujeira. Ela se virou, olhou em volta e encarou as pessoas na muralha.

– Lá está ele – Max disse.

O morto ergueu a mão e apontou para eles. Soltou um uivo. Era o rugido de um mamute, um dinossauro ou outra besta imensa e primitiva, e ecoou entre os prédios. Cinco ou seis janelas foram estilhaçadas.

St. George se retraiu. Ilya e os outros guardas no portão tamparam seus ouvidos. Até Zzzap se encolheu todo.

O corpo do ex passou a inchar, e sua pele, antes ressecada, foi sendo preenchida pelo vigor de uma nova vida. As pernas antes bambas se esticaram e sua mandíbula escancarou, revelando uma armadilha de urso com presas de marfim. Chamas azuladas explodiram dos olhos da ex e atearam fogo em seus cabelos. Seus dedos se alongaram, transformando-se em garras. Em alguns segundos, já estava com mais de dois metros de altura e, logo em seguida, com quase dois metros e meio.

Então a morta-viva explodiu, espirrando sangue coagulado e labaredas azuladas por todo canto.

Que diabos foi isso? Zzzap gritou.

– Lembra quando eu disse que estar morto era meu esconderijo? Que nada poderia me atingir?

St. George confirmou com a cabeça.

– Sim, e daí?

– Bem, eu já não estou morto – apontou para o círculo de sangue que, segundos antes, tinha sido a morta-viva. – Aquilo foi coisa do Cairax Murrain. Ele está puto porque consegui escapar, e agora está vindo atrás de mim. E de todo mundo que ele achar que possa ter me ajudado.

Como é que é? Zzzap berrou. Sua cabeça pulou dos restos da ex ainda em chamas para seus amigos. Stealth, parada feito uma estátua. A fumaça escapava por entre os lábios de St. George.

– Pois é – Max retrucou. – Eu provavelmente devia ter mencionado isso antes.

QUATORZE

AGORA

– Você colocou em risco as vidas de todos no Monte – Stealth disse. O tom exaltado de sua voz ecoou pelo quarto do hospital. Como permanecia envolta em seu manto, era impossível adivinhar onde suas mãos estavam. St. George podia apostar que bem perto dos coldres. Ele não lhe tirava a razão.

– Não precisa ser tão melodramática – Max retrucou do banheiro. – Ninguém aqui está correndo perigo nenhum, desde que fique dentro das muralhas.

St. George estava de frente para a janela. Saía fumaça de suas narinas num fluxo constante, e ele não conseguia manter o controle sobre sua garganta, que não parava de coçar. Parte dele queria agarrar Max e sacudi-lo, mas ele não queria disparar os alarmes de incêndio.

Freedom estava de frente para eles com os braços cruzados contra o peito largo. Juntara-se ao resto do grupo após todo o barulho no rádio sobre a criatura do lado de fora da Grande Muralha. Estava com sua expressão de desgosto no rosto.

O homem ressuscitado bateu o barbeador na pia e se livrou de mais um centímetro de barba grisalha. St. George sempre desconfiou de que Jarvis ficaria uns dez anos mais moço sem a barba. Ainda reconhecia o rosto por baixo dela, mas parecia mais uma máscara agora. Aquela confiança toda, quase arrogância, nunca tinha estado presente nos olhos de Jarvis, nem no tom de sua voz. Não tinha presunção alguma no olhar quando partiu.

Mas agora tinha.

Seus olhares se cruzaram por um instante no espelho, enquanto Max raspava o bigode. Por apenas um instante, toda aquela confiança e arrogância sumiram, e St. George vislumbrou duas novas expressões passando pelo rosto do sujeito. Alívio por ter escapado de um destino cruel. E apreensão com a possibilidade de que, de alguma forma, ele não tivesse.

St. George também notou que os olhos de Max eram castanhos. E os de Jarvis sempre foram azuis.

Então o instante passou, e Max lhe deu uma piscadela.

– E se alguém sair das muralhas? – Stealth perguntou.

– Bem, se alguém pisar lá fora, de duas, uma – Max respondeu. Levou o barbeador ao rosto e raspou mais um pouco de Jarvis. – O mais provável é que o Cairax apenas o mate.

– Mas o Cairax é você – Freedom rebateu.

– Não. Somos independentes. Dois seres distintos. Sempre foi assim. Eu só pegava seu corpo emprestado de vez em quando. E talvez um pouco de sua mentalidade.

– Qual foi sua desculpa pra abusar sexualmente de uma atriz falecida? – Stealth perguntou.

– Epa! – Max soltou, virando-se do espelho. – Não foi isso o que aconteceu. A coisa toda ficou desproporcional. E nenhum de vocês fez nada para me deter, só pra constar.

Stealth não se intimidou com seu olhar.

– Minha língua escorregou pela morta e ela a mordeu fora. Foi isso. Levando-se em consideração como estava minha percepção da realidade, foi um exemplo surpreendente de autocontrole.

— Bem — Freedom disse, de modo áspero. — Pelo menos agora nós sabemos que você não fez nada nojento.

Max se voltou ao espelho novamente. Um instante se passou. Ninguém falou nada enquanto o ressuscitado raspava o pedacinho de Jarvis que restava no queixo.

St. George respirou fundo e devagar, conseguindo manter as chamas em sua garganta sob controle. O rastro de fumaça que saía de seu nariz se tornou um mísero filete.

— Então, quer dizer que ele vai matar qualquer um que atravessar aquelas marcas no chão?

— Sim. Provavelmente.

— E como?

— Bem, você viu o que aconteceu com a ex. Levou uns bons quatro ou cinco segundos antes de tudo explodir — ele parou de se barbear e olhou por cima do ombro. — Você já lutou com o Cairax, George. Quanta destruição você acha que ele consegue fazer em cinco segundos?

A cabeça de Stealth se mexeu por dentro do capuz.

— E qual seria a outra possibilidade caso alguém cruzasse os feitiços?

— Ele pode tentar possuir o corpo da pessoa. Mas as chances disso acontecer com um corpo que não foi preparado são praticamente nulas. Na prática, seria só outro jeito de matar a pessoa.

Max jogou um pouco de água no rosto e o último fiapo da barba grisalha se foi. Algumas gotas caíram em sua roupa de hospital.

— O que você quer dizer?

Max pegou uma toalha e limpou suas bochechas, depois o queixo. Depois deixou-a de lado e passou os dedos no couro cabeludo.

— Se não for preparado de maneira adequada com os símbolos e os encantos certos, um corpo humano normal simplesmente não consegue suportar o estresse de uma possessão demoníaca.

— O seu conseguiu — St. George retrucou.

— Sim, mas o meu foi preparado, e eu tinha as sentinelas no amuleto. Qualquer outra pessoa teria só explodido que nem os ex's. É como cozinhar um sapo, tem que ir devagar pra ter uma chance de que dê certo — o feiticeiro apontou para si mesmo. — Veja o tempo que me levou pra passar pro corpo do Jarvis. Ele precisaria de pelo menos o dobro do tempo – Max fez uma pausa e passou os dedos pelo couro cabeludo de novo. – É estranho ter cabelo curto. Meio estranho ter cabelo, na verdade. Faz tempo. – Seus lábios se contraíram e uma das bochechas inchou. – O Jarvis também não tinha um dos dentes de trás. Vai levar um tempo pra me acostumar com isso.

St. George era capaz de sentir o cheiro de hostilidade exalando de Stealth. Ou Max não percebia de fato ou fazia que não se importava. O herói preferiu soltar um pigarro em vez de socar o feiticeiro. Max o encarou, e então baixou as mãos.

– Se o que você está dizendo for verdade – Stealth disse –, esse demônio pode possuir algum ex exatamente como você fez.

Max negou com a cabeça.

– Ele é muito grande. Um demônio precisa de uma alma sensível pra ser usada como... como uma contracorrente. Sem isso, ir mais devagar não ajuda em nada. Seria como encher um balão de água com uma mangueira de incêndio. Vai por mim, se as encruzilhadas não estivessem lá fora, as pessoas aqui dentro estariam pulando feito pipoca. O Cairax é impaciente demais, pro azar dele. É por isso que seu tipo não tomou o mundo há milênios.

– Se ele sabe disso – Freedom perguntou –, por que está tentando possuir os ex's lá fora?

– Por que será que as pessoas ficam socando as paredes? – Max deu de ombros e continuou. – Fora que é bem assustador, é preciso admitir. Passa bem o recado.

– Se o que você está dizendo for verdade – Stealth repetiu –, a possessão demoníaca ainda deve ser algo bem comum.

– Mais comum do que as pessoas pensam. Até o ex-vírus aparecer, eles não podiam encarnar por conta própria, e depois, com noventa por cento da humanidade dizimada, simplesmente não fazia mais sentido. Pra que se esforçar tanto pra acabar se manifestando neste mundo pra meia dúzia de almas? A não ser que eles de fato queiram matar alguém?

– Espere um pouco – Freedom interrompeu. – Por que eles não podiam encarnar por conta própria antes do ex-vírus?

– Por causa do papa.

– Hein?

– O papa. Essa é a razão do papa existir. Ele é o guerreiro escolhido por Deus pra combater o mal. Você não acha que o filho de Deus queria mesmo criar uma instituição religiosa burocrático-fascista, né?

– Você está brincando – St. George disse.

Max sacudiu a cabeça.

– O anel do pescador. *Annulus Piscatoris*. Já ouviu falar?

– Já, é tipo o sinete do papa ou coisa parecida.

– Coisa parecida. O de verdade, não o chamariz, mas aquele que era passado por baixo dos panos, é uma pedra de toque às avessas. Enquanto ele estiver num dedo com vida, nada de demoníaco pode se manifestar na Terra materialmente num raio de mil e quinhentos quilômetros. Sabia que existia um cardeal cujo único dever era não desgrudar do papa pra que pudesse colocar o anel no caso de uma morte repentina? Era quem usava o anel enquanto não escolhiam um novo papa, também.

Todos o encararam.

– Você está inventando tudo isso – St. George disse.

– Mas então, se não podemos sair – Stealth ponderou. – O que devemos fazer?

– Só relaxa – Max retrucou. – Depois de um tempo, ele vai se cansar de ficar nessa tocaia e dar o fora pra tramar alguma vingança demoníaca contra mim.

– Quanto tempo?

– Sei lá. Um tempinho. Dez ou doze dias, talvez.

– Dez ou doze dias? – Freedom repetiu.

O feiticeiro confirmou com a cabeça.

– Duas semanas no máximo.

St. George sentiu as chamas queimarem em sua garganta de novo.

– Você está dizendo que não vamos poder descer até a cidade por duas semanas?

– Duas semanas estourando. Provavelmente vai ser menos que isso.

– Não existe a menor possibilidade de sairmos escondidos? – Freedom perguntou. – Uma equipe pequena, talvez com uma estratégia pra distraí-lo?

Max negou com a cabeça.

– Cairax é um espírito demoníaco. Ele consegue estar em vários lugares ao mesmo tempo e ver toda e qualquer criatura viva no interior das muralhas. Não tem como sair sem ele saber.

– Existe sempre a possibilidade – Stealth interrompeu – de entregarmos você a essa entidade agora mesmo.

Freedom esboçou um sorriso.

– Vocês até podem fazer isso – Max admitiu –, mas não somos os mocinhos da história? Além disso, provavelmente não faria diferença nenhuma. Os demônios são figuras conhecidas por seu rancor, e não há a menor chance de vocês o convencerem de que eu induzi todo mundo ao erro.

– Que você mentiu – Freedom corrigiu.

– Depende do ponto de vista. Isso tudo vai passar daqui a alguns dias. Vai por mim.

– Bem, acho que está todo mundo aqui incomodado justamente com essa ideia – St. George disse.

Bateram na porta e Billie entrou com uma sacola.

– E aí? Eu trouxe um monte de roupa. Vocês querem vestir o Jarvis pro funeral ou coisa do tipo? Eu não encontrei nenhum terno nas coisas dele.

– Pô, que pena – disse Max. – Eu gostou de um bom terno.

Billie olhou de esguelha e acenou por educação ao homem ressuscitado. Então, o fitou de novo e arregalou os olhos ao reconhecer o parceiro. Levou sua mão à boca. A outra ao coldre.

Freedom colocou a mão no ombro dela:

– Calma.

– Jarvis – ela disse. – Você...

– Eu não sou o Jarvis – Max retrucou.

– Mas você estava morrendo. Eu vim te ver, você estava mal.

Depois de três anos lidando com os mortos-vivos, St. George reconhecia bem aquela expressão de conflito no rosto dela. Ainda estava na dúvida se dava um abraço ou um tiro no amigo.

– Não é o Jarvis – Stealth disse. – O corpo dele está sendo usado por outra... pessoa.

Max tomou a sacola de roupa das mãos dela.

– Valeu – ele disse, estendendo a mão. – Billie Carter, né?

Billie virou a cabeça para trás, encarou Freedom e, logo depois, St. George. O herói deu um aceno sutil de cabeça. Ela estendeu a mão.

– Maxwell Trent. Max. Prazer.

– O prazer é meu – ela disse, sem tirar os olhos dele. Examinou o queixo do sujeito, e depois os cabelos.

Max tirou algumas camisas da sacola. Jogou a mão para trás e puxou a camisola por cima da cabeça. Seus ombros estavam cobertos por desenhos elaborados, passando por todo o peito. Outras quatro tatuagens menores emolduravam um círculo perfeito nas costas, sem nada dentro.

– Eu não sabia que o Jarvis tinha tanta tatuagem – St. George disse.

– Ele não tinha – Max retrucou, sacudindo uma camisa com risca de giz. – Eu é que tenho.

– Isso não faz sentido – Freedom disse.

– Ah, faz sim – o feiticeiro assegurou. Botou a camisa enquanto procurava outra peça que combinasse. – É como se... é como o cara que tem cabelo em *Matrix*, mesmo não tendo no mundo real, sabe? Porque na mente dele, ele se imagina com cabelo.

– Você está tentando explicar isso usando *Matrix* como exemplo?

– Eu tenho ficado muito com o Barry, ok? Mas é a mesma coisa. A alma tem tudo a ver com identidade, e o corpo faz parte da identidade da pessoa. Tudo bem, todo mundo tende a se imaginar um pouco mais alto, mais magro, mas fora isso tem sempre alguns atributos físicos que a gente simplesmente aceita como parte inerente de quem somos, e esses atributos ficam marcados em nossa alma. Eles passam com a gente, como nesse caso – Max apontou para seu peito. – Todas essas tatuagens fazem parte de mim. É como eu me vejo. Dá pra dizer que elas foram desenhadas na minha alma, mais do que na minha pele. Mas se, por exemplo, a Billie aqui tivesse voltado, ela provavelmente só traria de volta a tatuagem que tem dos Fuzileiros Navais, mas não a rosa ou o golfinho.

Stealth sacudiu a cabeça.

– Tatuagens psicossomáticas?

– Se preferir.

– Tem um pedaço enorme sem nada nas suas costas – Freedom disse.

– Porque a que estava aí não era pra passar comigo. Magia perigosa para a alma. Uso descartável. Se eu não conseguia enxergar, não dava pra ela se incorporar à minha identidade.

St. George analisou os padrões dos desenhos enquanto Max abotoava a camisa de baixo para cima. Agora que sabia do que se tratavam, ficou surpreso de não tê-las reconhecido antes. Lembrou-se da noite em que Cairax surrou Max até tirar sangue, olhando para o homem recoberto de tatuagens em que o demônio zumbi tinha se transformado.

Billie cerrou os punhos enquanto todos refletiam sobre a explicação.

– Como é que você sabe que eu tenho um tatuagem de golfinho? – ela resmungou.

Ele revirou os olhos.

– Fiquei andando pelo Monte como um fantasma por um ano e meio. Acredite, já vi cada uma das tatuagens de todo mundo aqui.

Ela bufou, mas não disse nada.

O homem ressuscitado puxou um par de calças jeans e algumas cuecas da sacola e deixou as calças de hospital caírem no chão. No minuto seguinte, calçou um par de meias e revirou a sacola outra vez.

– Era só isso de gravata que ele tinha?

A ideia de esmurrar Max passou pela cabeça de St. George de novo.

– Eu acho que o Jarvis nunca deu bola pra esse tipo de formalidade – ele disse.

Max suspirou, escolheu uma gravata e jogou o resto de volta na sacola.

– E aí, como vai ser? Não esperava nenhum aplauso na minha volta, mas também não imaginava que seria uma recepção tão fria. Eu sou um prisioneiro? Um parceiro? Um cidadão livre?

St. George encarou Stealth.

– Não acho que seja o caso de te fazer prisioneiro – ele respondeu.

– Bacana.

– No entanto – Stealth emendou –, seria melhor que você não fosse a lugar algum sem escolta.

Max deu um nó na gravata.

– Vocês ainda estão preocupados com o que o padre Andy falou? Que eu vá causar um alvoroço?

– Não descartamos essa possibilidade – ela retrucou. – Mas ainda acredito que não seja nada alarmante. Por ora, não há necessidade de criar caso com seu corpo emprestado.

– Não é exatamente emprestado – Max corrigiu. – Eu não vou entregar de volta.

– Roubado, então.

– Eu ia sugerir doado. Meu cabelo vai mudar de cor daqui a uns dois dias, isso vai ajudar – ele acrescentou. – Acho que vou perder uns quilinhos também.

Freedom o encarou.

– Assim, do nada?

– Esse negócio de voltar dos mortos queima caloria pra caramba. Falando nisso, faz quase três anos que eu não como nada. Nada que eu gostaria de lembrar, pelo menos. Tem como arranjar alguma coisa pra comer?

– Billie – St. George disse –, você pode dar uma volta com ele por aí? Quem sabe ficar de olho nele até que o Freedom arrume alguém encarregado disso?

Ela assentiu com um aceno brusco de cabeça e encarou Max.

– Assim que ele quiser.

Max estendeu a mão a St. George.

– Obrigado mais uma vez. Devo-lhe minha vida.

St. George ficou parado, fitando a mão por um instante, e em seguida a sacudiu.

– Vamos só tratar de nos livrar desse demônio o mais rápido possível.

O feiticeiro estendeu a mão a Stealth, mas ela nem o encarou. Ele apertou os lábios, sacudiu a cabeça e saiu com Billie.

– Precisamos de um minuto a sós, capitão – Stealth exigiu.

– É claro, senhora – Freedom disse. Ele os cumprimentou com um aceno de cabeça e saiu.

– Mas então – St. George disse –, o que está se passando aí na sua cabeça?

– Ainda estou pensando – Stealth respondeu. – Não acredito na história dele.

– Qual parte?

– As que envolvem magia e vida após a morte.

– Hum... basicamente, tudo.

– Vários super-humanos por todo o mundo manifestaram habilidades semelhantes às de outros. Marduk, o herói iraniano, tinha poderes quase idênticos aos seus. Scarecrow, da Inglaterra, era dotado das mesmas agilidade e velocidade de Banzai. Sabemos que Legião tem a capacidade de projetar sua consciência. É possível que Cairax tenha sobrevivido da mesma maneira.

– Max – St. George corrigiu. – Se ele está dizendo a verdade, Cairax está lá do lado de fora da Grande Muralha.

– Se ele está dizendo a verdade – Stealth repetiu. – Mas não acredito nisso.

– Por quê?

– Sua linguagem corporal é inconsistente. No mínimo ele está nos omitindo informações.

St. George concordou.

– Então, o que quer fazer?

– Por enquanto, vamos dar o tempo que ele quiser. Não há nenhuma missão prevista pros próximos quatro dias, então não muda nada.

– Ótimo. E depois?

– Depois nós o interrogamos de novo.

Bateram à porta. A doutora Connolly estava parada do lado de fora.

– St. George, Stealth. Posso falar com vocês por um minuto?

Um instante se passou antes que a mulher encapuzada virasse sua cabeça a Connolly.

– O que foi, doutora?

Connolly suspendeu uma prancheta, mas logo parou. Deu uma espiada por trás do ombro.

– Desculpe perguntar – ela disse. – Esse senhor no corredor. O Jarvis... tinha um irmão ou um primo que eu não conhecia?

– Mais ou menos – St. George respondeu.

Ela passou os olhos pela cama vazia e as roupas de hospital empilhadas ao lado.

– E o corpo dele está...?

– Essas perguntas terão que ficar pra outra hora, doutora – Stealth retrucou.

Ela fitou a cama de novo e seus olhos pestanejaram.

– Aquele era ele? Vocês deixaram que ele reanimasse e agora... ele está vivo de novo?

– Não é ele – St. George respondeu. – Parece que é, mas...

– Outra hora, doutora – Stealth repetiu. A leve pontada no tom de sua voz cortou o papo.

Os três ficaram parados no quarto do hospital por um instante. Então Connolly pigarreou.

– Todos os testes com Madelyn foram concluídos e confirmaram minhas suspeitas. Ela não é um ex.

Ela estendeu a prancheta a St. George. Stealth a interceptou e passou os olhos pelas anotações escritas à mão.

– Explique – a mulher encapuzada disse.

A médica ergueu os ombros.

– Ela não tem o vírus. Sua temperatura inclusive é até um pouco maior do que a de um ex, mesmo que ainda esteja bem abaixo do normal. A única possibilidade que passa pela minha cabeça é que talvez seja uma nova cepa do vírus de que ainda não temos conhecimento e nossos testes não são capazes de detectar.

Stealth sacudiu a cabeça.

– O ex-vírus não sofre mutação.

– Eu sei. O Josh costumava dizer a mesma coisa, mas não consigo pensar em mais nada. E tem mais. Todas as amostras de sangue e de tecido que recolhemos? Os cortes e perfurações sumiram.

Stealth tirou os olhos da prancheta.

– Ela está se curando?

– Cura não é bem a palavra mais apropriada. Implicaria um processo de crescimento e reparação celular.

– E não é isso que está acontecendo? – St. George perguntou.

– Não. Ela está só... melhorando. As feridas somem. Ainda nem sequer tinha me ocorrido que ela não tem nenhuma lesão do ataque que a matou. O capitão Freedom disse que ela foi dilacerada na frente dele, mas a única lesão grave que ela tem é nas córneas. Suponho que pela falta de lubrificação, o que ocasiona um dano contínuo e profundo. Mas vai e volta. Também fiz um exame mais minucioso nos olhos. Suas íris reagem à luz, mas com cerca de um décimo da velocidade que deveriam. Levou quinze minutos para suas pupilas dilatarem.

– Existem vários casos registrados de pessoas que demonstram reações e sinais vitais bem abaixo da faixa de normalidade – Stealth comentou. – Muitas vezes são até consideradas mortas.

– Essas pessoas geralmente estão em coma – ponderou Connolly. – E não andando por aí, conversando com os outros. E não é que Madelyn tenha sinais vitais baixos. Ela não tem nenhum. Zero. Ela é... ela é um cadáver.

– Um cadáver que fala, pensa e só come carne – Stealth retrucou.

– Ela come carne, sim – a médica concordou –, mas demonstra um controle total de si mesma, sempre. É só um desejo, normal. Eu até posso tentar inventar uns testes novos, mas do ponto de vista clínico...

– Mas então, se ela não é um ex – St. George disse, olhando para Stealth –, o que ela é?

Connolly soergueu os ombros outra vez. Havia um traço de cansaço e frustração naquele gesto.

– Eu estou totalmente perdida. Sinto muito.

St. George tamborilou os dedos na coxa.

– Você tem certeza de que ela não é contagiosa?

– Eu não consigo encontrar nem um único agente infeccioso no sangue dela. Até recolhi umas amostras da boca com um cotonete pra ver se tinha pelo menos a flora básica. Nada. É mais perigoso que a gente ande por aí do que ela, nesse sentido.

– Quais são os níveis de bactérias anaeróbias? – Stealth perguntou.

– Inexistentes. O que não seria nada surpreendente num ex, claro, mas... – ela suspirou – eu sinto muito. Isso vai totalmente além da minha capacidade. Ela está andando por aí, está consciente e está morta. Não faço ideia do porquê e nem como.

QUINZE

AGORA

– Você está bem, senhora? – Freedom perguntou.

Madelyn o encarou de baixo.

– Dá pra você parar de me chamar assim? Parece que sou uma viúva decrépita de noventa anos.

– Desculpe. Esqueci. Você já tinha me pedido isso antes.

– Foi, é? – Ela franziu a testa e deu um sorriso amarelo. – Acho que também esqueci – saiu andando e abriu os braços ao pôr do sol.

Ele a deixou tomar distância e manteve o ritmo de seus passos.

– Lembro-me de pensar na hora que "decrépita" era uma palavra bastante incomum na boca de uma adolescente.

– Eu tive que ler *Grandes Esperanças* faz uns meses pra aula de literatura. – Ela parou com o pé a meio caminho do chão. – Quer dizer, faz uns anos. Essa palavra estava na contracapa do livro, mas – ela continuou, num tom de autoridade no assunto – o próprio Charles Dickens, mesmo, nunca chegou a usar.

— Verdade?

— Estou lhe dizendo. E sim, estou bem. Aqui é demais e tudo. É só que... parece que faz séculos desde a última vez que eu saí sem estar toda empacotada.

Na opinião de Freedom, tanto melhor que ela tivesse escolhido vestir um casaco de mangas compridas. Depois de ter seu sangue todo drenado, a pele de Madelyn estava ainda mais esbranquiçada. Nem dava para notar tanto à luz do sol, mas ainda assim contrastava bastante com seus cabelos negros e a gola de sua camisa. Um contraste com o qual as pessoas já estavam bem familiarizadas. Mesmo com seus novos óculos escuros, a menina morta atraiu alguns olhares mais demorados ao longo da avenida Vine. Felizmente, nem tantas pessoas assim tinham escolhido viver perto da Grande Muralha.

Madelyn parecia nem notá-los. Ainda avançou um pouco, meio desengonçada e com os braços levantados, quase dando meia volta a cada passo. Então parou e encarou o sujeito imenso novamente.

— Ele sofreu muito?

— Ele quem, senhora... Madelyn?

Ela se pegou dando outro meio sorriso, mas logo sua boca ficou plana.

— Meu pai. Ele sofreu muito quando morreu?

Passou pela cabeça de Freedom a imagem do corpo recuperado por St. George, pouco antes de abandonarem a sub-base do campo de provas. As únicas partes reconhecíveis de Emil Sorensen eram a gravata manchada de sangue e metade de uma barba grisalha por fazer. Suas roupas, bem como a carne por baixo delas, ficaram em frangalhos. Acomodaram o corpo numa das torres de vigia da base, fora do alcance dos mortos-vivos.

O capitão Freedom encarava aquilo como um fracasso total. Toda a família Sorensen tinha morrido sob sua guarda. Três civis que ele tinha recebido ordens restritas para proteger.

— Não — o oficial mentiu. — Foi rápido. Ele não chegou a sentir nada.

Madelyn fez um sinal de cabeça e uma lágrima escorreu por baixo de seus óculos escuros. Ela a enxugou e voltou a caminhar.

— Desculpe — ela disse. — Sei que nem deveria chorar mais. Faz um ano que ele está morto, né?

– Um pouco menos – Freedom respondeu.

– Desculpe. Eu não tinha muito com quem interagir. Pra estimular esse lance da memória. Estou tentando. Droga.

A menina morta parou e vasculhou seus bolsos. Tirou o colírio e abriu a tampa. Jogou a cabeça para trás ao erguer o frasco.

Freedom se demorou examinando as sacadas de um prédio residencial em frente à Grande Muralha. Dava para escutar o ruído dos dentes vindo do lado de fora. Ele sabia que algumas pessoas moravam no edifício, e se perguntou como elas eram capazes de lidar com aquilo.

Madelyn tossiu e ele se voltou a ela. A umidade tinha transformado seus olhos esbranquiçados em duas pérolas.

– Obrigada.

– Disponha, senhora.

– Ai, olha só, me chamou de senhora de novo.

– Desculpe. Anos de treinamento.

Ela guardou o colírio de volta no bolso e recolocou seus óculos escuros.

– Se, algum dia, alguém te perguntar, fique sabendo que chorar com os olhos ressecados dói pra caramba.

Freedom fez um sinal de cabeça e apontou para a rua.

– Você quer voltar pro seu quarto?

Madelyn sacudiu a cabeça.

– Não, obrigada.

– Você está confortável lá? Poderíamos arranjar alguns livros, um pouco de música ou o que mais possa agradá-la.

Ela passou a descer a rua novamente.

– Eu só não gosto muito de hospitais.

– Ahhh... eu também já passei muito tempo trancado em hospitais.

– Por causa dos tratamentos do meu pai?

Então foi a vez de Freedom sacudir a cabeça.

– Antes disso. – Ele até pensou em falar mais, só não se sentiu à vontade para vasculhar memórias de outros fracassos.

Madelyn não insistiu. Caminharam em silêncio por um tempo. Ela encheu os pulmões de ar e soltou um suspiro chiado entre os dentes.

Um rapaz de bicicleta se aproximou e espantou-se ao ver a menina morta. Seus olhos passaram de Madelyn a Freedom e de volta a ela. A bicicleta bambeou e ele quase caiu. No último instante, conseguiu recuperar o equilíbrio e seguiu rua abaixo, olhando de esguelha por trás do ombro.

Ela respirou fundo outra vez.

– Eu gosto do cheiro daqui – ela disse, suspirando em seguida. – Os lugares que eu fui... aos que eu me lembro de ter ido, pelo menos... meio que cheiravam a mofo. Ou pior, sei lá. Aqui é muito bom, de verdade.

– Existem vários pomares por aqui, alguns bem extensos. Parece que já tem uma moeda circulando, mas o que prevalece entre a maioria é mesmo o escambo. Cultivar plantações é como cultivar dinheiro.

– Faz sentido, acho.

Ele a fitou de certa distância.

– Posso lhe fazer uma pergunta, Madelyn?

Ela esboçou outro sorriso.

– Só porque você usou meu nome, pode sim.

– Você precisa respirar?

Ela negou com a cabeça.

– Acho que não. Preciso me lembrar, mas é meio estranho quando não respiro. E respirando fica mais fácil de falar, também.

– Ahhh.

– Estamos em Hollywood agora, né?

– Correto.

Seus olhos percorreram os prédios em frente à muralha.

– Tem alguma celebridade morando aqui?

Freedom sacudiu a cabeça.

– Eu acredito que não. Alguns atores, sim, mas ninguém de quem eu tenha ouvido falar antes de chegar aqui.

– Ah, tá... – ela balançou os ombros. – E celebridades mortas, têm muitas? Você já viu alguma ex-celebridade?

Ele refletiu um pouco sobre o assunto.

– Isso é conversa pra outra hora.

– Como assim?

– Prefiro não comentar nada sobre isso, senhora.

– Para de me chamar de senhora.

– Dessa vez foi de propósito.

– Ahhh.

Três pessoas despontaram na calçada, mais acima, e passaram para a rua, caminhando na direção deles. Uma mulher e dois homens, um de cada lado. Todos levavam um objeto escuro nas mãos. Estavam a meio quarteirão de distância quando Freedom reconheceu a mulher. Era Christian Nguyen, ex-vereadora e candidata à prefeitura. Os rostos dos dois sujeitos eram familiares, mas o oficial não se lembrou dos nomes deles. Seguravam Bíblias.

Madelyn encurvou as costas quando chegaram mais perto. Típico ato de alguém tentando não ser notado. Ele ficou imaginando quantas vezes ela não tinha sido obrigada a lidar com estranhos durante sua jornada.

– Olha, você aqui – Christian disse, sorrindo. – Estava mesmo pensando em te procurar. Que sorte, essa coincidência.

Os dois sujeitos diminuíram o passo e deixaram que a mulher avançasse sozinha. Tudo tão ensaiado que Freedom logo descartou a possibilidade de uma "coincidência". Ambos eram altos, mas ainda assim batiam em seu ombro, e não tinham nem metade de sua largura. Com um único passo, ele se posicionou logo atrás de Madelyn.

– Bom dia, Sra. Nguyen.

– Capitão. – Ela inclinou a cabeça e, em seguida, focou sua atenção na menina morta. – Se eu pudesse tomar um minuto do seu tempo, gostaria de me apresentar. Meu nome é Christian Nguyen.

Ela estendeu a mão. Madelyn ficou parada, olhando para ela por um instante.

– Está tudo bem – Christian disse. – Sei quem é você. Um amigo meu, que trabalha no hospital, não para um segundo de falar em você faz dias. Eu mal podia esperar pela chance de te conhecer.

Madelyn se voltou a Freedom. Ele fez um sinal de leve com a cabeça. Ela então retribuiu o olhar a Christian e apertou sua mão.

– Meu nome é Madelyn Sorensen.

– Você é gelada – Christian disse. – Mas isso provavelmente deve ser mais saudável pra você, não é mesmo?

– Pode ser – Madelyn retrucou.

A senhora sorriu para ela.

– Você é incrível, sabia disso? Esperamos tanto pra conhecer alguém como você. Muitos de nós, mas não tínhamos certeza de que viveríamos pra testemunhar esse dia.

A menina morta mudou de posição.

– Alguém como eu?

Christian confirmou com a cabeça e apertou sua Bíblia ainda mais contra o peito.

– Alguém que tenha voltado.

Madelyn olhou ao redor. Sua testa franziu acima de seus óculos escuros.

– Voltado de onde?

O sorriso de Christian hesitou, mas ela o apanhou antes de cair.

– Daqueles mortos desmiolados. Sua alma ressuscitou em seu próprio corpo.

– Ah, tá. Obrigada. Eu acho.

– Nós estamos indo pro grupo de orações da noite agora. Você gostaria de se juntar a nós? Tenho certeza de que todos lá adorariam ouvir sobre a sua experiência.

– Hmm... é que eu não te conheço. E nem eles. Não leve a mal.

– Nós somos um grupo do bem, poucos e bons – Christian assegurou. Seu sorriso, algo raro nos últimos anos, estava radiante com a novidade e com aquela entrevista exclusiva. – As pessoas podem confiar em nós quando as coisas ficam difíceis.

– Ah, isso é... hmm, legal – Madelyn procurou os olhos de Freedom.

Ele limpou a voz.

– Lamento dizer, mas a Sra. Sorensen não terá tanto tempo livre por um bom tempo. Stealth e a doutora Connolly agendaram uma bateria bem extensa de exames.

O sorriso radiou outra vez. Tão rápido quanto o primeiro, mas dessa vez sem o mesmo brilho nos olhos de Christian.

– Claro, como não. Mas é uma perda de tempo tentar explicar um milagre se valendo da ciência, não é mesmo?

— Se dá pra ser explicado pela ciência, então não é um milagre — Madelyn retrucou. Quando notou a frieza do olhar sobre ela, acrescentou — Meu pai costumava dizer isso. Ele era cientista.

— Claro — a senhora disse. Seu sorriso se enterneceu. — Você ainda deve estar em choque com a notícia de que perdeu seus pais. Meus pêsames. Mas ainda há esperança.

— Ah. Obrigada.

— Bem, precisamos ir ou vamos nos atrasar — Christian disse. — Foi um prazer conhecê-la. Espero que você mude de ideia e aceite meu convite pra visitar nossa congregação em breve.

— Vou pensar no assunto. Obrigada mais uma vez.

— Obrigada por ser tão compreensiva. Todos querem muito te conhecer.

Christian cumprimentou Freedom de novo e passou por eles. Os dois homens foram logo atrás como os bons assistentes ou guarda-costas que eram. Um deles acenou com a cabeça para Freedom. O outro lançou um olhar prolongado a Madelyn.

Eles ainda seguiram por mais meio quarteirão até que Madelyn se virasse para encarar Freedom, aproximando-se dele.

— Que papo todo foi esse?

— É complicado — ele respondeu.

— Eu estou enganada ou ela estava me jogando um papo esquisito do tipo "a escolhida"?

— É complicado — Freedom repetiu. — Algumas pessoas realmente passaram a acreditar em certas coisas sobre os ex-humanos. Sua existência... bem, como a Christian mesmo disse, todos eles guardavam esperanças de encontrar alguém como você.

— Mas a doutora Connolly disse que eu não sou uma ex. Fora que o supervilão de vocês, aquele cara lá, o Legião, não devia contar também como tendo voltado dos mortos?

Ele sorriu. Seus lábios estavam apertados e bem contidos, mas era um sorriso.

— Não exatamente. Isso também é complicado.

Algo despertou sua atenção. Tirou os olhos de Madelyn e franziu a testa. Ela se virou para ver o que era.

Um novo trio, dessa vez de duas mulheres e um homem, aproximava-se deles. Logo atrás, dois casais os acompanhavam, olhando e apontando para Madelyn. Os ombros dela caíram.

– Sério? Como fui acabar sendo a queridinha do Monte?

Freedom olhou em volta. Estendeu seu braço a Madelyn.

– Senhorita Sorensen – ele disse. – Desculpe, você perguntou algo sobre a Muralha?

Ela o encarou de baixo e sorriu.

– Isso seria bom.

Ele a carregou sentada em seu braço e Madelyn enlaçou seu pescoço. O oficial gigantesco tomou impulso e se lançou contra o vento. Pousou no topo da Muralha e a estrutura toda estremeceu com o impacto.

Os óculos escuros de Madelyn escorregaram de seu rosto. Ela conseguiu pegá-los no ar antes que caíssem pela beirada da barreira. Pulou do colo de Freedom, caindo com os dois pés juntos no chão.

Os dois guardas que estavam lá em cima viram seu rosto, a pele branca e os olhos empalidecidos, e ergueram as armas. Freedom se adiantou.

– Descansar, soldados.

Um dos guardas, um soldado chamado Truman, baixou o rifle. O outro, um guarda dentre os civis, manteve sua arma erguida por algum tempo e então deixou que caísse a contragosto. Ambos mantiveram os olhos na menina.

– Essa jovem é nossa convidada. E deve ser tratada como tal. Ela se chama Madelyn Sorensen – deu ênfase no último nome com o olhar fixo em Truman.

Os olhos do soldado se arregalaram.

– Quer dizer que ela é a filha do...

Freedom confirmou com um sinal de cabeça. Truman largou sua arma pendurada no ombro e estendeu a mão.

– É uma honra conhecê-la, senhora.

– Mais um com essa mania de senhora – ela suspirou, apertando a mão dele.

– Seu pai foi um grande homem. Ele foi responsável por quem eu sou hoje. Literalmente.

Ela ficou sem saber como reagir e empurrou os óculos de volta na cara.

– Obrigada. – Ela lançou um olhar ao Capitão Freedom e, depois, de volta a Truman. – Você é um dos Indestrutíveis?

Ele confirmou com a cabeça e ficou em posição de sentido.

– Alfa 456, senhora, a seu dispor. Qualquer coisa que precisar, é só me procurar – apontou à identificação em seu peito. – Sargento Mike Truman.

– Obrigada – ela disse novamente.

O outro guarda contraiu a boca. Seus olhos ficavam pulando dos óculos escuros que escondiam os olhos da menina morta à pele empalidecida do pescoço, e de volta aos óculos. Seus dedos passearam pela alça do rifle.

Freedom lhe lançou um olhar.

– Em seus lugares, soldados – o capitão disse. Truman bateu continência e deu meia-volta para continuar sua patrulha ao longo da Muralha. O civil encarou Madelyn por mais um momento, depois se virou e seguiu o parceiro.

Ela os observou indo embora e então foi até a borda da Grande Muralha. Havia uns cem ex's do lado de fora, empurrando-se uns aos outros contra a pilha de automóveis. O clique-clique-clique constante dos dentes ecoava ainda mais alto ali. Os olhos sem vida acompanharam os dois guardas ao longo da muralha. Muitos dos cadáveres foram cambaleando atrás.

– Eu realmente me pareço tanto assim com eles?

Freedom se aproximou por trás dela e os ex's desviaram sua atenção para ele. Levantaram as mãos e ficaram agarrando o vento.

– Como minha mãe diria, aparência não é tudo nessa vida.

– Sua mãe nunca deve ter ido à escola, eu acho.

Os ex's continuaram se agarrando ao paredão, tentando alcançar a plataforma por mais um tempo. Depois, de repente, ficaram em silêncio. As mandíbulas, antes matracas, aquietaram-se.

Madelyn ergueu as sobrancelhas.

– O que está...

– E aí, grandão – um dos ex's disse com uma voz arrastada. Era um morto alto e negro, com uma barba rala. Era caolho de um lado e maneta do outro. Os trapos ensanguentados do que já tinha sido uma camisa esvoaçavam quando ele se mexia.

Madelyn soltou um grito e deu um pulo para trás. Seus óculos desproporcionais ao rosto caíram de novo, dessa vez direto no meio do enxame de mortos-vivos. Freedom encarou o morto com o mesmo desdém de sempre.

— Você disse alguma coisa?

O ex deu uma piscadela. Suas pálpebras pestanejavam sobre o glóbulo vazio.

— Tá ficando relaxado demais, *esse* — Legião disse. — Esqueceu até de me chamar de senhor.

— Eu não esqueci. Só fiz questão de não usar.

O morto soltou uma gargalhada. Escancarou a boca e um punhado de ex's em torno dele falaram todos em sincronia.

— Tá certo, o cara durão que se esconde atrás de um portão — eles disseram. — O Adams também se achava durão.

Freedom endureceu o queixo.

— Lembra do Adams, né? Ele era um dos seus garotos. Agora é um dos meus.

— É ele? — Madelyn perguntou. — É esse o cara que fala através dos ex's? Foi ele quem controlou todos aqueles que estavam na base?

— Positivo.

Madelyn encarou o morto. Ele a ignorou e continuou fitando Freedom com seu único olho. Foi a vez dela endurecer o queixo.

— Foi ele que matou a minha mãe?

— Assim que a gente ficar um tempinho a sós, eu vou te fazer uma proposta, grandão.

Freedom fez questão de virar a cabeça, ignorando o enxame de ex's, e encarou Madelyn bem nos olhos.

— Não. Foi outro.

— Mas era ele quem controlava os ex's?

O morto virou a cabeça e seu olho opaco perscrutou de cima abaixo o rosto de Freedom.

— O jogo está virando de novo, Cap — os ex's disseram. — Vocês são lerdos demais... só fazem ficar aí, nesse pega-pega. E já não têm mais todo esse tempo pra ficar brincando.

O enorme oficial cruzou os braços. Foi como observar dois troncos de árvores se trançando.

– O que você quer dizer com isso?

– Quero dizer que vocês ainda têm uma chance. É melhor você reunir seus soldadinhos de chumbo e vazar daqui. Voltem logo pro deserto ou onde for. Só caiam fora de Los Angeles. Ninguém vai tocar em vocês. O caminho está livre, podem ir embora.

Freedom não disse nada. Ficou parado, fitando os ex's. Mais um de seus olhares de sempre. Depois de um tempo, o punhado de mortos voltou a se mexer. Os óculos escuros de Madelyn foram esmagados por um calcanhar.

– Droga – ela murmurou. – Sabe, eu ainda não tinha perdido nenhum par de óculos desde que cheguei aqui.

– Pegue – Freedom disse, tirando seu quepe e o entregando a ela.

– Tem certeza?

– Eu tenho mais três desses.

Madelyn ajustou a alça e enfiou a boina na cabeça. Seus olhos ficaram protegidos o suficiente para que alguém tivesse de olhar duas vezes antes de enxergar suas íris esbranquiçadas. Ela lhe jogou um sorriso.

– Ficou bom?

Ele confirmou com a cabeça.

– Era pra eu ficar impressionado? – os ex's perguntaram.

Freedom lançou um olhar a eles.

– O quê?

– Truque de mágica não vai ajudar em nada – Legião retrucou. – Não pense que você vai me enrolar com essa merda toda.

O enorme oficial fechou a cara para o morto.

– Eu não faço ideia do que você está falando.

Os rostos dos mortos se retorceram numa só carranca.

– Não brinca comigo, grandão. Onde diabos seu chapéu foi parar?

DEZESSEIS

AGORA

Zzzap flutuava no centro da cadeira elétrica, puto da vida, soltando pequenas descargas elétricas dos dedos num dos rebites.

Não que fossem dedos de fato. Eram apenas um esboço, um contorno formado por seu subconsciente para ajudá-lo a lidar com a forma energética. Estava mais para um padrão matemático do que carne e osso. E não que ele estivesse disparando descargas elétricas de fato. Elas apenas fluíam dele à medida que as tensões oscilavam, feito uma Bobina de Tesla gigante. Era um truque até simples de fazer com todo aquele aparato condutor da armação, e correspondia a apenas meio quilo a mais do que ele geralmente queimava todo dia.

Verdade seja dita, ele não estava nem sequer mirando o rebite. Ele estava longe de ter esse controle todo. Era tão apenas o excedente de energia que o atingia, em vez de algum outro lugar, pelos anéis de cobre. Se ele de fato disparasse uma rajada de energia no rebite, aniquilaria a cadeira elétrica, a maior parte de seu rack e a parede do Quatro. Isso para não falar das paredes do Cinco, cruzando a rua, e o Zukor depois dele, parte do antigo prédio das telecomunicações, o lobby do Roddenberry (o que deixaria Stealth num mau humor enorme), o engenho de produção na Gower e um pequeno complexo empresarial logo depois, cujos escritórios já tinham servido como quitinete por dois anos.

Então, ele não estava fazendo nada. A não ser ficar puto da vida.

St. George e Stealth estavam bem irritados com ele. E ele sabia que tinham todo o direito. Ele tinha sido um idiota nas mãos de Max. O que quer que estivesse à espreita ao redor do Monte, só estava lá porque Zzzap tinha ajudado o feiticeiro. O que, por sua vez, só aconteceu porque ele tinha sido idiota demais para contar aos outros o que estava se passando.

Agora ele nada podia fazer, e o jeito foi ficar pensando na criatura que Max tinha trazido com ele. E em que essa criatura seria capaz. E no tanto de gente que se machucaria por causa do que ele tinha feito.

Alguma coisa se mexeu perto da porta. Alguém, que ele não reconheceu, estava espiando. Ele se virou para ver melhor e o vulto soltou um pigarro.

– Licença? Senhor Zzzap?

Não precisa dessa formalidade toda, disse ele. *Pode me chamar de Zzzap. Ou até mesmo de Barry, se preferir.*

O vulto ficou parado, olhando para ele por quase um minuto. Parecia ser um menino na faixa dos dez anos. Zzzap ainda tentou identificar mais alguns detalhes, mas era sempre mais complicado com estranhos. Eram poucas as peculiaridades que ele conseguia distinguir em meio ao clarão de energia térmica e eletromagnética dissipada do espectro. Mas ele estava certo de que o garoto tinha cabelos loiros e espetados.

É sério, ele disse, *está tudo bem. Pode entrar.*

O garoto deu mais um passo adiante.

– Desculpa. Eu não consigo te entender direito. Está zumbindo demais.

Ele fez um sinal de cabeça e se concentrou em suas palavras. *Melhorou?*

O rosto do menino se iluminou.

– Agora sim, consigo te ouvir.

Fantástico. Meu nome é Zzzap.

– É, eu sei. O meu é Todd. Todd Davidson – ele fez uma pausa após falar o nome, como se esperasse que Zzzap tivesse algo a dizer.

Como o menino não disse mais nada, Zzzap fez outro sinal. *Ok. E aí, Todd, tudo certo? Por que não vamos direto ao ponto pra economizar tempo? O que dizem por aí é verdade, eu tenho a maior e melhor coleção de filmes de ficção científica de Los Angeles. As chances de eu ter o que você está procurando são grandes.*

Todd sorriu, mas sacudiu a cabeça.

– Que nada.

Bem, sinto muito, mas não empresto meus quadrinhos pra estranhos. Fora que você já deve ter lido todos eles. Minhas séries preferidas acabaram faz três anos, todinhas. Não sei você, mas não acho que seja coincidência que a civilização tenha entrado em colapso justo depois do Homem-Aranha ter feito um pacto com o diabo.

O menino se aproximou e encarou o espectro com os olhos semicerrados.

– Eu queria saber, quer dizer, eu estava imaginando se você não ouviu nada do papai?

Zzzap inclinou a cabeça em direção ao garoto. *Seu pai?*

– Danny Davidson. Daniel, mas ninguém chama ele assim.

Não me recordo, desculpe. Algumas faíscas elétricas crepitaram de seus ombros até os anéis entrecruzados acima de sua cabeça. Ele se perguntou se o menino não estaria perdido. Um monte de crianças tinham crescido dentro das muradas do Monte e, quando a Grande Muralha ampliou o mundo delas, algumas acabaram ficando meio confusas.

– Ele tem essa altura, mais ou menos – Todd disse, levantando seu braço o mais alto que pôde. – E cabelos loiros que nem os meus. Ele era meio gordo, mas perdeu bastante peso um pouco antes dos zumbis aparecerem.

Desculpe mesmo, Zzzap retrucou, *mas nada ainda. De onde é que eu posso conhecer seu pai?*

– Como assim?

Ele é um dos batedores ou um dos guardas dos portões? Vocês vieram do Projeto Krypton?

Todd negou com a cabeça.

– Não, a gente sempre morou aqui. A mamãe e eu moramos no Quinze com a minha irmãzinha. – Ele se virou e apontou a porta. – Continuamos aqui depois que todo mundo se mudou.

Ah, tá. Mas então, cadê seu pai?

– Bem, ele... ele morreu. Um pouco antes da gente se mudar pro Monte.

O estômago de Zzzap revirou, uma sensação que ele nunca tinha sentido na forma energética antes. Não gostou nada.

— Tem umas pessoas falando da menina cadáver e do feiticeiro. Disseram que você podia falar com ele quando ele era um fantasma e que foi assim que ele voltou a viver.

Pois é... mas não foi isso que aconteceu.

— Mas você podia falar com ele. Com fantasmas.

Não é bem assim. Quer dizer, é, mas o Max, o tal feiticeiro, era um caso à parte de verdade.

— Você consegue falar com o meu pai?

Sabe, Todd... Amiguinho, acho que é melhor você ter essa conversa com a sua mãe. Ou talvez com o padre Andy.

— Foi a mamãe que teve a ideia — o menino disse.

Qual ideia?

— De te pedir. Ela imaginou que talvez você pudesse trazer o papai de volta também.

Zzzap sabia bem que não possuía um estômago do mesmo modo e no mesmo sentido que não possuía dedos. A forma energética se limitava a reproduzir o formato de seu corpo, não de seus órgãos internos. Mas seu estômago parecia uma batedeira de bolo naquele momento.

— Eu sinto muita saudade dele. Cloddy, minha irmãzinha, Claudia, na verdade, não se lembra dele tanto quanto eu, mas ficou bem triste por muito tempo depois que ele morreu. A mamãe disse que às vezes ela vê o papai do lado de fora da muralha. Ele está por aqui porque também se lembra da gente, lá no fundo.

É, deve ser isso, mesmo. Olha só, Todd, eu acho que você não consegue entender muito bem isso que está me pedindo.

— Eu estou pedindo pra você trazer o papai de volta.

Eu faria isso se pudesse. Juro que faria. Mas não é assim que as coisas funcionam.

— Mas você já fez isso uma vez. Não consegue fazer de novo?

Mas eu nunca fiz nada, sério. É como dizer que o rádio tem alguma coisa a ver com a composição da sua música favorita.

O menino coçou a cabeça.

– Será que não dá pra você me deixar falar com ele só um pouquinho?

Zzzap se perguntou quantos problemas arrumaria se simplesmente desse o fora do Monte naquele exato instante. O pessoal tinha muitos painéis solares e algumas baterias de reserva.

Eu não posso.

– Ou então a mamãe. Ela também sente muita saudade dele. Chorou muito quando nos mudamos pra cá. Sei que ela ficaria feliz se pudesse falar com ele um pouquinho.

O menino virou a cabeça e olhou para a porta. Zzzap o acompanhou e focou na parede à sua frente. Não era difícil enxergar através de objetos, eles só faziam tudo ficar mais desfocado ainda. Havia pelo menos umas vinte pessoas esperando do lado de fora. Talvez quase trinta. Homens, mulheres, crianças. Ele estava certo de ter reconhecido Christian Nguyen entre eles. Metade estava de joelhos, com as mãos espalmadas.

Ah, caramba... ele murmurou. Saiu feito um estouro de estática.

O menino se encolheu todo com o ruído, mas só por um instante.

– Você pode fazer isso? Por favor?

Todd, veja bem, você só entendeu tudo errado. Todos vocês. Não é que...

– Tem algum problema aqui? – uma voz ecoou pelo Quatro.

Zzzap se soltou no interior dos anéis da cadeira elétrica.

Ah, graças a Deus.

Stealth saiu de um dos cantos da sala. O que era mais tomado pelas sombras, claro. Ela cruzou a sala com passos lentos e sincronizados, seus saltos estalando no piso de concreto. Seu manto pegava algumas correntes elétricas da cadeira e flutuava por trás dela feito um rastro de fumaça.

Zzzap viu a temperatura de Todd saltar três graus e sua frequência cardíaca disparar. Ele não sabia dizer se o menino estava cara a cara com o bicho-papão de sua infância ou com sua primeira fantasia de pré-adolescente. Todd provavelmente também não sabia.

Ela parou de frente para o menino e cruzou os braços. Mesmo com toda a falta de expressão de sua máscara, ficou bem claro que seu olhar recaía sobre ele.

– Seu nome é Todd Davidson. Você tem dez anos e três meses, é filho de Marcie, irmão mais velho de Claudia. Não tem ido muito bem nas aulas de inglês.

A frequência cardíaca do menino acelerou de novo, justo quando ele estava quase conseguindo mantê-la sob controle.

– Você não devia estar aqui sem escolta.

Os dois ficaram em silêncio por um tempo antes que ele dissesse com uma voz esganiçada:

– A mamãe está bem aí do lado de fora.

– Então por que você está aqui dentro?

O menino tremeu dos pés à cabeça. Ainda não tinha piscado desde que Stealth tinha cruzado os braços.

– Eu... eu só queria pedir um favor.

– Você está sendo injusto com Zzzap – ela disse, apontando para o espectro. – Ele gostaria de ajudar, mas você está pedindo algo que ele não pode lhe dar.

– Ele ajudou o mágico.

– Você está se referindo a Maxwell Trent?

Todd confirmou, balançando a cabeça duas vezes.

A cabeça de Stealth, por sua vez, foi de um lado ao outro por dentro do capuz.

– Você está enganado. Zzzap não o auxiliou. Maxwell fez uma série de preparativos em seu próprio corpo que lhe permitiram sobreviver. Não há nada além disso.

– Mas ele estava morto – o menino insistiu. – Ele estava morto e o Zzzap podia falar com ele – apontou um dedo acusatório ao vulto incandescente.

– Pode parecer que foi dessa maneira, mas não foi isso o que aconteceu.

– Mas tá todo mundo dizendo...

– Só porque todo mundo diz alguma coisa não significa que seja verdade. Você tem idade suficiente pra saber disso. – A mulher encapuzada deixou que as palavras ecoassem pela sala por um instante. – Zzzap não trouxe e nem pode trazer ninguém de volta dos mortos.

Todd suspirou. Seu rosto foi tomado pela expressão universal de uma criança que acaba de escutar algo deprimente do qual já suspeitava, de todo jeito.

– Tem certeza?

– Tenho.

Desculpe.

O menino ficou encarando as botas de Stealth. Zzzap foi capaz de ver seu corpo esfriando e certa umidade em seus olhos.

– Tá bem.

– A multidão lá fora vai embora daqui a pouco – Stealth disse. – Não é seguro que a entrada de um prédio importante como esse fique bloqueada. Você tem que voltar com sua mãe e explicar esse erro pra ela. – Ela fez uma breve pausa e depois estendeu o braço para colocar sua mão enluvada no ombro do garoto. – Você pode fazer isso pra mim? Posso confiar em você?

Zzzap viu a temperatura do menino subir dois graus.

– Tá bem – Todd disse novamente. Ela tirou a mão do ombro dele e o menino se arrastou pela sala.

– E Todd... – ela acrescentou.

Ele parou na porta e olhou para trás.

– Sim?

– Devolva a boneca da sua irmã.

A frequência cardíaca do menino disparou uma última vez. Seus olhos se arregalaram, seus nervos à flor da pele, e ele saiu correndo pela porta.

É..., Zzzap disse, *isso foi horrível. Obrigado por não ter sido tão cruel com o menino.*

– Eu nunca sou deliberadamente cruel, Zzzap. – Ela inclinou a cabeça para frente e seu manto escorregou pelos ombros, cobrindo seu corpo. – Vi quando ele entrou, num dos meus monitores. A mãe é membro ativo do movimento Depois da Morte e tem usado seus filhos pra ganhar a simpatia das pessoas às custas do passado. Não foi difícil deduzir que era ela quem estava por trás do pedido. – Ela apontou para a porta. – Vou providenciar guardas de plantão pra esse prédio, assim você não vai ser mais perturbado de novo. Por crianças ou adultos.

Eu me garanto com os adultos. Com criança é que fica sério. Zzzap pressionou suas mãos imaginárias contra sua cabeça imaginária. *Eu me sinto como se tivesse acabado de chutar um monte de cachorrinhos e gatinhos na frente dele.*

– É melhor que ele se dê conta da verdade antes que suas falsas esperanças acabem crescendo poderosas demais.

Mas isso não vai parar por aqui. Mesmo se não conseguirem entrar, as pessoas vão continuar imaginando a mesma coisa e nutrindo esperanças. E é tudo culpa minha.

– Algumas delas sim, mas não todas. É uma reação psicológica normal apoiar-se na religião em tempos de crise. Como se trata de um tipo de crise nunca visto, é natural que provoque uma reação ímpar.

Do lado de fora, três guardas se juntaram à multidão. Zzzap podia ver os rádios faiscando em suas cinturas e o suave padrão magnético de suas armas. Os guardas acenaram para que as pessoas se afastassem da porta e passaram adiante. Zzzap viu quando Todd foi embora ao lado de uma mulher magra.

Vocês achavam que eu estava louco, né?

– Sim.

Ele esperou que ela dissesse mais. Outros tantos megawatts de energia se dissiparam de seu contorno enquanto isso. A cadeira elétrica não parava de trepidar e zumbir.

Bem, obrigado pela sinceridade.

– Sempre.

Você sabe que eu não sou, né? Louco.

– Isso está muito claro agora. Peço desculpas por ter questionado seu estado mental, por mais plausíveis que as dúvidas me parecessem na época.

Pensei que, depois de tudo que a gente já viu e passou, você teria pelo menos me concedido o benefício da dúvida.

– Alguém bem poderia pensar também que, depois de tudo que já passamos, você teria confiado em nós, ainda mais numa questão de tamanha importância.

Outras tantas correntes de energia pipocaram de seus braços e pernas, indo de encontro aos anéis de cobre.

Sinto muito, Zzzap disse. *Só quis ajudar o cara, e pensei que ele fosse capaz de ajudar a gente também. E achei que vocês não teriam acreditado em mim até que eu pudesse provar tudo. Especialmente você.*

– Nesse ponto, você tem razão.

Mais alguns megawatts se projetaram de seu corpo até a cadeira elétrica.

Mas então, como é que eu te chamo daqui pra frente?

Ela o fitou.

— Como é?

Você é a Stealth quando está de máscara e a Karen quando está sem? Tipo o Batman e o Bruce Wayne? Ou posso te chamar de Karen quando estivermos sozinhos?

Ela o encarou.

O espectro de luz jogou as mãos para cima. *Eu só quero que você se sinta confortável.*

— Então pode continuar me tratando como você sempre tratou.

Ele concordou com um lento sinal de cabeça. *Que seja Stealth, então.*

Zzzap permaneceu suspenso na cadeira elétrica e os olhos dela se voltaram à porta. Depois de alguns instantes sem que palavra alguma fosse dita, ela se virou e foi embora. Ao contrário de quando tinha caminhado até Todd, suas botas foram em silêncio.

Quer dizer então que você sabe mesmo como ele está indo na escola? Ele acabou gritando. *Isso é bizarro, hein.*

Ela parou e olhou para trás. Sua expressão mudou por baixo da máscara.

— Antes da sociedade entrar em colapso, vários estudos demonstraram que o rendimento de meninos com idade entre nove e doze anos era, em média, quatorze por cento mais baixo do que o das meninas em Inglês e Redação. O dobro desse percentual apontou Inglês como a matéria mais difícil. Com uma população matematicamente viável de crianças, não vejo razão alguma pra supor que esses números tenham mudado.

E a parte sobre ele ter tomado a boneca da irmã?

Stealth continuou encarando Zzzap por um tempo, depois deu meia-volta e retornou às sombras.

DEZESSETE

AGORA

Cerberus fazia sua ronda rotineira pela Torre. Os guardas se sentiam bem em sua presença. A multidão barulhenta ficava na linha sob a vista da titã blindada. A área era estreita o suficiente para que ela a patrulhasse sem gastar muito a carga de sua bateria. E longe o bastante de todo o resto para que Danielle não tivesse de ouvir comentários irritantes sobre quanto tempo ela passava dentro do traje de combate.

A Torre Nordeste tinha dado uma dor de cabeça e tanto quando os sobreviventes de Los Angeles começaram a construir a Grande Muralha. A Hollywood Freeway, geralmente chamada apenas de 101, cortava bem aquela parte da cidade. À época, não passava de um desfiladeiro pavimentado cheio de carros abandonados que nunca se moviam, e corpos que se moviam demais. Houve algum debate para decidir se a Grande Muralha passaria por lá ou não. Algumas pessoas foram a favor que fosse feito um caminho em zigue-zague pelas ruas residenciais. Já outros sugeriram que a Muralha fosse construída ao longo da Santa Monica Boulevard, em vez da Sunset, reduzindo a área interna em um terço.

Stealth pôs um ponto final à discussão. Insistiu em construir a Grande Muralha ao longo do caminho exato que tinham planejado.

– Não devemos recuperar a cidade evitando os desafios. Pelo contrário, só conseguiremos se os enfrentarmos.

Ela estava certa, é claro. Para construir uma torre segura, centenas de trabalhadores foram reunidos. Foi quando os mais variados tipos de pessoas do Monte, dos South Seventeens e do Projeto Krypton começaram a se relacionar como uma comunidade.

As ladeiras da autoestrada foram bloqueadas com barreiras de concreto montadas pela Guarda Nacional havia anos. Os sobreviventes as incrementaram com uma cerca de alambrado, que se estendia ao longo de ambas as pistas em declive, e também pelos viadutos acima da autoestrada. Dois a três carros empilhados garantiam que o alambrado ficasse no lugar. Não era tão firme quanto a Grande Muralha, mas, na época, presumiu-se que o terreno irregular intensificaria a barreira. Os ex's desmiolados não lidavam bem com as colinas, e muitos despencavam pelas bordas antes de chegarem ao topo.

Isso foi antes do povo de Los Angeles tomar conhecimento de Legião. Nos meses que se seguiram à sua revelação, o alambrado foi reforçado com arame farpado. Postos de guarda foram construídos em cada ladeira. Carros extras foram empilhados para limitar ainda mais as possíveis passagens. Cerberus tinha feito a maior parte do trabalho sozinha.

Toda a estrutura deixou uma área de quatro quarteirões isolados do outro lado do desfiladeiro artificial. Nenhuma surpresa, portanto, que as redondezas da Torre tenham sido o lugar onde acabaram por se instalar os indivíduos mais durões dentre os sobreviventes. Um bando de solitários e ex-membros da extinta gangue moravam lá, e alguns dos soldados também. Havia rumores sobre um mercado negro, muito embora não parecesse nada razoável um mercado negro num lugar onde não havia mercado *algum*. A única coisa que todos sabiam era que a Torre acabou sendo o único lugar nas imediações da Grande Muralha onde era impossível bloquear o ruído dos dentes.

Cerberus já tinha visto a mulher, quase uma duende, algumas vezes antes. Seus cabelos negros não eram curtos o suficiente para caracterizar um corte típico dos duendes dos contos de fada, mas Danielle não conseguia chamá-la de outra coisa. A mulher estava na casa dos trinta. Talvez um pouco mais jovem (todos tinham envelhecido muito nos últimos três anos). Ela era magra de nascença, não a magreza em que a maioria das pessoas se encontrava naqueles dias, e suas roupas eram justas o suficiente para mostrar seus contornos, mesmo com o casaco estiloso que vestia por cima.

Quase todo dia, a mulher aparecia na passarela e ficava observando os ex's cambalearem entre carros empoeirados e caminhões. De vez em quando, murmurava orações ou ficava falando sozinha. Nada tão raro de se ver. Desde que mantida a devida distância, os mortos-vivos até que eram uma boa desculpa para um exame de consciência.

Naquela noite, porém, a mulher estava em cima de um dos carros empilhados, mais ou menos a meio quarteirão de uma das torres de vigia. Era uma minivan com uma capota ampla, e ela estava sentada com as pernas cruzadas sobre um cobertor estendido no bagageiro. Através dos rolos de arame farpado, ela observava a movimentação dos ex's na encosta recoberta de ervas daninhas. Havia um quê de serenidade em seu rosto.

Suspendeu a cabeça em direção ao traje de combate se aproximando e deu um sorriso. Seus olhos eram castanho-escuros, quase negros, e esvoaçaram entre as estrelas e as insígnias nos ombros da armadura.

— Oi — ela disse. — Devo bater continência ou coisa assim? Nunca sei direito.

— "Oi" está de bom tamanho — Cerberus retrucou.

— Tem problema eu ficar aqui em cima? — o tom de sua voz oscilou de uma maneira estranha. Algo entre um ganido estridente e a rouquidão típica de um idoso. Uma voz bonita machucada de tanto gritar. — Estou no meio do caminho?

— Longe disso.

— Meu nome é Tori.

— Cerberus.

– É, eu sei – ela disse com um leve sorriso. Seus olhos se voltaram aos mortos-vivos na autoestrada.

Cerberus notou os olhos de Tori passando de um ex-humano ao outro. Não era um comportamento fora do comum, mas a titã sentiu uma necessidade estranha de levar a conversa adiante.

– Você está procurando alguém?

– Um amigo meu. Richard. Rich.

– Ahhh... Namorado ou amigo?

– Só um amigo – Tori respondeu. Seus lábios se curvaram outra vez, mas o sorriso tinha desaparecido de seus olhos. – Quase namorado, acho, mas nunca chegou a rolar de fato, sabe?

– Sim.

– Ficamos algumas vezes – a mulher quase duende disse. – Estava perto de acontecer algo mais sério na última noite de Natal antes da epidemia, depois que bebemos uns drinks numa festa. Pisei no freio antes disso. Meio que me arrependi. – Ela se animou e apontou para a estrada. – Olha ele lá.

– Qual deles?

– Está vendo uma mulher lá embaixo, no começo da ladeira? Uma de camiseta verde, sem um dos braços?

A armadura mudou as lentes e focalizou a multidão de ex's. Danielle encontrou uma mulher morta com a camiseta verde e cabelos castanhos desgrenhados. Seu braço direito parecia ter sido arrancado na altura do cotovelo.

– Estou vendo.

– Agora vai mais pra esquerda. Tem um cara alto vestindo um paletó listrado e uma gravata toda frouxa.

O sujeito de paletó listrado era bem baixinho, mas Tori também era. Parecia que foi bonito, na média. Uma de suas orelhas tinha sido arrancada, e Danielle podia vislumbrar manchas de sangue em sua camisa quando seus solavancos deixavam o paletó entreaberto. Sua gravata era estampada com flores de tons berrantes.

– Que combinação.

– Ele tinha que usar gravata pra trabalhar, sabe, antes de tudo isso acontecer, então ele vestia uns tons destoantes, era o jeito dele de ser rebelde.

– Ahhh.

– O chefe do Rich era um bosta. Quando os surtos começaram, a maioria das empresas fecharam as portas ou deixaram que as pessoas trabalhassem de casa. Mas ele bateu o pé e obrigou todo mundo a continuar indo pro escritório, ou seria demitido. – Tori apontou para um dos edifícios mais altos da Sunset Boulevard. – Eles ficaram presos lá dentro. Umas trinta pessoas. Eu cheguei a falar com ele por telefone, uns dias. Eles sobreviveram às custas das porcarias que tiravam daquelas máquinas de venda automática e outras besteiras que sobraram na dispensa, até que a Guarda Nacional os encontrou e deu um pouco de comida. Disseram que logo estariam de volta com um caminhão pra tirar todo mundo de lá.

– E nunca mais voltaram?

Tori sacudiu a cabeça.

– Acho que não. Depois de uma semana, ele me ligou dizendo que o pessoal ia tentar dar o fora de lá. Imaginaram que, se pudessem chegar até a estrada, daria pra seguir por cima dos carros e escapar dos zumbis.

Não chegava a ser o plano de fuga mais idiota que Cerberus já tinha escutado. Mas também estava longe de ser o mais brilhante. Ela não disse nada. Já estava mais do que acostumada com gente em busca de alguém com quem desabafar. E não eram poucos os que achavam mais fácil expor sua intimidade a um robô gigante do que a uma pessoa, a quem tinham de encarar nos olhos.

– Mas enfim, ele me disse pra ficar aqui, que ele daria um jeito de chegar e me encontrar. Daí eu fiquei aqui. E nunca mais ouvi falar dele de novo.

O traje de combate mudou de posição e ficou arrastando uma das botas no chão.

– Sinto muito.

– Tudo bem. – Deu um suspiro longo e lento. – Já faz muito tempo.

Ladeira abaixo, o paletó do ex tinha se enroscado no retrovisor de um carro. O morto não parava de girar de um lado para outro, batendo na lateral do carro ou em outros ex's. Depois de algumas tentativas, o paletó se soltou e ele saiu cambaleando. Seguiu a multidão em direção ao viaduto. Tori endireitou a postura.

– Depois que a Grande Muralha foi construída, passei a vir pra cá só pra ficar procurando por ele. Até arrumei um apartamento ali. – Apontou para a Torre, do outro lado da estrada, mas logo sua atenção se voltou de novo ao amigo morto. – Faz umas cinco semanas que encontrei ele ali, na base da ladeira. Tem estado ali, assim como tinha me dito pra ficar aqui.

– Ele até que está limpinho – a titã blindada falou, sem saber muito bem o que mais dizer. – Deve ser um pouco mais fácil pra você vê-lo... assim.

– Ele detesta ficar sujo. É do tipo que está sempre lavando as mãos, sabe. Quase um TOC.

A conversa estava indo por um caminho que Cerberus preferia dispensar. Mais uma versão da mesma história que ela escutava de alguém a cada duas semanas nos últimos quatro ou cinco meses, desde que o movimento D.M. ganhou força.

– Se você está bem, então – o traje de combate disse –, vou indo.

– Ah, tudo bem, fique à vontade. Estou ótima, agora que o Rich tá aqui. Obrigada pela conversa.

Cerberus fez um sinal de cabeça, sentindo-se como se tivesse acabado de se esquivar de uma bala. Não tinha nada contra a religião da quase duende, nem qualquer religião, mas considerava os dogmas chatos demais. Tudo bem que a maioria das pessoas também não gostaria de entrar em uma de suas discussões sobre os processadores reativos de seu exoesqueleto, mas ela tampouco sentia a necessidade de puxar o assunto com alguém a não ser Gibbs e Cesar.

Tori levantou um braço para acenar ao seu ex quase namorado assim que a titã seguiu em frente. Cerberus olhou para cima e viu os dois guardas do posto na ladeira acenando. Ainda tentava se lembrar de seus nomes quando ouviu o barulho.

Era o som oco de metal amassando. Parte dela reconheceu o ruído como o de alguém se deslocando no topo de um carro. Então ouviu o barulho das grades, vislumbrou o movimento em sua câmera traseira e os dois guardas se levantaram, gritando. O traje de combate deu meia-volta assim que escutou o couro raspando no asfalto.

O cobertor de Tori estava pendurado sobre o alambrado. Cobria o arame farpado. A cerca ainda tremia.

A mulher quase duende descia a ladeira em meio às sombras do entardecer e rumo aos ex's. Seus cabelos estavam desgrenhados por causa do salto. Já estava um tanto afastada de Cerberus, mas as lentes do traje de combate ainda eram capazes de ver o sorriso feliz em seu rosto.

– Tori – a titã berrou –, volte já pra cá!

Ela se virou e sacudiu a cabeça.

– Não se preocupe – ela gritou de volta. – Ele me reconhece. Vai ficar tudo bem.

A versão morta de Rich virou a cabeça até encontrar Tori. Seus dentes começaram a bater assim que ele saiu cambaleando na direção dela. A morta de um braço só foi logo atrás, bem como uma ex de mandíbula quebrada, um com os dedos carcomidos até os ossos e mais uns cinco ou seis outros.

Cerberus recuou a passos largos de volta à minivan onde a mulher estava sentada. O traje de combate era muito pesado para subir no carro, e o alambrado nunca suportaria o peso da armadura. Estava sem suas armas de longo alcance para economizar munição. Não havia maneira alguma de Cerberus alcançar a mulher a não ser abrindo um buraco na cerca. Danielle cerrou os punhos, tamanha foi sua frustração.

– Tori! – ela gritou de novo.

A quase duende a ignorou. Já estava no meio da ladeira, a cinco metros e meio da ex maneta, de acordo com o *software* de mira da armadura. A morta-viva ergueu seus braços, o toco e o ainda inteiro.

Um tiro ecoou e a cabeça da ex foi jogada para o lado antes que ela desmoronasse. Os guardas na plataforma disparavam seus rifles. Tori olhou para eles e gritou enquanto outro ex se aproximava dela, cambaleando.

Cerberus se conectou ao rádio.

– Deem cobertura a ela. Vou tentar descer até lá.

– É melhor se apressar, senhora – um dos guardas disse. – Tem pelo menos mais uns dez a caminho, todos na direção dela. – Era um dos soldados não modificados de Krypton. Por um instante, o nome dele ficou na ponta de sua língua, mas ela logo deixou isso de lado.

Tori corria ladeira abaixo. Um dos guardas derrubou o ex de dedos carcomidos e a mulher soltou outro berro. Cerberus chegou a pensar que ela tinha ficado histérica e estava apenas fugindo do tiroteio.

Mas então Tori alcançou a base da ladeira e se jogou entre os rifles e seu amigo morto. A mulher abriu os braços e encarou os guardas.

– Não o machuquem!

Os guardas fitaram Cerberus. Tori fez o mesmo. Danielle perscrutou as telas no interior de seu capacete e seu punho de aço deu um murro no capô da minivan.

– Sai da frente! – ela gritou com seus alto-falantes ajustados no nível máximo do modo público. As palavras ecoaram pelo desfiladeiro de concreto.

Ex-Rich envolveu por trás a cintura de Tori. Passou o outro braço por cima do ombro e agarrou seu seio esquerdo. Por um instante, seu rosto se iluminou num misto de súplica e alívio. Talvez até mesmo excitação.

Tori se virou para ficar frente a frente com o ex. Seus olhos se arregalaram quando ele afundou os dentes em seu pescoço. Ela soltou um berro estridente. Seu sangue jorrava pelo ombro e ensopava seu sobretudo. O morto-vivo tentou agarrar seu seio novamente e ela se desvencilhou. Ex-Rich cambaleou para trás com a boca cheia de carne.

Danielle piscou e as lentes ampliaram o foco. Tori estava sangrando muito, mas sem esguichar. O ex não tinha atingido nenhuma das principais artérias. Se ela conseguisse retornar à muralha, ainda haveria uma chance. Uma boa chance.

Mas a quase duende estava em choque. Quando se viu livre do amigo morto, ainda ficou sem reação por um tempo. Tocou seu pescoço e sua mão voltou ensopada de sangue. Olhou de esguelha para o ex que, um dia, tinha sido seu amigo.

– Volta pra cá – Cerberus berrou. – Logo! – Ela tentou subir na caçamba de uma camionete. O carro rangeu e desabou com o peso do pé blindado. Ela analisou a cerca, tentando encontrar uma maneira de abrir um buraco que pudesse ser rapidamente consertado. O único jeito era mesmo destruí-la.

Outro tiro ecoou do outro lado da estrada e um ex tropeçou, mas não caiu. Era um homem de cabelo preto numa camisa dos LA Kings. Deu mais alguns passos e uma segunda bala o derrubou.

Agora sim Tori estava histérica. Deu meia-volta para sair correndo e acabou dando de cara num carro. Ficou estatelada sobre o capô e deixou uma mancha de sangue na pintura prateada. Então ergueu-se e conseguiu avançar alguns metros ladeira acima antes de tropeçar. Debateu-se toda na tentativa de se levantar e, de repente, o ex agarrou seu ombro arruinado, tirando seu equilíbrio, e ela desabou de volta ao chão.

Ex-Rich caiu sobre ela, imobilizando-a de bruços contra o asfalto. Ela se virou de lado e tentou afastá-lo, mas os dentes dele se fecharam em seus dedos. A boca do ex se escancarou de novo e a mão de Tori escorregou para dentro até a junta seguinte. Ela uivou de dor.

O ex de queixo quebrado lhe deu uma mordida e tentou mastigar seu braço através da manga espessa de seu casaco. Ela esperneou, mas seu quase namorado caiu de boca entre suas pernas. Seu outro braço estava preso por baixo do corpo, e Cerberus pôde vislumbrá-lo se contorcendo.

Os guardas derrubaram mais dois ex's a caminho da mulher, mas um terceiro conseguiu passar por eles, e mais um quarto. Os berros de Tori já estavam esmorecendo quando os dois novos ex's pularam sobre ela. Seus gritos saíam com gargarejos, como se ela estivesse com a boca cheia d'água, e um dos ex's tropeçou para trás com um naco de carne rosada entre os dentes.

Os dedos de aço se enroscaram no alambrado e Danielle vociferou aos ex's enquanto eles dilaceravam a mulher. Então endireitou a postura e engoliu o choro. Não havia como enxugar os olhos enquanto ela estivesse no traje, e Cerberus seria inútil se não fosse capaz de ver ou acionar o mouse óptico.

Não que ela tenha sido das mais úteis para Tori de qualquer forma.

DEZOITO

AGORA

    O casal do outro lado da rua ficou observando Madelyn. Ela tentou continuar caminhando da maneira mais casual possível e os acompanhou com os olhos, sem virar a cabeça. Como os olhares não a deixavam, ela os encarou, deu um sorriso apertado e um leve aceno. A mulher retribuiu o cumprimento e sussurrou algo a seu companheiro, mas eles logo desviaram o olhar e seguiram adiante.
    Era a terceira vez naquela manhã que seu disfarce tinha dado certo, e ela estava se sentindo muito bem por isso. A gola de sua jaqueta estava virada para cima, e o quepe do capitão Freedom enterrado em sua cabeça sobre o novo par de óculos escuros. Teve sorte de que o hospital tivesse um pequeno estoque deles. Com as mãos nos bolsos, tinha certeza de que passaria despercebida, feito uma pessoa qualquer, desde que ninguém chegasse perto demais.
    Desceu a El Centro, uma rua residencial paralela à Vine. Em cada cruzamento dava para ver a Grande Muralha à direita, a um quarteirão de

distância. Se suas anotações estivessem corretas, ela estava apenas a dois quarteirões do portão pelo qual tinha passado com Freedom.

Ficariam aborrecidos por ela ter dado uma escapadela do hospital. Os guardas do andar em que ela ficava tinham sido bem desleixados, imaginando que seus problemas de memória significavam que ela era estúpida. Já tinha escutado conversas sobre como ela provavelmente devia esquecer o caminho até a saída do prédio ou como abrir portas. Os adultos sempre a subestimaram. Isso, às vezes, a deixava fula da vida.

Fora que ela tinha melhorado muito a escrita em seu diário desde que tinha chegado ao Monte. Tempo livre de sobra, afinal. A doutora Connolly até acabou arrumando mais dois cadernos para ela. O que significava dizer que estava mais eloquente do que jamais tinha se sentido em anos; motivo pelo qual Madelyn decidiu que precisava realizar mais alguns exames. Seu pai tinha sido dos mais efusivos ao ensiná-la a usar a razão e o método científico em qualquer coisa que fosse. Estudos, cozinha, esportes, até namoro.

Nos meses (anos, ela corrigiu) em que passou vagando pelo sudoeste do país, ela já tinha suspeitado que os ex's não reagiam à sua presença da mesma maneira que faziam com as pessoas vivas. Mas nunca lhe passou pela cabeça que de fato não podia ser vista ou ouvida. E, mesmo que tivesse passado, quem se prontificaria a testar essa teoria no meio do nada?

Madelyn dobrou numa transversal e o ruído dos dentes em agitação ficou mais alto. Ela saiu na Vine. O Portão Oeste e a cabana que servia de guarita ficavam um pouco mais ao sul, no próximo cruzamento principal.

Foi para a calçada e diminuiu o passo um pouco. Havia mais pessoas naquele perímetro e ela não queria assustar ninguém. Ou levar um tiro. Não eram muitos os guardas na muralha que vestiam uniformes, mas todos portavam grandes rifles militares.

Tratou de se afastar da muralha e tirou o colírio do bolso. Uma breve espiada confirmou que não havia ninguém no raio de um quarteirão, e ninguém além prestava a menor atenção nela. Inclinou a cabeça para trás e empurrou os óculos para a testa. As gotas brandas lavaram seus olhos e os óculos escuros escorregaram de volta.

Podia enxergar os ex's através do portão. Dezenas deles. Centenas, ela se deu conta ao se aproximar mais. Muitos olhavam para os guardas no topo da

Grande Muralha. Alguns estavam com os braços esticados por entre as grades, tentando agarrar as pessoas que passavam bem longe do alcance deles.

Estava a cerca de dez metros do portão quando um dos guardas a notou. Era um homem alto, vestido com camuflagem militar. Ela não o reconheceu. Ele viu seu quepe e lhe acenou com ares de consentimento.

– Não chegue perto demais – ele gritou. Teve que levantar a voz para se sobressair ao ruído dos dentes.

– O que é perto demais pra você? – ela gritou de volta, tentando soar sedutora na medida. Os rapazes sempre dão um desconto com muito mais facilidade quando pensam que estão flertando com eles.

Deu para ver o tórax do guarda se contraindo após alguma gracinha dita ao parceiro, mas ela não foi capaz de escutar o quê. Com a mão livre, apontou para o chão.

– Está vendo essa linha?

Madelyn olhou para a linha fosforescente pintada na frente do portão.

– Sim.

– Permaneça a um metro de distância dessa linha e você ficará bem. Eles não serão capazes de tocá-la.

Ele queria só tranquilizá-la, deu-se conta. Provavelmente, muitas pessoas iam até os portões em busca de rostos familiares. A maioria gente da Depois da Morte. Ela o cumprimentou e ele voltou a prestar atenção nas criaturas do outro lado da muralha.

Havia dois guardas na guarita, almoçando. Um deles olhou para ela e demorou-se o suficiente para deixá-la preocupada. Mas logo voltou ao sanduíche.

Eram só ela e os ex's. Havia homens, mulheres e crianças, todos mortos. Jovens e velhos. Negros, brancos, latinos, asiáticos. O ex-vírus não discriminava ninguém.

A não ser eu, Madelyn pensou. *Por algum motivo, ele não me quer.*

Pelo lado positivo, os ex's mal se aguentavam em pé, ao contrário dela. Não tinham dedos, cabelos e pele. Alguns tinham buracos onde deveriam estar os olhos, o nariz ou as orelhas.

A maioria no portão observava os guardas no topo da Grande Muralha. Sua atenção desviava sempre ao alvo mais próximo à medida que homens e mulheres andavam de um lado para outro. Ficavam em polvorosa.

Uns dez deles na extremidade oposta do portão esticavam os braços em direção à guarita. As janelas eram grandes o suficiente para que eles pudessem ver os dois guardas lá dentro. Os dedos se retorciam ao vento, como se tentassem puxar a cabana para mais perto.

Ela se aproximou um pouco mais da guarita. Lá, os olhos dos ex's estavam ao nível do chão, mas ela não queria chegar tão perto que os guardas conseguissem um bom ângulo para vê-la. Avançou um pouco até ficar a menos de meio metro da linha pintada.

Nenhum deles olhou para ela.

Ela encheu os pulmões de ar e prendeu a respiração por um minuto.

– E aí – ela disse. Suas palavras foram apagadas pela maré torrencial dos dentes. Nova tentativa e, dessa vez, acabou saindo mais alto do que ela esperava. Um dos guardas que caminhava acima dela, uma mulher muito alta, olhou para baixo por um instante antes de prosseguir ao sul da muralha.

Já os ex's não esboçaram a menor reação. Suas cabeças não viraram na direção dela. Suas mãos afoitas não tentaram alcançá-la.

Um morto de cabelos descoloridos pelo sol estava bem na frente dela. Vestia um casaco de smoking sobre calças jeans e uma camiseta marrom, e ela demorou um tempo para se dar conta de que o marrom eram manchas. Os braços dele estavam esticados em direção à guarita. Não tinha duas unhas numa das mãos.

Madelyn deu mais um passo e seus pés ficaram bem em cima da linha. Tirou uma das mãos do bolso e ficou abanando bem na cara do morto-vivo. Os olhos do ex não se desgrudaram da cabana a poucos metros.

– Você consegue me ouvir?

Olhou em volta. Os guardas continuavam a ignorá-la, absortos em seus intervalos ou suas funções. Ultrapassou a linha e deu um tapa nas costas da mão afoita.

O ex ficou parado por um instante, mas logo se voltou à guarita outra vez. Seus dois pés estavam além da linha. Eles poderiam agarrá-la tranquilamente. Três deles seriam capazes de alcançá-la sem nem tentar. Mas não alcançaram.

Madelyn avançou ainda mais, esgueirou-se entre as barras e deu um soco no ombro do ex. O cadáver de smoking se desequilibrou, mas sem desviar o foco. Todos os ex's em volta também a ignoraram.

– Ei! – alguém gritou da muralha. – Volte pra trás da linha!

Madelyn olhou para cima e viu o guarda camuflado encarando-a. Seu semblante parecia ainda estar em dúvida entre raiva e medo. Dois outros guardas chegaram para checar por que ele estava gritando.

Então aconteceu tudo ao mesmo tempo.

Um ex próximo a ela, dois atrás do que ela tinha socado, mudou de posição. Era um homem magro, vestindo um sobretudo. Usava um capacete com camuflagem digital. O ex olhou em volta e Madelyn se deu conta de que ele estava reagindo de fato. Havia algo de diferente nele. Igual aos do dia em que ela estava com Freedom.

Ele tinha uma espingarda. Tirou a arma do sobretudo e apontou o cano por entre as barras do portão. Então, o morto arreganhou um sorriso.

Algo despencou atrás dela. O guarda camuflado tinha saltado sete metros para acudi-la. A etiqueta em seu casaco dizia JEFFERSON. Ele a segurou pelo ombro. Jefferson estava olhando para ela e não para os ex's. Não para o ex com a arma.

Madelyn agiu sem pensar. Era como no futebol. A bola vai na direção do jogador e ele dá um pulo para interceptá-la. Ele não pensa. E como Madelyn sabia bem que o ex estava para atirar nos guardas da guarita, ela só agiu.

Ela se desvencilhou de Jefferson e empurrou o cano da espingarda para baixo, assim que o ex puxou o gatilho. A bala estourou na calçada bem em frente à cabana. O braço relutou e ela se esforçou para manter a arma apontada ao chão. O cano estava bem quente agora.

– Arma! – Jefferson berrou. Deu um pulo para trás e girou o rifle. Ao mesmo tempo, agarrou Madelyn pelo braço e a puxou para longe do portão. Ele era forte. Forte de verdade. Passou pela sua cabeça que talvez ele fosse um dos supersoldados de seu pai, assim que seus pés deixaram o chão e ela voou pelos ares. Se Jefferson a tivesse largado, ela teria se estatelado no outro lado da rua. Como seu quepe, o que fez seus cabelos esvoaçarem por todos os lados. Com o impacto da aterrissagem, seus óculos caíram no chão.

Os guardas na muralha ainda pareciam confusos. Alguns passaram a atirar nos ex's fora da Grande Muralha. Jefferson disparava através do portão. O ex com a espingarda desabou com um buraco de bala na cabeça.

Outra dezena de ex's sonâmbulos resolveu acordar. Endireitaram a postura e seus olhos ficaram alertas sob seus capacetes. Pistolas, rifles e espingardas surgiram debaixo de camisas e casacos. Alguns miraram na guarita. Outros se inclinaram para apontar aos guardas na muralha. Pelo menos três deles apontaram na direção de Jefferson, o suficiente para fazê-lo hesitar por um instante. O tiroteio ecoou pelas ruas. Um dos guardas soltou um grito e agarrou o braço.

Nenhum dos ex's mirava em Madelyn. Nenhum deles sequer olhou para ela.

Num pulo, ela passou por Jefferson novamente e tomou a arma de um morto-vivo. Jogou a arma para trás e passou o braço por entre as grades para arrancar a espingarda de outro ex.

Os ex's pareciam confusos.

– QUE PORRA É ESSA? – gritaram todos juntos.

A espingarda era mais pesada do que Madelyn imaginava e ela acabou deixando que a arma caísse no chão, bem no meio das grades. Deu outra investida rápida e agarrou duas pistolas, uma com cada mão. Tentou imaginar que estivesse num jogo. O jogo do agarra-arma. Uma das pistolas caiu no chão quando ela tentou puxá-la e a outra disparou uma bala que passou raspando por sua cabeça. Ela se encolheu, mas não chegou a sentir dor alguma.

– MAS QUE PORRA É ESSA QUE ESTÁ ACONTECENDO?

Os ex's passaram os olhos por ela como se nem existisse e fitaram diretamente Jefferson. Em seguida, olharam para cima e por tudo em volta. Suas cabeças se mexiam na mais perfeita sincronia, como se fossem dançarinos ou aqueles bailarinos aquáticos das Olimpíadas. Estavam tão confusos que só tinham disparado umas dez vezes.

Com um puxão, ela tirou outra pistola de uns dedos murchos e, valendo-se das duas mãos, empurrou um rifle que parecia militar, com uma cartucheira curvada. O morto que a portava relutou e rosnou para a arma. Madelyn cerrou o punho e deu um murro através das barras bem no meio do nariz do ex. Aí sim conseguiu tomar o rifle dele. Então deu um chute desajeitado e outra pistola voou.

Mais tiros pipocaram ao seu redor. Ela se afastou dos ex's e, tão logo percebeu que os disparos vinham de trás dela, Jefferson a puxou de novo para liberar o caminho. Ele segurava seu rifle com a outra mão, atirando como se estivesse segurando uma pistola maior do que o normal. Os guardas da guarita se juntaram a ele.

Alguns tantos ex's foram surgindo ao longo de todo o portão. Eles rugiam e tombavam, e os que estavam por trás deles retomavam o rugido. Os guardas na muralha não paravam de atirar contra a multidão de ex's. Um ou outro fogo cruzado, mas nada que chegasse a durar.

Madelyn respirou fundo algumas vezes. Tudo tinha acontecido tão rápido. Ela olhou para os relógios em seu pulso e supôs que uns cinco minutos deviam ter se passado desde que ela tinha chegado ao portão.

Os ex's tropeçavam por cima de seus irmãos tombados. Jefferson preferiu se adiantar e afastou com o pé as armas caídas no chão.

Então, ele se virou e apontou o rifle para Madelyn. Ela levantou as mãos e gritou:

— Epa, espera aí! — Na mesma hora viu seus óculos escuros no chão. Era de fato necessário que ela arranjasse uma corda para amarrá-los. Piscou e fechou os olhos. — Liga pro St. George. Ou pro capitão Freedom. Eu sei bem o que pareço, mas não sou um deles.

— É ela — alguém murmurou. — É a menina cadáver de quem ouvi falar, a que estava sendo mantida no hospital.

Madelyn abriu um olho. Três dos guardas na muralha ainda se ocupavam com os ex's além do portão. O resto a encarava, boquiaberto. Jefferson baixou o rifle um pouco. Pensou que, se disparasse agora, atingiria seu estômago em vez da cabeça. Respirou fundo e soltou um pigarro.

— É isso mesmo, eu sou do hospital. E preciso voltar pra lá agora ou o St. George vai ficar bravo comigo.

— Ela ainda tem alma — uma mulher na muralha disse, puxando um terço do bolso, e se benzeu. — É verdade. Eles podem voltar.

O guarda na guarita murmurava alguma coisa. Madelyn percebeu que estava rezando. Encarou Jefferson. Ele olhou para os outros e de volta para ela.

Então ela escutou os passos pesados e ligeiros de alguém correndo logo atrás dela. O semblante de Jefferson relaxou, ainda que seus ombros continuassem erguidos.

— Senhor, esta jovem afirma que o senhor a conhece.

Ela se virou e, suspendendo a cabeça, deu de cara com Freedom. Ele a encarou e endureceu o queixo.

— Conheço, sim — o capitão respondeu. — E estava justamente procurando por ela.

DEZENOVE

AGORA

St. George pairava no ar, analisando o símbolo entalhado na calçada em frente ao Portão Oeste. Mesmo com um bando de ex's andando por cima, ele podia ver que era diferente do que se encontrava na Bronson Avenue. Aquele era uma ampulheta, mas esse parecia mais um par de triângulos sobrepostos. Tentou ler o que estava rabiscado ao longo das listras, mas os mortos tornavam quase impossível vislumbrar mais do que algumas sílabas soltas. Não tinha nada em inglês e nem aparentava ser nenhuma das palavras em espanhol que ele conhecia. Se ele fosse chutar, diria que estavam em latim.

A borda do círculo estava a uns sete metros da Grande Muralha, logo depois da faixa de pedestres e em frente a um ponto de ônibus empoeirado. Por um instante, pensou em voar mais alto e olhar a figura de cima. Então, lembrou-se da mulher morta que se retorceu e explodiu no Portão Norte. Havia duas manchas na borda desse círculo, onde a mesma coisa devia ter acontecido. Acabou considerando que dava para enxergar tudo muito bem de onde estava.

St. George observou do alto o enxame de ex's e escolheu um aleatoriamente. Era uma mulher magra de cabelos loiros e roupas que tinham sido elegantes antes do fim do mundo. Ela provavelmente devia ter sido bonita quando ainda viva. Agora, seu queixo e metade do pescoço estavam esfolados. Seu lábio inferior já não existia mais, e seus dentes estavam amarelos e rachados.

St. George se perguntou se aquele era o ferimento que tinha causado a morte da mulher. Talvez outro ex tivesse arrancado parte do rosto dela com os dentes, deixando-a escapar apenas para morrer e ressuscitar. Ou talvez fosse algo feito por alguém tentando executar a morta com um golpe fracassado no crânio.

O herói mergulhou e suspendeu a coisa morta pela nuca. A ex se contorceu toda quando seus pés saíram do chão. Alguns ex's mais próximos ergueram braços desajeitados enquanto ele alçou voo novamente, com sua presa em mãos. Atravessou a muralha e pousou já do lado de dentro do portão.

Suas botas colidiram contra o asfalto, mas ele manteve o braço erguido. A morta passou os olhos por Cerberus, Jefferson e outro guarda chamado Derek, que estava de lado. A ex estendeu os braços na direção deles na vã tentativa de agarrá-los. Não parava quieta um só segundo na mão de St. George.

Madelyn se escondeu atrás de Cerberus. Ela estava um tanto apreensiva em relação aos guardas desde que Freedom tinha ido embora. St. George sacudiu a cabeça e fez um sinal para que ela saísse de lá.

– Você está segura aqui. Não importa o que aconteça, você vai ficar segura.

Jefferson deu um passo adiante com o rifle apoiado em seu braço. Afastou os dedos afoitos da ex com um golpe e a revistou depressa com a mão livre.

– Tudo limpo.

– Não dá pra acreditar que agora a gente vai ter que ficar de olho pra ver se eles não têm armas – Derek disse. – Quer dizer... um zumbi armado? Parece até piada.

– Pois não é mais – Cerberus retrucou, apontando para uma dupla de ex's com capacetes camuflados. – Legião teve acesso ao arsenal em Van Nuys. Armas, munição, capacetes, coletes. – Sua cabeça balançou para frente e para trás. – Pelo que sabemos, ele tem até uns dez ex's lá fora observando as muralhas com telescópios.

Derek fez careta ao imaginar. Alguns guardas na muralha o acompanharam ao escutar a novidade pelos fones de ouvido. Já não havia mais espaço para descontração em seus movimentos.

St. George chacoalhou o ex e subiu o tom de sua voz.

– Rodney – ele gritou. – É hora da gente ter uma conversinha.

O grito ecoou pela rua por um instante, e em seguida a morta parou de se contorcer. Seus dentes pararam de bater e seu rosto mudou de uma máscara em branco a uma carranca ríspida. Ela se virou para dar uma pancada no herói.

– Já te disse um milhão de vezes, dragão. Meu nome é Legião agora. – Sem o lábio inferior, sua voz rouca parecia de bêbado, como se as palavras estivessem sendo lixadas ao saírem de sua boca.

Cerberus se inclinou para frente e seus servomotores chiaram.

St. George colocou a coisa morta no chão. Ela deu de ombros algumas vezes e se virou para encará-lo. A ex tinha sido uma mulher pequena, uns quinze centímetros menor que o herói.

– Eu tenho uma pergunta pra fazer – St. George disse. Afetadamente, acrescentou: – Legião.

A morta bufou.

– A resposta é foda-se.

– Durante todo aquele tempo em que você ficou escondido no Projeto Krypton, enquanto o doutor Sorensen te dava cobertura, você estava mesmo disposto a cumprir sua parte no trato?

Madelyn congelou com a menção a seu pai. Seu rosto ficou duro e ela se afastou de Cerberus num passo considerável. Seus tênis bateram com força na calçada, quase um pisão. A ex nem sequer olhou para ela.

– Não sei do que você está falando.

– O trato que você fez, lembra? Quando você disse que iria encontrar a família dele.

A mulher morta fez um ar de total zombaria.

– E o que você tem a ver com isso?

– Pense nisso como sua grande chance de provar que você é melhor do que eu acho que de fato seja – o herói retrucou.

Madelyn avançou um pouco mais adiante. A única pessoa mais perto da morta do que ela agora era St. George. Madelyn ficou firme bem na frente da ex.

Legião tentou cuspir em St. George, mas, sem o lábio inferior, só conseguiu que uma baba grossa escorresse por seu queixo.

– Pois é, eu sou um homem de palavra – rosnou. – Cheguei sim a procurar por elas, exatamente como disse que faria. Não que tenha feito a menor diferença. A mulher dele tava mortinha da silva, andando sem rumo. Mas nunca encontrei o corpo da menina. Daí, achei que seria mais fácil deixar o velho imaginando que eu ainda estava procurando por ela.

– E isso te garantiu um lugar pra se esconder – disse Cerberus.

O ex se voltou à titã blindada. Seus olhos passaram direto por Madelyn. A garota chegou até a dar um passo de lado para ficar cara a cara com a morta.

– Vá se foder, puta – Legião vomitou para Cerberus. – Eu não preciso me esconder de nada.

– A não ser de mim – ela retrucou. A titã suspendeu sua enorme luva na altura da cabeça e cerrou o punho. A ex lhe mostrou o dedo do meio.

– Então quer dizer que você procurou pela filha dele e nunca a encontrou? – St. George retomou.

Legião confirmou com um aceno de cabeça enquanto Madelyn abanava as mãos na cara da ex.

– Pois é... nunca encontrei nem sinal dela. Mas por que isso te interessa, *esse*?

St. George sorriu e disse:

– Ok, acho que isso responde à pergunta.

– Isso o quê? – a ex vociferou.

– Até que faz sentido – Cerberus disse. – Eu me lembro que os militares tentaram usar cadáveres como isca por um tempo, mas os ex's só reagiam às pessoas vivas.

– É, eu lembro de algo do tipo – St. George disse. – Essa coisa de isca.

– Isca? – Legião repetiu. – Do que diabos vocês estão falando?

– O doutor Sorensen fez alguns testes em Krypton, senhor – Jefferson se adiantou, com um aceno cortês a Madelyn. – Ele disse que tinha alguma coisa a ver com a percepção, do mesmo modo que o tiranossauro em *Jurassic Park* não conseguia enxergar quem estava parado no lugar.

– *Jurassic Park*? – Cerberus repetiu.

Os olhos de Legião esvoaçaram entre eles.

– Mas de que merda vocês estão falando?

Jefferson encarou a ex, e depois fitou os heróis.

– Lembrei disso porque eu mijava nas calças de tanto medo do tiranossauro quando era criança. Perdão, senhora – acrescentou a Madelyn. – Ele disse que tinha alguma coisa a ver com o cérebro reptiliano. Os répteis veem as mesmas coisas que nós, só as processam de uma maneira diferente. Os seres vivos se sobressaem aos seres mortos, o que se move se sobressai às coisas inanimadas, o que eles veem se sobressai ao que escutam, e assim por diante. Segundo o doutor, é por isso que eles vão de encontro às paredes e tudo mais.

– Eles não registram o que não precisam – Cerberus emendou, fitando a mulher morta. – E como ele tá possuindo os ex's, talvez por isso esteja limitado a usar seus sentidos. Ou não usá-los.

– E ela está morta – St. George prosseguiu, olhando para Madelyn. – Então, não se sobressai.

Legião olhou para o corpo que ele vestia. Abriu e fechou uma das mãos. A ex franziu a testa, totalmente confusa.

– Ela quem?

– A gente sabe que ele consegue ver seres sem vida – Cerberus ponderou. – Talvez seja uma questão de foco?

Madelyn tirou o quepe e o agitou na cara da morta.

– Então o que você está dizendo é que eu não sou invisível, só tenho um filtro de percepção? Tipo em *Doctor Who*?

St. George, Cerberus e os guardas todos olharam para ela.

– *Doctor Who* – Madelyn repetiu. – Era um seriado de ficção científica da Inglaterra.

– Ah, já ouvi falar – St. George disse.

– Ouviu falar o quê? – Legião retrucou.

– Beleza – Madelyn continuou. – Bem, tem um troço lá que eles usam chamado filtro de percepção. É tipo um campo magnético que faz com que as coisas dentro dele pareçam menos interessantes e, dessa maneira, ninguém é capaz de perceber nada. Então você meio que fica invisível, mas não de verdade. Você é só... muito irrelevante.

Ela abanou o quepe novamente na cara da ex para enfatizar o que dizia.

– Bem, só tem uma maneira de ter certeza – St. George recuou alguns passos e olhou para Madelyn. – Vai em frente, dá um murro nele.

– Nela? – Madelyn perguntou, apontando para a ex.

– Tá de graça pro meu lado, *pendejo*? – a morta rebateu. – Com quem vocês estão falando, afinal?

– Sim – St. George respondeu. – Vai em frente.

Legião encarou St. George:

– Hein?!

Madelyn largou o quepe. O chapéu caiu no chão e Legião baixou a cabeça para olhá-lo. Os olhos mortos se arregalaram por um instante.

– Mas que merda?

– Tá vendo? – Cerberus retrucou – Ele viu isso.

– Esse não é o chapéu do grandalhão lá? – a morta rebateu. – De onde isso aparec...

Madelyn deu um soco no ombro do ex. Não tinha sido nada de mais, mas Legião cambaleou para trás e deu um giro.

– Que PORRA é essa? – ele gritou. O ex estendeu a mão para sondar seu ombro com os dedos. Fitou os heróis.

– Ele consegue sentir quando eu bato nele – Madelyn disse. – Eu acho que ele só não sabe que sou eu fazendo isso.

– Talvez seja porque ele não saiba pelo que procurar – Cerberus ponderou. – Você não se sobressai porque ele não sabe que você está aí. Ele nem sequer parece te escutar.

Madelyn se aproximou do ouvido da ex.

– Ei! – ela gritou. – Estou bem aqui!

— Escutar quem? — Legião perguntou. A morta encarou Cerberus e então passou os olhos direto por Madelyn até o telhado de um prédio próximo. — A Stealth tá lá em cima escondida em algum canto? Isso foi ideia dela?

— Dá um murro na cara dele — Cerberus disse. — Em nome da ciência.

Madelyn fez uma careta, mas acabou dando um murro bem no meio da cara da morta. Ela tropeçou e deu um novo giro. Suas mãos não encostaram em Madelyn por muito pouco. A ex vomitou um monte de palavrões em espanhol, garantindo um sorriso no rosto de St. George. Madelyn saiu cutucando a morta por todos os lados, o que fez com que Legião ficasse dando voltas em torno de si mesmo, e então colocou as mãos nas costas dele e o empurrou de encontro ao portão. A coisa morta tropeçou e tentou recuperar o equilíbrio.

— Ah, Deus... — a titã blindada disse. — Mais uma vez, a ciência faz do mundo um lugar melhor pra se viver.

Jefferson riu entre dentes.

— Isso me parece meio cruel — Madelyn disse. — Quero dizer, sei que ele é o vilão, mas ele não pode se defender nem nada.

— Você não está fazendo nada que ele não mereça mais umas mil vezes — Cerberus retrucou.

— É verdade — St. George concordou. — Mas acho que já descobrimos o que precisávamos saber, né?

— E o que seria? — Legião vociferou. — Vocês têm um amiguinho invisível agora, é isso? É ele que está me empurrando e tomando minhas armas?

— Tipo isso — St. George disse. — Talvez seja bom ter isso em mente na próxima vez que tentar atacar as muralhas.

— Eu vou me lembrar — a morta resmungou. Respirou fundo, chiando o peito, e assim o fizeram uma dezena de ex's pressionados contra o portão. Todos eles falaram numa só voz: — EU VOU ME LEMBRAR DISSO QUANDO VOCÊS FOREM LÁ PRA FORA.

— Sabe, cara, você está usando esse truque demais — St. George disse. — Já não é tão assustador como costumava ser.

A morta fez outra tentativa desengonçada de cuspir nele, e logo em seguida sua mandíbula passou a mastigar vento outra vez. Madelyn deu um pulo para longe da ex. Os dentes batiam sem parar quando St. George agarrou a coisa morta e a arremessou por cima da Grande Muralha.

– O jogo está virando de novo – Legião disse do portão. Agora, era um homem morto com capacete e uma série de piercings ao longo de cada lábio. – Eu tenho armas. Eu tenho armaduras. Da próxima vez, a coisa vai ser grande.

St. George caminhou até o portão.

– Só tente pra ver. Qualquer dia desses...

– O quê, dragão? – O ex escancarou um sorriso. Metade de seus dentes estavam rachados de tanto bater uns contra os outros por meses a fio. – Você não pode me parar. Não pode fazer nada. Vá em frente e saia esmurrando uns cem cadáveres pela frente. Duzentos até, se te faz sentir mais macho. Você não pode encostar um dedo em mim, e sabe bem disso.

Dois filetes de fumaça saíram do nariz de St. George enquanto ele encarava o morto pela grade. Sentiu uma coceira no fundo da garganta e engoliu as chamas de volta. Cerrou os punhos e teve de resistir à vontade de descer um deles bem no meio da cara do ex.

Alguém se aproximou. Madelyn estendeu o braço e deu um peteleco na ponta do nariz do homem morto. Legião rosnou e se afastou do portão.

– Eu posso tocar um dedo em você – ela disse. – E você nunca nem vai saber de onde veio. – Esticou a coluna e cruzou os braços. – Droga, isso foi demais e ele nem sequer me ouviu.

O morto olhou de soslaio para um canto vazio, logo ao lado de Madelyn. Então seu olhar passou depressa à esquerda e parou no dela. A garota deu um pulo para trás.

– Te peguei – o ex vociferou. – Toda difusa e misturada à paisagem, mas eu consigo te ver.

St. George estalou os dedos. Legião desviou sua atenção a ele e, quando seus olhos empalidecidos viraram, passaram direto por Madelyn. O morto fez uma careta e deu mais alguns passos para trás.

– Eu vou descobrir o que está acontecendo – Os ex's recuaram, abrindo caminho para ele, que se afastou marchando do portão. – Vão achando que eu não passo de um idiota qualquer, vão. Quantas pessoas isso já custou pra vocês até agora, hein? – Ele virou a cabeça de volta para eles. – Como está o amiguinho barbudo de vocês? Jarvis, né?

Os punhos de St. George estremeceram. Ele bufou com força pelo nariz e um fogacho deslizou de seus lábios. Encheu os pulmões de ar para gritar com o ex, ou talvez cuspir uma bola de fogo, e de repente congelou.

Do outro lado da rua, logo em frente ao símbolo entalhado no asfalto, dois ex's se viraram para encarar Legião. Suas expressões estavam deformadas de tanta raiva. Seus olhos incharam e explodiram, transbordando um fogaréu azulado por seus rostos.

Um murmúrio obscuro eclodiu por toda a Grande Muralha.

– Rodney – St. George gritou. – Fica parado!

O morto deu um sorriso de escárnio ao pisar no símbolo.

– É Legião! – o ex gritou de volta. – E outra: eu não sou seu empregadinho pra você ficar chamando quando bem entender. Lembra disso da próxima vez que quiser entrar nesses joguinhos de merda.

– É sério – St. George berrou. – Cuidado.

Os dois ex's em volta do círculo se curvaram e passaram a inchar. Um terceiro escancarou a boca para revelar uma floresta de dentes compridos. O quarto, por sua vez, ergueu as mãos com unhas que mais pareciam punhais.

– Você é patético, dragão, e qualquer dia desses eu vou...

Os ex's desfigurados se jogaram sobre Legião tão logo ele pisou fora do símbolo. Era como assistir a uma briga de gatos, uma bola de dentes, músculos e garras que rodopiava e se contorcia depressa demais para que se pudesse ver mais do que meros vislumbres. Cada vez mais ex's se amontoavam na luta, alguns com os olhos em chamas e outros berrando em espanhol.

E então começaram a explodir. E Legião começou a gritar. Foi um uivo demorado de pura agonia.

St. George se lançou ao ar por puro instinto.

– Cerberus – ele gritou. – Prepare-se pra sair. A gente precisa...

O herói despencou do céu e se chocou contra o asfalto, bem ao lado da titã prateada.

– Não faz isso, George – alguém disse.

Max estava parado no meio da rua, logo atrás deles. Tinha enfim arrumado um terno carvão em algum lugar. As mangas estavam arregaçadas, expondo as tatuagens em seus braços. As palmas de suas mãos estavam cruzadas, de modo que as pontas dos dedos tocavam seus pulsos.

St. George ficou de pé num pulo, concentrou suas forças no ponto entre as omoplatas, mas permaneceu no chão. Algo o empurrava para baixo. Ele se concentrou ainda mais e algo o empurrou com mais força ainda.

Max sacudiu a cabeça e suspendeu as mãos, sem separá-las.

– Eu não posso te deixar ir lá fora.

O herói lançou o olhar para a confusão. A gritaria já estava um tanto mais esparsa. Entre os ex's, ele pôde vislumbrar as explosões azuladas e coágulos enegrecidos de sangue.

– Isso está matando o cara. A gente não pode simplesmente...

– Não há de ser uma perda assim tão grande – Max retrucou. – E, de todo modo, você é a última pessoa que deveria cruzar os sinais.

– Eu sei me cuidar sozinho.

– Não contra isso.

Cerberus deu três passos enormes e colocou uma das luvas blindadas no ombro de Max. Seus dedos se fecharam.

– Deixa ele ir.

St. George tentou se atirar ao vento novamente. Mas ele mal conseguia pular enquanto Max o mantinha no chão.

– Nem mesmo o Rodney merece isso – o herói disse.

– Esse não é o ponto. Você não é um ser humano normal, George. Você é durão. Você é forte. Seu corpo poderia muito bem ser possuído. Ele poderia te usar, fácil.

– Chefe – Derek gritou da muralha. – A briga acabou.

St. George fitou Max. O feiticeiro olhou através do portão para a rua em silêncio e balançou a cabeça.

– Não vai pra lá – ele disse. – De verdade.

Max encarou Cerberus e desgrudou as mãos. Na mesma hora, St. George ficou suspenso no ar. O herói saiu flutuando até a plataforma e pousou ao lado de Derek. Madelyn foi correndo logo atrás pelas escadas e se bandeou para perto dele.

Pelo menos uns dez ex's permaneciam parados no meio da rua, logo depois do símbolo, e mais uns tantos pedaços de corpos e carne acinzentada suficientes para completar outra dezena. Os demais mortos-vivos cambaleavam ao redor como sobreviventes em estado de choque após a explosão de uma bomba.

Enquanto observavam, outro ex parou e se virou na direção deles. Era um homem corpulento vestindo uma camisa de futebol americano manchada de sangue. Ele soltou um rugido e as chamas azuladas transbordaram de sua boca e suas narinas arrombadas. Seus olhos ferviam. Levantou a mão e apontou um dedo longo, que mais parecia uma pata de aranha, para as pessoas na muralha.

– Mas que droga é essa? – Derek murmurou. – Alguns ex's fizeram a mesma coisa dia desses.

– E por que ele está apontando pra mim? – um dos guardas perguntou.

– É pra mim que ele está apontando – St. George disse.

Derek sacudiu a cabeça:

– Tem certeza? Parece mais é que está apontando direto pra mim.

– Eu tenho certeza. Fiquem calmos.

– Mas então, o que isso quer dizer?

– É a morte – Max disse, já no topo da muralha ao lado deles. – É a morte mais horripilante que vocês podem imaginar.

O ex se esticava e se retraía de volta. Seus dentes explodiam da boca, mesmo quando seu corpo arqueava feito uma cobra. Uma floresta de espinhos brotou por todas as suas costas e braços, rasgando a camisa de futebol. Um rugido pré-histórico ecoou de sua boca novamente e estremeceu a Grande Muralha.

As chamas azuladas engoliram sua cabeça, queimando a carne até os ossos. Sua pele dilacerou nas articulações por todo o corpo e a coisa morta explodiu feito um balão d'água. Jorrou sangue enegrecido e coágulo por toda a rua.

Max levantou a voz.

– Cairax Murrain vai matar tudo que estiver vivo na sua frente até que eu consiga me livrar dele. É bom que todo mundo saiba disso. Homens, mulheres, crianças... super-humanos. – Ele fitou St. George e então pousou o olhar sobre Cerberus no portão. – Neste momento, o único lugar seguro na cidade é aqui dentro dessas muralhas.

O murmúrio que tinha ecoado pela Grande Muralha se transformou numa discussão calorosa. Alguns dos guardas se benzeram. Outros se agarraram a suas armas ainda mais. Todos olhavam para o símbolo entalhado no asfalto a poucos metros do portão.

E uns poucos estavam em seus rádios, espalhando a notícia.

St. George agarrou Max e saltou ao encontro de Cerberus.

– Ótimo – ele disse, de forma ríspida. – Você assustou um monte de gente.

– Que bom – Max retrucou. – Até agora nenhum de vocês estava assustado como deveria.

Madelyn abriu caminho entre os guardas na muralha pra descer correndo as escadas. Deu um salto sobre os últimos degraus e caiu agachada no chão. Mais alguns passos ligeiros e ela estava ao lado de St. George outra vez.

Ele mal a notou. Sua atenção estava toda voltada a Max.

– Veja, ele é seu demônio, certo? Se eu já consegui derrotar o cara sozinho, Cerberus e eu podemos ir lá e...

– Você não derrotou o Cairax, George. Você *me* derrotou.

– Não, eu acho que foi...

– Não – Max sacudiu a cabeça. – O que você venceu era uma sombra. Era um Cairax Murrain esfomeado, algemado, amordaçado e enfiado dentro de um saco. Foi esmurrar o Mike Tyson enquanto ele dormia. E, mesmo assim, você só conseguiu vencer a luta depois de arrancar o Sativus do pescoço dele e o transformar de novo em mim. – O feiticeiro se virou para apontar através do portão. – Isso que está lá fora agora é o bicho de verdade. Sem correntes psíquicas, sem amarras mágicas, nem qualquer outro tipo de contenção. Nada. É uma força em sua potência máxima, e adivinha? Está puto da vida por ter ficado preso a mim por mais de dois anos. Muito mais puto do que eu esperava, e isso quer dizer alguma coisa. Então confie em mim quando lhe digo pra não botar os pés lá fora. Lá fora, você dura dois minutos se tiver sorte.

Os pés de Cerberus roçaram o asfalto:

– Você acha mesmo que ele não ia durar esse tempo?
– Não – Max disse, sacudindo a cabeça e encarando St. George. – Quis dizer que ele teria sorte se morresse tão depressa.

VINTE

AGORA

Freedom gostava de caminhar pelas ruas. Lembrava-lhe dos tempos de patrulha, muito mais condizentes com o que foi treinado para fazer. Além do mais, depois de quase três anos no deserto com o Projeto Krypton, havia algo de exuberância nas árvores, arbustos e gramados de Los Angeles.

Não estava muito empolgado com a ideia de usarem Madelyn como objeto de uma experiência, muito menos envolvendo ex's. Entendia o quanto poderia ser importante, por um lado, mas também sabia que, a longo prazo, não significaria muito. Freedom acreditava piamente na velha máxima de Bradley, "amadores falam de estratégia, profissionais falam de logística". Ter uma pessoa no Monte que não pudesse ser detectada pelos ex's ou mesmo por Legião seria mais uma conveniência menor do que uma grande vantagem.

Especialmente quando a pessoa em questão era uma adolescente.

– Seis, aqui é o Sete – uma voz feminina ressoou no fone.

– Sete, Seis na escuta – ele respondeu.

Mesmo tendo aceitado a contragosto sua nova posição no Monte, a primeiro-sargento Kennedy ainda insistia em usar o protocolo militar e sinais de chamada pelo rádio. Isso chegou a gerar um certo caos no começo, já que todos os guardas, delegados e batedores com um rádio resolveram atribuir um número para si mesmos. Foi quando, enfim, ela teve de se sentar com todos eles para uma série de lições e explicar por que não deveriam referir-se a si mesmos como Sessenta e Nove, Onze Onze, Vinte e Quatro, Cinquenta e Um, ou qualquer uma das outras combinações que tinham escolhido.

E todos eles ainda chamavam St. George apenas pelo nome.

– Seis, aqui é o Sete. Novo boletim sobre a disputa doméstica em Raleigh. Fugiu um pouco do controle. Três envolvidos na contenda, dois feridos. Um civil e um dos nossos.

– Sete, aqui é o Seis. Algo grave?

– Seis, aqui é o Sete. Pequenas lesões. Vou providenciar para que o senhor fale com o delegado quando voltar.

Para que Kennedy usasse a palavra delegado, significava que era um membro das forças de paz civis. Se fosse um de seus próprios soldados, ela teria dito o nome e lançado mão de taquigrafia verbal para que Freedom tomasse ciência da infração exata. Era um hábito que vinha crescendo mais e mais, ele já tinha notado, manter civis de um lado e soldados do outro.

Quando Freedom assumiu o comando da força policial do Monte, estava tudo uma bagunça. Olhando para os últimos meses, ele tinha de admitir, porém, que não dava para esperar que todos se acostumassem aos padrões militares. Mas os sinais de chamada foram apenas a ponta do iceberg. Depois de uns anos de vida pós-apocalíptica, seus militares se tornaram tão despreparados para lidar com civis quanto os civis estavam para lidar com um modelo de aplicação legal bem estruturado.

Não ajudava em nada o fato de que ainda havia um certo ressentimento por parte dos civis em relação aos soldados. O povo do Monte tinha perdido familiares e amigos, vidas e lares, e o Exército dos EUA não estava lá para protegê-los. Não tinham sido poucas as reclamações que Freedom já tinha escutado sobre os homens e mulheres dos Indestrutíveis Alfa 456 terem se tornado parte da estrutura de comando em Los Angeles.

Esse era exatamente o problema. Freedom e seus soldados eram militares tentando comandar civis. Era uma zona delicada que ainda estavam explorando. Para quem estava acostumado a condições de autoritarismo absoluto, o enorme oficial sabia bem que a única razão pela qual os policiais civis o escutavam, ou mesmo a Kennedy, era porque Stealth tinha lhes dito que o fizessem.

Freedom estava perto da Torre Sudoeste da Grande Muralha, numa rua chamada Larchmont, quando ouviu um leve ruído se sobressaindo ao eco dos dentes. Já tinha escutado aquilo antes, no Afeganistão. Uma série de estalos agudos ressoando de um lado ao outro entre os prédios. O som de tiros numa cidade tranquila. Nada se comparava.

Pressionou seu fone de ouvido.

– Aqui é o Seis – ele disse. – Qual é a situação? Foram tiros o que escutei?

Um emaranhado de vozes se estabeleceu antes que uma delas se destacasse. Um homem gritou tão alto no microfone que fez Freedom estremecer e levar a mão à orelha.

– Ele saiu – o homem gritou. – Ele conseguiu sair!

– Aqui é o Seis – Freedom disse. – Mantenha a calma.

– Ele saiu – o homem repetiu. – Eu acho que a Katie está morta. Foi tudo rápido demais, e as balas não adiantaram nada. Ele nem sequer ficou mais lento!

– Vinte e Três, aqui é o Sete – Kennedy disse. – Fiquem onde estão, unidades a caminho.

De uma só vez, ela tinha identificado o homem e dado sua localização a Freedom. Vinte e três era a abreviação de segundo pelotão, terceiro plantel. E o plantel três estava dentro do estúdio, dividido em pequenas equipes em posições diferentes.

Freedom saiu correndo. Estava a três quarteirões do Monte. Os quarteirões compridos do eixo norte-sul de Hollywood.

– Vinte e Três, aqui é o Seis – ele disse. – Estou a caminho.

– Aqui é o Danny... uhhhh, Vinte e Um na muralha. Ele acabou de pular a barreira pelo Portão Melrose.

Conversa demais e informação de menos. Ele ainda não fazia ideia contra quem ou o que estavam lutando. Não pareciam ser ex's. Parecia veloz.

Assim que Freedom passou por um cruzamento, pescou alguma coisa com o rabo do olho. Um vulto atravessou a rua paralela a ele, a dois quarteirões em direção ao sul. Pôde ver a pele empalidecida e pensou que um ex estava dentro das muralhas, mas nenhum ex se movia tão depressa, mesmo os que Legião controlava. O capitão virou a cabeça e vislumbrou rapidamente a criatura, um sujeito velho e todo sujo de sangue, vestindo calças caqui e uma camiseta branca. Nem pestanejou. Deu meia-volta e foi atrás do homem.

– Seis para Sete – ele gritou. – Perseguição em andamento.

Quem quer que fosse, era bem veloz, mesmo com os pés descalços. Não tão rápido quanto Freedom ou outros supersoldados, mas o suficiente para que, por um instante, ele temesse estar perseguindo um dos seus próprios homens. Fechou o cerco. O velho estava poucos metros à frente. E já não tinha mais para onde escapar. A Beverly ficava a apenas um quarteirão.

Uma nova voz se sobressaiu em meios aos ruídos.

– Freedom, aqui é Stealth. St. George está a caminho. Detenha o prisioneiro a qualquer custo. Atire para matar.

A palavra *prisioneiro* se destacou entre todas. Bem como *atire para matar*. E toda a entonação de Stealth. Entonação que, em todos os meses desde que conhecera a mulher, ele nunca tinha escutado, mas que quase parecia de preocupação. Talvez até medo.

Freedom tinha bom senso suficiente para saber que tudo o que assustasse Stealth não era passível de hesitação.

Parou em posição de tiro, sacou Lady Liberty e disparou três vezes.

Um punhado de carnações brotaram nas costas e nas coxas do velho. Mais uma surgiu no ombro. Ele tropeçou e voou, levado por sua própria aceleração e, claro, pelo impacto dos vários cartuchos calibre doze quase à queima-roupa. Caiu de cara no chão, rolou alguns metros e parou. Contraiu o corpo duas vezes.

Freedom se aproximou do prisioneiro. O homem não era tão velho quanto ele supunha. O cabelo enganava, e parecia ainda mais branco em contraste com todo aquele sangue empapando suas roupas. Seus olhos acinzentados miravam o céu. Uma de suas mãos estava ressecada e ossuda, feito a de um cadáver. Seu ombro não passava de um emaranhado de tendões ensanguentados.

Freedom tomou fôlego e pressionou seu fone.

– Sete, aqui é o Seis. Comunicando que o alvo foi neutrali...

O sujeito deu um giro e ficou de pé.

Seus olhares se cruzaram e ele arremessou algo contra o imenso capitão. Freedom foi atingido no ombro, logo depois do colete. O tecido de seu uniforme rasgou e um corte se abriu em sua pele, mas, mesmo nas articulações, os músculos de Freedom eram densos demais para que algo assim chegasse a penetrar. Passou a mão pelo ferimento e uma lasca de madeira caiu no chão.

O sujeito de cabelos brancos já estava em disparada e a meio quarteirão de distância, como se tivesse recuperado totalmente o fôlego. Freedom ergueu a pistola e disparou de novo. O prisioneiro cambaleou, mas continuou correndo.

Já estava quase no final da Beverly, indo direto na direção da Grande Muralha. Os guardas tinham escutado Lady Liberty e estavam à espera. Nenhum deles era soldado de Freedom. Todos os cinco abriram fogo. Muitos dos disparos estouraram no asfalto. Os guardas não estavam acostumados a um alvo veloz, afinal, mas acertaram um bom número de tiros. Os braços e as pernas do sujeito sacudiam com os impactos, mas sem que ele diminuísse o passo.

Alguma coisa se desenrolou do ombro do prisioneiro como uma cobra, e ele girou o braço para cima em direção aos guardas no topo da muralha. Um chicote comprido se enroscou no pescoço de um dos guardas, que soltou uma tosse úmida, engasgado. Seus companheiros pararam de atirar e trataram de ajudá-lo, tentando afrouxar a corda.

O prisioneiro saltou. Foi subindo pela corda até o topo da muralha. Quase quatro metros em questão de segundos. Os guardas nem sequer se deram conta de que o estavam ajudando ao esticar a corda até que o homem de cabelos brancos surgisse na plataforma ao lado deles.

Freedom estava a doze metros da muralha. Tomou impulso e se lançou pelo ar. Os guardas estavam perto demais do prisioneiro para que ele se valesse de Lady Liberty outra vez.

O prisioneiro deu uma nova chicotada e um guarda cambaleou. Seu companheiro abriu fogo. O homem de cabelos brancos e outro guarda tropeçaram, mas só o guarda tombou.

Freedom atingiu a Grande Muralha. Pôde escutar o compensado se rachando com seu peso. A plataforma de madeira estremeceu e a pilha de carros rangeu abaixo dele. Por um breve momento, a estrutura toda se inclinou.

– De joelhos – ele berrou. – Fique de joelhos com as mãos atrás da cabeça.

Enquanto as palavras saíam de seus lábios, lembrou-se da insistência de Stealth em lançar mão de força letal e se deu conta de que nada tinha parado o homem até então.

O prisioneiro olhou de relance o capitão e, depois, para a multidão de ex's mais abaixo.

Freedom avançou.

O homem de cabelos brancos se jogou pelo corrimão e mergulhou na horda.

Freedom olhou pela beira da plataforma. O prisioneiro tinha desaparecido por baixo de, pelo menos, vinte mortos-vivos. Aglomeraram-se sobre ele e o ruído dos dentes pareceu aumentar.

O capitão se voltou aos homens na muralha. Os dois ainda de pé, aquele que tinha dado o tiro e uma mulher de tranças alinhadas, estavam apenas parados no lugar. Freedom conhecia aqueles olhares. Estavam chocados. O atirador pulava os olhos entre as cordas do corrimão e o companheiro baleado. A mulher estava congelada, boquiaberta.

– Você – ele disse, estalando os dedos para o atirador. Apontou para um dos corpos. – Veja se está tudo bem. Agora.

O sujeito piscou algumas vezes, saindo de seu estado de torpor, e correu para acudir o guarda caído. A mulher permanecia estática. Freedom a ignorou.

O homem baleado tossiu, cuspindo um pouco de sangue. Freedom viu a mancha escura se espalhando pelo peito. Sangrava muito, mas não aos jorros. Era grave, mas provavelmente não seria fatal se recebesse logo os devidos cuidados.

O outro homem tinha uma lâmina enterrada no peito. Parecia que a arma tinha sido esculpida em madeira, estava mais para uma estaca do que uma lâmina de fato. Ele ainda respirava, mas de modo irregular. O atirador conversava com ele, segurando sua mão e implorando para que ele não desistisse.

O último guarda, estrangulado pelo chicote do prisioneiro, desfez a última volta da corda e a jogou de lado. Estava coberto de sangue. Suas mãos, encharcadas. Mas não o suficiente para que fosse uma hemorragia arterial. O chicote tinha só esfolado o pescoço até a carne.

– Sete – Freedom disse. – Aqui é o Seis.

– Seis, Sete na escuta.

– Sete, aqui é o Seis. Precisamos de um médico com urgência na Grande Muralha ao sul, na Windsor. Temos três feridos. Um em estado grave, um em estado crítico.

Ela acusou recebimento e os olhos dele recaíram sobre a corda. Freedom a cutucou com a bota e se agachou para examiná-la. Franziu a testa.

Era uma trança bruta. Os longos fios entrelaçados não eram de couro, mas nervos e tendões ressequidos e trançados juntos. Havia farpas brancas ao longo de toda sua extensão, reunidas em quartetos bem apertados. Confeririam à arma uma forte semelhança com um pedaço comprido de arame farpado. Levou um momento para que Freedom percebesse estar olhando para cerca de dez ou doze dentes costurados na chibata, com as raízes viradas para cima.

O capitão ouviu um barulho e ergueu os olhos ao se deparar com Stealth. O manto tremulava por trás dela.

– Onde está o prisioneiro?

Freedom apontou com a cabeça para o corrimão.

– Ele está morto, senhora. Jogou-se pela borda da muralha. Os ex's o trucid...

Com três passos ligeiros, Stealth alcançou o corrimão. Sacou suas armas num piscar de olhos. Freedom percebeu um movimento sutil por baixo do capuz enquanto ela perscrutava a base da Grande Muralha.

Então as duas armas dispararam, mirando em algo do outro lado da rua. Freedom lançou mão de Lady Liberty e se juntou a Stealth no corrimão bem na hora em que sua munição acabou. Levou um instante para que ele percebesse no que ela atirava.

Lá estava o prisioneiro, de braços abertos. Suas roupas tinham sido retalhadas pelos ex's e seu corpo estava coberto de sangue, mas ele tinha um sorriso no rosto. Uma mulher morta se atracou em seu antebraço e abocanhou um pedaço de carne. Outro ex roía sua panturrilha. O homem de cabelos brancos nem parecia notar.

Os dedos de Stealth se mexeram e cartucheiras vazias caíram de ambas as pistolas. Recarregou as pistolas em segundos e logo atirava de novo. Freedom imitou-a e Lady Liberty estrondou. O atirador se juntou a eles, mas Freedom tinha a impressão de que o sujeito estava tão somente desperdiçando munição.

O prisioneiro se debatia todo sob a enxurrada de balas. Sua carne se rompia e sangue jorrava pelo gramado. Cambaleou e caiu para trás. Os ex's ao redor foram dilacerados pelas rajadas de Lady Liberty. O que sobrou deles ficou caído de ambos os lados do homem.

– Se a senhora me permite perguntar – Freedom disse –, que diabos foi isso?

A mulher encapuzada o ignorou. Simplesmente recarregou suas armas de novo.

O prisioneiro saiu rolando e engatinhou pelo gramado.

Stealth não o deixou escapar de sua mira e disparou com a precisão de um atirador de elite condecorado. Freedom viu pelo menos uns cinco ou seis tiros acertarem o sujeito antes que ele se colocasse novamente em pé. O homem de cabelos brancos continuou correndo até o fim do quarteirão antes de olhar para trás, e Stealth retribuiu o gesto com três balas no meio do seu rosto. Sua testa explodiu em pedaços e ele tombou contra uma perua, mas já se mexia de novo antes de atingir o chão. Ele sacudiu a cabeça, recuperando-se do impacto, rolou para debaixo do veículo e desapareceu.

Uma sombra passou sobre Stealth e Freedom. St. George pairava no ar.

– Vai – a mulher encapuzada gritou. – Para aquele lado!

O herói saiu em disparada pela rua atrás do prisioneiro foragido. Foi até a perua e sacudiu a cabeça. Levou as mãos à boca e gritou um nome duas vezes.

Freedom ficou esperando que a mulher encapuzada se voltasse a ele, mas ela se manteve com os olhos fixos no lado de fora, procurando o prisioneiro. Ele aproveitou o momento para enfiar o fone de volta no ouvido. O homem em pânico ainda monopolizava as ondas do rádio:

– Ai, Jesus. A Coisa escapou. Ela escapou da Adega.

VINTE E UM

AGORA

Legião deu por si no corpo de um homem morto, vagando no meio de uma ruela residencial arborizada. Pequenas casas e um ou dois prédios. Observou ao redor e vislumbrou, através dos olhos de uma mulher morta, o fim do quarteirão. A placa de rua dizia Stetson.

Expandiu sua visão, pulando de ex em ex, até avistar mais alguns nomes de ruas nas redondezas. Walnut. Harkness. Colorado. Viu grandes edifícios compondo um *campus* e o letreiro da Universidade de Pasadena. Estava a cerca de quarenta quilômetros da Grande Muralha, passando Glendale.

Sua atenção se voltou a um novo corpo, um samoano corpulento mancando pelo estacionamento de uma loja. Estava intacto, exceto por alguns arranhões e cortes. E um olho morto. Levou a mão ao rosto para checar a órbita e se deu conta de que era um olho de vidro. Daria pro gasto, por ora.

Legião analisou o estacionamento. A loja tinha um toldo cor de rosa desbotado com um logo onde se lia "99". Havia uns dez carros empoeirados, estacionados em ângulos diferentes. Um deles tinha se chocado contra a lateral de outro, arruinando ambos. A porta do motorista estava aberta e ele viu manchas antigas de sangue no banco do passageiro. Um V-8 amarelo estava atravessado pela metade na vitrine da loja, bem próximo das portas automáticas. Carrinhos de compras roxos estavam espalhados por toda parte. Alguns tinham se afastado com a força do vento, outros estavam de cabeça para baixo, feito animais mortos.

Fitou outro ex no estacionamento. Era uma mulher mais velha com o rosto enrugado e dois buracos de bala no peito.

– Que diabos – ele perguntou a ela – rolou aí?

A morta ficou olhando para ele por um breve momento, depois saiu cambaleando pela lateral de uma picape.

Por um instante, ele considerou avistar de novo o Monte. Eram quase dez mil ex's num raio de um quarteirão da Grande Muralha. Ele podia senti-los de uma maneira básica, como alguém que sabe estar vestindo short ou tirando as roupas de baixo sem precisar verificar. Simplesmente sabia onde eles estavam, por toda a cidade. Não era preciso muito esforço para ter acesso a eles e ver através de seus olhos.

O que quer que o tenha atacado, porém, tinha levado seus ex's embora. Numa hora, eles estavam lá. No instante seguinte, um monte tinha sumido. Ainda podia vê-los, mas era como se uma parte dele tivesse ficado dormente, feito um aleijado olhando para pernas que já não faziam mais parte dele. Tinham se tornado se outra coisa.

E essa "outra coisa" tinha arrebentado com ele.

Quando o primeiro pulou em cima dele, Legião pensou que fosse um novo truque do Dragão. Alguém com telepatia ou seja lá como for que se chama quem move as coisas com a mente. Mas ninguém da turma do Dragão era assim tão selvagem. Mesmo quando Stealth lutava, ela era intensa, sim, mas nunca sádica.

Aquela coisa tinha sido veloz e brutal e cruel, como se tivesse lutado contra um pitbull esfomeado. Um cruzamento entre um pitbull inteligente e esfomeado e uma piranha. Quanto mais ex's jogava nele, mais a coisa jogava de volta.

Legião não tinha mais um corpo real. Já fazia um ano e meio. Ele surtou, no começo. Chegou perto de chorar, uma vez. Homens de verdade ainda choravam de vez em quando. Não muito, mas acontecia.

Mas então deu-se conta de que tinha se tornado algo maior do que simplesmente Rodney Cesares ou Peasy. Tinha se tornado intocável. Sim, ele não tinha mais um corpo. Tinha milhões de corpos, todos eles incansáveis e insensíveis à dor.

Insensíveis até então, pelo menos. O que quer que estivesse usando os outros ex's o tinha machucado. E muito. Tinha sentido cada corpo sendo dilacerado. E, por alguns instantes, a coisa o tinha mantido preso lá, como se fosse um *geek* tendo a testa segurada por alguém enquanto desfere socos inúteis ao vento. Ele não tinha sido capaz de dar o fora.

Não tinha sido capaz de fazer nada.

Legião chutou um dos carrinhos de compras roxos, que saiu quicando pelo estacionamento. Ele foi atrás, deu outro chute no carrinho e acompanhou sua trajetória até a lateral de um Lexus. Um derradeiro pontapé levantou alguns montes de poeira e arranhou ainda mais a pintura do carro.

Tinha certeza absoluta de que aquela coisa no Monte teria sido capaz de matá-lo. Não sabia como, mas pôde sentir isso em seu âmago. Se tivesse ficado lá, ele teria sido dilacerado. De algum modo.

O que o acabou salvando, no fim das contas, foi o fato de que os outros ex's tinham se transformado depressa demais. Não tiveram tempo para causar um estrago maior. Tinham presas e garras protuberantes, feito lobisomens, suficientes para foder fácil com uma pessoa normal. Daí arrebentaram feito salsichas num micro-ondas e desmoronaram aos pedaços. Houve uma breve pausa e foi então que ele aproveitou para se atirar de lá, como se pulasse de uma ponte. Estava se lixando para onde acabaria parando, contanto que não ficasse lá.

Era meio familiar, aquilo no que os outros ex's tinham se transformado, mas ele não conseguia determinar o que era. Talvez algo a ver com seus meses no Exército, quando o entupiram de drogas, junto a um grupo de outros, para torná-los maiores e mais fortes. Tinha um monte de coisa estranha rolando naquela época.

Legião pegou o carrinho de compras. O samoano morto tinha músculos como concreto, que eram ainda bastante fortes. Suspendeu o carrinho acima da cabeça, soltou um grito e o atirou contra o para-brisa do Lexus. O vidro trincou de ponta a ponta. Pegou o carrinho de volta e jogou outra vez. O para-brisa estilhaçou-se por todo o painel e os bancos da frente. Tentou tirar o carrinho com um puxão, mas uma das rodinhas estava enganchada no volante.

Resmungou qualquer coisa e deu um soco na janela do motorista. Depois, jogou as duas mãos fechadas sobre a capota, amassando-a. Chutou a porta, esmurrou o capô e arrancou o carrinho, deformando o volante. Deu uma bofetada no que tinha sobrado do para-brisa.

Verdade seja dita, ele estava muito entediado e não era de hoje. Mesmo com todo o esforço necessário, projetos grandes como o saque do arsenal da Guarda Nacional ou o recolhimento de todos os coletes e armas e munição da cidade não demoram nada quando se tem cem mil corpos fazendo o trabalho sujo. Pelo menos uma vez por semana ele destruía um carro qualquer, só de onda. Às vezes uma casa ou um prédio residencial. Uma vez, destruiu metade da praça de alimentação da Glendale Galleria durante um dia de fúria.

Alguns minutos de violência gratuita depois, ele enfim se acalmou, e ficou parado olhando o carro. Acabara com ele. O teto foi bater no chão, e o capô tinha sido destruído. Todas as janelas estavam quebradas, bem como um dos faróis e quase todo o painel.

As mãos do samoano também ficaram arruinadas. Os dedos, todos quebrados, e as juntas em carne viva. O pé bem estragado pelos chutes. Concentrou-se numa menina esquelética no outro lado do estacionamento e pulou dentro dela. Assistiu ao samoano cambaleando com o pé bichado por dois ou três metros antes de capotar. A coisa morta ficou se debatendo no asfalto por mais ou menos um minuto antes de se virar de bruços e sair rastejando.

Legião deixou sua consciência fluir solta novamente por um tempo, passando rápido pela mente do samoano outra vez para depois se concentrar no interior de um senhor idoso no meio do Colorado Boulevard. Um cara grandalhão, muita barba e pelanca. Legião gostava de ser grandalhão. Lembrava a todos o quanto era forte.

Pobre alma.

Legião deu meia volta e cambaleou. O joelho do velho estava ruim. Talvez a perna inteira, e estar morto não a tinha ajudado. Fez força pra endireitar a postura.

Ninguém atrás dele. Pensou ter escutado uma voz, um zumbido no ar como o garoto-sininho do Monte. Mas sua cabeça estava cheia de coisas mais importantes. Já tinha superado o acontecimento de mais cedo e estava pronto para começar a planejar o próximo ataque.

Como você é interessante, pobre alma.

Dessa vez Legião pulou de ex em ex para vasculhar em volta. Viu-se no velho, numa mulher parruda e maneta, num adolescente, uma magricela de cabelos e rosto carbonizados.

Não havia ninguém por perto a não ser ele. Ficou em todos os corpos ao mesmo tempo e marchou pela rua. Procurou dentro dos carros, por trás das paradas de ônibus e no pátio de uma Starbucks.

Não sabia dizer se tinha mesmo escutado a voz ou só imaginado. Mas pareceu estar perto dele. E quente. Não um quente confortável, mas uma quentura de febre com calafrios.

Pequeno Rodney Casares. Filho de Juan e de Gabrielle. Uma vez tão grande, e agora uma alma sem corpo. Fascinante.

– Certo – Legião gritou. Descobriu dois ex's em cima do telhado de um brechó e outro preso dentro de um balcão mais alto. Varreu a rua com os olhos deles. – É você, homem-choque? Cadê você, *hijo de puta?*

Nada. Não conseguia enxergar ninguém em lugar nenhum. Estendeu a mão e conduziu mais uns ex's até o cruzamento. Trinta ângulos diferentes e nada.

– Você acha que pode se esconder de mim? – o morto encheu os pulmões de ar e soltou um berro – EU SOU LEGIÃO. ESTOU EM TODOS OS LUGARES.

As palavras ecoaram pela rua por um instante. Em seguida o silêncio prevaleceu. Até o vento parou.

Tomou o nome de Legião em vão, pequena alma?

Ele pulou de volta dentro do velho com o joelho ruim e escancarou um sorriso.

– Eu sou o Legião, seu merda – ele vociferou. – Sou a morte encarnada. Sou o cara que matou o mundo todo.

Teve a forte sensação de que alguém estava bem atrás dele. Deles todos. Todo e qualquer ex ao seu alcance sentiu um formigamento quente nas costas e nos ombros, um puxão de leve nos olhos. Todos os corpos olharam em volta e não viram nada, mas a sensação persistia.

Você insulta o grande nome de meu irmão com sua ignorância e arrogância. Talvez, uma lição de humildade seja apropriada. No mínimo deve aliviar meu tédio enquanto aguardo minha nova vestimenta.

Legião fechou os punhos bem apertados. Todos os mortos no raio de três quarteirões o imitaram, guiados por sua fúria.

– Ah, é mesmo? – ele cuspiu. – Seu covarde fodido. Vem aqui e dê seu melhor golpe.

Instantes depois, todos os ex's no condado de Los Angeles gritaram ao mesmo tempo.

VINTE E DOIS

AGORA

— Senhora — Freedom disse —, senhor, com todo o respeito, a culpa é de vocês.

Stealth ficou sem reação. St. George já tinha dito que era possível pegá-la desprevenida, mas essa foi a primeira vez que Freedom testemunhou isso. Ele se perguntou com qual frequência alguém tinha a ousadia de interromper aquela mulher.

O capitão estava na sala de reunião de Stealth com os outros heróis. Era raro Freedom ser convidado a essas reuniões matinais. Mas compreendia bem que eram encontros informais, entre heróis que já se conheciam havia anos.

A mulher encapuzada estava no lado oposto da mesa de conferência e o encarou. Ele tinha aprendido a interpretar os olhares dela, mesmo através da balaclava branca que sempre usava.

St. George estava ao seu lado, apoiado sobre a mesa. Parecia preocupado durante a reunião toda.

Barry, em sua cadeira de rodas, estava numa das laterais. Também estava muito mais quieto do que de costume. A bem da verdade, Freedom ainda não tinha visto o sujeito abrir a boca.

Danielle estava sentada ao lado da cadeira de rodas. Com o tempo, Freedom percebera como era raro vê-la sem a armadura Cerberus, se ela tivesse a opção. Mesmo agora, com o tenente Gibbs e o menino Cesar aptos a operar o traje de combate, ainda era ela quem a usava mais da metade do tempo. Já tinha conhecido alguns comandantes de tanques que também não se sentiam nada confortáveis a menos que estivessem cercados por aço.

A disposição da sala também não lhe era nada estranha. Já tinha estado em mesas semelhantes três vezes antes. Em duas, investigações oficiais sobre mortes de soldados sob seu comando. Em outra, quando foi levado ao Projeto Krypton e toda a grade de atividades internas lhe foi revelada.

Ainda não sabia dizer que tipo de reunião era aquela. Todos os quatro heróis pareciam desconfortáveis. Podia ser qualquer coisa.

– Por favor – Stealth disse. Sua voz era de gelo. – Continue.

– Já estou aqui há oito meses, senhora, e essa é a primeira vez que ouço falar de um prisioneiro de máxima segurança no Monte. E sendo mantido a menos de cem metros do meu próprio alojamento.

– Quer dizer que você nunca ouviu falar da Adega?

– Claro que sim, senhora. A cidade inteira já ouviu falar. E cada um tem sua própria ideia do que seja. Já vieram me dizer que era zona de quarentena, confinamento de ex-humanos, e onde mantínhamos monstros. – Ele fez um sinal a St. George. – Certa vez, um menino veio muito animado me dizer que era lá onde você escondia a lanterna mágica que lhe dava seus superpoderes, e você tinha de ir lá pra recarregá-los.

Barry se virou ao amigo:

– Você tinha uma lanterna mágica todo esse tempo e nunca me contou nada?

St. George deu um sorriso, revirando os olhos. Danielle o acompanhou. Não chegou quebrar o gelo, mas o rachou na medida para que todos pudessem respirar.

Freedom se inclinou sobre a mesa:

– Quem é esse prisioneiro? Por que ele estava preso? E de onde ele tirou todas aquelas armas rudimentares? É alguma coisa... ritualística?

– Cara, isso até que seria uma boa – Barry disse. – Ia ser tão mais simples.

– Por falar em ritual – Danielle interrompeu –, não era pro Max estar aqui por causa dessa coisa toda?

Sem se virar, Stealth apontou em direção a um dos inúmeros monitores na sala, atrás dela. A tela maior mostrava Max numa outra sala de reunião em algum lugar. Estava rabiscando anotações e símbolos num quadro branco enorme. Franziu a testa ao recuar para analisar o quadro e apagou algumas linhas.

– Ele foi avisado duas vezes, por cortesia. A presença dele não é necessária.

– Ainda trabalhando com a coisa de tranca-rua? – Barry perguntou.

– É o que ele diz. Parece que o berro do Legião o deixou preocupado. – Stealth jogou alguma coisa na mesa de mármore. Quicou até o outro lado e parou em frente a Freedom. – Foi com essa arma que o prisioneiro atacou vocês?

Ele pegou o objeto.

– Parecia com isso, sim, senhora. Não dá pra ter certeza. Só vi de relance.

Era uma lasca grossa de madeira clara. Tinha sido amolada até ficar quase tão afiada quanto uma lâmina. Freedom reconheceu as marcas das armas rudimentares que tinha visto no Iraque. Alguém tinha raspado as pontas numa pedra ou no concreto para moldá-la.

Então voltou sua atenção ao pomo espesso na extremidade do cabo.

– Já isso aqui é de osso – ele disse.

– É – St. George confirmou.

– Será que alguém passou um pernil de carneiro para o prisioneiro por baixo dos panos?

– É uma tíbia humana – Stealth retrucou. – Pra ser precisa, é a tíbia esquerda do prisioneiro.

Barry jogou a cabeça para trás e esfregou as têmporas.

Freedom colocou o osso de volta sobre a mesa.

– Eu posso dizer com certeza que o prisioneiro tinha as duas pernas.

St. George concordou com a cabeça.

– Pois é, tinha sim.

Freedom franziu a testa e fez um sinal de cabeça, sem tirar os olhos da mesa.

– E o chicote?

A corda estava enrolada dentro de um saco grande de provas. Ele ficou se perguntando como Stealth tinha sacos de provas de verdade enquanto seu pessoal usava *ziplocs*.

– É difícil identificar os tecidos musculares exatos sem alguns testes – ela disse. – No entanto, a julgar pela densidade e o comprimento dos tendões, posso afirmar com toda segurança que o chicote foi confeccionado a partir de nove músculos sartórios. Onze molares também foram encravados na trança pra otimizar a tração ou os danos. Possivelmente ambos.

Danielle deu de ombros e virou seu rosto da mesa.

Freedom refletiu por um instante.

– Isso quer dizer que foram várias vítimas? Será que ele chegou a matar alguém antes de fugir e nem nos demos conta disso?

St. George sacudiu a cabeça.

– Não – o herói disse. – São todos dele. Do prisioneiro. – Tamborilou os dedos na mesa por um tempo. – Examinando essas e as outras evidências que encontramos na Adega, é possível dizer com toda a certeza que ele estava arrancando seus próprios ossos e músculos pra fazer as armas e ferramentas.

Os olhos de Freedom pestanejaram. Chegou a abrir a boca para retrucar, mas logo a fechou. Depois de mais alguns instantes, disse:

– E como você nunca percebeu isso, senhor?

– Nós nunca notamos – Stealth disse – porque crescia tudo de novo.

O gigantesco capitão ficou ruminando aquelas palavras por um tempo.

– Antes da queda – Freedom disse –, havia um herói com poderes de autorregeneração. Era conhecido como Regenerator.

– Às vezes também chamado de Immortal – Stealth confirmou. – Seu verdadeiro nome é Joshua Garcetti.

– Ele foi atacado e mordido num hospital de campo, não foi? – Freedom olhou para St. George. – Pensei que ele tivesse morrido.

– Não exatamente – Danielle murmurou.

– Josh sobreviveu à mordida – St. George disse. – Mas os poderes dele foram anulados. Ele era apenas um cara normal, com uma mão estragada onde a infecção tinha ficado contida.

Freedom se lembrou da mão atrofiada do prisioneiro.

– Ele estava na Adega. Por quê?

St. George ficou batendo os dedos sobre a mesa. Danielle se ajeitou na cadeira. Até Barry se remexeu um pouco. Stealth encarou o enorme capitão bem nos olhos.

– O que ele fez? – Freedom perguntou.

– Você precisa entender uma coisa – St. George explicou. – O Josh tinha enlouquecido. Total e completamente. Ele conseguiu nos esconder isso por um ano enquanto o Monte estava sendo construído. Nenhum de nós desconfiava.

– Desconfiava do quê, senhor?

– Dezesseis meses atrás – Stealth retomou –, descobrimos que a condição de Regenerator era um transtorno somatoforme complexo, no qual suas habilidades faziam com que sua culpa se manifestasse fisicamente numa lesão.

– Culpa?

Danielle apoiou o queixo na mão, cobrindo sua boca com os dedos. Ela se virou para analisar um dos monitores. St. George olhou para Stealth.

– O que você está prestes a ouvir, capitão, é de conhecimento apenas de nós quatro e, agora, do senhor. Não deve sair desta sala sob qualquer hipótese. Nunca.

Contaram-lhe toda a verdade.

※ ※ ※

St. George já tinha visto o capitão Freedom irritado antes. Ainda em Krypton, quando o oficial passou por uma lavagem cerebral para acreditar que Stealth tinha matado seu comandante. Aquela calma e a frieza em seu olhar, porém, eram ainda mais perturbadoras.

– Ele fez tudo isso. Seu parceiro é a fonte do ex-vírus.

– Ele não é nosso parceiro – Stealth corrigiu.

– Eu nunca o tinha visto até construirmos o Monte – Danielle emendou.

– Esse homem é o responsável por tudo isso – sussurrou o capitão. – Pela morte de milhões de pessoas.

– Bilhões – Stealth corrigiu novamente. – Pelos últimos índices populacionais conhecidos e algumas estimativas projetadas, 5,42 bilhões de pessoas morreram em 2009 em decorrência direta do ex-vírus.

– Meus homens morreram! – Freedom gritou – Aquele homem causou a morte de dezenas de soldados sob o meu comando. Você sabia disso e não me disse nada.

– Muitas pessoas morreram, capitão – St. George retrucou. Uma nuvem de fumaça rolou de sua boca quando ele disse isso. – Todo mundo aqui perdeu amigos, familiares e entes queridos. Você acha que ninguém aqui teve vontade de ir lá e picotá-lo em pedacinhos até que não fosse mais capaz de se curar?

– E por que ninguém fez isso?

– Porque nós somos os mocinhos – St. George respondeu. – Precisamos lembrar às pessoas que, às vezes, elas precisam fazer a coisa certa, mesmo que a coisa errada seja muito mais fácil e vá deixar todo mundo mais feliz. Somos nós o exemplo para que tudo isso não vire *Mad Max 2*. Esse é o nosso dever. E é o seu também.

Foi o suficiente. O enorme oficial se acalmou.

– Ele estava sendo punido – o herói prosseguiu. – Dissemos pra todos que ele tinha enlouquecido e se suicidado. Ele estava sempre tão deprimido pela morte da mulher que ninguém questionou. Passou o último ano e meio numa cela de seis metros quadrados. Esse tempo todo sem ver a luz do sol. Eu era a única pessoa com quem ele conversava. Até paramos de lhe dar comida, quando percebemos que ele não precisava comer. Quando as coisas por aqui estivessem realmente estáveis, íamos entregá-lo nas mãos do povo para que fosse julgado.

– Sabendo que o senhor é um homem que compreende bem questões morais – Stealth disse –, estou certa de que entenderá também a razão pela qual mantemos todos esses fatos sob o mais absoluto sigilo até agora.

Freedom endureceu o queixo.

– Infelizmente, senhora, eu entendo.

– Sendo assim, nossa principal preocupação agora não envolve justiça, mas sim contenção. O que significa dizer que recapturá-lo deve ser nossa maior prioridade.

– Problema sério – Danielle retrucou, batendo um dedo no mapa. – Não podemos ir atrás dele sem atravessar os símbolos mágicos do Max.

– Se é que eles são reais – Stealth ponderou.

– Essa coisa aí fora parece ser bem real pra mim – Barry rebateu. – Com todos aqueles dentes e o fogo e os pedaços dos corpos se contorcendo. Foi como se um filme do John Carpenter tivesse virado realidade.

– Isso existe de fato – Stealth disse –, mas não significa que seja um demônio. Ou que esteja sendo retido por símbolos mágicos. – Ela apontou aos mapas. – Os ex's vão continuar perseguindo o Regenerator enquanto ele permanecer no campo de visão ou audição deles. Se St. George ou Zzzap estiverem a uma boa altitude, serão capazes de perceber um padrão de movimentação bem parecido com a maré ou uma correnteza. Isso nos dará uma noção geral de sua localização atual.

– Uma pergunta básica – Barry disse. – Isso é ruim de verdade?

Stealth se virou a ele:

– Desculpe, mas acho que não entendi direito.

– Certo, então o Josh escapou. E saiu do Monte. Está fora de todo o complexo da Nova Los Angeles ou seja lá como vamos chamar. – Ergueu os ombros em sua cadeira de rodas. – Agora ele está sozinho contra o Cairax McBitey e o quê, uns cinco milhões de ex's aqui em Los Angeles. Mais uns seiscentos milhões ou sabe Deus quantos na América do Norte. Não quero parecer insensível, mas... parece que o problema está resolvido.

– Será? – Danielle disse, cruzando os braços com força. – Eles vão ser capazes de matá-lo mesmo?

– Perdoem-me a pergunta – Freedom retomou a palavra. – Mas, pelo que vocês me disseram, será que *alguma coisa* seria capaz de matá-lo?

Houve um momento de silêncio.

– Até onde é do meu conhecimento – Stealth respondeu –, ele nunca foi decapitado.

– Ah, por favor – St. George disse. – Vamos caçá-lo e cortar a cabeça dele fora?

Ela inclinou a cabeça por dentro do capuz.

– Eu estava apenas conjecturando um cenário possível em que seus poderes não permitissem que ele se regenerasse.

Fez-se um breve silêncio, e então alguém pigarreou.

Max se sentou à extremidade oposta da mesa de reunião. Seu terno era azul-marinho com uma gravata paisley vermelha e prata. St. George percebeu que já mal podia reconhecer Jarvis no rosto de Max. Ainda sobrava alguma coisa ao redor dos olhos, nas bochechas, mas a essência do homem grisalho tinha desaparecido.

– Desculpem o atraso – Max disse. – Fiquei acordado a noite toda pensando em algumas coisas antes que esquecesse. Com o Cairax assim tão determinado e agressivo, percebi que precisava encontrar uma maneira de bani-lo de vez. – Ele colocou os pés sobre a mesa.

Freedom olhou de relance para a porta.

– Como foi que você...?

Max balançou os dedos no ar e sorriu.

– Ele está calçando sapatos com sola de borracha – Stealth disse. – E as portas têm dobradiças pneumáticas.

– Você não tem um pingo de fantasia nessa alma? – Max sacudiu a cabeça. – A boa notícia é que eu cheguei a uma resposta. Vou precisar de quatro dias pra preparar tudo, e aí sim me livro do Cairax pra sempre.

– Sério? – Barry perguntou.

– Sim. Mas o que foi que perdi aqui? Alguma coisa ainda relevante?

– A fuga do Josh – St. George disse. – E se a gente deve ou não ir atrás dele.

– Qualquer um que cruzar os sinais antes do Cairax ser banido vai se dar mal – Max retrucou. – Mas refresquem minha memória: quem é esse Josh?

Danielle suspirou. Stealth fechou a cara e cruzou os braços.

– Joshua Garcetti – ela disse. – Mais conhecido como Regenerator.

– Espere – Max rebateu, sentando-se. – O Regenerator ainda está vivo?

– Pois é – Barry disse. – Você perdeu a grande fofoca do dia.

– Que coisa... É como se a gente estivesse reunindo a banda toda de novo. O que aconteceu com ele?

– Ele era nosso prisioneiro – Stealth respondeu. – Até escapar há duas horas e meia. Ele está em algum lugar por Los Angeles, fora da Grande da Muralha.

– O QUÊ?

Max pulou da cadeira com tanta força que ela deslizou pelo chão até se chocar contra a parede. Olhou para todos eles, um de cada vez. Seus olhos estavam arregalados e seu peito arfava. Apertou as mãos contra a mesa.

– O Regenerator está solto lá fora pela cidade? Ele passou dos sinais?

St. George confirmou de cabeça e deu de ombros.

– Sim, e daí?

– Ele ainda tem seus poderes? Um pouco antes de tudo entrar em colapso, ouvi dizer que ele tinha perdido os poderes.

– Ainda tem, sim – Danielle respondeu.

– Ele levou mais de dez tiros calibre doze durante a fuga – Freedom disse. – Isso mal o retardou.

– Ai, Jesus – Max murmurou. Levou as mãos à cabeça. – Ah, merda, merda, merda.

Stealth cruzou os braços.

– Algum problema?

Os olhos de Max ainda estavam esbugalhados.

– Problema? – ele repetiu. – Bem, todo mundo em Los Angeles tem umas nove, talvez dez horas de vida. Fora isso, está tudo fantástico.

VINTE E TRÊS

AGORA

– Explique-se – Stealth exigiu.

Max sacudiu a cabeça.

– Certo, olha só: o único motivo pelo qual o Cairax Murrain ainda não se manifestou foi porque qualquer hospedeiro precisaria cumprir duas condições fundamentais. O cara tem que estar vivo e precisa ser resistente o suficiente pra sobreviver ao processo de possessão. Por isso era tão importante que George não fosse além das barreiras. Uma coisa que poderia matar qualquer um acabaria possuindo-o.

– Ok – St. George disse, com um sinal de cabeça.

– Bem, agora tem um corpo lá fora que não vai morrer. O Regenerator pode aguentar todo o estrago e continuar. Ele é totalmente viável. Então, no instante em que disser que sim, o Cairax vai começar a migrar, do jeito que eu fiz. E, quando for de carne e osso, vai vir direto pra cá e matar todo e qualquer homem, mulher, criança e gato fofinho no Monte.

– Mas estamos seguros aqui dentro, né? – Barry abanou o braço em direção à janela. – Essa é a função dos símbolos.

Max sacudiu a cabeça.

– Não estamos nada seguros. Aqui dentro não é mais nem um pingo seguro. É como se estivéssemos no meio do oceano, a milhares de quilômetros de qualquer coisa, num bote inflável barato com um tubarão branco enorme circulando em volta. Exceto pelo fato de que a merda do bote está furado e o tubarão é blindado, está alto de metanfetamina e tem um laser na cabeça. Esse é o tanto que estamos "seguros". – Começou a andar. – Os sinais só bloqueiam a essência dele. Davam a garantia de que ele não ia fazer ninguém pipocar do nada dentro do Monte. Quando tiver um corpo, ele pode simplesmente andar pra cima e pra baixo pelos hexagramas todos, que nem você e eu. E daí todo mundo aqui morre.

Danielle ficou dobrando a ponta do mapa sobre a mesa.

– Você fala bastante no quanto essa coisa é horrível.

– Porque eu sei que vocês não estão entendendo – Max retrucou, andando de um lado para outro pela sala. – Vocês todos ficam aí pensando só na surra que o George deu num zumbi, uma versão mestiça do Cairax, e se convencendo de que não é grande coisa.

– E isso é pior? – St. George perguntou.

– É a pior coisa que existe no mundo inteiro. Ponto. Pega todo livro que você já leu, todos os filmes que você já viu, isso é mil vezes pior. É a fonte na qual todo e qualquer vilão que você já ouviu falar é baseado, porque ele é tão, mas *tão* maléfico, que só de tomar conhecimento da sua existência o mal vaza por entre as dimensões. Ele é tão terrível que, quando um grupo de satanistas idiotas o libertaram no século XIV, o nome dele entrou no vocabulário e virou sinônimo de praga.

Freedom cruzou os braços. Em lados opostos da sala, ele e Stealth pareciam mais um par descombinado de pesos para livros.

– Lembra de quando ele te mordeu? – Max perguntou a St. George. – Claro que lembra, né? Foi a primeira vez que alguma coisa tinha ferido o Mighty Dragon em o quê, uns dois anos até aquele momento?

O herói se curvou e esfregou o braço.

Max balançou a cabeça.

– Sabe do que você tinha gosto, George? Você tinha gosto de medo. Terror. Eu estava morto e num corpo possuído e deu pra sentir o gosto de medo na minha língua. Pra ver como estava forte. – Ele parou de andar e apontou para a janela. – Aquela coisa lá fora, a existência toda dela se resume a duas coisas. Medo e morte. Alguém se cagando de medo de morrer é tipo sexo pra ele, se o sexo te garantisse barriga cheia e roupa lavada. Alguém morrendo pra ele então é tipo aquela euforia na hora em que dá meia-noite no Ano Novo. E quando tiver um hospedeiro, acredite, vai ser meia-noite aqui no Monte por muito, muito tempo.

A sala ficou em silêncio. Todos olharam para a janela. Max colocou as mãos sobre a mesa e deixou sua cabeça cair.

– Está certo – St. George disse. – O que podemos fazer agora?

O feiticeiro sacudiu a cabeça.

– Não tenho certeza – ele respondeu. – Isso é muito maior do que qualquer coisa que eu já planejei na vida. Quer dizer, mesmo nos meus piores cenários nunca imaginei que ele pudesse arrumar um hospedeiro viável. Quando ele for de carne e osso... – Max ergueu os ombros.

– Você afirmou que o demônio já tinha sido liberto durante a Idade Média – Stealth disse. – Como ele foi derrotado?

– Eu não sei – Max disse. – Os detalhes são obscuros. A lenda popular diz que o papa Clemente Sexto enganou o demônio e fez com que ele tocasse no anel do pescador. O bicho desincorporou na hora, mas também matou o papa.

– Então só precisamos encontrar esse anel – Barry concluiu. – Certo.

– É no mínimo razoável supor que o anel esteja do outro lado do planeta – Stealth retrucou. – No último relatório, o papa Bento tinha sido sequestrado no Vaticano durante os surtos. É provável que o anel ainda esteja naquela área.

– Saber onde está em nada nos ajuda, se não podemos chegar lá – Freedom disse, olhando para Stealth. – A menos que vocês estejam me omitindo maiores informações, eu não acho que tenhamos um jato transcontinental escondido em algum lugar no Monte.

– Eu poderia voar até lá – St. George sugeriu.

– Sem querer ofender, senhor, mas os seiscentos e cinquenta quilômetros até Krypton já o deixaram bastante cansado. Estamos falando de mais de vinte vezes essa distância, metade da qual seria sobre mar aberto.

– E há um problema ainda maior – Danielle acrescentou. – Tudo isso implicaria em sair do casulo e cruzar aqueles símbolos encantados lá fora.

– Esse anel está fora de questão – Max disse, apontando para Barry em seguida. – A única pessoa capaz de chegar lá, encontrar o anel e voltar a tempo seria o Zzzap, e ele não poderia carregar nada de volta.

– De onde vem essa certeza sobre o tempo que temos? – Stealth perguntou.

– Eu já disse, tem um monte de regras pra isso acontecer. Pra que qualquer tipo de possessão consciente aconteça, os cordões astrais têm que estar interligados, almas casadas, contratos estabelecidos, esse tipo de coisa. Isso leva um tempo.

– Contratos? – Freedom perguntou.

– É, contratos. Acordos. Um demônio não pode simplesmente ir pulando pra dentro do seu corpo como se fosse um carro com o motor ligado, só esperando por ele. A pessoa tem que concordar com isso. Ele pode até mentir e enganar e jogar com as palavras, mas é preciso que haja um acordo. Um contrato. – Ele sacudiu a cabeça. – Acho que o melhor caminho é matar esse bicho de uma vez.

– Matá-lo? – Freedom retrucou. – Isso é possível?

– Eu não disse que era um bom caminho. Eu só disse que era o melhor disponível. – Ele pressionou os dedos contra suas têmporas por um breve momento. – Estamos tentando matar um conceito, uma ideia que se fez carne. Então, temos que combater isso com uma ideia que seja tão poderosa quanto. Precisamos de uma espada.

– Uma espada? – Freedom repetiu.

– Tem eco aqui dentro? – Max fechou a cara pro lado do capitão grandalhão. – Sim, uma espada. Um pedaço comprido de ferro com um cabo e uma ponta afiada, objeto simbólico desde o Jardim do Éden.

– Tem que ser um tipo específico de espada – Barry perguntou –, tipo uma espada medieval ou uma claymore, ou qualquer uma serve?

— Bem, não vamos derrotá-lo com um sabre de luz de colecionador, se é isso o que você está perguntando – Max respondeu. – Tem que ser uma arma de verdade, não uma réplica de brinquedo. De preferência de prata ou banhada em prata. Mesmo só um pouquinho de prata na lâmina já seria ótimo. Se tiver umas gotinhas de sangue também, melhor ainda. Fora isso, qualquer coisa serve.

— Existem cinco museus com armas históricas e bem afiadas num raio de um quilômetro da Grande Muralha – Stealth disse. – E, é bem provável, algumas tantas coleções pessoais de espadas em condições de uso. No entanto, todas elas estão além dos seus sinais.

— Você disse que eu era forte o bastante pra ser possuído – St. George retomou a palavra. – Isso também quer dizer que eu poderia sair para procurar uma espada?

Max sacudiu a cabeça.

— Forte o bastante pra sobreviver. A sensação continuaria sendo a de ter levado um coice de um cavalo nas bolas repetidas vezes, mesmo para você. Fora que tem uns tantos milhões de ex's lá fora. Cada cadáver desses daria uns segundos para ele te dar uma coça antes de explodir.

— Eu aguento.

— Seja realista, George. Você sabe bem o quão forte ele pode bater.

— Eu poderia voar...

— Mesmo que você voasse pra fora daqui, ele poderia armar a possessão e depois te fazer em pedacinhos quando descesse do céu.

— Se não podemos ultrapassar os sinais – Stealth disse –, como você planeja lutar contra Cairax?

Max deu de ombros e ficou parado, olhando para a mesa por um instante.

— Vamos esperar por ele aqui.

— Opa – Barry levantou a mão. – Você não acabou de dizer que seria extremamente ruim se ele entrasse aqui? Ruim tipo cruzando-os-rios, fim-da-vida-como-nós-a-conhecemos?

— Não temos tanta opção assim, sabe. Uma coisa de cada vez. Precisamos de uma espada.

— Os batedores – Freedom disse.

— O que tem eles? – Danielle perguntou.

– Eles possuem uma grande quantidade de armamentos não padronizados. Lady Bee me disse que alguns deles usam facas, facões e outros tipos de lâminas que encontram nas missões. Talvez alguém tenha achado uma espada e trazido pra cá.

– Só um dos batedores tem uma espada – Stealth disse. – Daniel Foe carrega uma réplica de katana numa bainha nas costas. Ele a usa no intuito de parecer imponente, na esperança de impressionar Lynne Vines. Nunca a desembainhou.

– Mas podem existir outras – St. George ponderou. – Talvez eles não fiquem mostrando por aí, mas alguém pode ter encontrado uma e só guardou como um troféu ou coisa assim. Temos de averiguar isso com todos os batedores e guardas.

Freedom concordou.

– E que tal fazer uma? – Danielle perguntou. – Talvez pudéssemos forjar um facão de prata ou qualquer coisa.

Max sacudiu a cabeça.

– Tem que se ajustar ao simbolismo, lembra? Quanto menos pensarmos nisso como uma espada, menores são as chances de que vai funcionar.

– Temos também os depósitos de adereços dos estúdios – Stealth disse. – É possível que exista alguma arma de verdade entre tantos figurinos e ornamentos históricos dos filmes.

– Boa – St. George rebateu. – Vou encarregar o Ilya e o Dave disso.

Stealth voltou sua atenção a Max.

– Do que mais precisaríamos?

– Ainda tenho que preparar algumas magias e proteções. Isso deve levar umas duas horas. Se algum de vocês tiver uma linha direta com Deus, poderíamos usar um arcanjo pra empunhar a espada por nós.

– Um arcanjo? – Stealth perguntou.

Max a encarou.

– É, sabe, uma criatura concebida do resplendor e da vontade celestial de Deus e moldada à sua imagem. Imagine tudo o que você pensa quando alguém diz "sagrado". Um arcanjo é dez vezes mais puro que isso. Eu achava que você fosse a mais esperta daqui...

Stealth cruzou os braços.

— Desculpe. Estou um pouco tenso. Sem arcanjo, então, precisamos da pessoa mais pura e santa que pudermos encontrar.

Os heróis se entreolharam, e em seguida todos se voltaram a St. George.

— Não acho que nenhum de nós seja santo ou puro – ele retrucou. – Especialmente depois dos últimos anos.

— Bem, eu é que não sou – Danielle retrucou. – Quem tem nome de santo aqui é você.

— Não que eu mereça. Meio que só veio a calhar.

Barry deu de ombros.

— Olha, acho que eu sou um cara até legal, mas, a não ser que eu lute contra esse monstro na minha cadeira de rodas, não ia ser capaz de segurar uma espada.

— Definitivamente não me encaixo – Stealth disse depois de um momento. – Tenho sido uma ateia convicta nos últimos trinta anos.

Eles olharam para Freedom. Ele sacudiu a cabeça.

— Sou apenas humano.

Danielle olhou para Max.

— E você?

Ele bufou uma risada de desdém.

— Com toda a magia que fiz na vida? Não dá pra dizer que sou mal, mas também estou longe de ser puro. É da natureza da coisa. Sem trocadilhos.

— Padre Andy? – Barry sugeriu.

Max sacudiu a cabeça.

— Nada contra o bom pastor, mas ele não é bem o tipo de sacerdote guerreiro que precisamos, se me entendem.

— Está certo – St. George disse. – Pensaremos nisso com calma. Vamos começar pela espada, depois veremos.

❌❌❌

— Então – St. George lhes disse –, essa é a situação. Precisamos de uma espada, e precisamos rápido.

Os batedores e todos os guardas de folga estavam reunidos no Portão Melrose do Monte, em frente ao túmulo de Gorgon. Freedom e a primeiro-sargento Kennedy acompanhavam tudo de perto. Ela ainda estava com seu uniforme completo e os cabelos amarrados para trás, enfiados no quepe. Os soldados sobreviventes dos Indestrutíveis Alfa 815 estavam enfileirados em formação logo atrás dela, ainda que alguns tivessem esquecido de um ou dois itens de suas fardas de combate.

Danny levou as mãos às costas e deu uns tapinhas em sua bainha.

– Pode ficar com a minha.

– Sem ofensa – Freedom disse –, mas a espada precisa ser de verdade.

– Mas é de verdade.

– De verdade no sentido de que foi forjada de fato pro combate – St. George ponderou. – Algo que não quebre na segunda ou terceira investida. Ilya e Dave já estão vasculhando os depósitos de adereços neste exato momento. Alguém aí tem mais alguma coisa?

– E a espada de um oficial da Marinha? – Billie perguntou.

St. George sacudiu a cabeça.

– Daria no mesmo, acho. Não pode ser nada cerimonial, precisamos de uma coisa que sirva pra lutar.

– Mas elas servem pra lutar – ela retrucou.

Ele apontou para a mesa retrátil montada na rua.

– Se você tiver uma, vamos tentar.

– Eu tenho isso aqui – Al disse, suspendendo seu facão de ponta cega. Um sujeito em sua frente ergueu uma lâmina similar.

– Também dá no mesmo. Não acho que funcione, mas podemos ver.

Hector de la Vega pigarreou quando a multidão começou a desembainhar todo tipo de aço escovado.

– Eu sei onde tem uma espada. Do jeito que você precisa.

St. George se voltou a ele.

– Hein?

O sujeito tatuado ergueu os ombros.

– Meu avô me mostrou algumas vezes. Era uma relíquia antiga de família.

Paul lhe deu uma cotovelada.

– É alguma parada do exército mexicano que você trouxe pra cá, é?

– Vai se foder, *babosa* – ele retrucou. – Minha família tinha um rancho aqui bem antes da Califórnia sequer ser um estado. – Ele se virou para St. George. – É um sabre antigo do século dezoito, por aí. Uma vez ele me disse que tinha matado mais de dez pessoas com ela.

– Parece perfeita – St. George disse. – Ela tá aqui?

Hector sacudiu a cabeça.

– Ele nunca confiou no meu pai ou em mim pra usar isso. – Abriu um sorriso amarelo e ergueu os ombros outra vez. – Principalmente em mim. Acho que ficava preocupado de acontecer alguma coisa, pensando que eu fosse penhorar, sei lá. Guardava trancadinho na casa dele.

– Que seria onde?

– Em North Hollywood. Uma casinha logo depois da Universal City.

– Por que não na Lua de uma vez? – Kennedy murmurou.

– Podemos montar uma equipe pequena – Billie disse. – Jogo rápido, numa camionete ou até de moto, mesmo.

– Podíamos tentar distrair a coisa para um dos outros portões – disse outro dos batedores, Keri, com um aceno de cabeça. – Daí daria pro pessoal escapar escondido.

St. George sacudiu a cabeça.

– Pelo que o Max disse, não é possível passar por essa coisa. Estamos cercados, como o Legião faz. Não dá pra ultrapassar os sinais.

– Pra mim, dá – alguém disse, por trás de todo mundo.

A multidão abriu caminho. Alguns deram um pulo para trás quando viram quem era o interlocutor. A maioria dos guardas e dos batedores recuou para ela passar, e um burburinho passeou pelo grupo.

Madelyn avançou. Vestia uma blusa preta que fazia sua pele parecer ainda mais branca. Seus óculos estavam empurrados sobre a testa, prendendo seus cabelos para trás e deixando expostos seus olhos mortos.

– Eu posso ir lá pegar – ela reiterou.

– Você não devia estar fora do hospital – St. George repreendeu.

– Ela não devia é estar dentro das muralhas – alguém disse.

O herói lançou o olhar à multidão.

– Quem disse isso?

Makana deu de ombros e seus dreadlocks se enroscaram uns nos outros.

– Eu pensei que fosse uma das regras básicas. Não deixar que a espécie dela entre nas muralhas, não importa o que aconteça.

– Minha espécie? – Madelyn retrucou. Ela encarou o negro com um olhar de descrença difícil de esconder, mesmo com seus olhos empalidecidos.

– Olha, menina cadáver. Nada pessoal, mas você é um deles.

– Ela não é um deles – Keri rebateu. – Ela ainda tem alma.

– Não vem com esse papo de alma como desculpa – Lady Bee retrucou.

– Vamos logo jogar ela pra fora de uma vez – Al contribuiu. – Ela se vira, pelo menos não fica mais aqui assustando as pessoas e comendo nossos mantimentos.

– Ei – St. George gritou, estalando a garganta. Uma explosão seguida de fumaça escura rolou de sua boca – Vamos parar com essa conversa agora.

O burburinho continuou por mais alguns segundos antes de cessar. A menina deu um sorriso fraco a St. George.

– Madelyn não é uma ex – St. George prosseguiu. – O lugar dela é aqui dentro. Ela é uma de nós.

– Uma de vocês, talvez – Al murmurou. Billie deu um tapinha na nuca dele. O burburinho voltou e foi crescendo até um ruído ensurdecedor.

– Eu consigo pegar a espada – Madelyn insistiu, sobressaindo-se ao barulho. – O Max disse que o demônio está atrás de seres vivos. E Legião não pode me ver através dos ex's, então talvez essa outra coisa também não possa. Eu sou a única pessoa capaz de fazer isso.

A frase "pessoa, uma pinoia" passou pela boca de uns tantos na multidão. St. George ignorou. Freedom lançou à multidão um de seus habituais olhares e a confusão cessou de novo.

– Você não pode ir lá fora – St. George disse. – Não podemos correr o risco de alguém ultrapassar os sinais.

– Mas se ele não puder me ver, eu...

– Ninguém sai – ele reiterou, voltando-se aos guardas e batedores. – Peguem todos os tipos de lâminas que tiverem. Facões, adagas, espadas ninja, canivetes, seja lá o que for. Comecem a reunir todo o material.

Quem sabe, entre as nossas coisas e tudo mais que Dave e Ilya encontrarem, Max não acaba encontrando alguma coisa útil. – Deu um tapa na mesinha retrátil e apontou para o meio da multidão. – Você também, Danny. Precisamos de tudo.

– Vocês ouviram o homem, pessoal – Kennedy berrou, batendo palmas duas vezes. – Vamos circulando, mexam-se.

Os batedores e guardas dispersaram-se. Alguns esvaziaram suas bainhas ali mesmo. Uma dezena de facas e punhais surgiu na mesa, junto com o facão de ponta cega de Al.

Madelyn andou até St. George.

– Me deixa fazer isso – ela disse.

Freedom sacudiu a cabeça.

– É claro que não.

– Mas eu posso. Eu quero fazer isso.

– Nós não vamos enviar uma menina de dezessete anos, sozinha, a um território hostil.

Ela o encarou.

– Oi? Caso tenha se esquecido, passei os últimos três anos em território hostil.

– E você não se lembra de quase nada – St. George rebateu. – Se te deixarmos sair, talvez leve semanas pra te vermos de novo. Anos, quem sabe.

– Eu vou ter cuidado. Isso não vai acontecer.

Ele sacudiu a cabeça.

Ela cruzou os braços.

– Vocês têm que me deixar tentar. Meio que é meu dever, não?

Freedom ergueu as sobrancelhas.

– O quê?

– Tipo, tenho minhas responsabilidades, mesmo com alguns desses idiotas aí. Eu sou como vocês, certo?

– O que te faz pensar isso? – St. George perguntou.

– Tenho superpoderes, ora – ela respondeu, abanando uma das mãos sobre sua cabeça. – Os ex's não podem me ver nem me ouvir. Eles nem sabem que eu existo.

Kennedy bufou.

– Eu não acho que estar morto conte como um superpoder, senhora.

– Pra mim, conta – Madelyn retrucou. – Pô, gente, vai ser fácil pra mim. Posso ir correndo até lá de bicicleta, pegar a espada e estar de volta em algumas horas. É... é simples de morrer.

Freedom revirou os olhos.

– Espertinha de morrer?

– Parem com isso – Kennedy disse.

– Eu também sou sexy de morrer – ela acrescentou, tremulando as pálpebras a St. George.

– Certo – St. George disse. – Tente encarar assim: vamos supor que eu te deixe sair, você pisa lá fora e acaba que o demônio *pode* te ver. E aí?

– Eu... eu tentaria manter o cara afastado de mim. Sei lá, sairia correndo.

Ele sacudiu a cabeça.

– E se ele conseguir pular pra dentro de você, como faz com os ex's? E se der dois passos depois do símbolo e explodir como eles?

– Eu não sou como eles – ela rebateu. – Sou como eles, mas diferente. Eu sou... – ela suspendeu os braços e cruzou os pulsos sobre o coração. – Eu sou a Menina Cadáver – ela disse, como um sorriso apertado.

– Você é uma menina de dezessete anos por quem somos responsáveis – St. George retrucou. – Fico feliz com sua disposição pra ajudar. De verdade. Mas acho que, agora, seria melhor pra todo mundo e bem mais tranquilo se você voltasse pro hospital.

VINTE E QUATRO

AGORA

– Padre Andy?

Ele correu os olhos pelo corredor até a enorme sombra bloqueando a porta da igreja.

– Olá, capitão. Pensei que você estivesse patrulhando as muralhas.

Freedom caminhou até o padre. Tinha seu quepe em mãos e suas botas estrondavam no carpete.

– Logo mais – ele disse. – Peço perdão se atrapalho seu horário de almoço, senhor, mas tenho um pedido a fazer e temo que seja urgente.

Andy foi a seu encontro até o meio do corredor, franzindo a testa.

– Algo que eu possa fazer? – ele olhou em volta da igreja. – Não temos muito, mas fique à vontade pra pegar o que julgar necessário.

O capitão Freedom relaxou a postura e explicou do que precisava. Padre Andy ouvia tudo sem dizer uma palavra. Seu queixo estava caído quando o capitão terminou.

– Entendo...

– Algum problema, senhor?

– É bem provável.

– No Iraque e no Afeganistão, nossos capelães chegaram a fazer coisas semelhantes pra alguns dos homens.

– Alguns dos homens – o sacerdote repetiu. – Mas não pra você?

– Espero que me perdoe, padre – Freedom disse. – Mas sou um batista de coração. Nesse caso, porém, estou pagando pra ver.

Andy passou um dedo pelo colarinho, dando-lhe um leve puxão.

– Eu não sou um sacerdote de verdade, você sabe. Nunca fui ordenado por ninguém. É uma responsabilidade que recaiu sobre as minhas costas.

– O senhor não seria o único a dizer isso aqui – o enorme oficial retrucou, com um aceno solene de cabeça.

– O que tenho pregado não é exatamente catolicismo. Está mais pra um apanhado geral do cristianismo para consolar o máximo possível de pessoas.

– Entendo – Freedom disse. – Todos nós estamos meio perdidos quanto às denominações nos últimos anos.

– É que isso que você está me pedindo é... bem, é católico ao extremo. Nunca fiz isso antes. Nunca nem vi sendo feito, então seria um chute. E é o tipo de coisa que requer uma figura de peso, especialmente dadas as circunstâncias atuais. – Andy afastou a mão do colarinho. – Só quero que você saiba que existe uma boa chance disso não funcionar. Não do jeito que você espera, pelo menos.

– Tudo certo, senhor – o capitão disse. – Vou me sentir bem melhor se o senhor tentar.

Padre Andy se virou ao altar.

– Temos muitas velas. Enchemos o aspersório ainda essa manhã. Vou buscar minhas vestes. – Ele olhou para trás. – Se você quer que seja bem feito, pelo menos o que eu acho que seja bem feito, provavelmente vai levar uns quarenta minutos.

Freedom o seguiu até o altar.

XXX

Max correu os dedos pela lâmina da katana futurista. As gravuras pareciam mais circuitos impressos. Ele a jogou de volta na mesa.

– Isso não presta – ele disse. – O cabo está preso com um parafuso de aço, se muito, que só rebita a lâmina no lugar.

– E o que isso quer dizer? – Billie perguntou. Ela era a responsável por supervisionar a pilha de armas levadas pelos guardas e batedores. Alguns civis ficaram sabendo da coleta e doaram alguns sabres de esgrima e outras armas cerimoniais.

– Só quer dizer que não presta – Max respondeu. – Dá pra quebrar essa coisa simplesmente torcendo o cabo mais umas duas ou três vezes. Bater com isso em alguma coisa, então, só vai fazer a lâmina escapulir bem no meio da sua cara. – O feiticeiro abanou a mão para a mesa com as armas. – A maior parte disso tudo não presta. As únicas lâminas de verdade não iam funcionar com aquele demônio – ele levou as mãos à nuca e respirou longa e profundamente algumas vezes.

– Então – Stealth disse do portão –, não temos nada.

Max soltou a cabeça.

– Pois é.

– Tem de haver algo que possamos fazer – St. George disse. – Você já pegou essa coisa uma vez, não dá pra fazer isso de novo?

– Levou três anos de preparação e um eclipse – Max respondeu. – Se você conseguir arranjar um eclipse nas próximas sete horas, vejo o que dá pra fazer sobre o resto.

– Você não pode simplesmente fazer uma barreira mais forte? – Billie perguntou.

Max afrouxou a gravata.

– Com os ingredientes certos e alguns meses de pesquisa, certeza. Só que nunca planejei nada disso, sabe, ficar frente a frente com um demônio fisicamente manifestado.

St. George tamborilou com os dedos sobre a mesa.

– Ele pode ser ferido?

O feiticeiro ergueu uma sobrancelha.

– Sem a espada, você quer dizer?

– Isso. Já que ele tem um corpo físico, não poderíamos feri-lo?

— Tecnicamente, sim — Max disse, dando de ombros. — Veja, tudo isso que temos no Monte, incluindo algumas daquelas coisas enormes que vocês trouxeram de Krypton, vai ser como caçar dinossauro com estilingue. Fora que ele está possuindo o Regenerator, então vai ter os poderes dele também. Vai levar um minuto, estourando, pra se curar de qualquer coisa que façamos com ele.

Stealth pousou o olhar sobre a mesa com as lâminas.

— Inclusive as feridas com a espada?

— Não. Bem, é difícil de explicar.

— Por favor, tente.

— Vocês nem mesmo têm o conhecimento adequado para um quadro de referências. É como tentar explicar física quântica pra uma daquelas tribos isoladas na floresta. Posso fazer algumas analogias, mas só isso.

— Então, mais uma vez, por favor, faça.

Max suspirou.

— Certo, em termos simples, se o demônio acredita que pode ser ferido e nós acreditamos que podemos ferir o demônio, então ele vai se ferir. É tipo Jung anabolizado. Por isso todos aqueles símbolos são tão importantes. É por isso também que as balas de prata têm sido eficientes pra matar os lobisomens desde que o Siodmak escreveu o roteiro do filme.

Billie franziu a testa.

— Do que você está falando?

— Deixa pra lá, exemplo ruim — ele disse, sacudindo a cabeça. — Tá, vocês sabem como é que dá pra estar na *Matrix* e, ao mesmo tempo, saber que tudo só acontece na mente...

— *Matrix* de novo? — St. George perguntou.

— Se você não gosta, vê se arruma uns DVDs novos pro Barry — Max retrucou. — Mesmo sabendo que tudo não passa de coisa da sua cabeça, ainda assim as lesões vão passar pro mundo real, porque a ilusão é perfeita demais. Os pontos turísticos, os sons, os sentimentos, não importa o que você sabe ou deixa de saber, sua mente não tem como negar todas as informações que entram. A crença supera o conhecimento, tipo uma lesão psicossomática.

— Eu não posso aceitar isso — Stealth disse.

– Olha, só confia em mim, ok?

– Certo, então – St. George respondeu. Pegou uma das espadas da mesa – Mas e então, qual é a nossa melhor opção aqui?

Max sacudiu a cabeça.

– Quem disse que temos uma opção aqui? Se isso é tudo que temos, é melhor arrumar umas varas pontiagudas e pintar tudo de prata.

Billie se adiantou:

– Eu vou providenciar para que tudo retorne aos donos.

– Não se incomode – o feiticeiro disse. – Vai estar todo mundo morto amanhã.

– Precisamos fazer alguma coisa, Max – St. George rebateu. Uma bola de fogo lampejou em sua boca. – Qualquer um pode ficar sentado, reclamando da vida e de como está tudo uma droga. Mas somos justamente nós que devemos dar um jeito nas coisas.

– Não podemos dar um jeito nisso – o feiticeiro disse.

– Bem, essa é a diferença entre você e eu, então – St. George retrucou. – Eu vou tentar.

– Como assim?

– Não podemos simplesmente ficar aqui de braços cruzados, esperando que ele chegue do nada. O Ilya e o Dave já devem estar quase de volta. Com sorte, eles vão aparecer com mais uma dezena de espadas, e alguma delas tem que servir, ou pelo menos ser útil. Supostamente, sou forte o suficiente pra impedir que ele me possua, então só preciso manter essa coisa do lado de fora, o máximo que puder, enquanto procuro pelo Josh.

– Se o que Max diz for verdade – a mulher encapuzada disse –, é provável que ele acabe te matando.

Dois filetes de fumaça se enroscaram em suas narinas.

– É provável, sim.

Max pigarreou e quebrou o clima.

– Provável, não. Você vai de encontro à sua morte.

Stealth o encarou. Todos podiam sentir o que se passava com ela, mesmo através da máscara.

– Se você insistir em continuar com esse tom depreciativo, juro que paraliso sua laringe.

Dois dedos de cada uma de suas mãos se fecharam. Ele a encarou através da superfície branca da máscara. Não recuou, mas sabia que tinha uns cinco centímetros a menos que Stealth, sem contar com o capuz. Um momento depois, o rosto dele se acalmou e ela se virou.

St. George se voltou a Max.

– A simbologia é importante, certo? Eu sou o cara que o derrotou antes. Talvez, isso acabe fazendo que ele se lembre e tenha um pouco de medo de mim ou sei lá. Poderia me dar alguma vantagem.

– Até vai – Max disse. – Não muita, mas vai ajudar.

– Então é isso o que vamos fazer – St. George arrematou. – Arrumamos a melhor espada disponível e eu vou atrás do Josh pra enfrentar o demônio. Talvez consiga ganhar tempo pra que o resto de vocês pense em algum outro plano. Se tiver muita sorte, trago o Josh de volta pra cá de algum jeito.

Max soltou um longo suspiro e fechou os olhos.

– Eu vou com você – ele disse.

Billie ergueu uma sobrancelha. Stealth cruzou os braços.

– Dá um tempo – ele continuou. – Você está certa, ok? George tem razão, eu sou um pessimista covarde, então vamos logo enquanto ainda dá tempo de salvar o mundo.

– O que você tem em mente? – St. George perguntou.

Max ergueu os ombros.

– Eu sou a única pessoa remotamente protegida contra o Cairax. Talvez consiga desviar um pouco a atenção dele. Ganhar tempo.

– Você não me parece muito confiante – Billie disse.

– Pra ser honesto, duas pessoas não vão confundir um demônio muito mais do que uma só.

– Bem – St. George ponderou –, então acho que o jeito é esperar que os caras encontrem uma boa espada.

Max concordou.

– Talvez eu possa fazer alguma coisa por você. Um feitiço simples que sirva de escudo ou um encanto. Algo que impeça o Cairax de afundar direto em você.

St. George sentiu um pouco de fumaça escorrer de seu nariz.

– Se consegue fazer isso, eu posso ir atrás da outra espada.

– Não, não pode – Max retrucou. – Você só vai poder se valer do truque uma vez, e nem tenho certeza se vai funcionar nessa única vez.

– Você devia ter mencionado isso antes – Stealth o repreendeu com outro de seus olhares.

– Verdade, sinto muito por isso. Eu tava presumindo de maneira estúpida que ninguém fosse querer marchar de encontro a uma morte terrível.

Eles se encararam por um momento. Então Billie juntou as lâminas da mesa e seguiu de volta ao Monte.

– Vou checar se os dois já chegaram – ela disse a St. George.

Ele a cumprimentou e se voltou para o feiticeiro.

– Daqui a quanto tempo você está pensando em sair?

Max mirou o sol pela janela, e seus olhos passearam pelo céu.

– Temos um pouco mais de sete horas, se tudo correr bem. Quanto mais cedo formos, melhor, nossas chances aumentam um pouco, e talvez dê pra pegar um deles antes que o vínculo se estabeleça. Devemos ver o que seus homens encontraram de armas até agora. – Ele parou e olhou em volta. – Você escutou alguma coisa?

– Há um grupo de pessoas se aproximando – Stealth disse. Por baixo do capuz, sua cabeça virou em direção ao oeste. – Estimo entre trinta e quarenta.

Enquanto ela falava, as pessoas dobravam a esquina na rua Gower. St. George chutou que seriam uns quarenta e viu algumas crianças de mãos dadas com os pais. Liderando o grupo, lá estava Christian Nguyen. Conversava com algumas pessoas ao seu redor e, a cada poucos passos, levantava a Bíblia um pouco mais alto para enfatizar suas palavras. Quando viu os heróis, cumprimentou-os.

– Todos são membros do movimento Depois da Morte – Stealth disse.

– Ótimo – St. George retrucou. – Alguma ideia do que eles querem?

– Dada a natureza hostil da Sra. Nguyen, não espero nada menos do que alguma lista de exigências pela liberdade religiosa. As possibilidades do que possam estar preparados pra pedir são infinitas.

– Ou talvez eles estejam só dando uma caminhada depois do almoço?

Stealth se voltou a ele:

– Acho pouco provável.

– Pelo menos não estão carregando tochas e forquilhas – Max disse. – Sempre dá um grande efeito.

A gente se aproximou e St. George deu alguns passos ao encontro deles.

– Christian – ele chamou. – É sempre um prazer. Tem alguma coisa que possamos fazer pelo pessoal da Depois da Morte?

– Nós não usamos esse nome – ela disse, encurtando a distância entre eles. – É um termo que outros nos conferiram. Consideramo-nos simplesmente bons cristãos. – Christian segurou a Bíblia com as duas mãos e deu um leve sorriso. – Sem trocadilhos.

– Claro que não. – Passou pela cabeça de St. George que talvez ele sentisse algo próximo à saudade da boa e velha Christian, aquela que simplesmente odiava os heróis e lutava contra qualquer coisa que eles sugerissem. Costumava ser problemático, sim, mas previsível. Desde que ela tinha encontrado Jesus, a conversa sempre lhe dava a sensação de estar caminhando num campo minado.

– Nós temos um pedido – ela disse.

Stealth mudou a postura tão depressa que sua capa chegou a tremular.

– Será que é possível esperar até a reunião distrital da próxima terça-feira?

– Pretendo levantar a mesma questão lá também. Mas muitos de nós sentimos que era um assunto de extrema urgência.

Houve acenos e ecos de consentimento por toda a gente.

– George – Max sussurrou –, estamos com a agenda apertada aqui.

– Senhor Trent – Christian disse. – Você, dentre todos, devia se interessar por nossas preocupações. É um assunto referente a almas imortais.

Os olhos dele pestanejaram.

– Hein?

– Você é a prova de que os mortos podem voltar a viver. Pode nos guiar pelo caminho até todos os nossos entes queridos. A menina, Madelyn, é uma criatura imperfeita, mas você voltou ileso.

– Eu estou cinco centímetros mais baixo e está me faltando um dente.

Christian deslizou os olhos entre St. George e Stealth.

– Nós gostaríamos que vocês parassem de atirar nos ex's fora da Grande Muralha.

St. George tossiu de espanto e uma nuvem de fumaça enroscada em chamas amareladas saiu de sua boca.

– O quê?

– Talvez fosse o caso de pesquisar alguma forma não prejudicial de detê-los – a ex-vereadora disse. – Estamos preocupados de que vocês possam estar castigando espiritualmente nossos irmãos, e talvez arruinando as chances de eles de voltarem a este mundo.

Max bufou.

– Eles não vão voltar.

As palavras deixaram Christian sem reação por um instante, mas ela logo se recuperou.

– Você pode trazê-los de volta. Com tempo e alguma ajuda, você poderia trazer todos eles de volta e restaurar o mundo.

Max olhou de relance a St. George. O herói deu de ombros.

– Olha só – o feiticeiro disse, elevando o tom da voz. – Entendo que vocês precisem se agarrar a alguma coisa. Mas aquelas coisas lá fora não são os entes queridos de vocês, e não posso transformar nenhum deles nisso. Eles são só um monte de carne. As pessoas que vocês conheceram estão mortas. Elas seguiram em frente.

– Assim como você?

Um brilho sutil e familiar cruzou os olhos de Christian. Era o mesmo olhar arrogante de antes, o que ela costumava dar em reuniões do conselho. O que aparecia sempre quando ela suspeitava que alguém tinha cometido um erro que poderia ser explorado.

– Maxwell foi um caso especial – Stealth disse. – Ele deve ser considerado uma rara exceção, não a regra.

– Mas pode haver outras exceções – alguém disse no meio do grupo.

– Não – Max retrucou. – Não pode.

– A Bíblia fala sobre tudo isso – outro homem disse. – O fim dos dias, os mortos voltando como zumbis. É tudo verdade.

– Existem umas mil ressurreições previstas na Bíblia – Max concordou –, mas até mesmo as do Apocalipse não falam nada sobre zumbis se levantando pra atacar a humanidade. Tudo o que diz lá é que, quando o fim chegar, os mortos serão os primeiros a entrar no Céu porque ficaram mais tempo esperando. – Ele apontou para fora da Grande Muralha, rumo ao ruído distante dos dentes. – Eu sei que é reconfortante acreditar nessas coisas, só que não é verdade. Tenho ternos com mais personalidade do que qualquer um desses ex's. Tudo o que vocês amavam neles já acabou faz tempo.

– Mas eu vi a minha irmã – um homem disse. – Ela ainda está vestindo sua blusa favorita.

– Ela está vestindo uma roupa qualquer, Sr. Diamint – St. George retrucou. – É só a roupa com que ela morreu, como um monte de outros ex's. O capitão Freedom pode confirmar pra vocês que, só porque alguns ainda estão usando uniforme, não significa que estão pensando como soldados. Na última vez que fomos até Burbank, tinha um cara vestindo o uniforme da empresa de telefonia celular em que ele trabalhava. Isso não quer dizer que ele continuava pensando nos contratos que ainda podia fechar.

– Como é que você sabe disso? – um homem gritou. Harry, um dos motoristas em tempo parcial dos batedores. Ele costumava seguir Christian por todo canto. Seu nariz ainda estava torto por ter sido quebrado havia um ano e meio. – Como é que você pode saber o que aconteceu com as almas deles?

– Eu sei – Max disse. – Eu estava lá, lembra?

Mais uma vez ele tropeçou em suas palavras. Harry olhou para Christian. A dúvida pairou em seu rosto.

– Quando se trata de enganar a morte – o feiticeiro disse às pessoas –, eu fui o único que levou um paraquedas. O resto foi caindo pelo caminho. E, acreditem no que digo, já tendo morrido, os sortudos foram eles. A última coisa que vocês deviam desejar é que eles tivessem passado os últimos três anos no mesmo purgatório em que eu estava. Eu fui preparado pra ele e quase enlouqueci.

Uma mulher ao fundo bufou.

– Você não sabe do que está falando – Christian disse. – Só está confuso por causa da sua jornada.

– Não dá pra ter as duas coisas – Max rebateu, elevando ainda mais seu tom de voz. – Você quer acreditar que eu sou o caminho pra trazer as famílias de vocês de volta? Ótimo. Mas se acreditam em mim, estou lhes dizendo que isso não pode acontecer. Seus amigos e entes queridos não estão do lado de fora da Grande Muralha esperando que alguém gire uma chave pra que possam ressuscitar e abraçar todo mundo de novo. O mundo real não funciona dessa maneira. Problemas reais não são resolvidos com um estalar de dedos. Os ex's são só um bando de cadáveres ambulantes. Está tudo morto. É isso.

Os ombros de Diamint caíram. Foi um gesto resignado, mas St. George também vislumbrou um certo alívio. Outro sujeito mirou o céu e apertou os olhos. A mulher no fundo começou a soluçar. Um homem colocou o braço em volta dela. Christian agarrou sua Bíblia num aperto fatal.

– Será que vocês não conseguem entender? – Max disse. – Vocês não estão rezando, estão só... desejando. E desejos não se tornam realidade.

Alguém começou a chorar. Diamint se afastou e levou uma mulher com ele. Outro homem caiu sobre um dos enormes vasos de plantas que ladeavam o portão de entrada no Monte.

– Eu sinto muito – St. George disse.

– Você só está dizendo isso pra nos fazer de bobos por causa da nossa fé – Christian rebateu. – É por isso que as pessoas acreditam em mim tanto quanto acreditam em vocês. Elas dependem de mim quando as coisas ficam difíceis.

– E o que isso quer dizer?

– Isso quer dizer que vocês... vocês sempre têm que estragar tudo, não é mesmo? Ficam com todas as coisas boas pra si mesmos. Parece que não conseguem deixar que as pessoas tenham esperança, têm sempre que estragar tudo.

– Mas essa é uma falsa esperança – Stealth disse. – Nada de bom pode vir daí.

– Ajuda as pessoas a lidarem com a situação – Harry retrucou.

– Ajuda-as a negarem a realidade da nossa situação – a mulher encapuzada disse. – É um luxo pelo qual nenhum de nós pode pagar.

– Temos de olhar pra frente – St. George acrescentou. – Se continuarmos apegados ao que o mundo era, ao que nossas vidas eram, nunca vamos conseguir nada.

– Por falar em olhar pra frente – Max disse, mirando o céu novamente –, há coisas que precisamos fazer, se quisermos mesmo que *haja* um futuro.

Christian parecia prestes a rasgar a Bíblia ao meio. St. George estava certo de que a mulher teria feito isso se tivesse força. Ficou parada, encarando o herói por um momento.

Então a raiva passou e ela enfiou o livro debaixo do braço.

– Vamos discutir sobre isso novamente em breve, acredite.

Deu meia-volta e se foi por entre as pessoas. Algumas a seguiram. Outras pareciam confusas e ficaram andando pelas ruas.

Stealth pegou St. George pelo braço.

– Ilya está tentando falar com você – ela disse, apontando o fone pendurado em sua lapela. – Eles encontraram três espadas que, ele acredita, possam atender às nossas necessidades.

– Ótima notícia – St. George comemorou.

– Também recebemos uma convocação urgente da doutora Connolly. Ela disse que não dá pra esperar.

– Beleza, eu te encontro lá mais ta...

– Nós, George. Ela quer falar com nós dois.

Max fez um sinal de cabeça.

– Vai lá. Preciso de mais tempo pra pensar num bom feitiço escudo que possa desenhar em você em vez de tatuar.

St. George estendeu o braço e Stealth agarrou seu pulso. Saíram voando.

VINTE E CINCO

AGORA

St. George e Stealth pousaram fora do hospital. A recepcionista disse que Connolly estava num dos pequenos laboratórios do quarto andar. Atravessaram o hall de entrada rumo à escada.

Já estavam no segundo piso quando Stealth falou.

– Em algumas religiões, a vontade de se sacrificar é encarada como algo que torna a pessoa mais santa e digna de honra.

Ele tentou sorrir.

– Que bom. Acho que vou precisar mesmo me agarrar a tudo que puder.

– Eu não confiaria muito na oferta do Maxwell pra te ajudar.

– Por que não?

– Apesar de toda a bravata e da experiência autoproclamada, acho que ele é muito mais amador do que gosta de admitir.

– Ahhh.

Passaram pela porta rumo ao terceiro andar.

– Além disso, ele está mentindo.

– Você podia ter jogado isso na mesa – St. George disse, parando no meio da escada e se virando. – Por que você acha isso?

A capa de Stealth se fechou em torno dela.

– Não sei dizer. Estou certa de que algo que ele disse era mentira, mas não tenho como confirmar por quê. Essa incerteza é frustrante.

– E o que foi que ele disse?

Stealth subiu o lance de escadas seguinte sem dizer uma palavra.

– E aí?

– Ele sabe que Billie Carter tem uma tatuagem de golfinho.

– E isso por acaso é... – ele a encarou nos olhos e soltou um pigarro. – Isso é errado? Quer dizer, além dos motivos óbvios?

A cabeça de Stealth mexeu por dentro do capuz.

– Não. Pesquisei os vídeos de quando trouxemos os primeiros sobreviventes ao Monte. A tatuagem fica em sua pelve esquerda, facilmente escondida pela maioria das roupas ou peças íntimas. Pelo desbotamento das cores, diria que foi feita em seu aniversário de dezessete anos.

St. George a seguiu pelas escadas.

– Então qual é o problema?

– Como disse, não tenho certeza. No entanto, estou convencida de que o Maxwell mentiu, e a mentira está diretamente ligada a essa afirmação dele.

Ele abriu a porta do quarto andar e a segurou para que Stealth passasse. O guarda no corredor lhes orientou sobre as portas rumo ao laboratório de patologia. Connolly estava sentada frente a um microscópio acoplado a um velho laptop. Virou a cabeça quando entraram e logo se voltou para a tela do computador, como se temesse que o que estava observando pudesse sumir de repente. Seu rosto era uma mistura de emoções.

– É melhor que isso seja importante, doutora – Stealth disse. – Nós não estamos com muito tempo.

– É importante – Connolly acenou para que eles se aproximassem e teclou alguma coisa no laptop. Depois virou o computador de lado para que St. George e Stealth pudessem enxergar melhor.

Na tela, St. George viu três padrões bem delicados. Pareciam teias prateadas de aranha, ou talvez simples flocos de neve contra um fundo branco. Cada braço ou ramo parecia subdividido em pequenos segmentos. Entravam na imagem feito plantas subaquáticas. Um dos padrões se mexeu e St. George notou os braços estendidos em várias direções, como um enfeite de Natal.

– É algum tipo de bactéria? – St. George perguntou – É o ex-vírus?
Connolly sacudiu a cabeça.

– São complexos macromoleculares. Os braços são os nanotubos, como flagelos, mas são todos constituídos por diferentes compostos químicos. A massa do núcleo é uma mistura de proteínas e DNA, como num vírus. A estrutura toda tem aproximadamente quarenta micrômetros de diâmetro.

St. George piscou algumas vezes e retorceu a boca.

– Isso tudo não me diz nada.

– São nanites – ela explicou.

– O quê?

– Nanotecnologia – Stealth respondeu. – Máquinas construídas ou cultivadas em nível celular. Onde você os encontrou?

– São de Madelyn.

St. George tirou os olhos da tela.

– Como?

– Ontem de manhã, decidi realizar uma inspeção visual direto no sangue dela, com uma amplitude maior. Já que o ex-vírus se comporta como os glóbulos brancos, pensei que poderia acabar sendo uma maneira de detectar uma possível variação. Sei que ele não sofre mutações, mas era a única possibilidade que passava pela minha cabeça. Foi quando percebi que nenhum dos glóbulos celulares eram glóbulos celulares de fato.

Bateu numa tecla e uma nova imagem apareceu. As teias de nanites enrolaram os braços em bobinas e ficaram envolvidas em discos de dupla camada mais espessos nas bordas.

– Isso é de outra amostra do sangue dela.

Stealth inclinou a cabeça por baixo do capuz.

– Os atuais padrões se assemelham a eritrócitos. Você tem certeza de que são as mesmas estruturas?

Connolly confirmou com um sinal de cabeça.

— É por isso que eu não tinha percebido nada antes. Tinham o mesmo formato dos glóbulos vermelhos do sangue e agiam como eles. — Bateu em outra tecla e mais uma imagem surgiu. Uma dezena de teias estavam esticadas, longas e finas. Os braços, aglomerados em feixes paralelos. — São de uma amostra de tecido que colhemos. Milhares de nanorrobôs interligados pra formar as fibras musculares dos ossos.

A médica voltou as imagens até a teia de aranha estendida e respirou fundo.

— Essas coisas se remodelam sempre pra imitar várias células diferentes, dependendo do lugar do corpo em que estão. Células sanguíneas, células musculares, células epiteliais. Podem até mesmo trabalhar em conjunto pra imitar as células nervosas — ela fez uma breve pausa. — Você faz ideia do que isso significa? Um neurônio artificial? Isso está além do prêmio Nobel, é simplesmente... impossível.

— Pelo visto, não é — disse Stealth.

St. George se aproximou da imagem na tela.

— Então essas coisas estão em Maddy? Têm a ver com... a condição dela?

— Não estão nela, George — Connolly respondeu. — São tudo o que ela é.

Os olhos dele pestanejaram.

— O que você quer dizer?

— Eu quero dizer... — a médica tomou fôlego —, certo, estou apenas supondo, porque tudo isso está muito, muito fora do meu alcance, e já estou sem dormir faz dois dias. — Ela olhou para Stealth. — Vocês, metidos a supergênios, podem fazer o que quiserem com isso. Talvez consigam chegar a uma outra interpretação dos dados.

Connolly respirou fundo outra vez e organizou as ideias.

— Eu acho que Emil Sorensen inventou algo incrível. Descobriu como projetar bioquimicamente os nanites dos sonhos de todo escritor de ficção científica desde os anos 1970. Quase uma célula tronco sintética e autoguiada, se preferirem. E, por alguma razão, ele testou na própria filha. Talvez ela tenha sofrido alguma lesão ou tivesse alguma doença. Não conheço o histórico dela tão bem para adivinhar o que aconteceu. Sei que acabaram no corpo dela e começaram a se multiplicar e consertar as coisas. Maddy cresceu, ganhou um porte atlético, e foram eles que deram suporte e otimizaram todo o seu sistema. Se alguma coisa desse errado, uma lesão muscular, qualquer tipo de lesão, os nanites lá se concentrariam, multiplicariam e substituiriam o tecido original até que o próprio sistema dela pudesse trabalhar.

– Então ela morreu – St. George disse.

A médica concordou.

– Então ela morreu. E os nanites tentaram corrigir isso também.

Os três ficaram olhando para a teia de aranha na tela.

– Pelo que você e o capitão me disseram – Connolly prosseguiu –, ela provavelmente tinha sido mutilada, tendo boa parte da massa corporal comprometida. Os nanites apenas fizeram o que deviam fazer. Substituíram as seções danificadas e ausentes. E continuaram se reproduzindo e substituindo até que a reconstruíram toda de novo. Só que o corpo estava em decomposição, talvez até carcomido pelos vermes. Foi uma batalha difícil e, depois de concluída... não tinha sobrado muita coisa do corpo original.

Connolly fez uma breve pausa e continuou:

– Além do mais, esses nanites não foram projetados pra fazer o trabalho que estavam tentando fazer. Nada em tamanha escala, pelo menos. Então ficaram lacunas. Construíram memórias permanentes ao invés de flexíveis. Replicaram um sistema cardiopulmonar e um sistema respiratório, mas que não funcionam. E nem precisam. É por isso também que ela dorme. Depois de observá-los por um tempo, eu pude definir um padrão regular, em que os nanites gastam toda sua energia eletroquímica e, em seguida, entram em estado de dormência até que outro gradiente equivalente seja reconstruído. Quando começam a desligar, ela se cansa e, aí, quando religam de volta, ela reinicia.

– E se esquece do dia anterior – Stealth concluiu.

St. George pensou na garota sorridente que ele tinha visto algumas horas antes. A Menina Cadáver.

– Então você está dizendo que Madelyn é... o quê?

– Maddy Sorensen não é real – a médica respondeu. – Ela não tem nenhum sinal de vida porque ela é um... um robô. Um androide. Um monte de nanites trabalhando em conjunto pra duplicar as peças individuais de uma adolescente em nível celular, e que não se dão conta de que não existe mais uma menina de fato. Reconstruíram um modelo a partir de um cadáver.

As teias de aranha passeavam por toda a tela.

– Será que ela sabe disso? – St. George perguntou. – Ela já viu esses resultados?

– Ainda não. Fiquei trabalhando sozinha o dia inteiro ontem e ela estava fora hoje mais cedo com você, certo?

St. George confirmou com um aceno de cabeça.

– Foi por isso que pensei que agora seria o melhor momento pra conversar com vocês sobre isso.

– Será que ela representa uma ameaça? – Stealth perguntou.

Os olhos de Connolly pestanejaram.

– Em que sentido?

– Ela é uma ameaça à população de Los Angeles?

A médica sacudiu a cabeça.

– Não acho que ela tenha sido programada pro mal ou algo assim, se é isso que você quer saber. Pra todos os efeitos, ela ainda é só uma adolescente. Não é mais forte nem mais veloz do que qualquer outra. Parece que ela é um pouco mais resistente e sua tolerância à dor é bem maior do que deveria, mas acho que isso se deve ao fato de que... bem, ela está morta.

A mulher encapuzada se voltou à imagem na tela.

– Os nanites dela poderiam ser perigosos pra outras pessoas aqui em Los Angeles?

A médica negou.

– Não encaro dessa forma. – Ela estendeu a mão e tocou na tela – Não me aprofundei muito nessas coisas, claro, mas parece que eles são específicos para Madelyn, projetados pro DNA dela, e não durariam muito por conta própria – Connolly ergueu os ombros. – Como disse, obtive esses resultados em pouco mais de um dia de trabalho. Ainda há muito sobre essas coisas que eu não entendo. Daria pra manter uma equipe de pesquisa ocupada por toda a carreira.

– Mas então – St. George disse –, o que vamos fazer agora?

Stealth inclinou a cabeça para frente por dentro do capuz.

– Como assim?

– Contamos pra ela? Dizemos o que ela é? Ou o que ela não é?

– Daqui a algumas horas – a mulher encapuzada respondeu –, o fato de ela saber ou não pode ser irrelevante.

– Ainda assim, ela merece saber.

– O que não significa que é melhor que ela saiba. É mais provável que, ao tomar conhecimento, acabe tendo um considerável estresse mental e emocional.

Connolly concordou.

– Quando eu era residente, vi pessoas surtando por todo tipo de coisa. Tumores. Testes de paternidade. DSTs. Nada disso vai se comparar à notícia que temos pra ela. Caramba, só pelo aspecto filosófico da coisa, daria pra...

– Isso não tem nada de filosófico – St. George a interrompeu. – É uma pessoa. Não podemos simplesmente...

– De um jeito ou de outro – Stealth retrucou –, essa é uma questão mais apropriada para amanhã.

St. George encheu os pulmões de ar e deixou a fumaça escapar por entre os dentes.

– Tudo bem – ele disse, virando-se para Connolly. – Onde ela está agora? Em seu quarto?

Connolly franziu a testa.

– Não, claro que não.

– Claro que não? – Stealth repetiu.

A médica encarou St. George.

– Eu pensei que você tivesse mandado ela fazer alguma coisa.

– Como assim?

– Foi por isso que eu decidi conversar com vocês agora, sabia que ela estava fora. Ela veio falar comigo faz umas duas horas e disse que vocês lhe tinham dado uma missão.

VINTE E SEIS

AGORA

A bicicleta de Madelyn derrapou até parar e ela checou duas vezes o endereço. Hector tinha grudado um pedaço de fita adesiva na manga de sua jaqueta e escrito o nome da rua e o número da casa com um marcador.

– Não quero que você fique pelo meio do caminho sem se lembrar aonde está indo – ele tinha dito. Também tinha lhe dado algumas páginas de um mapa tirado de um tal Thomas Guide, que, enfileiradas, mostravam o caminho de Hollywood até o Vale.

Não foi difícil convencê-lo a ajudá-la. Apesar dos conselhos constantes da mãe, Madelyn tinha certeza de que nem todo mundo com tatuagem em Los Angeles cortaria sua garganta se você fizesse uma pergunta ou piscasse os faróis para avisar que os dele estavam desligados. Hector de la Vega era um cara grosso e tinha encarado seus seios um pouco demais pro seu gosto, mas parecia compreender a urgência da missão bem mais que St. George. Hector tinha uma cruz em cada braço e os números de um versículo da Bíblia na clavícula. Ficou imaginando se ele era mesmo religioso, e se fazia ideia do que o demônio representava.

Da mesma forma, ela também tinha certeza de que Hector não ficaria com tanto remorso assim caso ela nunca mais voltasse. Tinha notado como o grandalhão tinha recuado quando os dedos dele roçaram as costas de sua mão. Ninguém gostava da sensação de carne morta, além de que ele estava entre quem tinha olhado estranho para ela durante a reunião.

Escapar do Monte nem tinha sido tão difícil quanto ela pensava. Lembrou de uma frase de um filme antigo sobre Houdini, que sua mãe adorava... costumava adorar. Ninguém constrói cofres para impedir que as pessoas *saiam* deles. Tinha escalado a muralha enquanto os guardas estavam virados para outro lado, e escorregou no meio da multidão de ex's. Tinha sido bem assustador, ficar cercada por eles, mas nada pior do que o corredor da escola entre uma aula e outra. Centenas de pessoas em volta, mas nenhuma notando sua presença ao passar por você. Eles a empurravam, mas nenhum chegou a reagir à sua presença.

Ultrapassar os sinais deu um pouco mais de trabalho. Ela tinha ficado parada em pé na calçada, com as pontas dos tênis sobre a linha invisível, por quase cinco minutos, encarando os símbolos circulares à frente e à direita. Dentro da muralha, era fácil dizer a si mesma que estava segura, mas ali, com pedaços de carne e pernas e braços empalidecidos espalhados pelo sinal, ela se viu imaginando qual seria a sensação de pegar fogo e explodir.

Era como dar um salto ornamental de uma plataforma alta, tinha dito a si mesma. Igualzinho a estar num trampolim. Mil coisas podem dar errado, mas nenhuma delas acaba acontecendo de verdade. Ela ia conseguir. Sua equipe estava contando com ela.

– Eu sou a Menina Cadáver – ela disse aos ex's em volta. – Ele não pode me ver. Ele não pode me tocar.

Fechou os olhos e deu três passos ligeiros. Por um breve momento, entrou em pânico, pensando que não podia mais voltar. Cerrou os punhos, pronta para lutar como fosse capaz.

Mas nada aconteceu. Um ex trombou com ela e passou direto, batendo os dentes. Outro tropeçou no meio-fio à frente e se estatelou na calçada.

Tinha encontrado uma bicicleta com a corrente enferrujada a um quarteirão e meio das muralhas. A maior parte do dono estava a poucos metros dela, mas decidiu ficar sem capacete. Levou uma hora para chegar ao endereço.

A avenida Denny parecia um lugar agradável. Tudo bem, havia um ou dois cadáveres e uma camionete carbonizada, mas as casas eram bonitas, e o lugar, bem arborizado. Até os ex's andando pela rua pareciam um pouco mais arrumados.

O avô de Hector morava num sobradinho atrás da casa principal. Ela seguiu pela calçada ao redor da construção e encontrou uma garagem e uma cerca de madeira bem alta com entradas conjuntas. Havia uma caixa de correio na cerca com o número da casa e o nome da rua. Madelyn checou o endereço em seu braço de novo e baixou o apoio da bicicleta.

De repente, algo se chocou contra o outro lado da cerca. Madelyn deu um pulo para trás, mas não se incomodou quando escutou o segundo e o terceiro barulho. Já estava se acostumando àquilo de ser "invisível para os ex's". Avançou e girou o trinco.

Um ex cambaleou do portão. Passou mancando por ela sem um olhar e trombou na bicicleta estacionada. Ela caiu, mas o ex conseguiu ficar de pé.

Tinha sido um homem mais velho, uns cinco centímetros menor do que Madelyn. O cabelo eriçado tinha o mesmo tom acinzentado de sua pele. Estava todo ressecado como couro, mas ainda pesava o dobro dela.

O morto tinha o mesmo queixo e as maçãs do rosto de Hector. Na mesma hora, decidiu que diria não ter visto qualquer sinal do velho. Não gostaria de saber que sua família ainda estava andando por aí.

Deixou o ex na calçada e atravessou o portão. Havia um canteiro de flores já cheio de mato no pequeno quintal. Algumas pedras no gramado levavam até uma grande porta de madeira, que se abriu quando ela a empurrou.

Estava à procura de uma caixa de madeira com um metro de comprimento e uns vinte centímetros de largura, trancada com cadeado. Hector disse que talvez tivesse uma plaquinha na tampa, mas não conseguia se lembrar ao certo.

A casa era pequena e não havia muitos lugares para esconder uma coisa daquele tamanho. Madelyn procurou nos dois armários, debaixo da cama, e em seguida vasculhou cada gaveta da cômoda. Checou debaixo do sofá e atrás das máquinas de lavar e secar roupa.

Havia um armário embutido sobre a máquina de lavar, mas entulhado de livros de bolso empoeirados e nada mais. O avô de Hector tinha sido um apaixonado por ficção científica. Ficou imaginando como ele não deve ter se sentido quando os mortos começaram a andar.

A geladeira estava nojenta. Os armários da cozinha, abarrotados de tachos e panelas de todos os tamanhos e uma grande variedade de pratos. Procurou até mesmo na máquina de lavar louça. Alguém a tinha usado antes do fim do mundo. Os copos e os talheres continuavam brilhando de tão limpos.

A casa não tinha porão, o que lhe pareceu estranho. Quase todo mundo tinha uma adega na costa leste. Era como se estivesse faltando alguma coisa importante na casa do velho.

Também não havia um sótão de verdade. Ela encontrou uma pequena escotilha no teto do quarto e subiu com a ajuda de um banquinho da cozinha. Vinte minutos depois, tinha se convencido de que não havia nada lá a não ser roupas velhas e decorações de Natal.

Madelyn checou seus relógios. Tinha levado uma hora de bicicleta até o vale e mais outra hora vasculhando a casa até então. De acordo com o relógio número dois, o pôr do sol seria em noventa e três minutos. E o prazo de Max venceria em quatro horas.

Havia um caixote no quintal, um daqueles que se pareciam mais com uma Tupperware gigante, mas não guardava nada além de materiais de jardinagem e um cortador de grama. Chegou até a afastar alguns sacos de terra e fertilizante para se certificar de que o estojo não estava escondido por baixo deles. Nada na brecha estreita entre o caixote e a cerca do quintal, tampouco.

Embora a garagem estivesse conectada ao sobrado, não havia uma porta que ligasse um ao outro. Tentou a porta dos fundos, mas estava trancada. Deu a volta por fora e encontrou uma porta lateral em frente ao sobrado, também trancada.

Quando entrou de novo no sobrado, apressada, deu de cara com uma cesta perto da porta. Dentro, um bilhete de estacionamento vencido, alguns trocados, dois chaveiros e um pequeno controle remoto com um único botão. Madelyn apertou o controle algumas vezes antes de perceber que a bateria devia ter acabado havia uns bons anos.

Já do lado de fora outra vez, passou a testar as chaves na porta da garagem. O avô de Hector tinha se arrastado até a calçada e encontrado um amigo. Um ex alto de camisa xadrez e coxo. Tinham trombado um no ombro do outro e estavam girando juntos numa dança lenta e macabra. Não a notaram, nem o tilintar das chaves.

"Como isso era possível?", perguntou-se. Até havia uma certa lógica no fato de que não podiam enxergá-la, mas não deviam ver e ouvir outras coisas com as quais mantinha contato? Será que os ex's viam roupas vazias andando por aí e um molho de chaves flutuando no ar, ou esse filtro englobava tudo?

A primeira chave do segundo chaveiro coube na fechadura. Olhou para seus relógios de novo. Quinze minutos tentando entrar na garagem. Se ela não encontrasse logo a caixa, já estaria escuro quando voltasse ao Monte. Empurrou a porta.

A garagem era muito parecida com a de sua antiga casa, um exemplo de caos controlado. Um Lincoln enorme ocupava a maior parte do espaço. Havia três bicicletas encostadas na parede. Prateleiras de metal sustentavam algumas latas de alimentos não perecíveis, vidrinhos de pregos e parafusos, uma caixa de ferramentas e mais alguns livros de bolso. Parecia que Piers Anthony e Alan Dean Foster tinham sido banidos do loft. Alguns vasos de flores vazios ornamentavam um pano velho sobre um piano. A pintura de um cara de bigode e uma faixa na cabeça estava pendurada na parede ao lado de um ancinho e uma escada dobrável.

Madelyn tirou tudo de cima do piano e abriu a tampa. Encostou o rosto nos vidros do Lincoln e examinou o banco de trás. Agachou-se e espiou debaixo do carro. Só quando ficou de pé outra vez deu-se ao trabalho de olhar para o alto.

Igualzinho a como seus próprios pais faziam, o avô de Hector tinha economizado espaço entulhando as coisas nas vigas da garagem. O velho tinha até armado uma folha de compensado sobre elas para usar como uma enorme prateleira. Dava para ver malas, caixas velhas e o que parecia ser um grande urso de pelúcia.

Estirado entre duas das vigas, bem acima da porta, havia algo embrulhado em um saco de lixo preto. Tinha cerca de um metro de comprimento.

Levou um minuto para tirar a escada da parede e outros dois para colocá-la na frente do Lincoln. Enquanto tentava abri-la, uma das pernas acabou virando e quebrou o farol traseiro do carro. Ninguém jamais saberia, mas ainda assim ela se sentiu mal com isso. Abriu as pernas da escada com um chute e subiu até o topo. A escada estava desnivelada e chegou a estremecer um pouco, mas ela nunca foi do tipo que tinha medo de altura.

Alguns puxões e o saco plástico se soltou. O estojo era de madeira escura, assim como Hector tinha dito, com dobradiças de ferro estreitas. Parecia antigo. Apoiou a caixa nos dois braços. Levou um momento para se equilibrar, então desceu de volta pela escada sem usar as mãos.

O estojo lhe lembrava um caixão, mesmo que ela só tivesse ido a um funeral em toda a sua vida. Havia uma plaquinha grudada na tampa com algumas palavras entalhadas em espanhol – ela só tinha estudado francês na escola. Havia um fecho feito do mesmo ferro negro das dobradiças. O cadeado na trava, porém, era de aço e novinho.

Madelyn ficou olhando ao redor da garagem por quase um minuto e percebeu a caixa de ferramentas. Havia uma chave de fenda logo na bandeja superior e um martelo no compartimento de baixo. Encaixou a chave de fenda no ferrolho do cadeado e deu uma martelada. Ela escapuliu de sua mão e saiu rodopiando pela garagem. Pegou-a no chão, reposicionou-a contra o ferrolho e martelou mais algumas vezes. O cadeado nem se mexeu, mas a trava se soltou da madeira. Martelou a chave de fenda um pouco mais até que o estojo rachasse, arrancando a trava.

Ouviu um baque e se virou. O avô de la Vega e o outro ex estavam espremidos contra a porta da garagem, com as cabeças emolduradas pela vidraça. Bem, só a testa do avô de Hector. A madeira abafava o barulho dos dentes batendo. Outra ex, uma mulher magra de vestido, surgiu mancando na calçada logo atrás deles.

Menos de uma hora até o anoitecer. Ela precisava se apressar. Abriu a caixa e jogou de lado um velho papel de seda negro que estava dobrado sobre o conteúdo. E lá estava a espada.

Depois de assistir ao primeiro *Piratas do Caribe*, ela convenceu seus pais a deixarem-na fazer aulas de esgrima. Tinha sido uma decepção e tanto. As lições do nível básico, em termos de ação, não eram nada daquilo que o filme fazia crer, e os floretes permitidos nas competições não chegavam nem aos pés da espada linda que Orlando Bloom tinha forjado para o comodoro Norrington ou da que o pai de Inigo Montoya tinha feito para o homem de seis dedos.

Mas aquela espada sim fazia jus. Ela não sabia nada sobre armas, mas dava para dizer que era uma obra de arte. Não havia joias extravagantes ou ouro, nada disso, mas ainda assim era simplesmente maravilhosa. A lâmina era delgada e recoberta por centenas de anéis e arabescos que lembravam as gravatas paisley de seu pai. Logo acima do cabo, ou, melhor dizendo, do punho, como ela tinha lido em algum lugar, havia um círculo de metal protegendo a mão de quem a empunhasse. Tinha sido esculpida e talhada para se parecer com uma flor bem detalhada.

Enlaçou os dedos em volta do punho e tirou a espada do estojo. Era um pouco mais pesada do que imaginava, mas ficou bem equilibrada em sua mão. Havia alguns chanfrões na lâmina, mas tinham sido devidamente amolados e polidos. A espada já tinha sido muito utilizada, mas alguém tomara conta dela. A borda ainda estava afiada.

– Menina Cadáver rumo à vitória – ela disse com um sorriso estampado no rosto.

Outro baque a convenceu de que era hora de partir. Como não havia nenhuma outra espada nem qualquer outra coisa no estojo, levantou seu casaco e deslizou a espada pelo cinto. Um tanto desconfortável, mas nada que a impedisse de pedalar.

Vovô e seu amigo magro a ignoraram e continuaram tentando passar pela porta da garagem. A ex mulher ficou parada no meio da calçada, como se perdida em seus pensamentos. Havia um pedaço de alguma coisa pegajosa presa em seus dentes que ficava esticando e arrebentando cada vez que ela abria a boca.

Madelyn passou a perna por cima da bicicleta e suspendeu o pedal com a ponta do pé. Por impulso, fechou a porta da garagem. Os ex's se retorceram quando a fechadura travou, mas nenhum se precipitou na direção dela. Passou com a bicicleta pela morta e ganhou a rua.

Puxou a fita adesiva da manga e deu outra olhada nas páginas do Thomas Guide. Pouco mais de três horas até o prazo de Max. Boa parte da jornada até o vale tinha sido ladeira acima. Com sorte, o caminho de volta seria mais rápido.

VINTE E SETE

AGORA

— O senhor tem certeza de que esse é o melhor caminho, senhor? – Freedom perguntou.

— Foi daqui que o Josh escapou – St. George respondeu, apontando para a cerca e depois apontando com a cabeça para o outro lado da rua, em direção à perua ensanguentada onde o prisioneiro tinha sido baleado.

— Não foi bem o que eu quis dizer. – O enorme capitão fitou a rua. – Não há sinal algum de Cairax ao sul.

— Não importa – Max retrucou. Arregaçou as mangas de seu terno e desabotoou a camisa, expondo mais de suas tatuagens. – Como disse, ele está em volta de todo o Monte. Viu quando o Josh saiu. Vai nos ver saindo também.

— Como é que ele pode estar em volta de todo o Monte ao mesmo tempo? – um dos guardas perguntou.

— Bilocação – Max respondeu. Balançava as mãos enquanto falava, fazendo com que seus dedos batessem uns nos outros. – Não acontece só com os santos. Muitas entidades superiores e inferiores também podem se manifestar dessa forma.

O guarda fez uma careta.

– O que isso quer dizer?

– Quer dizer que ele pode estar em toda parte ao redor do Monte ao mesmo tempo.

St. George girou o quadril. Estava acostumado a carregar várias pochetes e armas em seu cinto, mas com a espada era diferente. Balançava feito um pêndulo torto e ficava roçando sua cintura. Mesmo com toda sua força, parecia estranho.

A lâmina escolhida tinha sido encontrada num dos depósitos antigos de adereços. Ilya a encontrara num barril com mais umas trinta espadas, e, após a aprovação meio a contragosto de Max, levaram uma hora para amolar a lâmina. Parecia a espada de um cavaleiro clássico, com uma barra atravessada por guarda-mãos e um rolo de arame bem apertado em volta do cabo. O pomo era uma esfera de metal com um rubi imenso incrustado, apesar de St. George ter certeza de que não passava de vidro, na melhor das hipóteses.

Mas até que pareceu uma espada de verdade quando ele a suspendeu e a lâmina refletiu um raio de sol. Sentia que era uma espada de verdade. Com sorte, isso bastaria.

Stealth estava no canto. Sua capa estava fechada em torno dela, e seu capuz, afundado na cabeça. Não disse nada enquanto providenciavam os preparativos finais.

Max terminou de exercitar as mãos e se voltou à mulher encapuzada:

– Olha só... sei que você não vai gostar muito disso, mas caso aconteça alguma coisa... Bem, não tente ir atrás da gente. Não importa o que vocês escutem ou vejam, não saiam.

Stealth endureceu por baixo do manto. St. George estava certo de que tinha sido o único a notar isso. Ela perguntou:

– Por que não?

– Ou conseguimos deter o Cairax ou não. Se conseguirmos, não vai ter razão nenhuma pra vocês ultrapassarem os sinais. Se não conseguirmos, bem... – Max ergueu os ombros outra vez –, as muralhas e os sinais ainda vão ser capazes de proteger todo mundo um pouco. Não muito, mas vai ser bom tirar proveito o quanto vocês puderem.

Stealth o encarou por um breve momento. Então concordou com um sinal de cabeça.

O feiticeiro se voltou a St. George:

– Como estão as runas?

– Coçando – o herói respondeu. Max tinha pintado uma série de símbolos por todo o peito e costas de St. George com um pincel grosso que tinha encontrado num dos antigos depósitos cenográficos. Não tinha usado tinta comum. Era algo oleoso que não cheirava muito bem. Tinha preparado a mistura enquanto os dois heróis conversavam com a dra. Connolly. – Parece uma queimadura de sol.

– Que bom. Quer dizer que está funcionando. Deve durar uma ou duas horas, se tivermos sorte. – Olhou para o céu. – Temos que ir. Só mais meia hora até o pôr do sol. No máximo uma hora até ficar escuro.

St. George concordou. Trocou um olhar solene com Freedom, e então voltou-se para Stealth. Teve o mau pressentimento de que seria a última vez que a via, e ela estava de máscara.

– Logo estarei de volta – disse a ela.

Sua cabeça afundou muito discretamente por dentro do capuz.

– Tenho certeza que sim.

Esperou um instante, imaginando que ela fosse desatar a chorar e abraçá-lo. Pensou em abraçá-la. Pensou em suspender a máscara e lhe dar um último beijo.

Mas ela permanecia fria e profissional. Não ia nunca chorar. Seria desmoralizante demais perante os guardas se agisse assim. Então afastou-se dele sem transparecer qualquer indício do que tinham compartilhado. Assumia o papel de ser fria e forte e impiedosa, para que ninguém mais tivesse de ser. E todo mundo pudesse simplesmente viver.

Ela era assim, ponto, e em parte era essa a razão por que ele a amava.

Esperava sobreviver para ter a chance de contar isso a ela.

Max passou o dedo pela borda de uma de suas tatuagens e voltou-se a St. George.

– Até posso levitar sem problemas, mas não sou muito rápido. Como você prefere fazer? Carona nas costas?

– Deus, não – o herói retrucou, tirando os olhos de Stealth. Deu uma piscadela aos guardas. – Se vou mesmo de encontro à minha morte, não quero parecer patético fazendo isso.

Todos riram. O humor melhorou um pouco.

Concentrou suas forças entre as omoplatas, flutuou e estendeu a mão. Max agarrou seu pulso e vice-versa. Ganharam altura e saíram voando da Grande Muralha.

Os ex's jogaram as cabeças para trás e os acompanharam com os olhos. Abriam e fechavam a boca sem parar. Seus dedos ressecados se esticaram para agarrar o espaço vazio entre eles e os pés de Max.

– Um pouquinho mais alto não seria nada mal – Max disse.

– Você vai ficar bem.

Flutuaram sobre o círculo fundido no asfalto. Os mortos cambaleantes o escondiam bem, olhando da Grande Muralha, mas dali de cima era fácil de ver. St. George estancou no ar um pouco antes do sinal. Baixou os olhos para Max.

– Assim que estivermos sobre ele? Ou quando passarmos?

– Passando. O sinal em si é o fim da área de segurança. Ele vai enxergar a gente, mas você deve estar protegido de uma possessão em qualquer nível.

– Devo?

– Por um tempo, pelo menos. Se ele quiser matar qualquer um de nós, vai ter que fazer à moda antiga.

– Ótimo.

Flutuaram por mais uns metros. Um grupo de ex's se amontoou embaixo deles. O ruído dos dentes era ensurdecedor. Um deles tropeçou e caiu para trás. Os outros o pisotearam, ainda tentando alcançar os heróis.

– Segura firme com as duas mãos – St. George disse. – Se ele vier pra cima da gente, eu vou me mover mais depressa.

– Se ele vier pra cima da gente, você vai achar melhor se eu tiver uma mão livre.

St. George encheu os pulmões de ar. Olhou por cima do ombro em direção à Grande Muralha, de onde Stealth e Freedom os observavam.

Soltou o fôlego pelo nariz, uma fumaça negra. Apertou os dedos em volta do punho da espada.

Atravessaram o sinal.

Nada aconteceu.

St. George se virou no ar. Havia uma centena de ex's em seu campo de visão, mas nenhum deles esparramando fogo azulado, nem com garras ou chifres. Oscilou a espada, cortando o vento.

Nada ainda.

– Até agora, tudo certo – Max disse. Sua mão livre estava levantada, com os dedos do meio abaixados. Um par de chifres demoníacos. – Pra qual direção estamos indo?

St. George ganhou um pouco mais de altitude e seguiu para oeste.

※ ※ ※

– Enfim, o pôr do sol – Max disse, vinte minutos mais tarde.

Planavam entre as árvores e as construções pela avenida La Brea. Costumava ser uma das ruas mais movimentadas de Los Angeles, antes referida como "adjacente à Beverly Hills", quando as pessoas ainda falavam sobre a localização dos imóveis com outros propósitos que não um saqueamento. Várias pistas amplas, um bom número de árvores e um número variado de lojas. Difícil acreditar que, a apenas alguns quarteirões a leste, a grande metrópole se parecia mais com uma cidadezinha do interior.

– O sol ainda não caiu de fato – St. George disse. – Só está mais baixo que os prédios. Ainda temos uns dez minutos.

– Daí vai ficar ainda mais difícil ver alguma coisa.

Os ex's cambaleavam atrás deles, feito indigentes para um banquete. Os dois tinham reunido uma grande multidão de seguidores enquanto voavam de um lado a outro por toda a vizinhança. Alguns iam ficando para trás à medida que outros se juntavam à perseguição. Havia uns sessenta ou setenta se arrastando atrás deles, esgueirando-se por entre os carros.

St. George perscrutou toda a rua de novo. Carros sem fim, todos cobertos de poeira. O que significava um monte de esconderijos em potencial.

– Não tem nenhum tipo de feitiço localizador que você pode lançar?

– Sim – Max retrucou –, mas, puxa vida, perdi essa aula em Hogwarts.

– Não precisa ser tão babaca assim.

– Desculpe. Estou meio tenso aqui. Não achava que fosse demorar tanto pra encontrá-los. Ou pro Cairax nos encontrar.

St. George pescou algo se movendo depressa pelo rabo do olho e escutou um som que se sobressaiu ao clique-clique-clique dos ex's. Deu um giro no ar e ergueu a espada, enchendo os pulmões de ar. Chegou a sentir as cócegas no fundo da garganta, mas logo se deu conta de que era apenas mais um zumbi, um sujeito alto, que tinha se juntado ao bando, tropeçado no meio-fio e trombado numa Mercedes.

Soltou a fumaça devagar pela boca e pelo nariz. Olhou para baixo e viu que a mão estendida de Max estava dura como gesso. O feiticeiro suspirou e relaxou um pouco os dedos.

– Então – St. George disse –, você acha que já era pra termos encontrado eles?

– Bem, já era sim – Max respondeu. – O Cairax está doido pra me pegar, então, ou ele ia manter o Josh por perto até que a possessão surtisse efeito, ou ia ficar só esperando nos sinais pra atacar assim que eu saísse. Não sei muito bem o que está acontecendo, pra dizer a verdade.

St. George examinou a multidão de ex's. Seus olhos foram até sua lapela e voltaram a mirar o horizonte.

– Deve ser meio difícil pra ele passar despercebido. Cauda longa, couro roxo, três metros de altura...

Max resmungou qualquer coisa.

– Não é assim que ele é, você sabe, né?

– Não?

– Isso era quando ele ficava espremido dentro de mim, se é que faz algum sentido. Mais ou menos como o peixe do McFish, que tem a forma de um pão e não de um peixe de verdade. Não é pra ser natural, é só pra ficar mais fácil de engolir.

– Então ele vai parecer diferente?

– Vai parecer um pouco mais puro.

St. George se virou e levantou a espada outra vez.

– Escolha interessante de palavras.

O vulto ligeiro, dessa vez, tinha sido a sombra de um ex estendida sobre o chão, com o cair dos últimos raios de sol entre dois prédios.

– É só pegar o que você lembra e multiplicar por três – Max disse.

– Eu já estava multiplicando por três.

– Então multiplique por seis. Mais apropriado, por sinal. Ei, podemos parar um pouco?

– Hein?

– Você é o cara superforte que pode voar, mas eu estou sendo arrastado pelo braço faz meia hora. Meu ombro está ficando dormente.

St. George olhou em volta e vislumbrou um telhado compartilhado de um petshop imenso e uma loja de materiais elétricos. Sobrevoou a construção e deixou Max no chão. O feiticeiro girou o braço algumas vezes e revirou os ombros para frente e para trás.

St. George se virou e ficou observando a rua. As sombras ficavam cada vez mais escuras.

– De quanto tempo você precisa? – perguntou a Max. – Não é muito bom que fiquemos parados por muito tempo, não?

– Só mais um minuto – Max respondeu, sacudindo a mão feito um arremessador se aquecendo para um grande jogo de beisebol. – Não vou ter lá muita utilidade se o meu braço não funcionar.

A multidão de ex's se esparramava pela rua abaixo. Alguns perderam de vista os dois homens no telhado e tinham ido embora. Uns dez ficaram presos entre os carros, sem outra saída até que, por pura sorte, conseguissem se desvencilhar. Mantinham os olhos esbranquiçados em St. George e arranhavam o vento. Outros se enfiavam pela vitrine quebrada da loja de materiais elétricos. Dava para escutar do telhado o barulho do vidro sendo triturado.

– Será que não existe uma chance remota do demônio ter caído fora? Você mesmo disse que ele poderia simplesmente decidir que você não valia tanto a pena assim.

Max caminhou até a borda do telhado para ficar frente a frente com St. George. Revirou os ombros novamente.

– Não é assim que funciona. Lembra daqueles contos de fadas onde o diabo faz um pacto com alguém, mas depois está se lixando pra parte dele no final?

— De memória, não.

— Existe uma razão pra isso. — Ele sacudiu a cabeça. — Cairax está puto demais pra simplesmente cair fora. Precisamos encontrá-lo antes que ele encontre...

St. George acompanhou o olhar de Max. Do outro lado da rua, havia uma pequena loja que podia ter sido uma galeria de arte ou algum tipo de *showroom*, qualquer coisa que parecia mais com a costa leste do que com Los Angeles. O herói se recordou de quando vasculhou o interior, anos antes, e não encontrou nada que prestasse. A vitrine enorme já estava estilhaçada há muito, pelo que os cacos de vidro no chão aparentavam.

Josh estava dentro da galeria, observando os dois. Respirou fundo quando seus olhos se cruzaram com os de St. George.

O homem antes conhecido como Regenerator era alto e largo. Seu corpo era sólido como uma rocha, apesar dos meses numa cela sem comida. Seus cabelos brancos quase brilhavam nas sombras da galeria, enquanto seus olhos acinzentados eram escuros o suficiente para sumirem em meio ao lusco-fusco.

St. George arriscou desviar o olhar por um instante. Havia pelo menos sessenta ex's entre a loja de materiais elétricos e a galeria. Gente demais para se ter uma conversa na calçada.

Voltou o olhar a Josh. Nem tinha se mexido. Parecia cansado.

Max encolheu os ombros. Colocou seus punhos lado a lado, formando uma linha ininterrupta de tatuagens, e então seus antebraços giraram, encostando um no outro. Murmurou algumas palavras ao jogar os braços para frente e abrir os dedos. Sussurrou um pouco mais, fechou os olhos e afastou as mãos.

Duas nuvens de poeira e folhas secas se elevaram da rua. Alguns dos carros rangeram e saíram derrapando por todas as direções. Os ex's escorregavam pelo chão como se estivessem sendo varridos. Alguns tombavam e seguiam deslizando. Uma morta de short e top ensanguentado não parava de tentar cambalear adiante, mesmo sendo varrida de volta, sempre.

Max abriu os olhos e vislumbrou uma passagem limpa até o outro lado da rua.

– É um barato quando dá pra fazer com água – ele disse. – Totalmente bíblico.

– Você consegue manter os ex's afastados?

Max deixou suas mãos caírem.

– Isso vai durar um tempo. Mas só funciona pelos lados, então atenção para a retaguarda.

O herói saiu do telhado e deslizou até pousar no meio da rua. Suas botas bateram no asfalto e ele avançou alguns passos. O sujeito de cabelos brancos continuou parado, observando o dragão se aproximar.

– Olá, Josh – St. George disse. Olhou para trás e viu alguns ex's andando pelo interior da loja de materiais elétricos. Um deles, uma mulher morta, já tinha notado a presença dele. Levaria alguns minutos para alcançá-lo.

Josh saiu da galeria. Tinha encontrado roupas novas que lhe caíam muito bem. Calças escuras com as bainhas manchadas e uma jaqueta amarrotada com dois buracos de bala num dos ombros. Ainda vestia a camisa branca da prisão, encharcada com o sangue de sua fuga. Seus pés ainda estavam descalços e os cacos de vidro estalavam enquanto ele caminhava.

– Já é a segunda visita em um mês. Estou começando a me sentir especial.

– Não temos muito tempo. Preciso te levar logo de volta pra dentro.

– De volta pra minha cela, você quer dizer. – Seus braços estavam caídos ao lado do corpo e a mão atrofiada contraía-se com a simples menção da palavra prisão. As mangas da camisa eram muito curtas para seus braços compridos, e a mordida esbranquiçada era bem visível logo depois de seu pulso.

– Com toda a sinceridade do mundo, a única coisa que importa agora é que você volte pra dentro do Monte – St. George retrucou – Nem que seja dentro da Grande Muralha. A gente pode conversar lá.

Josh abafou uma risada entre os dentes.

– Não acho que a Stealth e os outros vão estar com um humor muito bom pra conversar.

A poucos metros, um ex foi mancando na direção deles e trombou contra a barreira de Max. Suas pernas bambearam um pouco e ele caiu para trás. Sua cabeça bateu em cheio no chão e ele ficou estatelado.

– Eu sei que você não está muito contente conosco. Sei que não tem nenhum motivo pra voltar, mas você precisa acreditar em mim. Temos que ir agora e vai ser bem mais rápido se você não resistir.

– E se eu resistir?

– Por favor. Realmente não temos tempo. Tem uma coisa aqui fora te procurando, e se ela te encontrar... não vai ser bom pra ninguém.

– E daí?

St. George deu mais um passo em direção ao sujeito.

– Não me venha com "e daí". Você ainda se preocupa com as pessoas, Josh. Lá no fundo, você ainda é um dos mocinhos. – Apontou para a mão empalidecida e enrugada de Josh. – Faz anos que você mostra pra todo mundo o quanto se sente culpado.

Josh baixou os olhos e sacudiu a cabeça.

– Tarde demais, George.

– Ainda dá tempo de pensar em alguma saída juntos – o herói insistiu. – Por favor, volta com a gente. Podemos fazer tudo...

– Não – Josh rebateu. – Tarde demais. – Seus olhos foram tomados pelo fogo azulado. Sua boca se escancarou num sorriso composto por presas compridas, alienígenas. – Ele me encontrou já faz umas horas. Estávamos só esperando que você viesse atrás de nós.

Mais tarde, quando sua vida chegasse ao fim, St. George olharia para trás e vislumbraria o momento com perfeita clareza, cada detalhe gravado em sua memória. As roupas de Josh se rasgaram em frangalhos e todo seu corpo virou do avesso, retorcendo-se em linhas e ângulos nada naturais. O herói testemunhou ossos brilhando, músculos se desfibrando e órgãos cintilando, tudo pintado de sangue. As entranhas do sujeito trepidaram ao longo de ângulos estranhos e então juntaram-se de volta, retornando a seu devido lugar, escondidas por baixo da carne.

Mas não a mesma carne de antes. A pele era da cor de uma contusão novinha em folha, bem esticada sobre um esqueleto com mais do dobro do tamanho que tinha um instante antes.

Encobriu o herói, do alto de seus quase quatro metros de altura. Seus olhos, que mais pareciam dois pires, dominavam seu rosto, portinholas rumo a um universo de fogo gelado. Uma coroa de chifres tortos envolvia seu crânio e seguia como uma crista pelas costas abaixo. Sua cauda chicoteava de um lado para outro como uma cobra encolerizada.

– St. George – ele disse. A voz suave parecia mais a de um barítono inglês imitando Josh. Apesar da polidez, o herói ficou arrepiado e sentiu um cheiro ruim no ar. – George Bailey. Mighty Dragon. Um homem de tamanha magnitude precisa mesmo de tantos nomes.

Cairax Murrain empinou a cauda e escancarou mil presas finas e grossas num sorriso a St. George.

– É um prazer vê-lo novamente.

VINTE E OITO

AGORA

Madelyn se recompôs no meio da avenida Highland e verificou se estava tudo bem com a espada. Tinha caído em cima dela, mas não parecia danificada. Sua mão, no entanto, estava toda machucada. Um monte de arranhões na palma direita ao tê-la arrastado no chão, e tinha certeza de que seus dedos médio e anelar estavam quebrados. Deslocados, pelo menos.

Virou-se e chutou a bicicleta. A roda traseira tinha travado quando ela tentou desviar de um ex, arremessando-a longe. A corrente acabou saindo e se enrolou toda em volta do eixo. Tinha certeza de que poderia dar um jeito nisso se tivesse as ferramentas certas. E luz suficiente. E uma corrente nova.

E tempo. De acordo com seus dois relógios com led fluorescente, restavam cerca de duas horas até terminar o prazo de Max. Cento e dez minutos até o inferno na Terra.

Acenou para o ex, um homem dessecado da idade de seu pai, careca. Manchas de sangue se misturavam às flores vermelho-escuras em sua camisa havaiana, e se alastravam pela bermuda.

– Pode ficar com a bicicleta pra você. Eu nem gostava da cor, mesmo.

Checou a espada novamente e saiu caminhando em direção ao sul. Gostaria de poder ir correndo, mas seus olhos não enxergavam bem no escuro e ela não quis arriscar outro acidente. Enquanto andava, segurava seus dois dedos torcidos com a mão esquerda. Latejavam, mas não doíam tanto quanto ela sabia que deveriam doer. Terminações nervosas mortas.

Respirou fundo, mais por hábito do que qualquer outra coisa, e deu um puxão nos dedos. Escutou um estalo duplo e sentiu uma pontinha de dor bem aguda. Remexeu os dedos já de volta no lugar. Nenhuma maravilha, mas seria capaz de usá-los.

Levou dez minutos, andando depressa, para chegar à Sunset. Cortou caminho pelo estacionamento de um shopping center. Pelo que lembrava, a construção ficava a um quilômetro e meio da Torre Nordeste da Grande Muralha. Havia dois corpos do outro lado do estacionamento. Dois rapazes da sua idade, pelo que podia ver pelo tamanho das roupas que vestiam. Virou a cabeça e, do outro lado da rua, viu uma escola pintada de cinza. Ficou imaginando se os pais tinham de ser da indústria cinematográfica para que os filhos pudessem estudar na Hollywood High School.

Havia dezenas de ex's vagando pela rua, mas dispersos o suficiente para que ela se esquivasse. Madelyn firmou a mão na espada e apertou o passo. Estava certa de que conseguiria vislumbrar o perigo antes de tropeçar nele.

Dez minutos depois, o número de carros abandonados começou a diminuir, e os ex's passaram a ficar um pouco mais amontoados. O barulho dos dentes ficou mais alto. Mais dois quarteirões e viu a Amoeba Records de frente à Jack in the Box do outro lado da rua. Alguns metros adiante e o Cinerama Dome despontou na escuridão. Ela estava a um quarteirão da Grande Muralha. Agarrou a espada contra o peito e começou a correr.

A torre despontou no horizonte e ela enfim pôde ver os guardas na muralha. De trezentos a quatrocentos ex's entupiam o cruzamento logo abaixo. Os mortos espalmavam os carros empilhados e estendiam os braços na direção dos homens e mulheres na plataforma.

Madelyn não queria correr o risco de ser mais uma na multidão. Ficou parada atrás da horda e passou a abanar os braços. Dava alguns pulos de vez em quando.

– Ei – ela gritou. – Aqui embaixo!

Um dos guardas endireitou a postura e olhou em sua direção. Algumas lanternas foram acesas e começaram a procurá-la.

– Aqui! Estou com a espada! – Ela ergueu a arma e a balançou sobre sua cabeça.

Escutou as vozes deles se sobressaindo ao barulho dos ex's, mas não dava para distinguir palavra alguma. Fizeram alguns gestos na direção dela, mas pareciam mais parte da discussão do que sinais para ela. Um deles levou um walkie-talkie à boca. Ela passou a avançar por entre a multidão e dois dos guardas apontaram seus rifles.

– Ei! – Ela gritou, sobressaindo-se ao ruído dos dentes. – Sou eu, a Menina Cadáver. Estou do seu lado.

A discussão na plataforma acabou se transformando numa briga. Uma mulher empurrou o rifle de outro guarda, que resistiu e o apontou de volta a Madelyn. Acenavam e apontavam sem parar.

Olhou para seus relógios. Pouco mais de uma hora até que a Boca do Inferno se abrisse ou seja lá o que fosse acontecer.

– Estou com a espada – ela berrou. – Chamem o St. George ou o capitão Freedom ou alguém no rádio. – Empurrou um ex de lado e deu mais três passos firmes adiante.

Os dois guardas com os rifles apontados entraram em pânico. Um deles apoiou a arma no ombro. O outro disparou na altura do peito. O tiro ecoou pela Sunset Boulevard, abafando o clique-clique-clique dos dentes por um instante.

O ex bem em frente a Madelyn se contorceu, e jorrou sangue coagulado de seu ombro. Ela sentiu um puxão na manga do casaco e um cheiro repentino de metal fundido. A bala tinha passado raspando. Tinha sido por pouco. Bem pouco.

Deu um mergulho de costas e se agachou por trás de outro ex, um obeso que fedia a sujeira. Um segundo tiro foi disparado e, em seguida, mais gritaria vinda da plataforma. Não tinha certeza se estavam gritando para ela ou entre si. O morto saiu mancando em direção à muralha, atraído pelo barulho, e ela foi se arrastando atrás para continuar escondida. Olhou para baixo e viu que um líquido escuro escorria da calça dele.

Passou pela sua cabeça que talvez eles não fossem deixá-la entrar de volta. Tinha escapado sem permissão, e talvez tivessem regras bem firmes quanto ao contato com ex's. Boa parte da população lá dentro achava que ela fosse profeta ou alguma espécie de presságio, mas também tinha um monte de gente, entre os quais provavelmente os dois homens atirando nela, que não a achavam nadinha diferente de qualquer outra coisa morta.

Eles tinham de permitir sua entrada! Precisavam da espada.

Todas as suas coisas estavam lá dentro. Não tinha levado sua mochila, nem o casaco mais grosso, nada. Tinha dado como certo que a deixariam entrar de volta. A bem da verdade, esperava impressionar St. George e convencê-lo de que poderia ser útil a ele e aos demais heróis. Seria legal ter alguém como St. George impressionado com ela.

Mas talvez isso não fosse mais acontecer. Olhou para trás, rumo à estrada escura, pelo caminho de onde tinha vindo. Era bem capaz de haver uma mochila em algum canto do colégio. Agora que sabia que não precisava se esconder, seria mais fácil sair por aí catando suprimentos.

Seu diário estava dentro do Monte. Se não encontrasse algo onde escrever, acordaria no dia seguinte e talvez nem mesmo se lembrasse de estar lá. Sua memória vinha ficando cada vez melhor, mas ela não achava que isso ia durar sem o diário.

Se não a deixassem entrar, acabaria morrendo outra vez.

E então o barulho vindo da Grande Muralha cessou e um berro ecoou por todo o cruzamento, trovejando sobre os ruídos dos dentes mortos.

– Madelyn!

Aguardou um momento. Já tinha jogado videogame e visto filmes o suficiente para saber o que acontecia com alguém que colocava a cabecinha para fora. O ex obeso se arrastou por mais alguns metros, balançando de um lado para o outro.

– Madelyn, você ainda está aí?

Dessa vez, o eco foi menor. Ela reconheceu a voz e deu um pulo.

– Sim! – gritou de volta. – Estou aqui. Estou com a espada!

O capitão Freedom estava na plataforma, elevando-se sobre os guardas. Um dos que dispararam contra ela tinha sumido. Mesmo de tão longe, dava para dizer que o outro não estava de muito bom humor.

O enorme oficial acenou para que ela avançasse e Madelyn desbravou caminho por entre a multidão de ex's. Já mais próxima à muralha, foi ficando mais apertado. Dava cotoveladas e empurrões nos mortos, abrindo passagem.

Quando estava perto o suficiente, dois dos guardas lhe jogaram uma corda. Ela envolveu seu pulso e foi puxada até a plataforma. Os ex's arranhavam suas pernas e, por um instante, ela ficou aterrorizada com a possibilidade de sua invisibilidade ter passado de alguma forma, mas não eram nada além de esbarrões aleatórios na tentativa de alcançar as pessoas na muralha.

Ficou parada na plataforma diante de Freedom. Ele a encarou de cima.

– Você, então, escapou.

– Pois é...

– Você recebeu ordens pra retornar ao hospital.

– Mas eu voltei pro hospital. Depois saí e peguei a espada. Você pode me dar uma bronca depois. – Ela virou a espada de lado e a estendeu ao capitão com o punho voltado a ele, como nos filmes.

– Você agiu certo, soldado – ele disse. – Mas é tarde demais.

Suas pálpebras pestanejaram, quase emitindo um leve zumbido.

– Como assim?

– St. George e Maxwell partiram há trinta e nove minutos – uma voz disse. Stealth surgiu por detrás da menina morta. – Esperam encontrar Regenerator antes que o demônio o encontre – a mulher encapuzada passou por Madelyn e desceu as escadas até a rua.

– Mas e a espada? – ela retrucou, elevando um pouco o tom da voz. – Eles não precisam da espada pra matar direito o demônio?

– O senhor Hale decidiu que uma das espadas que encontramos dentro do próprio Monte serviria bem o bastante – Freedom disse, apontando às escadas que davam na rua Vine. – Agora é hora de você voltar ao hospital.

– Mas que burrice – Madelyn rebateu. – Não sei nem por que me dei ao trabalho de ir atrás dessa coisa.

– As ordens foram pra que você não fosse – Stealth disse, sem virar a cabeça.

– Não, o que eu quero dizer é que foi uma perda total de tempo – Madelyn continuou. Levantou o casaco e deslizou a arma por seu cinto novamente. – Com todo esse tempo que ele passou aqui como fantasma, devia saber que tinha uma espada boa o suficiente aqui, né?

Stealth ficou paralisada. Cerrou os punhos, mas soltou os dedos de imediato. Um tremor percorreu seu manto como uma onda elétrica em miniatura.

– Capitão Freedom. Vamos partir em dez minutos pra ajudar St. George. Tome as providências que achar melhor.

O enorme oficial estava um passo atrás dela.

– Perdão, senhora?

– Você me ouviu, capitão. Zzzap?

A voz dele ecoou de volta pelo rádio:

– O que foi?

– Vamos alimentar a eletricidade com bateria. Encontre-me na Muralha Sul, em Larchmont, daqui a nove minutos.

– Copiado.

Stealth apertou o passo. Freedom se viu obrigado a acelerar seu ritmo para acompanhar a mulher.

– Madelyn – ela disse –, acredito que suas habilidades serão úteis. Sob hipótese nenhuma você irá entregar a espada a alguém até que eu diga o contrário. Resguarde-a com sua própria vida.

– Certo.

– Senhora – Freedom a chamou. – O que está acontecendo?

Stealth parou e se voltou a ele.

– As afirmações nada coerentes de Maxwell sobre magia e vida após a morte desviaram minha atenção de uma linha de raciocínio mais objetiva. Quando as tomei como verdade, sua mentira se tornou óbvia.

– Não tenho certeza do que você está falando.

— Maxwell garante que está aqui há pouco menos de um ano e meio como um espírito. Tempo suficiente inclusive pra dizer que viu cada tatuagem de cada morador do Monte.

Freedom olhou de relance para Madelyn.

— Você acha que ela tem razão sobre a espada?

— Não se trata da espada — Stealth respondeu. Seu rosto mascarado se voltou a ele por baixo do capuz. — Depois de dezoito meses, como seria possível que ele não tivesse conhecimento sobre Regenerator ser nosso prisioneiro?

※ ※ ※

St. George deu um passo rumo ao demônio, sua arma erguida. Nunca tinha usado uma espada antes, mas imaginou que, com aquela lâmina afiada e toda sua força, daria para fazer um bom estrago.

Tinha esquecido do quanto o demônio era veloz. Se antes já era rápido como um ex, agora não passava de um borrão. St. George abaixou a espada, Cairax estava a três metros de distância.

A cauda do monstro veio à tona e deteve a lâmina, quase derrubando-a de sua mão. St. George firmou a mão, sentindo o cabo se deformar sob as pontas de seus dedos. Oscilou a espada outra vez, mas fatiou tão somente o vento. O demônio estava atrás dele.

Deu uma gargalhada.

St. George girou e investiu a arma num amplo arco. Cairax desviou, dessa vez bem devagar, para que o herói pudesse ver o quanto era fácil. O demônio o encarou e a cauda deu o bote, como uma cascavel ofensiva. Desarmou a guarda do herói e o atingiu em cheio no peito. Sua vista escureceu e as vidraças que ainda sobravam na vitrine do petshop se espatifaram contra suas costas. Não largou a espada.

Logo atrás do demônio, Max saltou do telhado e foi flutuando até o chão. Nuvens de luz evaporavam de suas mãos. Seus lábios se mexiam, mas St. George não pôde escutar o que diziam.

Cairax Murrain investiu e St. George se atirou para cima dele. Pensou em todos os filmes de *Conan* e *Beastmaster* a que tinha assistido quando era adolescente e levou a espada abaixo com um rugido. O demônio colocou o braço na frente e a lâmina tirou uma lasca da carne. Parecia que tinha golpeado um pneu. O herói suspendeu a espada e atacou novamente. Atravessou a carne do antebraço de Cairax e acertou o osso, que mais parecia uma rocha das mais sólidas.

O cabo da espada estalou. St. George sentiu a lâmina vibrar. Puxou o braço e a arma se despedaçou em sua mão. O pomo e a guarda tinham caído. A lâmina despencou por cima de seu ombro. Tudo tilintou no asfalto.

Ficou parado por um instante, segurando o cabo vazio.

O demônio soltou uma gargalhada gutural.

– Você ousa me enfrentar com um brinquedo, pequeno herói? – ele vociferou. – Você desonra seu xará.

Então fez-se novamente um borrão, uma onda quente de dor, e St. George foi arremessado pela vitrine do petshop. Espatifou-se contra duas prateleiras, estraçalhando alguns terrários de vidro, e acabou levando uma caixa registradora junto até se chocar contra a parede. Sentiu o concreto rachar e se estatelou no chão. Seu peito estava úmido, e algumas manchas de sangue brotaram de seu traje despedaçado.

O chão estremeceu como num terremoto fraco e, quando se deu conta de que os tremores rítmicos eram passos, Cairax o agarrou pela cabeça e o atirou de volta à rua. Colidiu contra a traseira de um carro. O para-choque entortou em volta dele, o porta-malas se desmantelou, os vidros estilhaçaram e St. George foi parar no banco de trás.

O chão estremeceu novamente. Ele se desvencilhou dos destroços. Agarrou o para-choque solto e o girou feito um taco. Acertou Cairax em cheio na cabeça, provocando um rangido do metal contra o crânio. O para-choque partiu ao meio e o demônio cambaleou. St. George deu um salto, levou o punho cerrado para trás... e voou de volta direto para o chão. Colidiu com brutalidade, e a confusão o fez cair de joelhos. Fez força para voltar a ficar de pé, mas algo maior o pressionava contra o chão. Seu corpo estava pesado demais para se mexer. Sua cabeça estava no chão, e ele ouviu Cairax Murrain se movendo por trás dele. Gargalhava.

Max entrou em seu campo de visão. O feiticeiro juntou as palmas com força, os dedos de uma de encontro ao pulso da outra. Um estalo de estática cercou suas mãos como fogo de santelmo marcando navios condenados.

– Eu falei pra ficar de olho na retaguarda – Max disse, caminhando até ficar ao lado do demônio. – Sei que você não vai acreditar em mim, mas realmente sinto muito que tenha que acabar assim.

NEGAÇÃO, RAIVA, BARGANHA

ANTES

O primeiro pensamento que passou pela minha cabeça foi "Não".

Só "Não" e "Não" e "Não", um atrás do outro. Tanto que acabei gritando "Não". Não que alguém possa me escutar. Quando se está morto, as pessoas tendem a nos ignorar.

Claro, não estou realmente pensando ou gritando. Sequer tenho um idioma nesse estado. Mal tenho consciência. Só o suficiente pra ter noção do quanto estou fodido. A imagem do Burgess Meredith com os óculos quebrados vai e volta, e eu fico sem entender nada.

Isso não pode estar acontecendo. É imbecil demais. Ridiculamente imbecil. Eu deixei tudo planejado. Sinais tatuados. Intervenção mágica. Vassalos demoníacos. Cheguei até a tomar todas as precauções quanto à minha morte. Só um amador, mesmo, pra não fazer isso.

Mas não previ os mortos-vivos. Quer dizer, por que diabos eu me planejaria pra um apocalipse zumbi? A ideia em si já é ridícula demais.

Isso não pode estar acontecendo!

Eu morri. Eu sei que morri. O calafrio da morte, o último suspiro, o cordão de prata partido. Até mijei nas calças. Estou morto.

Eu devia estar livre, mas estou preso aqui.

Não. Não. Não. Não. Não.

O Marley deu errado. Posso sentir. Como uma porta entreaberta pela qual dá pra espiar, mas não pra passar. Estou amarrado aqui. Logo aqui.

Estou preso num zumbi. Preso dentro do cadáver reanimado de um demônio. Um fiapo de consciência no fundo de um cérebro morto. Pelo menos até que um desses soldados com dedo solto decida...

Ah, não. Ah, Jesus. Eu sou à prova de balas. Não tem como eles atirarem na minha cabeça. Eu vou ficar preso aqui pra sempre. Não, não, não, não!

Não, calma. Não, eu não vou. A Stealth mandou o Dragão exterminar todos os super-humanos que tenham se transformado. Ele vai me encontrar, encontrar o Cairax, e quebrar o pescoço ou esmagar a cabeça dele, e é isso.

Claro... a gente já lutou uma vez, e não que ele tenha chegado a me machucar. Machucou o Cairax. Venceu a luta, mas só porque eu recuei.

Já saquei que eu sou muito mais consciente do que eu deveria ser. O suficiente pra entender que eu não deveria ser capaz de pensar sobre o porquê de eu poder pensar. Alguma coisa mudou nos cantos obscuros da minha mente. Alguma coisa se misturou, alguma coisa *não eu* da qual *eu* consigo me diferenciar.

E agora me dou conta do que é. Posso sentir o que acabou de acordar aqui dentro comigo. Ah, não, não, não, não, isso não pode estar acontecendo. As coisas não podem ter dado tão mal. Não é possível.

O Marley o prendeu aqui também.

Preso aqui comigo.

⚜ ⚜ ⚜

Não parei de gritar por um mês. Talvez dois.

Se estivesse me valendo de cordas vocais pra gritar, elas já teriam arrebentado. Mas esse é um grito silencioso. Que não para.

Repito, não tenho um idioma, fui privado de tudo, a não ser da dor. Agora estamos finalmente sozinhos, o Cairax Murrain está me fazendo pagar por ter sido amarrado ao Sativus. Na falta das suas ferramentas de costume, está sendo obrigado a usar o que tem em mãos pra me torturar.

Minhas memórias. As lembranças de cada pontinha de dor física, emocional ou espiritual que já sofri na vida. Trinta e três anos de agonia.

Sou arremessado pro outro lado da sala durante um exorcismo e meu cotovelo quebra quando bato na parede. Encontro a carta da Marie-Anne dizendo que me deixou pelo Anselm. Um dente racha ao meio quando dou uma mordida e o ar gelado atinge o nervo. Uma gripe revira meu estômago e minha garganta entra numa convulsão de comida e bile no refluxo. Uma ressaca insuportável aos dezenove anos. O frio cortante fora do útero. Um chute certeiro bem no meio do saco, seis meses antes de morrer, seguido de uma coronhada no queixo.

E é claro, como não poderia deixar de ser, repetidamente a sensação da minha carne virando do avesso ao usar o amuleto de Sativus pra possuir o corpo de Cairax. Espasmos em todo e qualquer músculo. Chifres rasgando minha testa. Novos dentes dilacerando minhas gengivas e meus lábios. Garras abrindo buracos nos meus dedos. Ele sabe apreciar a ironia nessa história toda. O que era uma tortura pra ele, agora é uma tortura pra mim. Depois que morri, fiz milhares e milhares de transformações a mais do que já tinha feito na vida.

Depois de dois ou três meses de gritaria, ele para. Não sei por quê. Quando ele fala comigo, usa as vozes que escutamos no fundo da cabeça. Vale-se dos sons de conversas imaginárias e sonhos não esquecidos.

Terei enorme prazer em destruí-lo por conta desta desonra, pobre alma.

– Não – gritei de volta. Minha voz agora só sai diferente porque eu quero ser escutado. Aqui nesse lugar, no estado em que nos encontramos, nenhum de nós tem voz de verdade.

Fazer alguém como eu de brinquedo nas mãos de um mortal, uma desonra além do tolerável. Manchar os títulos profanos de Cairax Murrain com atos de altruísmo e caridade. Permitir que mortais se alegrem com o meu nome quando deveriam gritar, se acovardar e implorar por misericórdia. Insultos tão dolorosos devem ser devolvidos na mesma moeda.

Ainda consegui soltar outro "Não" antes que ele começasse de novo.

Meus gritos são o refrão de uma sinfonia de dor que persiste há quatro ou cinco meses, sem trégua. Quase meio ano em que cada agonia da minha vida volta num loop eterno. As agulhas perfuram minhas tatuagens de novo e de novo. A rótula do meu joelho quebra no meu aniversário de vinte e oito anos. Três dedos queimam no fogão aos quatro. Uma morta absurdamente linda morde minha língua e a arranca fora. A infecção se alastra pela minha pele enquanto estou preso por correias nos pulsos e nos tornozelos. Meu cachorro Muggsy é atropelado por um carro e morre em meus braços aos nove anos. Um nariz quebrado numa briga de bar. Marie-Anne arranca um tufo do meu cabelo pro boneco e deixa meu couro cabeludo sangrando.

Cairax para outra vez. As pausas fazem com que ele aprecie a tortura ainda mais. É um gourmand da agonia, dando um tempo pra que possa saborear cada doce pedacinho da minha dor. Meu sofrimento é o oxigênio dele.

Você há de ansiar pelo tormento irrisório desta prisão. Você há de olhar para trás e recordar de nosso tempo aqui juntos com muito prazer e satisfação. Estas hão de ser as lembranças felizes que o sustentam.

Minha cabeça está girando com a falta de tortura. Se não consegue funcionar com a agonia constante, também já chegou num ponto em que está tendo problemas sem ela. Parte de mim quer desistir e simplesmente aceitar a situação. Em algum nível, eu sempre soube que ia acabar assim. Apesar de toda a minha atitude e estilo, sabia que ninguém é capaz de quebrar a banca por muito tempo.

Implorar, não imploro. Só vai piorar a situação. Nem sei como isso ainda pode ficar pior, mas sei que vai.

– A gente sabe que não era pra isso acontecer. A culpa não é minha!

Somente o pior dos artesãos culpa suas ferramentas por seus fracassos.

Mas sinto que tem uma peça do quebra-cabeça bem na minha frente, uma das peças laterais que definem como tudo mais se encaixa. E o Cairax não parece ter visto. Ainda pode existir uma chance de sair dessa.

Suas lamúrias hão de ressoar Abismo adentro por dez vezes dez gerações. Minhas mãos hão de levar-lhe toda a dor e aflição e violação já conhecidas pelo homem ou por qualquer animal. Dez mil anos se passarão antes que você chegue à beira do esquecimento, e outros dez mil para que despenque dentro dele. E em cada segundo desse tempo, meu único objetivo será torná-la pior para você.

Já me dei conta do que ele deixou passar. Ou talvez do que ele não queira que eu note. Ainda estamos aqui. Ainda presos numa enorme massa de tecido podre por causa de um curto-circuito no feitiço tatuado em minha pele.

Esbocei uma risada e Cairax me encarou.

Qual aspecto de seu futuro lhe é tão agradável, meu caro Maxwell?

– É o seu futuro também – eu o relembrei. – E ainda nem estamos perto, né? Faz o quê? Seis meses? Sete, talvez?

Sinto um sorriso em seu rosto. Uma expressão terrível, mesmo sendo só uma construção mental. Será que eu perdi alguma coisa? Algum detalhe que me fugiu? É melhor continuar.

– Mais de meio ano já passou desde que morremos. E ninguém deu um tiro em nossa cabeça ou tentou nos eliminar de alguma maneira. Nós dois ainda estamos presos aqui. Quanto tempo você acha que vai ser capaz de continuar com isso? Um ano, talvez?

Ele tá rindo até agora. Queria beber água sanitária pra ver se limpava esse barulho da minha cabeça. A risada dele só faz corroer ainda mais minha essência, meu elã vital.

Meu caro e insignificante Maxwell, faz apenas um dia que estamos juntos aqui.

E ele me faz começar a gritar de novo.

✠ ✠ ✠

Não faço ideia de quanto tempo já se passou. O resto do dia? Semanas? Meses?

As únicas coisas que sobraram em minha cabeça foram as lembranças de dor, e as lembranças das lembranças de dor. Não há espaço pra mais nada. Não consigo me lembrar de um tempo sequer em que não havia uma agonia constante assolando cada centímetro do meu corpo e da mente. Perdi completamente a noção da sequência dos fatos na minha vida, tudo gira em torno da dor.

Às vezes o Cairax fica entediado e resolve me deixar respirar um pouco. Como tirar uma vítima cheia de queimaduras de dentro de um incêndio e a deixar sentada no chão. Cheguei num ponto em que a falta de tortura não difere em nada da tortura em si. Mesmo com a dor tendo passado, fico me contorcendo e tendo calafrios. Ainda tenho que processar um tanto de agonia antes de poder começar a pensar.

Ah, quão primorosa será a tortura no Abismo, você não perde por esperar. As eras e mais eras que teremos juntos antes de sua alma ser destroçada e servir de alimento aos demônios inferiores. E então...

– E então o quê?

Cairax Murrain se virou pra mim.

Eu disse as palavras sem pensar. Agora, preciso pensar rápido.

– Então o quê? – eu disse de novo, tentando ganhar um pouco mais de tempo.

Então percebi. É como magia. A magia não fica na superfície, noventa por cento está embaixo d'água. Já sei como sair dessa.

– Não vai ter mais ninguém na sua vida – eu disse. – Sou a última alma em que você botou as mãos.

A espinha dele farfalhou como um urubu batendo asas.

– Estava certo antes. Ainda estamos aqui. Ninguém nos matou. E considerando que daríamos um zumbi incrivelmente perigoso, acho que é porque não há ninguém aqui pra fazer isso.

O Cairax está me rodeando. Está fulo da vida, mas essa raiva toda não está sendo direcionada a mim pela primeira vez em... bem, muito tempo.

– Se algum dia conseguirmos sair daqui, você vai direito pra casa, pro seu reino decadente no abismo.

Sua tagarelice cansa minha paciência, caro Maxwell. Seus gritos são uma companhia melhor.

Ele levantou uma garra pra começar de novo.

– Espere! Espere! E se fizéssemos um pacto?

Sua audácia é sem tamanho. Um carcereiro disposto a negociar enquanto seus prisioneiros se libertam e se levantam contra ele. Não consigo imaginar o que você possa me oferecer como compensação pela desonra a que submeteu o nome e o título de Cairax Murrain.

Mas ele está entretido agora. Interessado. Pensa que sabe qual vai ser meu próximo passo, mas quer que eu tome a iniciativa. É assim que essas coisas funcionam, sempre. Mesmo quando o baralho tem cartas marcadas e eles estão com todas elas, os demônios gostam de fazer parecer que é você quem está com a mão forte, é você quem controla o jogo.

— O mundo.

E aí está. *Straight flush*. Não dá pra imaginar como ele poderia bater essa. Pra ver o quanto estou desesperado. Só assim pra arriscar uma aposta tão alta num jogo desses.

Cairax foi pego de surpresa. A essa altura, a maioria dos perdedores estaria prometendo sacrificar seiscentas e sessenta e seis pessoas ou outro tipo de gratificação idiota. Foi assim que alguns dos melhores assassinos em série do mundo surgiram. O demônio parece não saber se está ressabiado ou interessado por eu lhe ter oferecido outra coisa. Dadas as circunstâncias, espero que esteja pendendo mais pro interesse.

A espinha farfalhante sossegou. Suas garras entrecruzaram-se.

O mundo, como você apontou, está vazio. Destituído de coisa que seja senão os desalmados.

— Não está vazio, não. Você e eu sabemos bem disso. Vai ter sobreviventes. Só alguns milhões, tá certo, mas eles vão estar lá. E podem ser todos seus. Toda e qualquer alma com vida na Terra. Que tal uma Peste Negra, tudo de novo?

Ele passou a provocar um ruído seco feito o chocalho fatal de uma cascavel. Está suspirando de prazer com as boas lembranças.

E, supondo que seus termos me sejam aprazíveis, o que precisaríamos para isso, meu caro Maxwell?

— Quando esse corpo for destruído, o Marley deve funcionar direito. Você volta pro abismo e eu fico na Terra como uma alma penada. E então já poderia começar a pensar em como preparar um corpo pra você. Dependendo de quem sobreviver, posso arrumar um perfeito pra você.

Ou talvez você acabe fugindo na tentativa de evitar suas dívidas.

Sacudi a cabeça.

– Não posso fugir. Você sabe bem disso. O Marley vai me deixar preso na forma de espírito. Ou continuo sendo um espírito ou encontro um novo corpo e depois morro, o que me levaria de volta direto pra você.

E conversamos. Conversamos um bom tempo. Sei como esse jogo funciona. Se eu deixar qualquer coisinha a cargo da sorte ou perder uma só brecha, isso tudo pode acabar dando errado pra mim.

Eventualmente paramos de conversar. O demônio está refletindo. Já estou começando a achar que ele vai rejeitar minha oferta quando abrir a boca.

Parece ser um pacto benéfico a nós dois. Aceito seus termos.

Suspirei de alívio. Consegui. Venci o diabo.

E quanto a suas ofensas? Como podemos reparar a situação?

– Estou te oferecendo o mundo, Cairax Murrain. O objetivo de todo demônio decaído desde o início dos tempos. Tenho certeza de que um presente desses vai compensar qualquer inconveniente que eu tenha te causado.

Não. Não de todo.

– Eu... eu não tenho mais nada pra oferecer.

Ah, mas é claro que tem, meu caro Maxwell. Você pode me entreter até que este corpo seja destruído.

E agora estou gritando de novo.

TRINTA

AGORA

St. George era capaz de aguentar quase sete toneladas em circunstâncias normais. Era forte o suficiente para suspender um carro, dependendo do ponto de equilíbrio, e mover um reboque de caminhão, tendo a alavanca certa em mãos. Poderia romper os cabos de aço de uma aeronave sem esforço algum. Seus dedos conseguiam esmagar tijolos e concreto e asfalto.

Respirou fundo, cerrou os dentes e puxou.

Os cordões vermelhos e cintilantes que o mantinham preso não eram muito mais grossos do que um cadarço. Não tinham nós nem presilhas. As linhas mal estavam apertadas em volta de seus pulsos e tornozelos, apenas o suficiente para roçar sua pele. Max e o demônio o penduraram entre um poste e a placa de uma filial dos supermercados Trader Joe, mais ao norte da Terceira Rua.

Soltou fumaça por entre os dentes. Seus olhos umedeceram de esforço. Seus ombros ardiam e a dor nos pulsos era berrante, mas as linhas delgadas não saiam do lugar. Respirou fundo algumas vezes e contraiu os músculos de novo.

— Pode apertar e forçar o quanto quiser, meu caro e insignificante herói – o demônio disse. As pernas de Cairax se elevavam demasiadamente alto e chegavam demasiadamente longe, como uma enorme aranha. Atravessou a rua para ficar cara a cara com o dragão – Esses são laços de sangue. Não podem ser quebrados.

Perto daquele jeito, St. George conseguia ver a textura escamosa da pele do demônio. Os olhos azuis e ardentes, cada um do tamanho de sua palma, cruzaram-se com os seus e o desafiaram a desviar o olhar. Parecia uma disputa para ver quem piscava primeiro, só que com uma cascavel. As membranas das narinas estremeciam quando Cairax inspirava e bufava no herói. A respiração do monstro era quente. Cheirava a doença e carne podre.

Max se agachou com um punhal tirado do casaco e deu os retoques finais no círculo que tinha riscado no asfalto. Então levantou-se e esticou as costas.

— De todo modo – ele disse, retomando a conversa como se não tivesse sido interrompida. – Armar pro Josh escapar foi a parte mais fácil. Não custou nada pra convencê-lo. Com um pouco de alquimia, a parede da cela se transformou em vapor por um minuto, ele saiu e as barras junto com as malhas de metal se restituíram logo depois. Nenhum sinal de qualquer violação. Tenho certeza que isso deixou a Stealth doidinha.

St. George arriscou desviar os olhos do demônio.

— Ela sabia que ele tinha sido ajudado.

— Porque nada mais fazia sentido na visão medíocre de mundo dela. Sua namoradinha tem um cisco enorme no olho, George. Ela é inflexível demais. Não consegue pensar fora da caixa. A caixa em que pensa é gigantesca, tudo bem, mas ela não é capaz de botar o cérebro pra funcionar do lado de fora nem por um segundo.

O feiticeiro revirou os quadris, inclinou a coluna e esticou os braços. Agachou-se para rabiscar mais algumas palavras em latim ao longo da borda do círculo.

— Depois, era só uma questão de te tirar do Monte, e aí a fuga do Josh acabou matando dois coelhos com uma cajadada só. Obrigado por ter me deixado pintar todos aqueles símbolos e pactos em você, por sinal. Vai nos economizar cerca de uma hora e meia.

St. George tentou ignorá-lo e encarou o demônio, que o encarou de volta com seus olhos de pires. Tinha quase total certeza de que estava sorrindo, mas a floresta de dentes tornava difícil saber.

– Josh – ele disse –, você tem que lutar contra isso. Sei que você nos odeia por tudo o que aconteceu, que você odeia o mundo por causa do que aconteceu com a Meredith, mas você não pode deixar...

– Você só desperdiça sua hora final, chamando seu amigo – Cairax disse. O demônio levou a mão à cabeça e passou os dedos pela coroa de chifres, provocando um barulho feito bolas de bilhar se colidindo. – Sua mente solitária já estava avariada muito antes do que restava dela ter alegremente aceitado nossa proposta. Concordou de bom grado com os preparativos de meu caro Maxwell e se recolheu à não existência sem resistir nem titubear. Por minhas mãos, ele encontrou o fim que vinha procurando havia tanto tempo.

O demônio contraiu um dedo e os cordões vermelhos que prendiam St. George ficaram mais apertados. Não tanto. Só mais um centímetro. Suas articulações sentiram. Fez força para encarar a criatura outra vez.

– Daqui a pouco, você vai me dizer que sua única fraqueza é a madeira – o herói disse. – Antes que se dê conta, já vai ter me dado todo o plano.

– Quanta bravata – Cairax retrucou. Sua língua pulou fora e estalou feito um chicote bem na cara de St. George. – Você até que faz jus a seu xará, no fim das contas, insignificante herói, mas logo sua alma será meu brinquedinho. Então veremos o quão corajoso você é.

– Experimente.

Sua boca cheia de dentes escancarou outro sorriso. Suas presas apontavam em todas as direções. O demônio virou a cabeça e olhou para Maxwell, ainda rabiscando símbolos dentro do novo círculo.

– É fácil ser corajoso na ignorância – Max disse, sem olhar para cima. – Vai por mim, se você tivesse alguma ideia do que vai acontecer com você, já teria se mijado todo nas calças.

– Ah, é?

– Ah, é.

St. George soltou fumaça pelas ventas.

– É essa sua desculpa pra ter se aliado com essa coisa? Pra ter traído todo mundo? Você tem medo do que ele poderia fazer com você?

Max enfiou o punhal pelo cinto e caminhou até o herói amarrado. Cairax saiu do caminho, dando um passo de lado com suas pernas compridas. O movimento conseguiu ser gracioso e artificial ao mesmo tempo.

– Exato – ele soltou. – Tenho medo, sim.

– Você já foi um herói.

– Também já fui jornaleiro. E daí? – Ele sacudiu a cabeça. – Deixa eu te dizer uma coisa, George. Eu sei como é o inferno. Eu vi. Eu senti. E você, será que faz ideia? – Acenou com o braço por cima do ombro, na direção da Grande Muralha. – Estou disposto a sacrificar *qualquer coisa* pra não ter que passar por isso de novo. Você, Stealth, Barry, Danielle, meus pais, toda mulher que eu já amei, todo mundo no Monte. O Cairax pode ficar com todas as almas imortais de vocês, desde que eu não vá pro inferno.

St. George encheu devagar os pulmões de ar.

– Você é um covarde.

– Que nada. – Max sacudiu a cabeça. – Sou realista. Existem várias possibilidades de como isso tudo pode acabar, e todas elas envolvem uma grande quantidade de gente morta. Só escolhi não ser mais um. Como disse pra Stealth, escolho sobreviver.

– E é assim que vai ser?

– Sim. É assim que vai ser.

– Então eu nem me sinto tão mal com isso.

St. George exalou todo seu fôlego, cuspindo uma bola de fogo sobre o feiticeiro. Uma labareda e tanto, capaz de cobrir o homem dos pés à cabeça. A explosão engoliu Max e se esparramou até o outro lado da calçada. As chamas iluminaram a rua no raio de um quarteirão. Arderam por alguns segundos e cessaram.

A mão de Cairax Murrain estava aberta na frente do feiticeiro. Os dedos bem esticados no rosto de Max. As últimas linguetas de fogo dançaram pelas garras do demônio feito moscas capturadas numa teia de aranha. Quando fechou a mão, as chamas foram esmagadas.

Max não ficou sequer chamuscado.

O demônio bufou, puxando seu braço incrivelmente comprido de volta. Caminhou até o meio da rua e pegou um ex através da barreira. Girou a coisa morta em suas garras, arrancando braços e pernas e, por fim, a cabeça.

– Isso foi de uma tolice sem tamanho – Max disse. – Mesmo que Cairax não estivesse aqui, tenho dois encantos contra o fogo em mim.

– Talvez eu não queira desistir tão fácil quanto você.

– Eu não desisti. Eu fiz um pacto.

– Por favor... Você acha mesmo que essa coisa vai cumprir a parte dela no acordo? Depois de tudo o que nos disse sobre ela? O que vai impedir esse demônio de te matar?

– Bem... é o que está no contrato. Ofereci um monte de almas nobres em troca da clemência dele. Um bando de heróis. E trato é trato.

St. George o encarou.

– E tem mais – Max continuou. – Garanto que vai ser muito mais difícil me matar daqui a uns vinte minutos.

O herói franziu a testa.

– Como assim?

Cairax Murrain pegou outra ex e ficou atirando a mulher morta de mão em mão. Uma gargalhada escorregou da garganta do demônio. Agarrou a ex e a tesourou ao meio com suas garras.

Max apontou para seu peito.

– Stealth tinha razão. Isso não é um grande negócio. O Jarvis até que estava em boa forma, mas, daqui a cinco ou dez anos, vou precisar de outro corpo. A não ser que eu encontre um melhor antes disso. Um que seja forte, praticamente invulnerável e que dure uns cem anos ou mais sem problema nenhum.

Então apontou o círculo e os símbolos que estava rabiscando no asfalto, e encarou o herói amarrado.

– É aí que você entra no trato, George.

TRINTA E UM

AGORA

Se for pra chutar, Zzzap disse, *diria que talvez pra lá?*

Apontou rumo ao sudoeste. Mesmo em meio à escuridão da noite, era possível ver nuvens carregadas sobre aquela parte da cidade. Faíscas piscaram. Um trovão ecoou por toda Los Angeles.

Zzzap pairava acima da torre da Grande Muralha, ao sul do templo Depois da Morte. Stealth, Freedom e Madelyn estavam na plataforma com mais seis guardas e a primeiro-sargento Kennedy. Cerberus ficou na rua logo abaixo.

– Calculo que esteja bem no centro da avenida La Brea – Stealth disse. – Em algum ponto entre a Terceira e a Wilshire.

Parece que seu namorado mora na cobertura de uma central fantasma, se me permite dizer.

O capitão Freedom apertou a alça de sua luva ao redor do pulso. Tirou o sobretudo de couro preferindo seu uniforme de combate completo.

– A senhora está certa disso? Os demais Indestrutíveis estão a postos e prontos pra partir. Podemos tê-los aqui reunidos em cinco minutos.

Stealth sacudiu a cabeça por dentro do capuz.

– Um grupo menor nos dará uma maior chance de êxito, enquanto deixará o Monte protegido. Os Indestrutíveis devem permanecer aqui com Cerberus.

A titã blindada fez um barulho que bem podia ter sido um resmungo, mas assentiu.

Freedom apontou o dedo para baixo, em direção a Madelyn.

– E ela está indo por que...?

– Os ex's não conseguem sentir a presença de Madelyn por conta de sua natureza peculiar. Sua invisibilidade se estende ao que mais ela estiver vestindo ou carregando. Pelo que Maxwell...

– Menina Cadáver – Madelyn rebateu, contraindo os lábios. – Sou a Menina Cadáver agora.

– Pelo que Maxwell disse – Stealth continuou –, os sentidos de Cairax Murrain são igualmente atentos apenas aos seres vivos. A viagem da Menina Cadáver até North Hollywood sustenta a premissa de que sua invisibilidade também vale para o demônio, o que significa dizer que há uma boa chance de ele não notar que temos a espada. Talvez possamos nos valer do elemento surpresa. No mínimo ela será capaz de ajudar a controlar os ex's em volta.

Madelyn assentiu com vontade. Tirou seu quepe camuflado do bolso do casaco e o enterrou na cabeça.

Hummmm, detesto ter que mais uma vez ser a voz da razão nessas discussões, mas se tudo que o Max disse era mentira, por que ainda perdemos tempo achando que ele estava dizendo a verdade sobre a necessidade de uma espada pra matar o demônio?

– Maxwell é esperto o bastante pra não complicar sua história com mentiras desnecessárias – a mulher encapuzada respondeu. – Ele pensava que não tínhamos as ferramentas adequadas pra destruir Cairax Murrain, de modo que não havia perigo em nos dizer a verdade.

Cerberus virou sua cabeça blindada em sua direção.

– É nisso que toda sua estratégia se baseia? Meio fraco, não?

– Se você preferir – Stealth retrucou –, posso dizer que não temos outra opção e essa solução "fraca" é melhor do que não fazer nada.

A titã suspirou e sacudiu a cabeça.

— Acho que estou acompanhando a ideia – Madelyn disse.

Eu amo esse plano.

— Pelo que ele nos disse, no entanto, mesmo com a espada, seria como dar um tiro no escuro – Freedom ponderou. Ajustou o capacete e passou a correia pelo queixo. – A melhor jogada talvez seja esperar do lado de cá dos sinais de proteção.

— Isso se esses sinais funcionarem mesmo – Cerberus disse. – Se isso tudo for um plano pra juntar o Josh com o demônio, esses sinais não devem passar de uns grafites mais elaborados.

— Temos mais do que apenas uma espada – Stealth disse. – Com base nas informações que Maxwell passou, estou confiante de que temos todos os requisitos necessários pra matar o demônio.

× × ×

Stealth e Freedom pulavam de telhado em telhado. Ela avançava a saltos graciosos, seu caminho pontuado pelo manto esvoaçante. Ele cortava o vento, uma demonstração de força bruta a cada pulo e aterrissagem, espatifando as telhas pela frente.

Madelyn tinha arrumado outra bicicleta para acompanhar o ritmo. Um dos guardas na plataforma "ofereceu" a dele. Estava em condições muito melhores do que a primeira. Desviou da multidão de ex's, tentando não desgrudar os olhos dos dois vultos em movimento sobre os telhados. Uma das mãos firme na espada ainda atravessada em seu cinto.

Zzzap esvoaçava de um lado para o outro, mantendo o caminho bem iluminado. As nuvens carregadas obstruíam o céu e o lembravam de um herói chamado Midknight, que tinha morrido durante o levante. Depois ele morreu de novo, quando Zzzap reduziu o cadáver reanimado do herói a pó. Não eram memórias muito agradáveis.

Teriam de passar pelo vasto terreno do Wilshire Country Club. Desperdiçariam muito tempo dando a volta. Em outras palavras, quase meio quilômetro de área aberta sem lugar algum para se esconderem.

— Sem armas de fogo – Stealth disse a Freedom. – E sem descargas elétricas. Devemos manter silêncio.

Freedom e Zzzap assentiram. Madelyn deixou sua bicicleta caída na calçada. A mulher encapuzada deu uma cambalhota por cima da cerca tomada por videiras e o capitão saltou logo atrás.

Zzzap passou flutuando sobre o alambrado enquanto Madelyn teve de escalar a cerca. Quando ela chegou perto do topo, ele passou as mãos pelo arame farpado e os rolos derreteram, chiando e soltando faíscas.

– Não dava pra você ter simplesmente aberto um buraco na cerca? – a Menina Cadáver perguntou com um sorriso.

Ei, ele retrucou, *quanto mais cercas existirem em Los Angeles nos dias de hoje, melhor, não?*

Avançaram clube adentro. A luminosidade de Zzzap atraía todo e qualquer ex no campo de golfe. Madelyn corria na dianteira, empurrando ou passando por cima dos corpos. Já estavam no meio do caminho quando os mortos-vivos se tornaram numerosos demais para ela.

Stealth fez um movimento rápido com as mãos e seus cassetetes entraram em cena.

– Não parem – ela disse. – O tempo é um fator crucial.

O capitão Freedom investiu seus punhos. Mesmo seus golpes de raspão faziam os ex's cambalearem. Os cassetetes de Stealth giravam para frente e para trás, para cima e para baixo. Crânios e pescoços eram partidos um atrás do outro por onde os heróis passavam.

Zzzap tentou limpar o caminho e desceu a mão num ex obeso. Por pouco não decepou sua cabeça. Ao invés disso, a gordura de suas bochechas chiaram e o zumbi se transformou numa coluna de fogo. Sua carne ardia e estourava esturricada enquanto as chamas se alastravam, incendiando sua camiseta.

Madelyn desviou do ex carbonizado num pulo. Freedom se adiantou e lançou sua bota no meio do peito do morto, que cambaleou e tombou no chão. Continuava pegando fogo enquanto se esforçava para levantar de volta.

Outra trovoada retumbou pelo campo. Mais ao sudoeste, podia-se ver os relâmpagos se retorcendo nas nuvens escuras, como se não se atrevessem a atingir o chão. Uma rajada de vento frio despencou dos céus.

Isso não me parece nada bom. Acho melhor eu correr na frente e ganhar um pouco de...

– Não – Stealth retrucou, enquanto batia seu cassetete no queixo de outro ex. – Temos que ficar juntos. A sincronia também é essencial pra que nosso plano tenha êxito.

Freedom derrubou um morto com uma bofetada e segurou outra morta pela cabeça, torcendo seu pescoço antes que pudesse reagir.

– Apenas sigam em frente – ele disse. Um ex agarrou seu braço e o mordeu, mas a malha Kevlar de seu uniforme impediu que os dentes perfurassem sua pele. Deu um murro bem no meio da testa do ex, que tombou no chão. – Se pararmos, eles vão nos soterrar.

Madelyn colocou as mãos sobre o peito de uma ex e tentou não pensar no fato de que estava tocando seus seios. Empurrou forte, jogando a morta de costas sobre outro morto-vivo logo atrás, que acabou levando um terceiro no embalo. Os zumbis pareceram mais pecinhas de dominó, tombando uns por cima dos outros, cinco deles ao chão.

Zzzap abriu nova passagem e cabeças sumiram de uma dezena de ex's. Um dos crânios estalou como um ovo cozido demais. Os corpos despencaram.

A cerca do clube despontou no horizonte. Mais cem metros. Os heróis esmagavam, pisoteavam, chutavam e socavam, desbravando caminho pelo trecho final.

Enfim alcançaram a cerca, e Stealth saltou sobre ela. Três giros velozes com seus cassetetes derrubaram um trio de ex's reunidos do outro lado. Mais alguns saltos e ela já estava sobre o telhado de uma casa nas proximidades.

Freedom suspendeu Madelyn pelos braços, apoiou uma das mãos atrás dela e a atirou por cima da cerca. Ela voou pelos ares e caiu bem no topo da casa, perto de Stealth. A mulher encapuzada a agarrou pelo pulso. Instantes depois, Freedom surgiu no telhado ao lado das duas. As telhas se partiram, e foi possível ouvir uma viga rachando embaixo dele.

As sombras se movimentaram e Zzzap apareceu pairando sobre elas. *Certo*, ele disse, *agora vem a parte mais difícil.*

TRINTA E DOIS

AGORA

    Uma nova trovoada ressoou por toda a cidade quando Max terminou seu círculo.

    – Isso deve bastar – ele disse. Olhou por cima do ombro. – Desculpe, George. Hora de partir.

    Cairax Murrain voltou-se aos dois. Uma pilha de ex's desmembrados tinha se formado ao lado do demônio. As cabeças ainda se mexiam, tortas. A falta de equilíbrio abafava o clique-clique-clique das mandíbulas.

    – Finalmente – Cairax disse –, reivindique seu prêmio, caro Maxwell, e ambas as partes de nosso pacto estarão quites.

    Saía fumaça da boca e do nariz de St. George. As tatuagens formigavam por baixo da roupa. Parecia que estavam se movendo.

    – Você não quer fazer isso, Max. Sei que você é melhor do que isso.

    – Desculpe – o feiticeiro disse –, mas acho que você não me conhec.

    St. George fechou a cara e tomou um pouco mais de fôlego. Max sacudiu a cabeça.

– Não desperdice seu tempo. Vai continuar não acontecendo nada.

– Vai fazer eu me sentir melhor.

– Se desse a mínima pra como você se sente, não estaria negociando sua alma com um demônio. Mas, se te deixa melhor, fique sabendo que seu corpo vai mudar, como esse aqui do Jarvis. Não vou fazer ninguém pensar que sou você nem nada desse...

Um tiro ecoou e o ar se turvou ao redor da cabeça de Max. Algo surgiu perto de sua têmpora, um pedacinho de metal reluzente. Mais dois disparos ressoaram do outro lado da rua. St. George foi capaz de enxergar os rastros deixados pelas balas enquanto perdiam velocidade até estancarem no ar.

Max se virou e pinçou uma delas.

– Ora, ora – ele disse, jogando o projétil de lado. – Pelo visto a cavalaria acabou chegando, no fim das contas.

Stealth saltou do topo do petshop, seu manto esvoaçando atrás. As Glocks soaram, uma em cada mão, e seis balaços caçaram Max. Tocou no chão correndo, com mais seis disparos.

O feiticeiro ergueu três dedos e as balas caíram no chão.

Cairax Murrain esticou a coluna ao máximo e se adiantou.

– Ahhh, quão maravilhoso, não? Os amantes desditosos reunidos no final. George Bailey, tentando viver à risca o exemplo impossível de seus pais, e Karen Quilt, fugindo desesperadamente do legado deixado pelos dela.

Stealth congelou, ainda que por um instante apenas, e Cairax lhe lançou seu sorriso de tubarão. Preparou-se para atacar a mulher encapuzada com suas garras enormes e uma luz ofuscante surgiu nos céus, dissipando a escuridão. O demônio ergueu os olhos e suas pálpebras coriáceas pestanejaram.

Zzzap estava com uma das mãos estendida. O ar tremulou em volta de sua palma incandescente por um instante, e então uma explosão de energia atingiu Cairax no rosto, espalhando-se como água de uma mangueira de jardim. O demônio rugiu e girou para cima do espectro de luz. Zzzap desviou flutuando e disparou outra explosão de energia.

Stealth correu por eles e mergulhou de encontro a Max. A mão do feiticeiro cortou o vento e um tornado veio à tona, arremessando-a para trás. Ela se chocou contra o chão, perto dos ex's da barreira, rolou e se jogou de volta para cima dele.

Max ergueu a mão outra vez, mas antes que pudesse esboçar qualquer gesto a Glock rodopiou e Stealth deu uma coronhada em seus dedos. O feiticeiro gritou de dor, recuou e a mulher encapuzada caiu com as duas as botas em cheio em seu peito. Deu uma cambalhota para trás, turbilhonando sua capa, e o mago voou de encontro a um Honda.

Stealth se voltou a St. George:

– Você está bem?

Ele confirmou com a cabeça.

– Posso estar uns cinco centímetros mais alto, mas fora isso, tudo certo.

Guardou uma das pistolas e uma lâmina negra de aço surgiu em sua mão. Deu duas navalhadas, mas os cordões vermelhos que prendiam St. George resistiram. Sua expressão mudou por trás da máscara e ela desferiu outra estocada na linha, com toda sua força.

– Acho que é magia – ele disse.

Stealth se virou de repente com sua pistola na mão e disparou duas vezes em Max. As balas tilintaram no chão entre os dois. O feiticeiro jogou a mão para o alto e a mulher encapuzada foi arremessada ao vento.

St. George cuspiu outras tantas labaredas, mas Max simplesmente passava por elas.

– É melhor não ter muita esperança – o mago disse. – Eu te disse, isso só pode acabar de um jeito.

Max arregaçou as mangas e escancarou sua camisa. As tatuagens em seu peito e seus braços estavam borradas, como se tremessem em sua pele.

Marchou de encontro a Stealth.

X X X

Zzzap se esquivou de outra patada e acertou mais duas explosões em Cairax. Um carro pegou fogo nas proximidades, mas o couro do demônio se limitou a soltar vapor, como uma calçada molhada num dia quente. As rajadas de pura energia, capazes de derreter aço, não pareciam surtir efeito algum sobre aquela coisa.

Era hora de tentar algo mais drástico.

Preparou-se para a onda de náuseas que sempre o acometia quando tocava em matéria sólida na forma energética. Desceu um pouco, flutuando mais próximo ao chão. As garras de Cairax Murrain investiram contra suas costelas.

O golpe passou por Zzzap e deixou o espectro incandescente tremeluzindo no ar. Não sentiu apenas o estômago revirar, como de costume. Doeu. Muito. Soltou um berro como um silvo de vapor e estática. A dor o deixou com tonturas, vertigens e frio. Entranhas expostas ao ar gelado, diria, se tivesse de chutar. Olhou para suas mãos e vislumbrou seus dedos se borrarem numa forma espessa ao fim dos braços.

O demônio ergueu suas garras. O couro estava tostado e esfumaçando, mas as juntas flexionavam sem esforço algum. Enquanto o monstro analisava o estrago, seus dedos foram se recompondo e logo estavam curados.

– Não está acostumado a ser tocado, não é mesmo, aleijadinho?

Sua cauda disparou, cortando o vento.

Zzzap se esquivou da cauda e se jogou para o alto, fora do alcance do demônio. Sua cabeça girava. Concentrou-se em suas mãos e tentou fazer com que seus dedos voltassem ao normal.

Cairax pegou uma motocicleta empoeirada do chão. Parecia um brinquedo em suas mãos. O demônio girou o braço e a lançou contra Zzzap.

O espectro rodopiou, esquivando-se, mas Cairax já estava com uma camionete na ponta da agulha. O veículo passou sobre a cabeça do monstro com um rangido metálico enferrujado. Zzzap até pensou em explodir o caminhão, mas ainda estava um tanto desorientado.

O capitão Freedom aterrissou entre os dois. Suas botas se chocaram contra o asfalto e levantaram uma nuvem de poeira. Ergueu o braço e apontou sua arma monstruosa para Cairax.

Já não era sem tempo, Zzzap disse, cerrando os punhos. *Estava indo com calma, para sobrar algo para você.*

– John Carter Freedom – o demônio disse, escancarando um sorriso. – Mas que surpresa agradável. Uma alma tão deliciosamente brilhante. Uma pessoa tão orgulhosa, apesar de tantas e tantas vidas perdidas em seu nome. Quais chances tal fracasso como homem poderia ter contra mim?

Freedom endureceu o queixo.

– Você ficaria surpreso.

Lady Liberty estrondeou. Uma rajada tripla explodiu contra o peito do monstro e o derrubou de costas. Cairax Murrain soltou um grito agudo e a camionete despencou de suas mãos. O enorme oficial deu um salto e disparou outra rajada, acertando as costelas do demônio.

Cairax voou, uma massa de braços e cauda rugindo. Freedom foi logo atrás. A pistola seguia ressoando. O monstro saiu cambaleando de braços erguidos na tentativa de desviar das rajadas que arrancavam pedaços de sua carne. Quando a arma silenciou, o capitão despejou o tambor vazio e puxou outro de seu cinto.

Mas que diabos? Essas balas são de napalm?

Freedom sacudiu a cabeça enquanto recarregava sua arma.

– Munição benta – ele respondeu, pouco antes de receber a garra no peito. O enorme soldado voou para trás e se chocou de costas contra o tronco de uma árvore.

Cairax endireitou a postura e rosnou.

– Por conta disso, sua pele há de servir como minha faixa da vitória – ele vociferou por entre as presas cerradas. – E você tem minha palavra de que viverá para me ver trajando-a.

❈ ❈ ❈

St. George viu quando Stealth descarregou suas pistolas em Max. Ou as balas desviavam sua trajetória ou caíam no chão. A mulher encapuzada então lançou mão de seus cassetetes e partiu para cima do feiticeiro.

Na briga deixaram o herói para trás. St. George encheu o peito de ar outra vez, forçando os cordões. Nada. Objetos inanimados diante de seu ímpeto irresistível.

– Aguenta aí – alguém gritou. – Já estou indo.

Ele olhou para trás. Madelyn desbravava caminho entre a multidão de ex's. Outros tantos tinham sido atraídos pelo caos da batalha. Pelo menos uns trezentos se amontoavam na barreira de Max ao norte da rua.

Nenhum deles, porém, reagiu à menina morta abrindo passagem com cotoveladas e empurrões.

Quando enfim chegou à barreira, parou. Sua testa enrugou e, por um instante, a menina pareceu uma mímica fajuta criando sua parede invisível.

– Que coisa é essa? – perguntou a St. George – Algum tipo de campo de força?

Ele confirmou.

– É o que está mantendo os ex's afastados.

Madelyn cerrou os olhos e se voltou para a barreira.

– Ainda bem que eu não sou um deles, então.

– Acho que você consegue passar por isso. O resto do pessoal conseguiu.

Seus dedos pálidos se esticaram e ela empurrou com ainda mais força. Suas mãos atravessaram. Madelyn deu um passo arrastado, o mesmo movimento de um mergulhador no fundo do mar, e depois mais outro. No terceiro, tropeçou e se apoiou na lateral de um carro antes que caísse no chão. A espada cruzada em seu cinto resvalou contra a carroceria.

– E mais uma vez – ela disse –, a Menina Cadáver chega rumo à vitória.

Foi correndo até onde St. George estava sendo estrangulado.

– Você não consegue partir isso? – ela perguntou, fitando os cordões. Tocou na linha que amarrava uma das pernas dele e esfregou os dedos.

O herói sacudiu a cabeça:

– É magia. Alguma coisa a ver com sangue.

– Que nojo.

Madelyn agarrou os cordões e deu um puxão. Não se mexeram. Passou as pernas pelas linhas e forçou os quadris algumas vezes. Nem sequer tremeram.

❉ ❉ ❉

Zzzap passou voando pelo demônio e aproveitou para dar uma espiada no capitão Freedom com sua visão de raios x e infravermelho. Havia três linhas vermelhas cruzando seu peito, onde as garras do demônio estraçalharam seu colete, mas o enorme oficial não tinha nenhum osso quebrado. Zzzap tampouco vislumbrou qualquer foco de calor associado a hemorragias internas. O homem era um caminhão da Mack Truck.

O espectro de luz ouviu os passos de Cairax por trás dele. Girou, tomando distância de Freedom. Cairax partiu para o ataque e Zzzap soltou uma explosão bem no meio dos olhos do demônio.

Cairax Murrain nem piscou. Suas garras avançaram, seguidas pela chicotada de sua cauda. O ferrão saiu rasgando o vento e não pegou em Zzzap por centímetros. O herói descarregou outro petardo de energia bruta, mal chamuscando os chifres do demônio.

O monstro ria da cara dele. Suas presas afiadas soavam como facas sendo amoladas.

– Meu pobre aleijadinho... você acha mesmo que seu calor fraco chega aos pés dos fogos do Abismo?

Pelo visto, não. Acho então que não há razão para eu me conter.

Jogou as duas mãos abertas e a noite virou meio-dia, com o sol a pino.

A explosão varreu o demônio como um tsunami. O asfalto em volta se transformou num rio de piche. Uma tampa de bueiro derreteu e foi para o ralo, assim como um carro nas proximidades.

Freedom levou os braços ao rosto. Madelyn fez o mesmo. St. George apertou bem os olhos e sentiu a insolação arder no rosto. Até Stealth e Max pararam.

O mundo foi ficando cada vez mais branco à medida que a luz e o calor irradiavam de Zzzap. A pintura dos prédios pegou fogo, e logo em seguida o próprio concreto. O vento uivava. Uns dez ex's mais perto carbonizaram e se reduziram a pó, devidamente varrido pelos ventos superaquecidos.

Quando a explosão enfim terminou, o espectro deu uma leve desfalecida. Seu brilho sumiu. Depois pareceu respirar fundo e se empertigou no céu.

O que sobrou de Cairax Murrain ficou balançando para frente e para trás no meio de uma cratera que se estendia por quatro das seis pistas da rua e parte da calçada. Alguns canos de esgoto, já desativados havia muito, soltavam um vapor avermelhado escaldante. O cascalho e a areia por baixo do asfalto tinham se fundido numa massa de vidro.

O corpo não passava de uma coisa retorcida feita de cartilagem e ossos carbonizados. Três dos chifres se resumiam a tocos tostados. Um dos olhos tinha derretido e o outro ganhou a tonalidade sorumbática de um ex. O piche tinha esfriado e endurecido em torno de seus tornozelos. Zzzap não sabia dizer se o chiado baixinho que escutava era a respiração do monstro ou carne esturricada.

Então os resquícios de músculos borbulharam e cresceram. Carne envolveu o esqueleto. Um novo olho pipocou, preenchendo a órbita vazia.

Filho da puta.

Cairax Murrain sacudiu a cabeça assim que os últimos remendos do couro roxo se estabeleceram em seus devidos lugares. A superfície da cratera rachou quando ele puxou uma das pernas, depois a outra. Encarou o espectro de luz e seu rosto se partiu ao meio num sorriso macabro.

– Uma tentativa corajosa, meu pobre aleijadinho – murmurou. – Mas quão maravilhoso é este anfitrião que Maxwell me arrumou, não é mesmo?

O demônio deu um passo, arrancando suas pernas compridas do piche endurecido.

※ ※ ※

O capitão Freedom jogou fora seu capacete rachado. Sabia que nunca mais encontraria outro do seu tamanho. Uma peça XX-GGG só era feita por encomenda e não havia mais artesãos militares no mundo. Sacudiu a cabeça, piscou algumas vezes e olhou ao redor. A manga de seu casaco estava chamuscada e esfumaçando. Zzzap ainda lutava contra Cairax Murrain. O demônio tinha mesmo os poderes de Regenerator. Então Freedom vislumbrou o que queria ao lado do pneu traseiro de um caminhão.

Pegou Lady Liberty do chão. Nem sinal do tambor que tinha acabado de carregar. Dependendo de onde tivesse caído, podia ter ficado todo derretido com o show de luzes de Zzzap. Puxou um novinho em folha do cinto. Só tinha mais um depois desse. Metade de sua munição tinha acabado.

O tambor travou no lugar. Freedom deu um salto e golpeou as botas no meio das costas do demônio. Agarrou um dos espinhos longos que corriam até a cauda de Cairax para se firmar e encostou a boca de Lady Liberty no pescoço escamoso.

Puxou o gatilho e o demônio rugiu. As balas calibre doze, abençoadas e ungidas pelo último sacerdote conhecido no mundo, dilaceraram a carne roxa. Os coices eram absurdos. Arma nenhuma foi feita para disparar tiros à queima-roupa ininterruptos. Um homem comum teria perdido os dedos nos disparos, e provavelmente quebrado o pulso.

Cairax ergueu o braço e envolveu o braço de Freedom com seus dedos de aranha. O demônio girou a enorme pistola e a puxou. O capitão ainda conseguiu segurar firme a arma pela ponta, mas logo o demônio a tomou de sua mão. O esforço atirou Freedom de costas.

Ele continuou com o braço esticado por um instante, depois deu uma meia-lua de frente, rachando dois dentes do demônio. Levantou sua bota e levou o calcanhar abaixo. Acertou o golpe, mas o demônio conseguiu agarrar sua perna e afastá-la, esticando o braço.

As feridas de Cairax já estavam quase curadas, borbulhando de volta. Novos dentes brotavam de suas gengivas, substituindo os quebrados.

– Diga-me, minha pequena alma brilhante. Qual é a sensação de falhar novamente?

– Sirvo no Exército dos EUA – Freedom rosnou. – Não sabemos o que é...

O demônio bateu o enorme oficial no chão e o jogou para longe. Freedom colidiu contra a carcaça carbonizada de um ônibus e despencou ao lado da cratera aberta no chão. Não se mexia.

Em seguida Cairax se virou e encarou Zzzap. Seus olhos ardiam em chamas.

– Já estou ficando farto dessa brincadeira, aleijadinho. Está na hora de terminá-la.

❌❌❌

– Ai, meu Deus – Madelyn disse ao ver Freedom desabar no chão.

– Volte aqui – St. George lhe disse, debatendo-se em suas amarras.

– Espera – ela retrucou. – Vou tentar cortar esses fios com a espa...

– Não, volte aqui!

Madelyn levantou a cabeça e viu Max correndo na direção deles, Stealth logo atrás. A menina deu meia-volta para se esconder atrás de St. George, mas o feiticeiro a segurou pelo pulso. Ela se virou e deu um soco no nariz de Max, que rosnou e torceu o braço de Madelyn para trás. A menina tentou se esquivar, mas o mago agarrou seu outro ombro e a usou como escudo contra Stealth.

– Pra trás – ele gritou. Ergueu sua mão tatuada e apertou a garganta da menina. Dois de seus dedos estavam sobre uma das clavículas.

Stealth parou a poucos metros deles. O impulso jogou sua capa para frente, encobrindo-a e chegando a roçar as pernas de Madelyn.

– Eu vou quebrar o pescoço dela – Max disse. – Decapitação interna. Você é veloz, mas eu posso fraturar a coluna dela em seis lugares antes que me alcance. Ela vai virar uma morta-viva tetraplégica.

Madelyn tentou se desvencilhar, mas ele puxou seu braço ainda mais. Foi uma dor tão aguda que seus nervos mortos responderam.

Os cassetetes de Stealth rodopiaram em suas mãos e desceram. – Colocou-os de volta nos coldres. Outro movimento de pulsos e as Glocks estavam de volta em suas mãos.

Max pressionou o braço de Madelyn e se posicionou um pouco mais atrás dela.

– Você não faz ideia do quanto estou desesperado, mulher. É melhor não tentar nada.

Os dedos da mulher encapuzada foram ágeis ao correr entre as pistolas e sua cinta e trocar as cartucheiras. Uma só mão para cada arma. Um movimento veloz e sem maiores esforços de alguém que já tinha praticado aquilo milhares de vezes, e depois testado outras mil. Não chegou a sequer desviar os olhos dele.

– Tira as mãos dela, Max – St. George gritou.

– Largue as armas e afaste-se – o feiticeiro disse a Stealth. – Vou contar até três, e se você não fizer o que estou mandando, vou...

A pistola emergiu e disparou três vezes contra o peito de Madelyn. Os olhos da menina se arregalaram. Assim como os de Max.

– Mas que diabos? – St. George berrou.

Max soltou Madelyn e cambaleou para trás. Sua camisa estava manchada de vermelho. Tentou falar alguma coisa e engasgou com o próprio sangue.

– Ela já está morta – Stealth disse.

Madelyn ofegou duas vezes e levou a mão ao peito.

– Certo – ela disse com uma voz estridente –, isso foi bizarro. – O ar chiava pelos buracos em sua camisa enquanto ela falava. Cutucou um deles.

Stealth passou pela menina morta e deu uma rasteira nas pernas bambas de Max. O mago caiu no chão e cuspiu ainda mais sangue. Ela se agachou, abriu seus braços e deu uma coronhada no queixo do feiticeiro. Um dente deslizou pelo chão e ele desfaleceu.

Os cordões que prendiam St. George se liquefizeram. O herói caiu no chão molhado. Balançou os pulsos e deu alguns passos meio desajeitados.

– Você está bem?

Madelyn tirou os olhos de suas feridas sem sangue.

– Estou sim – ela disse, sorrindo. – Agora tente me dizer que isso não é um superpoder...

Ele se voltou à mulher encapuzada.

– Meio arriscado, não?

– Não – Stealth respondeu. – As habilidades dele são provavelmente uma espécie de projeção psíquica. Assim, seus efeitos cessaram quando ele perdeu a consciência.

– Pois é... – St. George disse. – Sobre isso...

O estalar dos dentes se sobressaiu ao som das descargas superaquecidas de energia de Zzzap. Centenas de ex's se arrastavam pelas barreiras de Max. Suas bocas abriam e fechavam enquanto seguiam em direção aos heróis.

TRINTA E TRÊS

AGORA

O capitão Freedom se levantou do chão e sentiu suas costas arderem. Uma costela quebrada, talvez duas. Deslocadas, no mínimo. Já tinha passado por isso o bastante ao longo da carreira para reconhecer a sensação.

O céu fulgurou com raios azulados e ele escutou o clique dos dentes sob o estrondo de um trovão. O que quer que tivesse mantendo os ex's afastados daquele quarteirão tinha sumido, e agora eles cambaleavam em sua direção. Com o rabo do olho, pescou alguns zumbis mancando de encontro ao demônio. Cairax estava atacando Zzzap e parecia não notar.

Freedom arriscou um olhar para trás, passando a cratera. Stealth e Madelyn tinham libertado St. George. O feiticeiro estava caído. E, dentro de noventa segundos, seriam todos soterrados pelos ex's.

Restavam cinco ou seis balas a Lady Liberty, além do tambor no cinto do capitão. Não queria desperdiçar munição com os mortos-vivos, mas também não fazia ideia do quanto mais seria preciso para se livrar do demônio.

O primeiro ex se aproximou. Era um homem sem nariz num jaleco salpicado de sangue, um antigo médico ou cientista. Então Freedom vislumbrou a logo do supermercado e notou que o morto tinha sido um açougueiro. O ex estendeu os braços em sua direção e o capitão agarrou os dois pulsos do morto com uma só mão. O ex tentou abocanhar seus dedos e levou um murro no meio da testa. Freedom girou o corpo mole no ar e o arremessou contra Cairax Murrain.

O demônio ainda o encarava, mesmo lutando contra Zzzap. As garras que mais pareciam facas avançaram e estoquearam o cadáver no ar, cortando-o ao meio.

Freedom olhou de relance a onda de mortos-vivos se aproximando. As costelas quebradas arderam quando ele se virou. Suas pernas dobraram e ele se atirou para longe da cratera.

Assim que aterrissou, uns dez ou doze ex's alcançaram a borda de onde ele tinha decolado. Caíram dentro do buraco. Os primeiros a atingir o chão foram acompanhados pelos estampidos das mandíbulas e narizes quebrados. Os mortos não faziam o menor esforço na tentativa de evitar a queda. Alguns até desviaram antes que a segunda leva despencasse, mas nem tanto. Em um minuto, o poço se tornou uma massa de pernas e braços mortos e dentes batendo.

Três outros ex's conseguiram chegar até Freedom. Seus punhos atacaram, triturando dentes e crânios pela frente, bem servidos por suas luvas de Kevlar. Os zumbis tombaram em volta dele, mas ainda havia um bando de seis ou sete em sua direção. Dois usavam coletes da polícia manchados de sangue, ainda que só um deles estivesse vestindo o uniforme.

Uma nova rajada de vento superaquecido uivou à sua esquerda. Cairax Murrain dizia algo a Zzzap, mas Freedom não foi capaz de compreendê-lo com todo aquele barulho de pés se arrastando, dentes batendo e o asfalto esturricando. Olhou a sua direita e viu St. George recolhendo o corpo do feiticeiro.

Freedom sacou Lady Liberty e disparou duas vezes contra o bando de ex's, esvaziando o tambor. Tinha mirado para baixo, explodindo joelhos e canelas. Quatro zumbis desabaram e outros dois caíram por cima deles.

A medida lhe garantiu alguns segundos, mas outros tantos já quase fechavam o cerco.

Voltou sua atenção a Stealth enquanto recarregava a arma. Era difícil ter certeza com aquela máscara e a capa, ainda mais no escuro, mas a mulher parecia estar encarando-o. Ela fez uma série de gestos ligeiros e Freedom se deu conta de que ela estava se valendo da linguagem de sinais do Manual de Combate Militar. E pelo menos dois deles eram exclusivos dos Indestrutíveis.

Ela repetiu as instruções. Ele fez sinal de consentimento.

XXX

St. George saltou no ar. Colocou Max no telhado do supermercado Trader Joe. O feiticeiro estava a salvo dos ex's, mas logo morreria se não fosse levado a um hospital o quanto antes.

— Vocês não podem vencer o Cairax — Max sussurrou. Cuspiu um pouco de sangue junto com as palavras. Já estava bem pálido. — Vocês não têm os instrumentos necessários.

— É o que vamos ver.

Max sacudiu a cabeça. Foi um gesto ao léu, sem muito controle.

— Sem chance — ele murmurou. — Pra que se dar ao trabalho?

— Porque, se não tentarmos — St. George retrucou —, não seremos melhores do que você.

E saiu planando até o chão. Madelyn e Stealth se garantiam como podiam contra o enxame de ex's. A menina morta dava rasteiras, cotoveladas e empurrões à medida que os mortos chegavam perto. A mulher encapuzada estava com seus cassetetes a mil, estourando crânios e mandíbulas.

St. George arrancou uma placa de trânsito da calçada. Firmou a barra de ferro em seus dedos e girou-a como um bastão. O pedaço de cimento na extremidade arrancada esmagou seis ex's. O impacto lançou outra dezena pelos ares. Olhou para Freedom combatendo mais ex's e para Zzzap se esquivando dos carros que Cairax atirava contra ele.

— Espero que o plano vá além de só me salvar — ele disse, sobressaindo-se ao clique-clique-clique dos dentes.

– Vai, sim – Madelyn gritou. – Você só precisa pegar o demônio.

– Como é?

– Você deve distrair Cairax Murrain – Stealth disse. – E em seguida prendê-lo de modo que ele não consiga se mexer.

St. George girou seu taco desproporcional outra vez. O peso do cimento entortou a barra no meio. Ele a arremessou feito um bumerangue nos ex's.

– Acho que não estou entendendo muito bem.

– E ele precisa estar me encarando – a mulher encapuzada emendou.

– Você está falando sério?

– Não há tempo para explicar – ela disse, dando um giro e descendo o calcanhar no queixo de um pedreiro morto. – Você precisa confiar em mim.

Ele concordou de cabeça.

– Pode deixar – St. George fitou seu braço e a teia de cicatrizes que se estendia sobre ele. – Hora de partir pra cima do demônio outra vez.

St. George disparou voando, respirou fundo e se atirou sobre Cairax.

※ ※ ※

Zzzap ainda sentia frio. A maioria dos efeitos provocados pelas garras do demônio tinha passado, mas um calafrio persistia no centro da forma energética. Ele se perguntou se tudo não passava de coisa da sua cabeça, e logo se deu conta de que, quando era Zzzap, tudo não passava mesmo de coisa da sua cabeça.

Freedom saltou sobre o teto de um carro. A traseira do veículo estava completamente derretida, vítima da megaexplosão de Zzzap. Apontou a pistola colossal na direção do demônio.

Mas então St. George avançou num pulo e se atracou a Cairax. Só pararam do outro lado da rua, depois de atravessarem uma mureta e acabarem na quina de uma mercearia. A fachada de tijolos desmoronou sobre os dois e os cacos de vidro que restavam na vitrine se espatifaram no chão.

O interior do estabelecimento irrompeu em chamas quando St. George cuspiu uma bola de fogo no demônio. Pedaços chamuscados de sacolas de papel e cartazes de papelão esvoaçavam ao redor. Quando Cairax tentou se livrar dos escombros, St. George deu dois murros no meio do rosto do demônio. Então agarrou dois chifres e bateu a criatura de cara contra o chão sem dó, uma, duas, três vezes. Pegou um pedaço de concreto ainda com vergalhões ali por perto e o suspendeu sobre sua cabeça, esmagando o crânio do demônio.

Cairax ficou sem se mexer só o suficiente para que o herói relaxasse um pouco. Então St. George tomou uma chicotada forte o bastante para derrubar um ônibus. Saiu voando até o cruzamento, quicou duas vezes no asfalto e se chocou contra a lateral de um caminhão de lixo.

O demônio foi logo atrás.

– Uma situação mais do que oportuna e bem-vinda – Cairax chiou. – Minha derrota por suas mãos foi um insulto perturbador. Será um prazer incomensurável acertar as contas.

Zzzap explodiu uma descarga de energia bem no peito do demônio. Freedom disparou duas rajadas de Lady Liberty. Cairax olhou-os de relance, esquivou-se dos tiros de Freedom, mas não diminuiu o passo em direção a St. George. Chamas azuladas cintilavam de sua garganta enquanto ele rugia.

O herói estava só esperando. St. George arrancou a porta do caminhão de lixo e a arremessou contra o demônio. A força bruta aplicada no arremesso compensou a falta de finesse. A porta acertou Cairax no ombro, fazendo jorrar sangue negro por todo o asfalto, e o monstro cambaleou um pouco para trás.

Freedom saltou por cima de uns dez ex's até o teto de uma perua, que amassou toda com o impacto. Fez uma careta quando suas costelas pressionaram seu peito.

Zzzap deu a volta, tomando distância do monstro, e deixou seus pés varrerem uma multidão de mortos.

St. George arrancou o banco de plástico do caminhão de lixo e o arremessou em Cairax. O demônio ergueu a mão e espatifou o assento no ar.

O estilhaços de plástico atingiram o capitão Freedom e ele levou o braço ao rosto para proteger seus olhos. Assim que a chuva de fragmentos cessou e ele abriu a guarda, a cauda do demônio já estava a meio metro de seu pescoço. Ele deu um giro e o ferrão passou rasgando seu ombro ao invés da garganta, mas o herói acabou escorregando do teto da perua com o impacto. Agarrou a coisa mais próxima pelo caminho. Era áspera e escamosa, mesmo através de sua luva, e se contorcia em seu aperto de mão. Quando a ponta escorpiana chicoteou o vento, o capitão deixou Lady Liberty de lado e agarrou a cauda com as duas mãos.

Cairax olhou por cima do enorme oficial e St. George deu um murro na têmpora do demônio. Foi como bater numa estátua. Desferiu mais dois socos, roçando os dedos nos espinhos e chifres que cobriam a cabeça da criatura.

O demônio sibilou para o herói. Sua língua saltou por entre as presas e deu uma chicotada na cara de St. George. A testa do dragão sangrou. Os braços compridos investiram em giros amplos, mas o herói disparou de costas e para fora do alcance do monstro.

Stealth avançou. Seus cassetetes desbravaram caminho entre os ex's. Deu um salto, guardou os cassetetes e sacou as duas Glocks assim que pousou perto de Freedom, ao lado da perua. As balas atravessaram a carne da cauda.

Cairax girou os quadris e sua cauda cortou o vento, derrubando Freedom de vez da perua e afastando-o de Stealth. A cauda esmagou o oficial contra o asfalto e depois o jogou ao alto. As mãos de Freedom escorregaram e ele saiu rodopiando para cima, e então de volta para baixo.

Levou a bordoada no meio do caminho. O ferrão pegou bem de lado, logo abaixo das costelas, e o impacto o fez voar de novo. Chocou-se contra o teto de um ônibus e despencou na rua, bem no meio da cratera cheia de ex's.

A cauda espinhenta se enroscou em volta de Cairax feito uma cobra. Por uns quinze centímetros dela, respingava o sangue de Freedom. O demônio soltou uma gargalhada.

Um ex alto, negro e com o torso crivado de balas tentou agarrar a perna de Stealth sobre o teto da perua. Ela pisou na mão do morto e em seguida esmigalhou seu pulso com uma coronhada. Um pontapé preciso lançou o ex cambaleando de volta ao enxame. A mulher encapuzada ergueu os olhos novamente e sua pistola soou, arrancando pedaços dos chifres e dentes de Cairax.

St. George agarrou um Mini Cooper e o suspendeu, mas a porta acabou saindo e o carro todo caiu de suas mãos. Despencou no chão, pulverizando estilhaços de vidro até o outro lado da rua. O herói sacudiu a cabeça e investiu contra Cairax de novo. Deu um murro no queixo do demônio com força o bastante para esmigalhar os ossos de um homem normal. Seu soco seguinte poderia ter esmagado um bloco de concreto. Cerrou os dois punhos e os levou abaixo com vontade suficiente para amassar uma viga de aço.

Cairax caiu de joelhos. Sua cauda se contraiu e tremeu. St. George ficou frente a frente com o demônio, ainda mais alto do que o herói, mesmo de joelhos, e agarrou um dos chifres que teimavam em crescer na cabeça do monstro. Com a mão livre, esmurrou a cara horrenda repetidas vezes. Então, agarrou o outro chifre e se lançou ao alto.

St. George arrastou Cairax pelo ar. As pernas e os braços compridos do demônio se agitaram no ar por um instante, e ele soltou uma gargalhada. O ruído quase fez com que St. George perdesse a concentração, e os dois mergulharam por alguns segundos.

Cairax enfiou as garras no peito do herói, arrancando nacos de sua carne. Seus nervos pegaram fogo. Cerrou os dentes e tentou ignorar o suor se espalhando por todo o seu corpo. Despencaram mais dez metros no ar até que St. George girou o demônio de costas ao chão. Cairax se espatifou, rachando o asfalto com o impacto.

Zzzap saiu voando até pairar sobre seu amigo. Apontou com a cabeça para as marcas no peito de St. George. *Você está bem?*

– Eu vou sobreviver – ele disse. – E você? Está me parecendo um pouco pálido.

Essa coisa aguenta uns trancos poderosos. Já queimei metade das minhas reservas com ela.

– Você vai ficar bem?

Eu vou ficar bem, sim, só não acho que vou prestar pra mais nada se formos mesmo tirar essa coisa daí.

– Tirar de onde?

Só imobiliza o cara. Isso vai ser incrível se ele não acabar matando todo mundo. Opa.

Zzzap apontou as mãos para baixo e lançou uma descarga em Cairax Murrain bem no meio do bote. O demônio investiu contra a explosão feito um tubarão forçando seu caminho através de uma onda, mas os heróis já tinham ganhado altura. As garras passaram muito perto deles e o monstro caiu de volta no chão.

O demônio aterrissou agachado, esmagando um trio de ex's sob seus cascos. Rugiu para os dois heróis, preparou-se para saltar outra vez e um novo clarão explódiu em seus olhos. Cairax soltou um uivo e cambaleou.

Stealth se apoiou numa das pernas esticada e Lady Liberty voltou à ativa. A pistola era enorme em seus dedos, uma espingarda de combate com o cano cerrado e sem lugar algum onde segurar. Uma de suas mãos estava no punho da arma e a outra firmava o tambor. O gatilho estava logo abaixo e Lady Liberty berrou todo seu poderio de fogo sobre o demônio. As cápsulas abriram clarões no couro escuro do rosto e do peito de Cairax, como labaredas no breu. O demônio esticou suas garras e cambaleou para trás.

St. George se precipitou do céu e desceu os calcanhares no crânio de Cairax. Passou um dos braços pelo pescoço parrudo do monstro e tentou aplicar um mata-leão. Não chegou a tanto, pois não tinha a distância necessária, mas conseguiu agarrar um dos longos espinhos do demônio e segurou firme.

A enorme pistola foi totalmente descarregada e Stealth a deixou de lado. Rodopiou à esquerda e estendeu a mão. Seus dedos, afoitos em busca do alvo, sinalizaram para que Madelyn...

Madelyn não estava lá.

TRINTA E QUATRO

AGORA

A muito custo, o capitão Freedom conseguiu se levantar. Lembrou-se de quando viajou na caçamba de um caminhão de carga no Afeganistão, onde as caixas deslizavam e toda hora ele tinha de mudar de posição. Ficar de pé na cratera era igual, exceto pelo fato de que agora as caixas não paravam de tentar arrastá-lo de volta para baixo.

A dor que sentia era horrível. Se as costelas não tinham quebrado antes, com certeza quebraram agora. Já tinha ouvido falar que aquela dor era como se enfiassem agulhas ou lâminas na carne da pessoa, mas quem chegou a sentir a dor de verdade sabia bem que era como um parafuso. Continuava torcendo mais e mais ao fundo sempre que pensava que tivesse acabado. Suas costelas estavam cheias de parafusos pegando fogo.

Onde a cauda o tinha ferroado, sentiu uma veia pulsando e muito suor no interior de sua jaqueta. Um calafrio passou pela metade de seu torso, continuou até o braço e já se espalhava pelo pescoço. Mesmo com seu treinamento básico de primeiros socorros já dava para saber que não era uma boa combinação de sensações.

A superfície da cratera se mexeu de novo. Uma das mãos mortas se esticou para agarrar seu joelho. Ele mordeu o canto do lábio, desceu o calcanhar e escutou os ossos se partindo sob seu pé. Chutou alguns ex's que tentavam imobilizar suas pernas. Uma morta com metade do crânio exposto tentou roer sua bota e acabou arrancando os próprios dentes podres. Uma coisa mutilada e sem gênero definido alcançou o coldre vazio de Lady Liberty, fazendo com que Freedom tropeçasse um pouco.

Metade dos ex's na cratera já tinha conseguido ficar de pé. Freedom deu um soco num deles e, em seguida, levou o braço para trás e deu uma cotovelada em outro. O ex voou de costas, carregando mais dois com ele de volta à cratera, e o capitão sentiu os parafusos ardentes afundarem em suas costelas mais um pouco. Cerrou os dentes.

A breve pausa deu a uma morta com os cabelos desgrenhados a chance de agarrar seu braço. Pôde sentir os dentes através de seu uniforme de combate, mas a malha segurou o tranco. Uma sacudidela rápida o desvencilhou da ex. Um par de braços envolveu sua perna e ele girou o punho cerrado feito um martelo.

Assim que o ex caiu, outro o agarrou pela cintura. Os braços murchos o espremeram o suficiente para detonar o ardor em suas costelas. Ele se virou para tentar se livrar do morto e os parafusos apertaram ainda mais. O ex provocou um ruído úmido ao escorregar e os olhos do capitão foram tomados por manchas brancas.

O ruído úmido, porém, não tinha vindo do ex. A lateral de seu uniforme estava encharcada de sangue, de sua axila até o meio da coxa. O sangramento não tinha passado. Seu corpo só tinha acabado de ficar dormente. Choque. Estava entrando em estado de choque.

Deu uma bordoada em outro morto e se debateu em meio à crescente multidão de ex's. Só precisava cumprir sua missão. Tinha de alcançar o demônio.

Então poderia descansar.

Madelyn correu o mais rápido que pôde. A espada quicava em seu quadril, balançando. Um ex cruzou seu caminho e ela o tirou de cena com uma cotovelada. Deveria escalar os restos do caminhão de lixo. Precisava estar num lugar alto e perto o suficiente para que não estivesse impedida quando visse o sinal de Stealth.

Subiu até a cabine e jogou as pernas sobre o capô. Girou o corpo e se arrastou pelo para-brisa até o teto do automóvel, que oscilou com seu peso.

Havia ex's por toda parte, em número bem maior do que ela já tinha visto antes. Uns mil deles, pelo menos. O barulho do combate os atraía de todos os cantos da cidade. Os dentes batendo e as nuvens estrondando abafavam quase todo o resto.

St. George arrastava o monstro pelos céus, onde Zzzap estava a postos. Stealth permanecia no teto da perua, exatamente onde disse que estaria, com a enorme espingarda-pistola que o capitão Freedom chamava de Lady Liberty. E Freedom estava...

Então, ela o viu, recoberto de sangue e quase sumindo por baixo do enxame de ex's na cratera.

Houve um estrondo parecido com o de uma sequoia caindo quando Cairax colidiu contra o asfalto. Analisou o campo de batalha e lançou os olhos de volta ao enorme capitão que tinha sido amigo de seu pai.

Madelyn saltou do caminhão de lixo e saiu correndo, dando escorões nos ex's pelo caminho. Pular dentro da cratera foi como dar um mosh num show de rock, ao menos pelo que tinha visto na TV e no cinema. Ela se arrastou em meio a multidão, empurrando e chutando os ex's. Era uma disputa e tanto. Todos eles queriam alcançar Freedom, tanto quanto ela, talvez até mais.

A Menina Cadáver deu um pulo e chutou o quadril de um morto. O movimento lhe garantiu a aproximação necessária para agarrar Freedom pelo pescoço. Jogou as pernas em torno da cintura do capitão e apertou seu corpo contra o dele.

Freedom se tremeu todo, arregalando os olhos.

– O que você está...

– Confie em mim – ela retrucou. Pressionou ainda mais seu peito contra as costas dele. Podia escutar as batidas do coração de Freedom ecoando pelo colete. Ele estava com frio. Deu para sentir o sangue dele escorrendo por suas calças jeans e empapando seu casaco, mas ela tentou não pensar nisso.

Os ex's foram aos poucos diminuindo o ritmo dos encontrões antes frenéticos. Seus braços decaíram e seus olhares mortos voltaram a vagar ao léu. Os dentes afoitos se afastaram de Freedom. Os que estavam nas bordas da multidão se dissiparam. Os mais próximos trombaram neles algumas vezes antes de saírem mancando.

Madelyn sorriu.

– Bem-vindo ao meu mundo – ela disse.

– Termine sua missão – ele retrucou.

– Nós dois, você quer dizer. Vamos. – Ela afrouxou o amasso e deslocou seu peso para que pudesse escorregar por cima do ombro. Ele ergueu a mão para ajudá-la. Instantes depois, ela estava agarrada ao pescoço dele, com a cabeça encostada no peito largo.

Ele chiou, mas não chegou a gritar.

– Pra onde vamos?

– Me leva até o outro lado da rua – ela respondeu. Girou seus quadris e a espada balançou em seu cinto. – Eu preciso entregar esse troço pra Stealth.

XXX

Cairax Murrain girou os ombros e desarmou o mata-leão de St. George. O herói se atrapalhou e um solavanco de costas do demônio o derrubou no chão. Cairax se voltou a ele e rosnou.

St. George se preparou para dar um soco, mas um ex se atracou a seu braço. O zumbi mordeu seu pulso e os dentes se desintegraram contra sua pele. O herói se soltou do morto num instante, armou o golpe novamente e a cauda de Cairax se enroscou em seu pescoço.

A corda grossa de puro músculo o suspendeu no ar. Não era forte o suficiente para sufocá-lo, mas ele tampouco tinha força suficiente para se livrar dela. Concentrou sua energia nos ombros e tentou carregar

Cairax de volta para o alto, mas a cauda o sacudia com vontade e o arrastou para baixo.

Cairax o puxou para mais perto. Os dentes do demônio resvalavam uns nos outros enquanto ele falava. Seu hálito cheirava a leite podre.

– Se meu caro Maxwell morrer – Cairax disse –, sua alma pode até se salvar, mas seu coração ainda será meu banquete.

– Eu espero que você morra engasgado com ele – ele murmurou, sufocado pela cauda.

Disparos ecoaram atrás do demônio e ele se virou, rugindo. Quando a cabeça coberta de chifres girou, St. George viu de perto as rajadas despedaçarem os pontos mais salientes e algumas das presas mais largas. Parecia alguém com uma metralhadora.

Stealth estava no teto da perua, atirando com suas Glocks. Descarregou as pistolas no monstro e deixou as cartucheiras vazias caírem no meio da multidão de ex's. Elas giraram em suas mãos, seus dedos bailaram entre os punhos e seu cinto e logo elas estavam cuspindo fogo outra vez. Uma chuva de balas inundou o rosto do demônio.

Cairax deu alguns passos na direção dela e as pistolas ficaram novamente descarregadas. Seus cascos estrondavam ao bater no chão e pisotearam uma morta pelo caminho. Varreu um trio de ex's com seu braço.

E então olhou para baixo.

Os três ex's estavam agarrados em seu longo antebraço. Nenhum deles tentava mordê-lo, nem ao menos rangiam os dentes. Encararam o demônio.

– Pronto pra segunda rodada, *pinche pendejo*? – perguntaram em uníssono.

Cairax ainda teve tempo de rosnar antes que os ex's se lançassem sobre ele. A maré de mortos-vivos se deslocou logo que todos os ex's na área se voltaram para o demônio com um ar desafiador. Uns dez deles agarraram seu outro braço. Um batalhão de zumbis se atracou a suas pernas, enquanto outros tantos se jogavam em sua cauda. Encobriram o demônio feito formigas num leão.

Três mortos afundaram os dedos no rolo que prendia St. George. A cauda acabou afrouxando o bastante para que o herói passasse suas mãos por dentro. Escancarou o rabo da fera e saiu. O herói tomou fôlego, enchendo os pulmões de ar.

A sombra de um ex o encobriu. Tinha sido um homem corpulento, de cavanhaque, vestindo uma camiseta e um gorro de lã imundos.

– É seu dia de sorte, dragão – o cadáver rosnou. – Porque eu realmente odeio esse merda bem mais do que eu te odeio.

St. George fez um sinal de cabeça.

– Precisamos imobilizar essa coisa. Stealth tem que dar um golpe certeiro no peito dele.

O ex assentiu de cabeça e se jogou nas costas do demônio. Mais de cem mortos atracaram-se ao monstro, soterrando-o sob seus corpos. Então eles se afastaram, expondo o peito ossudo da fera.

St. George saltou pelo ar, passou sobre o demônio e pousou ao lado de Stealth.

– Acho que o Rodney acabou de dar nossa deixa.

– Concordo.

– Já dá pra me contar qual é o grande plano secreto?

– Simbolismo. Temos a espada e um arcanjo.

– Hein?

– Uma criatura de resplendor e vontade, feita à imagem e semelhança de Deus.

A frase ficou martelando na cabeça de George por um tempo. Então Cairax Murrain abriu os braços e dezenas de ex's saíram voando. A cauda farpada trespassou três deles e os sacudiu no ar. O demônio levou a mão ao rosto e agarrou a morta que tinha se atracado a seus olhos.

– Stealth – alguém gritou.

A mulher encapuzada se virou, assim como Cairax Murrain. O capitão Freedom estava caído sobre um carro, perto de Madelyn. Ela estava no teto, segurando a espada sobre sua cabeça.

O demônio cerrou seus olhos de pires como se estivesse tentando se concentrar em algo. Então rosnou.

Ele conseguia vê-la.

– Segurem-no! – Stealth berrou.

St. George se atirou pelos ares. Desceu uma das botas em cheio no rosto de Cairax, dando com a cabeça do demônio contra uma árvore. O monstro tentou morder sua perna, mas só conseguiu rasgar o calcanhar da bota. Cairax girou o braço na direção do herói e o encarou.

A Menina Cadáver tentou se lembrar de tudo o que tinha visto nos filmes de piratas sobre como jogar uma espada para outra pessoa. Nada parecia muito instrutivo. No fim das contas, acabou simplesmente tomando impulso para trás e atirando a arma na direção de Stealth.

Assim que o cabo da espada deixou a mão da menina, os olhos de Cairax se arregalaram ainda mais. Sibilou por entre a floresta de presas e deu um solavanco na tentativa de se livrar dos mortos. Outra dezena de ex's avançou e se atirou aos seus cascos. Atracaram-se a suas panturrilhas e coxas.

St. George agarrou o braço do demônio e o torceu nas costas. A estrutura um tanto desproporcional deixava difícil fazer alavanca, mas o herói conseguiu manter a garra do bicho bem no alto por trás das costas recobertas de espinhos. A mão aracnídea abria e fechava sem parar na cara do dragão, e o filme *Aliens* lhe passou pela cabeça.

De repente, a expressão "imagem e semelhança de Deus" soou familiar. Era uma passagem da Bíblia. Era o que sempre se dizia sobre a humanidade.

A lâmina rodopiava, triturando o vento feito uma hélice. Stealth deu três passos, esticou o braço e fisgou o sabre no ar a meio caminho entre Madelyn e o demônio. Firmou os dedos no punho da espada e a levou por trás do ombro. Por um instante, ela se passou por uma estátua. Então, lançou a espada feito um dardo na direção de Cairax Murrain.

Um clarão explodiu entre eles. Um estrondo sônico irrompeu no ar. Zzzap se colocou entre Stealth e o demônio.

Uma criatura feita de resplendor e vontade, à imagem e semelhança de Deus.

Um homem constituído de luz e consciência.

Zzzap esticou o braço, esquentando o couro da criatura e esperando que não estivesse prestes a morrer.

A espada derreteu no instante em que tocou o ombro do espectro incandescente. A lâmina se dissolveu num jorro de aço e prata. As gravuras intrincadas se tornaram um só borrão e sumiram. O punho de couro incinerou na hora, formando uma pequena nuvem de cinzas que desapareceu num redemoinho superaquecido. Quase um terço da espada se reduziu a vapor no forno que era seu corpo, reduzida a meros átomos.

Zzzap sentiu todo tipo de desconforto de que sua mente poderia se valer como analogia. Ter algo físico dentro dele, ainda que por apenas um décimo de segundo, era mais do que nauseante, era uma agonia. Era intoxicação alimentar e câimbra e chute no saco e ossos quebrados e inalação de fumaça tudo ao mesmo tempo. Sentiu cada milímetro percorrido pela espada, no ponto exato onde Stealth tinha dito que seria, e forçou o braço para ficar com os dedos bem esticados.

O fluxo de metal fundido jorrou da palma de sua mão. Livre de seu fogo interior, a espada propagou o calor ao redor do demônio. A inércia a moldou no formato de um cone pontiagudo e cintilante de aço enquanto cruzava o espaço aberto.

A espada na mão de Zzzap trespassou o couro do demônio e deslizou entre duas costelas. Saiu fumaça da ferida quando o coração de Cairax Murrain foi perfurado. A lâmina ainda avançou mais um pouco até se enterrar na coluna do monstro.

Cairax Murrain rugiu. Foi um uivo de dor e raiva e frustração e medo, capaz de estraçalhar vidros e sangrar tímpanos. O demônio se livrou dos ex's que seguravam seus braços e atacou Zzzap. As garras passaram pelo espectro, provocando um chiado e um forte estampido. A fera se debatia e uivava, e arremessou St. George ao outro lado da rua.

Zzzap ficou lá parado com o braço estendido enquanto a espada borbulhava em torno de sua mão. A lâmina irregular de aço nem se mexia. Estava firme e sólida no ar entre Zzzap e Cairax Murrain. Um clarão irrompeu da boca do demônio. A ferida faiscou e pegou fogo. As chamas cresceram e tomaram seu corpo.

St. George viu Stealth mergulhar para trás de uma camionete. Madelyn arrastou o capitão Freedom pelo chão para trás de um carro. Os ex's ainda se atiravam sobre o demônio. Gargalhavam, mesmo carbonizados até os ossos pelas chamas.

St. George fechou os olhos e cruzou os braços sobre o rosto.

Tudo ficou branco. Houve um estrondo que ele mais sentiu do que ouviu. E depois, nada.

TRINTA E CINCO

AGORA

Escutou alguém muito longe dizendo algo e cutucando seu ombro. Cutucavam e falavam, sem parar. O som foi se aproximando e ele o reconheceu.

– St. George?

Logo se arrependeu. Reconhecer seu nome significava admitir que tinha recobrado a consciência. E sua consciência trazia muita dor com ela.

Abriu os olhos e, bem na sua cara, viu um rosto pálido e com olhos esbranquiçados, emoldurado por cabelos com pontas irregulares. Chegou a virar a mão para atacar antes de reconhecer a Menina Cadáver. Seus cabelos negros estavam jogados sobre seu rosto, sombreando suas linhas de expressão de um jeito diferente.

– Deixe de ser idiota – Madelyn disse.

Ela o ajudou a se sentar. Seus dedos doíam. Seu peito ardia, e sentia pontadas onde as garras do demônio tinham revolvido sua carne. Podia apostar que as feridas estavam infeccionadas.

O herói olhou para a menina. O casaco dela tinha torrado, e as barras das calças jeans e as pontas da camisa estavam chamuscadas. Não só as barras e pontas, na verdade. Havia buracos crestados por toda parte. O mesmo valia para os cabelos. Um dos braços e parte do rosto estavam queimados.

Ele acenou com a cabeça em direção a seu braço.

– Você está bem?

Madelyn confirmou com a cabeça.

– Eu vou ficar bem. Mas acho que o capitão Freedom está bem mal. Ele quebrou umas costelas e está febril.

St. George se levantou. O último pedaço de sua jaqueta de couro desmoronou feito um pergaminho em chamas. A camisa toda esfarrapada por baixo não estava em situação muito melhor, mas se mantinha no lugar por enquanto. Pisou em falso ao dar o primeiro passo e lembrou-se de que o demônio tinha arrancado o salto de sua bota com uma mordida.

Uma ampla teia de cinzas esbranquiçadas se estendia por toda a rua. Cobria carros e a calçada rachada e os restos mortais de centenas de ex's. A poeira pairava no ar como uma névoa branca. O herói olhou para a lua, iluminando todo o cenário. As nuvens carregadas tinham sumido.

Os dois já estavam a meio caminho de Freedom quando St. George vislumbrou as botas pretas estiradas por baixo de uma camionete recoberta de cinzas. Agarrou o chassi e virou o veículo. O que restou das rodas quebrou e a Chevy capotou.

O manto de Stealth a envolvia feito uma mortalha. Parte dele estava carbonizado. St. George vislumbrou a pele negra da mulher onde o colante tinha rasgado ou queimado.

Pegou o braço de sua companheira para checar o pulso. Ela agarrou seu ombro e se içou para cima, encostando uma faca na garganta do herói. A lâmina chegou a roçar seu pomo de Adão antes que ela se detivesse.

Stealth tomou fôlego, ainda ofegante. Um terço de sua máscara já era. Dava para ver a maçã de seu rosto, as linhas suaves de seu queixo e a borda dos lábios no canto da boca.

– Você sobreviveu – ela disse.

— Sim. Nós sobrevivemos.

Stealth envolveu os braços em torno dele e o herói a ajudou a se levantar. Ela ficou de pé e deu alguns passos com certa cautela.

— Aparentemente eu saí ilesa.

— Que bom.

Madelyn lhes acenou na direção de Freedom. O enorme oficial estava do outro lado da rua, protegido pelo carro para onde a menina morta o tinha arrastado. Sua mão pressionava a ferida ensanguentada em suas costelas. Estava bem ofegante.

St. George olhou em volta.

— Veja se consegue encontrar o Barry — ele disse a Madelyn.

Ela assentiu com a cabeça e saiu correndo. Stealth foi atrás.

O dragão agachou-se e botou a mão na testa de Freedom. Ardendo em febre. Seus olhos se abriram e ele fitou o herói.

— Eu suponho que vencemos, senhor.

— Pelo visto, sim. Você está um lixo, capitão.

— Eu acho que o ferrão na cauda do demônio pode ter sido venenoso. E eu perdi muito sangue.

— Você consegue andar?

— Não faço ideia, senhor.

St. George ajudou o grandalhão a se pôr de pé. Suas pernas bambearam um pouco e ele acabou se escorando num carro.

— Eu acho melhor esperar aqui — ele disse, tossindo.

— O Zzzap está vivo — Madelyn gritou a alguns metros dali. — E ele está... er... pelado.

— Normal. Tem certeza de que está tudo bem? — perguntou Freedom.

— Já estive pior.

St. George olhou ao redor em busca de algo para cobrir seu amigo ao passar pelo meio dos escombros. Mas não tinha sobrado muito nem mesmo de suas próprias roupas. Praticamente tudo o que poderia ser queimado perto do demônio acabou de fato queimando.

A poucos metros de Barry, ficava o centro da teia de cinzas. Dezenas de ossos compridos lá estavam, empilhados. Um esqueleto distorcido, feito os restos de um dinossauro. Pedaços de carne carbonizada permaneciam penduradas nos ossos. Uma longa estaca de metal cintilante trespassava duas costelas. Era a única coisa a salvo da poeira.

Stealth cutucou o crânio cheio de chifres com sua bota e ele caiu da pilha. Aparentava estar mais inchado e redondo. As órbitas eram grandes demais. As presas na mandíbula mais pareciam punhais. A coluna vertebral se alongava atrás dele, ainda unida por filamentos de cartilagem.

Barry, estirado na calçada. Sua pele negra estava coberta de cinzas. Passou pela cabeça de St. George as imagens do 11 de Setembro. A mão que empunhou a espada ainda estava bem aberta, como se estivesse com câimbra. Madelyn correu os dedos pelos botões e tirou sua camisa de flanela. Seu sutiã e sua pele tinham a mesma tonalidade de branco. Cobriu as partes íntimas do herói. As pálpebras dele pestanejaram.

Barry ergueu os olhos.

– Vocês ainda estão vivos?

– Sãos e salvos – St. George disse, ajoelhando-se – Ou quase.

– E eu, ainda estou vivo?

– Tomara que sim. Não precisamos de mais um fantasma.

Barry concordou.

– E o Cairax?

St. George jogou a cabeça para trás, na direção de Stealth.

– Você acabou com ele.

– Uau... – Ele começou a relaxar, mas então seus olhos se arregalaram. – Puta merda. Merda, merda, merda.

– O que foi? – Madelyn perguntou.

– Você está bem, mesmo? – St. George examinou o corpo do amigo, tentando imaginar o que não conseguia enxergar.

Os olhos de Barry estavam esbugalhados, totalmente em pânico.

– Eu não estou sentindo minhas pernas. Eu acho que... acho que fiquei paraplégico.

St. George olhou para o amigo por um momento, e logo caiu na gargalhada. Madelyn soltou uma risadinha entre os dentes, revirando os olhos e sacudindo a cabeça. Barry ainda manteve a encenação por mais uns segundos antes de escancarar um sorriso.

– Ai, caramba – Barry disse, depois de um minuto rindo. – Eu sempre quis fazer isso.

– Isso o quê?

Sorriu para eles.

– Acho que acabamos de salvar o mundo.

✸ ✸ ✸

St. George se pôs de pé para se juntar a Stealth e vislumbrou os ex's.

Uns trezentos estavam no meio da rua, perto da cratera. E seguiam se amontoando pela avenida La Brea, interditando-a por pelo menos quatro ou cinco quarteirões. Seus braços estavam cruzados. Suas mandíbulas não se mexiam. Olhou para trás e viu mais menos a mesma quantidade deles na direção oposta, e nos dois sentidos pela Terceira Rua.

Estavam cercados.

– Minha munição acabou – Stealth disse. – E eu suponho que o capitão esteja incapacitado. Zzzap está bem o suficiente pra lutar?

– Talvez – St. George respondeu. Então pareceu espantado e a encarou. O rombo em sua máscara tinha sumido.

– Mantenha o foco, George – ela disse.

– Como você...

– Eu carrego sempre uma máscara reserva no meu cinto. – Ela inclinou a cabeça em direção à linha de frente. – Prepare-se.

Um dos ex's se adiantou. Algum dia já tinha sido um negro alto e esbelto. Faltavam-lhe dois dedos na mão esquerda. Um buraco em seu ventre estava entupido de pedaços compridos e pegajosos de carne que provavelmente tinham sido seus intestinos antes do tiro de espingarda. Os olhos estavam intactos, e St. George reconheceu a expressão de Legião por trás do rosto.

O ex parou a três metros deles, logo depois da teia de cinzas e poeira. St. George cerrou os punhos. Era capaz de sentir toda a tensão de Stealth a seu lado.

– Eu podia matar todos vocês agora mesmo – o morto disse. Os dedos que sobravam em sua mão se fecharam e logo se abriram de novo. Passou o queixo de lado a lado.

Os heróis não saíram do lugar.

O ex sacudiu a cabeça.

– Vocês têm uma hora.

St. George titubeou um pouco. Soltou fumaça pelo nariz.

– Uma hora pra quê?

– Uma hora pra voltar pra dentro da muralha de vocês – Legião respondeu. – Nada vai morder ninguém até lá. Depois disso, estão por sua conta e risco.

– Simples assim? – St. George retrucou. – Depois de todo esse tempo correndo atrás de nós, você consegue nos pegar e simplesmente vai embora?

– Não... – o ex disse. – *Vocês* estão indo embora. Estou deixando.

– Eu não acredito em você – Stealth disse.

– Estou cagando se você acredita em mim ou não.

St. George encarou o morto nos olhos.

– Por quê?

Legião acenou com a mão mutilada na direção da teia de cinzas.

– Eu não sou burro. *El demonio* aqui ia acabar com minha cidade. Vocês me ajudaram a impedir o cara. Parabéns, vocês acabaram de ganhar o passe livre. Mas só de ida.

St. George e Legião ficaram se encarando por um instante, e então o herói concordou.

– Certo. Obrigado.

– Sim, foda-se você também – o ex retrucou. – A última coisa que quero é ficar te devendo alguma coisa.

– Uma hora, então – St. George reiterou.

Legião grunhiu ao herói e olhou de relance a Stealth. Ela cruzou os braços.

– Isso não muda nada.

– Pode crer que não.

– Você é um assassino.

– Dê uma olhada no espelho, *puta* – o ex bufou. – Somos todos assassinos. Só matei pessoas de quem você gostava, isso é tudo.

O morto deu meia-volta e foi embora.

– E o que vai acontecer da próxima vez que sairmos? – St. George gritou. – Vai tudo simplesmente voltar a ser como era antes? Sempre querendo acabar um com o outro?

Legião olhou para trás.

– Acho que vocês vão ter que pagar pra ver. Uma hora.

O rosto do morto caiu e ele já saiu mancando. Mas suas mandíbulas não se mexeram. As linhas de frente passaram a se desmantelar e os ex's foram cambaleando em silêncio em várias direções.

St. George se voltou a Stealth. Ela estava parada, ainda olhando na direção do morto.

– E agora?

– O capitão Freedom precisa de cuidados médicos. Zzzap, a Menina Cadáver e eu vamos seguir por conta própria de volta até a Grande Muralha. Se Legião honrar sua palavra, devemos chegar ao Portão Sul sem problema algum dentro de uma hora.

– E se ele não honrar?

– Então trataremos de encontrar um local seguro onde aguardaremos seu retorno. Por ora, você deve levar o capitão ao hospital.

– Certo – St. George assentiu. – Ele parecia estar bem... ah, que se dane.

O herói se lançou pelo ar, rumo ao Trader Joe.

※ ※ ※

A poça de sangue ao redor de Max não era tão grande quanto St. George esperava, mas ele ainda tinha certeza de que o feiticeiro estava morto. A pele do sujeito estava pálida feito a de Madelyn, e o peito, onde as balas o atingiram, todo ensopado de vermelho. Não tinha mexido um músculo desde que St. George aterrissou no telhado.

Então ele sacudiu o corpo e golfou sangue. Seus olhos se moveram e ele fitou St. George.

– Ahhh... – ele resmungou. – Então... você venceu.

– Sim.

– Parab... – Max tossiu de novo e saiu ainda mais sangue dos buracos em seu peito.

– Poupe-se. Vou te levar pro hospital.

A cabeça de Max tremeu de um lado para outro. Suspendeu a mão por uns dois ou três centímetros e tentou acenar para que o herói voltasse.

– Não – ele arquejou. – Já chega, cansei de brincar disso.

– Você está com outro truque na manga?

Outro leve tremor de cabeça.

– Já chega. Eu fico feliz... feliz que você o tenha matado.

– O quê, isso vai se converter em seu leito de morte, agora?

O feiticeiro conseguiu esboçar um sorriso contido.

– Eu estava do seu lado o tempo todo.

St. George sacudiu a cabeça.

– Desculpe. Mas não caio nessa.

– Por que eu... por que eu teria te dito como matar o demônio, então?

O herói encarou o feiticeiro moribundo, sem dizer nada.

– Cada palavra que eu disse... quase tudo o que eu pensava... – Max fez uma pausa para tomar um pouco de fôlego e as feridas em seu peito resfolegaram –, tinha que convencer um dos nove lordes do Abismo de que estava do lado dele.

– Queria poder acreditar em você.

– Esse é... esse é o problema com o mundo real, George. – Tomou fôlego outra vez, ofegante. Seu último suspiro. – O bem e o mal nunca são... tão preto no branco...

Max desfaleceu. St. George esperou um tempo, certificando-se de que o homem tinha mesmo morrido. Deixou o corpo no telhado.

※ ※ ※

Madelyn estendeu a mão e tocou no anel de ouro no dedo esquelético. A joia balançou um pouco. A menina estremeceu.

– Você acha que ele morreu mesmo?

Stealth fitou o esqueleto:

– Cairax Murrain ou Regenerator?

A menina morta esfregou os braços cruzados.

– Sei lá. Os dois?

– Acredito que o demônio tenha sido morto ou banido.

– E o... o outro cara?

Os ossos dos braços e das pernas pareciam mais curtos. Os dentes ainda eram longos, mas longe das presas de alguns minutos antes. Os chifres não passavam de protuberâncias por todos os ossos frontais e parietais. Poderia ser uma ilusão de óptica por conta do brilho fraco do luar. Ou algum aspecto da possessão chegando ao fim.

Stealth sacudiu a cabeça.

– Nós não sabemos qual é o limite máximo da sua capacidade de cura. Ele pode, de fato, estar morto. Mas também é possível que já esteja bem pela manhã.

– Uau – Madelyn disse. – Isso é... isso é bom, né?

A bota de Stealth se precipitou e chutou o crânio bem na base. A caveira se afastou da coluna vertebral e quicou duas vezes no asfalto, para longe da pilha de ossos. Então a mulher encapuzada deu um pontapé certeiro e o crânio saiu voando sobre o cruzamento da La Brea com a Terceira Rua. Estatelou-se no chão com um baque alto a quase vinte metros dali, logo na entrada do estacionamento de uma loja de móveis, e foi rolando um pouco mais pela rua até cair na sarjeta em frente a uma sorveteria depredada.

– Só por segurança – disse a Madelyn.

PRIMEIRA IMPRESSÃO

ANTES

Eu estava em Venice Beach. Não costumo ir lá com tanta frequência. Não sou um grande nadador, longe disso, nem nunca surfei na vida. Muito menos com essa fantasia de Mighty Dragon... Bem, enfim. Tinha um vento forte vindo do oceano. Mesmo com as asas embutidas na capa, não dava pra simplesmente deslizar até lá embaixo, senão minha mobilidade acabaria sendo comprometida. Tudo não passaria de um salto ornamental exagerado. O que me fez sentir meio idiota, na verdade. Ok, já estou pulando uns quinze ou vinte metros, mas não me parece muito digno pra um super-herói ficar dando pulinhos por aí.

Mas tinham contado umas histórias bem estranhas sobre Venice no último mês. Dizia-se que um monstro estava aterrorizando o calçadão. Tinha visto uma reportagem falando que era um dinossauro gigante e roxo (e, rapaz, a Fox não teve o menor escrúpulo de fazer um monte de piadas sobre o assunto). Alguns sem-teto que viram a coisa disseram que era um dos alienígenas dos filmes da Sigourney Weaver.

Eu tinha conhecimento de quatro heróis em LA. Um era eu. Tinha o cara de boina, o tal Gorgon. Tinha o Midknight. E tinha a ninja-Mulher--Gato. Eu a peguei me olhando uma noite dessas enquanto cuidava de uns ladrões, mas ela deu no pé antes que eu tivesse concluído meu trabalho.

Costumava agir pelas redondezas de casa. Hollywood, Los Feliz, parte de Koreatown. Midknight ficava pras bandas do vale, geralmente em Burbank. Gorgon escolheu o lado oeste, Beverly Hills e West Hollywood. A mulher-ninja zanzava em torno do centro e da zona de Rampart, mas às vezes eu ouvia histórias dela em outras partes da cidade.

Ninguém cobria as praias. Então, depois do quarto ou do quinto relato sobre o monstro, decidi dar uma checada. Fui dirigindo até lá, estacionei numa esquina daquele terrenão bem no final da Venice Boulevard, logo antes da praia, e vesti meu traje no banco de trás. Imaginei que um bando de surfistas devia trocar de roupa daquele mesmo jeito, então nem ia chamar tanta atenção, mesmo à noite.

É meio idiota, eu sei, mas fiquei surpreso quando descobri que o calçadão de Venice era de concreto. Quer dizer, é só uma calçada grande. Você escuta "calçadão" numa praia e só pensa em... madeira. Pensei que a coisa toda fosse parecida com o píer de Santa Monica.

Enfim, estava seguindo o acostamento pelo céu, o melhor que eu podia, e me preparei pra pousar num daqueles edifícios altos à beira-mar. Alguns sem-teto me viram e apontaram pra mim. Fazia seis meses que eu estava nessa. O pessoal meio que já reconhecia meu traje a essa altura. Um cara de barba desgrenhada me jogou uma saudação.

Foi aí que escutei a lamúria toda. Pareciam estar morrendo de dor. Gritaram de novo e vi algumas pessoas dispersas no calçadão.

Tomei impulso e me lancei pelo ar, ao norte da praia. O vento estava forte pra diabo. Despenquei uns vinte ou trinta metros e consegui pousar no telhado de uma loja sem escorregar nem cair.

Os gritos ficaram mais compreensíveis, mas bem na hora em que eu tentei entender o que diziam, a ladainha mudou. Outras pessoas passaram a gritar. E estavam com medo. Eram berros de pavor, não gritinhos de nada.

Deu pra ter uma ideia melhor de onde vinham, uns dois quarteirões do calçadão, e aí, de repente, três adolescentes saíram correndo de um beco. Três rapazes. Podiam até ser de uma gangue qualquer, mas não estavam usando cor específica nenhuma. As roupas que vestiam também me pareceram um tanto ultrapassadas demais pra uma gangue. Tudo muito lustroso, novinho em folha. Não que eu seja um especialista em sapatos, mas tinha certeza que não estavam calçando nenhum tênis de quinta.

Quem quer que eles fossem, estavam aterrorizados.

Pulei do telhado e fui flutuando até o nível da rua.

O último garoto já tinha avançado um metro pra fora do beco quando uma coisa o acertou. No começo, pensei que fosse uma lança ou uma prancha, sei lá. Alguma coisa fina e comprida que alguém tivesse jogado nele. Mas então a extremidade da coisa se abriu e envolveu a cabeça do moleque, como num filme de terror. O braço puxou o garoto de volta pro beco.

Eu já estava a meio caminho do chão. Virei minha capa e fui deslizando na direção do beco. Os outros dois rapazes passaram correndo por baixo de mim. Um deles até chegou a me pescar com o rabo do olho, mas nunca nem olharam pra trás. O mais próximo de mim cheirava a urina.

Saí em disparada rumo ao beco. Levou um momento pros meus olhos se adaptarem à escuridão e enxergarem ao que o braço estava conectado. Eu tinha razão. Era mesmo uma coisa saída de um filme de terror.

Chutando, diria uns três metros de altura, mas não dava pra ter certeza de por que o bicho estava debruçado em cima do menino. Meio que tinha a forma humana, mas completamente desproporcional. Era alto e magro demais, como uma pessoa que tivesse sido esticada num varal toda a vida. Os passos e os movimentos dos braços dele não eram nada naturais. Tinha uma cauda que mais parecia um cruzamento de um dinossauro com um escorpião.

A cabeça parecia de peixe. Sabe um daqueles peixes do fundo do mar com uns olhos enormes e uns dentes tão compridos que eles mal conseguem fechar a boca? Pois é. E mais uns seis chifres grossos pra caramba formando um círculo no topo da cabeça, feito uma coroa bizarra ou algo assim.

O bicho estava agarrando o menino pelos tornozelos, de cabeça pra baixo, de modo que os olhos dos dois ficassem nivelados. A língua dele estava pra fora, uma coisa comprida feito uma cobra. Ficou cutucando o nariz do garoto, que a essa altura já estava se acabando de chorar, quase se afogando no próprio catarro. Tinha uma mancha molhada na calça jeans do coitado, que foi se arrastando pela camisa, seguindo o curso da gravidade.

– Ei – gritei. – Coloca o menino no chão, seja lá o que você for.

Eu me senti um tanto idiota assim que acabei de falar. Os monstros geralmente não entendem nossa língua. Se eu não me apressasse, ele ia acabar tirando um pedaço do moleque.

Mas não foi assim que aconteceu. Ele se virou pra mim. O bicho me encarou nos olhos e arreganhou os dentes ainda mais. Daí resolveu falar.

– Ora, ora, ora – ele disse.

Tinha uma voz profunda, polida. Se não desse pra ver, diria até que era aquele ator velhinho da Inglaterra, Lee alguma coisa, que tinha atuado em *Senhor dos Anéis* e *007 – O Homem da Pistola de Ouro*.

– Mighty Dragon, o todo-poderoso dragão – ele continuou. – Que surpresa agradável. Por favor acredite, sou um grande admirador seu.

Ele virou o garoto de lado usando uma só mão, uma coisa enorme com uns dedos que mais pareciam aranhas, e o colocou de volta no chão. O moleque saiu a mil assim que tocou os sapatos no asfalto. Eu deixei que ele passasse correndo por mim pra ficar com o caminho livre.

O monstro deu um passo na minha direção. Notei que ele estava usando um colar de prata com um pingente ou coisa assim do tamanho de uma moeda de cinquenta centavos. As garras nas pontas dos seus dedos se remexiam de entusiasmo.

– Permita-me dizer quão primoroso é seu perfume – ele disse. – Qual seria essa fragrância?

Eu dei um passo pra trás. E depois mais outro, pra fora do beco.

– Eu não sei do que você está...

Ele foi me seguindo em direção ao calçadão. Então respirou fundo pelas narinas semicerradas.

– Ahhh, é claro – ele vociferou. – Agora estou reconhecendo. – O bicho se curvou e inclinou a cabeça pra cima de mim. O pingente ficou balançando pra frente e pra trás no pescoço dele. A boca se escancarou num sorriso cheio de dentes. – Medo.

Estava meio apavorado, sim. Uma coisa é lutar contra gangues de rua e seguir alertas Amber. Outra bem diferente é quando um pesadelo de computação gráfica surge do nada no meio de um beco.

Pensando agora, minha reação foi um pouco... bem, típica das histórias em quadrinhos, acho. Quer dizer, ele podia ser um alienígena foragido. Eu não fazia a menor ideia. Simplesmente dei de cara com um pesadelo gigante que agora vinha em minha direção falando sobre medo.

Então dei um murro nele.

Doeu. Seja lá o que fosse, era muito mais sólido do que parecia. O bicho até cambaleou pra trás por uns metros, mas a cauda chicoteou em volta pra ajudar a manter o equilíbrio. Ele levou a mão ao queixo e deu uma esfregadinha, como qualquer pessoa faria. Seus dedos estavam todos esticados, com garras enormes nas pontas. Aposto que ele poderia apoiar um pneu na palma daquela mão.

Preparei-me pra quando ele atacasse e senti a coceira no fundo da minha garganta. Lá estava o fogo.

Por um instante, seu rosto ficou deformado. Pura raiva. Eu estava prestes a morrer. Sem dúvida. Mas talvez fosse capaz de impedir que ele machucasse mais pessoas.

Aí ele respirou fundo de novo e soltou o bafo pela floresta de dentes.

– Ahhh – ele disse. – Peço perdão. Às vezes falo o que não devo.

– Hein?

O monstro endireitou a postura o quanto parecia capaz de fazer, e curvou-se de novo.

– Permita-me que me apresente. Sou Cairax Murrain, visconde infernal do Abismo, Lorde das Trevas, e herói recém-chegado a Los Angeles. – A cauda balançou quando ele disse isso e levou um pedaço de uma das latas de lixo de concreto distribuídas pelo calçadão.

Eu ainda estava um pouco confuso. Acho que repeti "Hein?" outra vez.

– Lutamos as mesmas batalhas pela mesma causa, Mighty Dragon – ele continuou. – Quando adoto esta forma, todas as minhas forças e poderes são dirigidos à verdade, à justiça, e assim por diante.

Eu arrisquei olhar pra trás.

– E o que você estava fazendo com aquelas crianças?

O monstro sacudiu a cabeça e estalou a língua.

– É uma vergonha – ele respondeu. – A jovem burguesia dando vazão a seus instintos primitivos em um bêbado desamparado.

Ele apontou pra trás. Um mendigo com o rosto ensanguentado estava encolhido no chão. Enquanto eu observava, o sujeito relanceou o olhar para a coisa que pairava sobre ele. Sacudiu a cabeça, soltou um gemido e afundou o rosto ainda mais nos braços. Os Alcoólicos Anônimos estavam prestes a ter um novo membro naquela manhã.

– Uma lição sem violência alguma estava em andamento – o monstro prosseguiu. – O medo é um dissuasivo tão maravilhoso, afinal, além de despertar o apetite. Muito embora – ele disse, fazendo uma pose pensativa –, será que eu era tão diferente quando era menino? Ou é apenas Cairax alterando minhas próprias memórias?

Eu não tinha muita certeza do que ele estava falando, mas pensei que começava a pegar o espírito da coisa.

– Você... você é uma pessoa? Um ser humano?

– Deveras. Encoberto por esta estrutura, há um dos maiores feiticeiros de nossa geração.

– Certo – eu disse. Até que a história toda estava interessante. – Qual é o seu nome, mesmo?

– Cairax Murrain.

– Cairax – repeti –, desculpe o soco. Eu só vi um monstro com um garoto e aí...

– Certamente – Cairax retrucou, baixando a cabeça. – Mas o que dizem mesmo sobre a primeira impressão?

– É a que fica?

O monstro escancarou um sorriso.

– Quase sempre estão corretos.

EPÍLOGO

AGORA

St. George pairava no ar sobre a torre da caixa d'água. Não era o ponto mais alto nas intermediações da Grande Muralha, mas era um lugar dos mais familiares. E como ele precisava de uma boa dose de coisas familiares...

Duas noites tinham se passado desde a morte de Cairax, seu banimento ou o que fosse. St. George tinha voado com Freedom até o hospital. Stealth e Madelyn passaram pelo Portão Sul da Grande Muralha exatamente quarenta minutos mais tarde e, dez minutos depois, os ex's já batiam os dentes novamente. Sinal algum de Legião desde então.

Suas feridas estavam se curando. Como tinha aprendido na última vez que lutou contra o demônio, seu sistema imunológico era poderoso o bastante para lidar com qualquer infecção que encontrasse pela frente. A doutora Connolly colheu três amostras de sangue dessa vez.

— Nunca se sabe quanto tempo vai levar até que alguma coisa consiga romper sua pele de novo – ela disse.

Freedom permanecia na UTI. Suas costelas tinham sido recoladas no lugar e devidamente engessadas, e ele recebeu várias transfusões. A estrutura corporal imensa de Freedom aguentava mais de quinze litros de sangue, e ele tinha perdido mais de seis. Seus soldados fizeram fila para doar. Mesmo os que não correspondiam ao seu tipo sanguíneo insistiam em ser doadores em prol do banco de sangue que, aos poucos, era constituído.

Ele estava com infecção generalizada. Connolly tinha certeza de que o último presente de Cairax Murrain a Freedom era um caso de ação rápida da peste bubônica. O enorme oficial estava em quarentena com três sondas diferentes bombeando antibióticos e anticorpos. St. George se ofereceu para doar seu sangue, para ver se seus anticorpos poderiam ajudar Freedom a combater a doença, mas seu tipo sanguíneo era incompatível.

– Além disso – Connolly lhe disse –, tenho minhas dúvidas se seu sangue não trataria todo o corpo dele como uma infecção.

Pelo que St. George tinha ouvido falar, ela estava preparando um banho de gelo para diminuir a temperatura do capitão, mas guardava esperanças de que ele acabasse se recuperando.

– A infecção já teria matado qualquer pessoa a essa altura – ela disse.
– O homem tem o organismo de um elefante.

O sol nasceu sete horas mais cedo e banhou a torre d'água com seus raios fulgurantes. As reflexões de St. George se foram com a escuridão.

Eu pensei que pudesse te encontrar aqui.
– Olá. O que você está fazendo fora da cadeira elétrica?
Ah, falei com a Stealth e pedi pra ela me deixar trocar uma palavrinha contigo.
– Ela deixou?
Sim. A maioria do pessoal já está dormindo, e a bateria está bem carregada.
– Então, o que foi?
Eu só queria me despedir.
St. George sorriu.
– Você voou até aqui só pra me dizer que tá voltando pro Quatro?
Não, George. Eu vim pra me despedir.
Um leve calafrio passou pelas costas de St. George.
– O que você quer dizer com isso?

Agora que sei o que eu sou, percebi que o meu lugar não é aqui.

– Hein?

Zzzap jogou a cabeça para trás e mirou as estrelas. *É hora de voltar pro meu lugarzinho no céu. Hora de abraçar meu destino.*

– Barry, de que diabos você está falando?

Adeus, George. Você foi um bom amigo. Vou sentir sua falta.

– Espere, você não pode estar falando sér...

O espectro de luz se lançou ao céu, uma estrela cadente no sentido inverso. Num instante, ele era apenas mais um pontinho de luz no meio de milhares. Outra estrela na escuridão da noite.

E então sumiu.

St. George ficou parado, olhando para o céu, ainda boquiaberto, sem entender o que tinha acabado de acontecer. A pós-imagem de Zzzap ainda queimava seus olhos. Gritou o nome de seu amigo, e depois berrou de novo no canal de rádio privado dos dois.

Sem resposta alguma.

Desceu e os saltos de suas botas novas ressoaram contra o teto da torre d'água.

Então um raio de luz se precipitou na escuridão da noite e parou bem na frente dele.

Não, eu só estou te zoando, Zzzap disse.

– Seu filho da puta – St. George retrucou. – Acho que acabei de ter três ataques cardíacos diferentes.

Sejamos realistas. Esse lugar ia pras cucuias dentro de uma semana sem mim.

– Quer dizer que você não se acha mesmo um arcanjo agora?

Deus me livre, não, o espectro de luz respondeu. *A última coisa que quero é ser um figurão religioso. Além disso, não existe um dogma ou um mandamento qualquer aí sobre representar Deus ou coisa do tipo?*

– Talvez a passagem que fale sobre os falsos ídolos?

Por aí. Fora que eu nunca passei de uma boa representação simbólica de um arcanjo, nada mais.

Os dois ficaram ali suspensos por um tempo, observando a cidade. Tanta gente tinha ido embora quando a Grande Muralha foi construída que a população do Monte ficou reduzida a quase nada. O que ficava mais nítido à noite, quando podiam ver as poucas luzes que ainda restavam acesas no centro do quilômetro quadrado de sua cidade.

Mas então, Zzzap disse, *a Maddy Sorensen é mesmo o Monstro do Pântano, hein?*

— Como?

O Monstro do Pântano. "Lição de Anatomia", do Alan Moore?

— Não faço a menor ideia do que você está falando. É outro programa de TV?

Não. Bem, até que é, mas não é disso que estou... quer saber, deixa pra lá. Não tenho culpa dessa sua educação precária.

— Certo.

Eu estava me referindo ao fato de que ela é noventa por cento composta de nanites ou seja lá o que for.

— Como você sabe disso?

A doutora Connolly me contou quando eu fui fazer um check-up depois que voltamos. Estávamos conversando sobre o Freedom e o doutor Sorensen, e aí o nome da Maddy foi mencionado.

— Era pra ela manter segredo sobre isso.

Zzzap concordou. *Mas ela está mantendo segredo. Acho que ela pensou que, como eu sou um dos caras legais nessa história toda, acabaria sabendo mais cedo ou mais tarde.* Ele se virou no ar e mirou o hospital a noroeste. *Você vai contar pra ela?*

St. George levantou os ombros.

— Não sei. Vai ser o mesmo que dizer "você tem câncer" ou "sua esposa morreu", esse tipo de coisa. Acho que, se decidirmos contar, teria de ser alguém com mais tato do que eu.

Acho que provavelmente seria melhor se partisse de você.

— O que te levar a crer nisso?

Você sabe que ela tem uma queda por você, né?

— Hein?

Sim.

— Ignorando a coisa do dobro da idade, pensei que ela estivesse a fim do Freedom.

O espectro de luz sacudiu a cabeça. *Ele é o irmão mais velho que ela sempre quis ter. E acho que ele está à vontade com isso também. Está ajudando-o a lidar com aquela culpa toda que ele sempre carrega por aí. Mas você que é o personagem principal dos sonhos de colegial dela.*

– Duvido muito.

George, vai por mim. Se tem uma coisa que a vida numa cadeira de rodas me proporcionou foi o incrível poder de percepção pra sacar quando uma mulher está interessada no cara ou pensa nele como um amigo.

St. George riu, sacudindo a cabeça.

– Maravilha.

Foi assim que saquei que a Stealth é realmente apaixonada por você.

– Hein?

Quer dizer, já tinha dado pra perceber naquele jantar, eu só não sabia que era ela. Mas ela é louquinha por você, George.

– Obrigado. Precisava mesmo escutar isso agora.

Foi o que pensei.

– Uma questão, porém.

Manda.

– Se os seus poderes de percepção são tão fantásticos, por que você demorou tanto tempo pra se tocar que era ela?

O espectro de luz se deslocou um pouco. *Verdade verdadeira?*

– Claro.

Sei que isso vai soar um pouco errado vindo de mim, mas... bem, eu sempre imaginei que Stealth fosse branca por baixo da máscara.

St. George soltou uma gargalhada.

Ah, sei lá, pensava que ela fosse alguma loira estonteante tipo a Tricia Helfer ou a Rebecca Romjin. Não podia imaginar que seria a irmã mais velha e mais gostosa da Zoe Saldana. Meio que fiquei de cara.

– Também cheguei a pensar a mesma coisa por um tempo, e depois simplesmente não importava mais como ela era.

Uma voz irrompeu em seu fone de ouvido. A cabeça de Zzzap inclinou, captando o zumbido das ondas do rádio no ar.

– E aí, chefe – a voz disse. – É o Makana no Portão Leste. Você está aí?

O herói se virou no ar e pressionou seu microfone.

– St. George na escuta.

– É você com o Zzzap aí em cima da torre?

O espectro de luz acenou para o leste, deixando um rastro cintilante.

– Somos nós – St. George respondeu. – O que foi?

– Tem uma multidão de ex's aqui embaixo. Até que temos bastante munição, mas pensei que talvez vocês pudessem dar um pulinho aqui pra aliviar um pouco a pressão.

– Estamos indo – disse St. George. Encarou seu amigo. – Quer arremessar uns zumbis por aí?

Violência gratuita contra os mortos-vivos? Pode contar comigo.

Os dois voavam pelo céu, em direção ao leste.

Saiba mais, dê sua opinião:

Conheça - www.novoseculo.com.br
Leia - www.novoseculo.com.br/blog

Curta - /NovoSeculoEditora

Siga - @NovoSeculo

Assista - YouTube /EditoraNovoSeculo

novo século®